KB053584

안테 장편소설

4
너에게로
중독
안테 장편소설
D&C BOOKS

Addicted
to you

1. 그녀를 중심으로(1) · 7

2. 그녀를 중심으로(2) · 39

3. 나 혼자만의 계획 · 121

4. 카운트다운 · 205

5. 내 사랑 · 333

외전1. 또 다른 시작 · 447

외전2. 그리움이 간절해지면 · 495

Gallery · 513

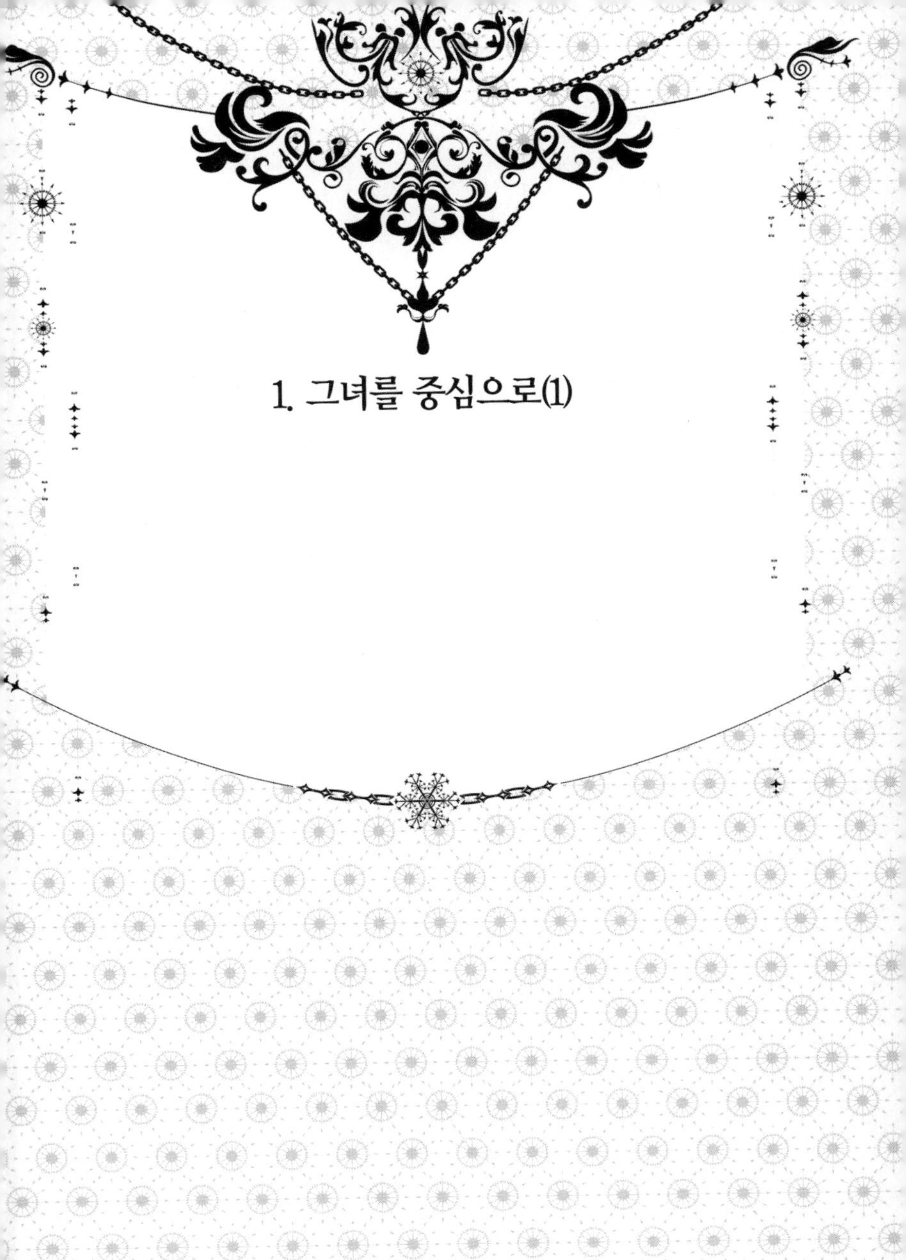

1. 그녀를 중심으로(1)

※ 이 소설은 픽션으로 초능력 유무에 따라 계급이 나뉘는, 카스트 제도와 같은 계급 사회를 배경으로 하고 있습니다. 현대 사회와 법률, 도덕, 가치관 등이 다름을 알립니다.

1. 그녀를 중심으로(1)

눈을 뜬 도현은 인상을 찡그렸다. 새하얀 천장이 이제는 지긋지긋해질 만도 했다. 한숨과 함께 눈을 도로 감아 버리자 손에서 따스한 온기가 움직이는 게 느껴졌다.

"일어났어?"

"……."

도현은 천천히 눈꺼풀을 밀어 올렸다. 버릇처럼 손가락을 꽉 움켜쥐니 그 안에 작게 일그러지는 연한 살결이 누구의 것인지 알게 되었다. 아, 나 아까 울다가……. 세아의 어깨에 기대 있던 게 떠올라 도현은 한숨을 내쉬었다. 이런 기분을 느끼는 게 이상했지만 그렇게 세상 떠나갈 듯 울었으니 세아의 얼굴을 어떻게 봐야 할지 난감했다.

"푹 잤나 보네. 계속 만져도 못 일어나던데."

“…….”

세아라면 자신의 어느 부분이든 들춰 보여 줄 수 있지만 그걸 일일이 전부 말한 제 모습이 혹시나 구질구질하진 않았을까. 벽을 보며 입안의 혀만 굴리던 도현이 결국 시선을 돌리려 눈을 감았다가 떴다. 아까 스치듯이 보았던 세아의 부은 눈이 도무지 무시가 안 되었다.

“우리 아기, 왜 아무 말도 안 해?”

그 단어가 의아했는지 도현이 빠르게 몸을 일으키며 세아를 보았다.

“아기?”

“응, 호칭 가지고 싶다고 했잖아.”

“……그런 거 말고. 누가 네 애 하고 싶다고 했나.”

일어나자마자 인상 구기게 하는 데 뭐 있다. 도현이 한숨을 뱉으며 오른쪽 손목을 올렸다. 아침 9시 30분. 출근하기엔 이미 늦은 시간이다.

“왜? 내 아기 맞는데.”

“호칭이라면 좋은 거 많잖아.”

“자기나 여보 같은 거?”

도현이 듣고 싶어 했던 단어가 두 개나 나오자 잠시 꿈이라도 꾸는 건 아닐까 생각되었지만 아까 그렇게 사랑해 달라 난리를 쳤으니 달래 줄 요량으로 하는 말쯤은 될 것이다. 느릿하게 머리카락을 넘기면서도 도현은 세아를 잡은 손을 놓지 않았다. 그런 도현을 향해 세아가 조심스럽게 말했다.

"예전부터 나는 언제나 네 편이자 보호자 같은 존재였던 거 알지? 너 어려서부터 데리고 다니면서 항상 챙기고 그랬던 거, 네가 나보다 한 살 어려서가 아니라 그냥 늘 넌 내게 꼭 보호해 줘야 할 존재라서 그랬던 거야."

"……."

"오래전부터 부모님 없을 땐 내가 네 엄마고 아빠였어. 그건 지금도 변함없고."

도현은 몇 시간 전 제가 한 말을 되짚어 보았다.

"……아까 한 말 때문에 이러는 거야? 내가 너밖에 없다고 해서."

세아가 수척해진 얼굴로 웃었다.

"이제 확실히 알아서 그래. 넌 뭐든 나와 같이하고 싶고 거기서 하나로 이어져 있다 느끼고 싶어 하잖아. 근데 너에게 없는 사람들이 내게 생겼으니까 똑같이 나도 네게 해줘야 할 몫이 늘어난 거지."

"……."

"사랑하면 전부 공유하는 거라면서. 난 하도현 만나면서 그렇게 배웠는데."

"……."

"아까 네 말 듣고 계속 너 깨어날 때까지 생각해 봤는데 결론은 늘 그런 것처럼 하나더라고. 내가 더 너에게 잘해 주면 돼."

도현의 눈초리가 아래로 내려갔다.

"그래서 아기라고 불러?"

"아기라고도 부르고 자기, 여보라고도 하고. 계속 바꿔서 불러 줘야지. 더 잘해 주고 더 챙기고. 엄마가 해 줘야 할 일, 아빠가 해 줘야 할 일 전부 다 해내고 싶어."

"애인으로서 할 일은?"

세아가 도르륵 눈동자를 굴리다가 도현의 입술에 짧게 입을 부딪쳤다.

"봐. 내가 해내잖아, 자기야."

수줍은 듯 올라가는 입꼬리가 예뻐, 도현은 한참 동안 그걸 바라보다 나지막이 물었다.

"여보, 아내로선?"

피식 웃음을 터트린 세아가 몸을 움직여 도현의 입술을 물었다. 닿은 부위가 황홀해지기 전에 들어와 단비를 내려주는 혀가 너무나도 달콤했다. 도현은 그 단물을 정성스레 집어삼키다가 손으로 세아의 배를 뭉근하게 비볐다.

"내 아이의 엄마로는?"

세아의 입술 사이로 커다란 숨이 토해진다.

"언제 되어 줄래."

조금 더 진하게 만지자 세아의 얼굴이 붉어졌다. 깜짝 놀란 세아가 재빨리 되물었다.

"뭐가?"

"소식 없어?"

도현이 뭘 기대하고 묻는지 안 세아가 냉큼 말했다.

"없어, 아무것도."

"그래?"

진중한 눈빛을 한 도현을 향해 세아가 애써 웃었다. 도현은 짙은 숨을 내쉬며 가라앉은 목소리로 말했다.

"네 허락이 떨어지면 가지려고 잘 때마다 신경 쓰고 있는데 그날은 아니었잖아."

"……."

"괜히 바라게 되네. 나 지금 성급한 거 맞지."

세아는 대답 대신 웃을 뿐이었다. 도현은 그 모습에 저도 피식 웃음을 터트렸다.

"그게 내가 쉴 수 없는 이유야. 한시라도 빨리 너와 내 아이 만나고 싶어서 가만히 못 있겠어. 뭐라도 해야지, 여유가 생기면 오히려 초조하고 불안해서……."

매일 출근하다 못해 틈틈이 유니벌들과 사석을 가지고 집에 돌아와서도 서재에 틀어박혀 있는 도현을 세아는 너무나도 잘 알았다.

"널 닮은 아이 볼 생각만 하면 자꾸 그래."

세아의 입술이 잠시 일그러진 건 또 눈물이 날 것만 같아서였다. 그 신호를 감지했는지 울지 말라는 듯 도현이 세아의 눈가로 제 온기를 부딪쳤다.

"나 부모 필요 없어. 그냥 너만 있으면 돼."

"……."

"그러니까 미안한 마음 가지지 마. 네가 성취한 거잖아. 엘린 씨가 권력이 목적이었더라면 네가 아닌 날 원했을 거야. 봐서 알지, 내 앞에서도 너한테서 시선 못 떼는 거."

"……내가 행복한 것만큼 너도 행복해졌으면 해."

"난 너만 행복하면 그게 공기인 줄 알고 살아."

세아는 눈이 욱신거렸다. 두 팔 벌려 도현의 목을 꼭 끌어안은 세아가 제 등을 단단히 감싸는 손길을 느꼈다.

"나도 너밖에 없어. 정말이야, 도현아."

"……."

"……."

"응, 알아."

귓가로 작게 전하는 숨결이 뜨거워 세아는 질끈 눈 감았다. 이대로 영원히 안겨 있으면 좋으련만 방해를 알리는 음성이 주변으로 퍼졌다. 세아는 탁자에 놓아두었던 제 휴대폰을 들더니 도현에게 앨린이라며 작게 속삭였다.

"잠시만, 전화 받고 올게."

"여기서 받아."

"잠깐이면 돼. 나도 얼굴 좀 수습하고 와야지."

세아가 휴대폰을 움켜쥐며 문으로 향했다. 병실 밖을 지키고 있던 건우가 세아가 나온 뒤에야 문을 두드리며 도현에게 안으로 들어가도 되냐고 물었다. 세아는 조금 떨어진 복도 끝 창문에서 전화를 받았다.

「왜 이렇게 전화를 늦게 받아, 자고 있었니?」

"아니요, 술에 취했는지 오자마자 잠들었다가 일어난 지 얼마 안 돼요."

「거긴 이제 아침이겠네.」

"네, 엄마도 이제 주무셔야죠?"

「그래, 오늘 하루가 무척 길었다니까. 네가 있는 곳으로 갈 생각이었는데 그건 너무 배려 안 하는 거 같아서.」

"네?"

「이글이랑 같이 있잖아.」

"아……."

「아까 파티 도중에 집으로 급히 돌아가던걸.」

엘린의 기분 좋은 목소리에 세아는 가슴 한편이 씁쓸했다. 둘 사이에 일어난 균열은 먼 곳에 사는 엘린에게까지 닿을 필욘 없었다. 좋은 모습만 보여 주고 싶은 마음도 몹시 컸기에 지금 도현이 병원에 있단 얘기는 굳이 하지 않았다.

파티는 무사히 끝이 났고 오늘 온 자들에게 세아가 클로비스가의 딸이라는 걸 톡톡히 인지시켰다는 엘린의 말을 들으면서도 세아는 도현이 쓰러졌던 장면만 떠올렸다. 그러고 보니 향이 너무 심해서 어지럽다고…….

「듣고 있니?」

"……네? 네, 그럼요."

정신을 딴 곳에 두었단 걸 들켰을까, 세아가 뒤늦게 엘린의 목소리를 경청했다.

「초반에 사고가 있었지만 잘됐어. 한동안 시끄러울 텐데 유니벌이 지지하니 그것도 곧 잠잠해지겠지. 어쨌든 시작이 중요한 거니까 영국에서 법으로 지정되면 한국은 알아서 따라올 거야.」

"이렇게까지 해 주셔서 정말 감사해요."

「내가 뭘, 내 딸이 되어 주겠다는데 엄마로서 호적에 네 이름 하나 올리지 못해서 되겠니.」

세아는 살며시 웃었다.

「푹 자렴. 일어나서 집으로 방문할 테니 그때 만나서 얘기하자꾸나.」

"네."

「보고 싶어도 조금 참고. 응?」

수화기 너머로 엘린이 동화책을 읽어 주는 것처럼 작게 속삭이자 세아는 머리가 나른해졌다.

"주무세요. 아, 아버지께도 인사드리고 싶은데 옆에 계신다면 바꿔 주시겠어요?"

「그래, 잠시만.」

잠시 정적이 흐르자 세아는 괜스레 가슴이 두근거렸다. 휴대폰을 꼭 움켜쥐고 나서야 '흐음' 하는 묵직한 소리가 들려왔다.

"아……버지, 오늘 저 때문에 고생 많이 하셨어요. 감사하단 말 만나 뵙고도 할 테지만 지금도 전하고 싶어서요."

「……이글은 주무시나?」

"네."

역시 나보단 도현이가 더 신경 쓰이시겠지. 도현과의 관계를 염두에 두고 양녀로 들이겠다 결정한 닉일 테니 세아는 겸허히 그의 말을 들었다.

「너도 고생했다. 그 자리에서 초능력도 없는 제로가 그렇게 유니벌을 밀어붙이다니, 보고 놀랐어.」

네? 세아의 입술이 당혹스럽게 벌어졌다.

「하는 행동을 보니 앞으로 사고깨나 치게 생겼더구나.」

"아, 그게…… 죄송해요."

「어디 한번 얼마든지 해 보거라.」

"무슨……."

「그 어떤 일이라도 수습할 수 있는 능력이 있는 클로비스가에 네가 들어온 것이니 아무에게나 고개 숙이지 말란 소리다. 오히려 제로라서 위축되고 눈치 보는 일이 더 내 가문에 먹칠을 하는 행위니까. 알겠나?」

세아는 울컥 치미는 감정을 꼭 억누르며 고개를 끄덕였

다. 대답도 잊지 않았다.

“네, 그럴게요. 사고 진짜 많이 칠 거예요.”

그러자 닉이 웃었다.

「이제부터 이글과 내가 고생할 일이 여럿 있겠구먼. 기대해 보마.」

잘 자거라. 무게 있는 목소리가 먼저 끊어졌고 세아는 휴대폰을 내리며 발갛게 물든 귀를 만지작거렸다. 휴대폰을 꽉 움켜쥐고 가슴 가까이 대었지만 쿵쿵 울리는 심장이 좀처럼 진정되질 않았다. 아, 도현이. 지체 없이 도현을 만나러 가기 위해 병실로 향하다가 발걸음을 돌렸다.

“내 정신 좀 봐. 세수하고 가야지.”

울다가 발개진 얼굴이 얼마나 흉측할지 보지 않아도 비디오였다. 그 순간 복도 비상구에서 나온 한결이 세아의 옆에 따라붙었다.

“어디 가?”

“화장실.”

“병실에서 아주 절절하더라. 그러기에 말 좀 들으라니까.”

“앞으로 더 잘하면 돼.”

창문 연 것 때문에 이 사달이 났을 거라 생각한 한결이 혀를 찼다. 화장실 입구와 가까워지자 한결이 물었다.

“근데 왜 이글한테 말 안 해?”

“뭘?”

“너 이번 달 주기 건너뛴 거.”

세아가 재빨리 돌아서 한결의 입을 손으로 막았다.

“조용히 해.”

주변을 둘러보는 세아의 눈동자가 그 어느 때보다 매서웠다. 한결이 후욱 숨을 내쉬며 세아의 손목을 떼어 내며 귓가로 작게 속삭였다.

“너 그거 아이 생긴 거 아니야?”

세아는 화장실로 향하려던 걸음을 돌렸다. 그 뒤를 자연스럽게 한결이 그림자처럼 따라왔다. 병실 앞에 대기 중이던 시우까지 그 모습을 목격하고선 옆으로 다가왔다.

“안은?”

“관리자 들어갔어. 숙련도 얘기하던데.”

시우가 천천히 말하자 세아는 비상구 문을 열고 계단을 밟았다. 병원 내에서 벡터들의 청각과 시선이 닿지 않을 곳을 찾다 보니 도달한 곳은 옥상이었다. 소머즈를 가진 중오마저도 도현의 숙련도와 관련해 열을 올리고 있을 게 분명했다. 세아는 확 트인 옥상으로 올라와 바람을 맞으며 심호흡했다. 돌아선 모습이 날렵했다.

“야, 이한결. 너 그런 얘기 함부로 흘리고 다니지 마.”

“왜, 네가 먼저 말했었잖아.”

“그건.”

집에서 혼잣말처럼 중얼거린 말을 한결이 주워들은 거였

다. 귀가 밝아 들었으면 모른 척이라도 하든가. 세아는 이마를 짚으며 눈감았다.

"진짜 가진 거야?"

"나도 몰라."

"왜 몰라. 언제 했는데?"

"너 아무리 내가 편하다지만 나 여자고, 이거 굉장히 예민한 부분이다? 그런 식으로 거리낌 없이 묻지 마. 여자 친구 없는 거 엄청 티 나니까."

"내가 안 사귀는 거거든?"

"됐어, 저리 비켜. 답답해."

제 앞을 막아선 한결의 어깨를 밀치며 난간 쪽으로 다가간 세아가 지평선 너머 청아하게 펼쳐진 구름을 보며 깊이 숨을 내쉬었다. 세아의 옆으로 조심스럽게 다가온 시우가 물었다.

"윤세아, 아이 가졌어?"

"시우, 너까지……."

"세상이 이제 좋아진 거야?"

세아는 예전에 시우에게 했던 말을 떠올렸다. 상황 나아지면, 세상 좋아지면 그때 가질 아이라고.

"아직 한참 멀었지만 조금은…… 나아졌어."

"그럼 된 거야."

시우가 손을 꼭 잡아 준 것과 달리 세아는 몹시 심란했다. '그날'은 정말 이상했으니까. 도현과 관계한 날은 무수히 많았지만 그중 딱 하루가 평소와 달랐다. 여느 날과 마찬가지로 뜨거웠던 관계가 끝난 뒤 도현이 땀으로 젖은 몸을 뉘였는데 그 모습이 세아의 머리에 이상한 변화를 만들어 냈다. 입안이 물렁해졌고 귀가 웅웅거렸다.

"내가 왜 그랬지……."

처음으로 세아가 도현에게 먼저 다가가 견딜 수 없다는 듯이 관계를 이어 나갔다. 피임을 꼼꼼히 해 왔던 둘이었기에 도현도 달려드는 세아를 보며 적지 않게 당황했지만 또 능숙하게 받아 주었다. 간혹 그런 날도 있지 않은가, 연인이 무척 멋있어 보인다거나 유독 사랑스럽다거나. 그날이 그랬다. 누워 있는 도현이 왜 그렇게 잘생겨 보였는지. 확실한 건 그날의 세아는 평소와 달랐다. 매번 둘 사이에 약속된 것처럼 피임 도구를 찾는 도현의 손을 결박하듯 움켜잡은 것도 처음 있는 일이었다.

"이상했어, 그날."

마치 호르몬의 변화라도 일어난 것처럼 도현이 너무도 사랑스러워 그를 닮은 아이가 가지고 싶었다. 그 순간만큼은 뇌 속을 점령한 누군가가 세아에게 그렇게 해도 된다며 속삭이는 것만 같았다.

"아무튼…… 그날 한 번뿐이었고, 그 이후로는 제대로 관리했어."

"근데 너 그……거 안 한다며."

"원래 여자는 피곤하거나 스트레스 받으면 예정된 주기가 늦어지기도 해."

"야, 병원이 괜히 있냐? 지금이라도 검사받아 봐."

"싫어, 어디 소문낼 일 있어? 아직 확실한 것도 아니니까 입 다물고 있기나 해."

"그래도 이글한테는 말해야 되지 않나?"

"괜히 설레발치기도 싫고, 실망 안겨 주고 싶지도 않아."

"뭐?"

"도현이가 아이를 정말 많이 기다리고 있어. 근데 만약 아니어 봐."

"야, 그래도……."

한결이 머리를 긁적이며 말했다.

"알아야 조심하지. 만약 너 아이 가지면 릭시 본부에서 가만 안 있을 텐데."

그래, 한창 프로젝트로 과열된 본부 때문에라도 세아가 도현의 아이를 가지는 건 위험했다. 그래서 세아는 지금 이 모든 상황이 기우이길 바랐다. 너무나도 바라고 원했던 아이지만, 조금 더 나중에 태어나라고. 아직은 아니다.

"아…… 정말 슬프다."

"뭐가?"

"내 주변엔 왜 이런 얘기 할 여자가 없는 거지."

난간에 팔을 기댄 세아가 한숨을 내쉬었다. 그나마 맘 편히 얘기할 수 있는 게 엘린인데, 거리가 있기에 지금쯤 단잠에 빠져 있을 시간이다. 이런 조심스러운 얘길 남자 둘 앞에서 해야 하다니. 세아가 혀를 찼다.

"야, 그래도 검사해 보라니까."

"싫다고."

세아는 인상을 찌푸렸다. 마음이 들쑥날쑥한 것처럼 임신 사실을 확인하는 게 두려웠다. 아니라면 다행이지만 만약 진짜라면? 그다음 상황은? 대체 어떻게 되는 거지. 이성조차 컨트롤되지 않았던 그날의 자신이 정말 이해가 안 되면서도 그로 인해 벌어질 모든 것이 걱정됐다.

"그때 왜 그랬던 거지."

한숨의 깊이가 더해졌다. 예정에도 없던 일을 저질렀기에 세아는 자괴감에 빠졌다.

"안 그래도 도현이가 아까 그날 하루 그랬던 거 기대하면서 묻더라고. 아무 소식 없냐고."

"잘됐네. 이때다 생각하고 말하라니까."

"아직, 아직은…… 내가 검사할 마음이 들면."

"아오, 답답해."

"네 입장 아니라고 막말하지 마. 여기서 가장 심란한 건 나거든? 내 기분이 제일 중요하다고."

세아가 앙칼지게 말하자 한결이 혀를 쓰읍 말았다.

"하여간 진짜…… 유별난 건 알아줘야 돼."

구시렁대며 몸을 돌린다. 시우가 가만히 잡은 손을 허공으로 흔들었다.

"무서워?"

"……그냥 머리가 복잡해."

자신과 도현의 아이라면 기쁜 게 당연한데 제로가 이글의 아이를 가졌다는 것이 또 어떤 여파를 일으킬지 세아는 두려웠다. 릭시와 제로 사이에선 제로밖에 나올 수 없는데, 생겼을지도 모를 아이가 어떤 수모를 겪게될지 자연스럽게 걱정되는 사회가 싫었다. 예전 같았으면 이마저도 헤쳐 나가야 한다며 당돌하게 굴었겠지만 지금은 한없이 나약해진다. 기분이 그랬다. 유리조각처럼 조그마한 균열에도 쉽게 깨질 듯한 자신이 낯설었다.

"아이 이름 생각나면 괜찮아지려나."

"……."

"태명 같은 것도 짓잖아."

"태명……."

작게 그 단어를 중얼거리자 가슴이 뛰기 시작했다. 먼 풍경을 바라보던 세아가 순간 눈초리를 치켜떴다.

"나 아직 확실히 모른다니까?"

"생긴 거 같아."

시우가 웃었다.

"너 지금 엄마 같거든."

눈을 한 번 깜빡인 세아가 힘없이 웃었다. 그게 뭐야…….

병실로 내려오자 도현이 어딜 갔다 이제 오냐며 인상을 구겼다. 병원 내에 있다는 걸 알았을 텐데, 괜히 어린아이처럼 투정이다. 세아는 못 이기는 척 도현이 험악하게 두드리는 침대로 가 앉았다. 갑갑해서 옥상에서 바람을 쐬었다는 말에 도현이 세아의 머리카락을 파고들며 코를 박았다.

"그러네. 너한테서 바람 냄새 나."

사람들도 많은데 거리낌 없이 제 품으로 파고드는 도현을 살짝 밀어낸 세아가 심각한 얼굴로 서 있는 중오를 보았다.

"한시우 씨도 숙련도 검사해 보시죠."

"숙련도요?"

"언제 마지막으로 검사하셨습니까?"

"전 할 필요가 없는데."

"무슨 말씀이신지."

"이 일 하기 전에 올랐거든요."

내추럴인 시우가 말하자 중오가 한결에게 시선을 던졌다.

"한결 씨는?"

"전…… 이미 오래전에 세 개 다 최상인데요."

"그럴 리가."

중오가 말도 안 된단 듯이 웃음을 터트렸다.

"숙련도 오르는 게 쉬운 것도 아니고, 태어날 때부터 전부 최상이셨습니까?"

"그런 사적인 부분까지 왜 말씀드려야 하는지 모르겠습니다만."

"말하지 않겠다면 제가 알아보는 방법도 있는데 굳이 일 어렵게 만들어야 합니까?"

아, 빌어먹을 김중오. 한결이 짜증스럽게 말했다.

"계속 하나씩 꾸준히 오르다가 2년 전에 전부 다 올랐습니다."

"본부에서 조사는 없었는지."

"안 그래도 사람 엄청 귀찮게 하더군요. 하루 일과부터 시작해서 몇 달 동안 식단은 어땠는지, 어느 구역을 다녔는지 묻고 집 안 곳곳을 수색하질 않나, 아주 공권력 남용……."

생각만 해도 열 받는지 한결이 손사래를 쳤다. 똑똑. 간결한 노크 소리와 함께 들어온 건우가 중오에게 종이를 건넸다. 도현을 보호하던 가드들을 모두 검사해 본 결과지였다. 하지만 예상과 달리 그곳에 숙련도가 오른 자는 단 한 명도 없었다.

"숙련도에 너무 매달리지 마. 어차피 우연처럼 일어나는 거 가지고 왜 그렇게 난리야."

도현은 이렇게 열을 내는 중오를 이해할 수 없다는 표정을 지었다. 그래, 원래 숙련도라는 게 정해진 것 없이 불규

칙적으로 오른다지만 중오는 차마 외면할 수 없었다.

"……집으로 가십니까?"

"어. 오늘 하루는 회사 쉴 거니까 그렇게 알고 처리해야 할 서류는 내 서재로 가져와."

"네, 알겠습니다."

건우가 휴대폰을 꺼내 저택에 있는 가드들에게 도현이 곧 도착할 거란 소식을 전했다. 세아를 안아 든 도현이 사라지자 중오는 묵직한 숨을 내쉬었다.

"오늘 아침 신이현 님께 습격당한 가드들 처리는 어떻게 할까요?"

"알아서 정리해."

"네."

처리해야 할 일이 한두 개가 아닌데, 도무지 숙련도 부분에서 관심을 끌 수가 없었다.

"저희도 그만 가 보겠습니다."

한결과 시우가 인사하며 돌아섰고 그 둘을 본 중오의 눈매가 예리해졌다. 저 둘을 용의 선상에서 제외해도 될까. 도현의 주변에서 생활하던 사람이니 포함시켜도 되지만 도현과 만나기 전 이미 그들의 숙련도는 오른 상태였다. 게다가 건우와 중오를 제외한 가드들의 숙련도엔 이상이 없다.

그렇다면 단순한 우연이란 말인가. 중오가 인지하지 못한 무언가가 분명 있을 거란 생각은 여전히 안에서 꿈틀거렸다.

그 순간 창문을 연 건우로 인해 중오의 시선이 올라갔다.

"왜 갑자기 창문을 여나?"

"그게, 환기라도 시킬 겸."

"환기?"

중오는 뒤늦게 공간을 가득 채운 향을 맡았다. 아까도 느꼈던 것이지만 의식하니 오늘따라 유독 그 향이 독했다.

"자네도 이 향이 강하게 느껴지나?"

"네, 후각이 얼얼할 정도인데요."

잠시만.

"평소보다 진하다고?"

"네."

설마.

"못 느끼셨습니까?"

향기?

중오는 잠시 입을 벌렸다가 재빨리 건우에게 병실 밖으로 진을 치고 있는 가드들을 불러 오라 지시했다. 도현이 팔찌 찬 순간부터 경호를 맡았었지만 그럼에도 숙련도는 오르지 않던 자들이다. 일곱 명의 장정들이 안으로 들어서자 공간이 좁게만 느껴졌다. 왜 이곳으로 불려 온 것인지 영문조차 몰라 다들 얼떨떨한 얼굴이었다.

"자네들, 이곳에서 무슨 냄새 안 나나?"

"……안 나는데요."

“전부?”

“네.”

대체 어떤 향이 난다는 건지. 모두가 신중한 얼굴로 맡아 댔지만 병원 특유의 알코올 냄새만 만끽할 뿐이다. 중오의 낯빛이 어두워졌다. 레벨이 낮아서 못 맡는 것이 아니었다. 정말 나지 않는 것일 뿐.

“무슨 일이십니까?”

“아닐세. 자넨 도현 님 경호 차질 없이 돌리고 있게나. 회사 쪽 서류 준비는 내가 하도록 하지.”

“네.”

누군가는 맡고, 누군가는 맡지 못하는 윤세아의 향기라. 확인을 위해 한결에게 전화를 걸어 향에 대해 묻자 뭘 그리 당연한 걸 묻느냐는 식의 답변이 돌아왔다. 윤세아 향기 강한 게 하루 이틀이냐고.

“도현 님 주변이 아니라, 윤세아 주변이었구만.”

중오는 머릿속이 얼얼했다. 정말 세아로 인해 이뤄진 변화라면 한결과 시우는 초면이 아닌 셈이었다. 오래전부터 알고 지냈던 사이일지도. 그래서 도현이 공개적으로 가드를 구했던 걸까.

“머리깨나 굴렸었군.”

그 목록을 보며 고른 건 다름 아닌 세아였다. 중오는 허탈하게 웃음을 흘리며 이마를 짚었다. 회사에 들러 도현의 결재를 기다리고 있는 서류들을 모아다 집에 도착할 때까지도 중오는 그 향에 대한 집착을 버릴 수 없었다.

"몇 개야?"

"총 여섯 개입니다. 전부 중대한 사안이니 꼼꼼히 확인하신 뒤 결재 부탁드립니다."

도현이 서재 책상에 앉자 문이 비스듬히 열렸다. 고개 내민 세아를 본 중오의 입가엔 무게감이 실렸다.

"이리 와. 눈치 보지 말고."

서류에서 시선을 떼지 않은 채 손짓하니 조심스럽게 다가온 세아가 앉은 곳은 다름 아닌 도현의 다리 위였다. 혹여나 세아가 떨어지기라도 할까 펜을 잡은 손을 굴리면서도 다른 한쪽 팔로는 그녀의 허리를 감는다. 세아는 그곳이 편안한지 도현의 어깨에 몸을 기대었다.

"좀 걸리니까 나가 있어."

"기다리겠습니다."

"그러든가."

도현이 건조하게 말하며 마저 한 장을 넘겼다. 고요한 적막이 서재에 진득하니 깔렸다. 그럼에도 중오는 세아에게서 시선을 뗄 수 없었다. 지금도 코끝이 저릿할 정도로 강렬한 세아의 체향이 주변을 마비시키고 있었다. 한동안 얌전히 안겨 도현의 얼굴을 보던 세아가 이내 설핏 웃음을 터트렸다.

"서류 보는 거 섹시해."
"뭐라고요?"
"집중해서 내 목소리 못 듣는 것도 좋아."
도현이 뒤늦게 시선을 떼며 제 목덜미 근처에서 숨을 내쉬는 세아의 뺨에 입을 맞췄다.
"훔쳐보는 거 지겹지."
"가끔 이렇게 나 봐주는 건 좋아. 자꾸 갈증 느껴."
"그래도 계속 목마르면 안 되는데. 기다려. 거의 다 해가. 이것만 하고 남은 시간 다 너한테 쓸게."
"응, 나 얌전히 기다리고 있을래."
"예쁘다. 착하니까 상 줘야겠네."
"그래 봤자 뽀뽀해 줄 거면서."
"아닌데."
도현이 세아의 허리를 느릿하게 문질렀다.
"더 좋은 거 줄 건데."
웃음을 터트린 세아가 얌전히 도현의 어깨에 기댄 채 눈 감았다. 왜 그런지는 모르겠지만 오늘따라 도현의 품이 너무나도 안락한 세아였다. 온몸에 힘이 빠질 정도로 안도감이 밀려와 평소라면 중오 앞에서 보이지 않았을 행동까지 하면서 도현에게 딱 달라붙었다. 서류 넘기는 소리를 자장가 삼아 까무룩 잠이 들려는데 도현이 한숨을 내쉬었다.
"……집중 안 된다."

"어?"

"너한테 입 한 번 대고 나니 자꾸 혀가 간지러워."

살며시 눈동자를 굴린 세아가 중오의 눈치를 보았다.

"눈치 보지 마. 쟤가 안 나간 거 가지고."

키스할 것처럼 다가오는 도현의 입술 위로 재빨리 손을 얹었다. 뒤로 펼쳐질 상황은 뻔했다. 세아의 키스는 도현에게 기폭제였고, 항상 순리처럼 도달하는 곳은 침대 위였다. 중오의 앞에서 그런 모습은 보이기 싫어 세아가 고개를 저었다. 너 자꾸 이럼 안 해 줄래. 그 말이 미치도록 귀여우면서도 매정해, 도현은 설핏 눈썹을 구겼다.

"상은 내가 받아야겠네. 이거 다 해치우면 키스해 줄 거지?"

"당연하지. 얼른 해."

"10분이면 돼."

"응."

글자를 보는 동안 밀려올 허기를 달랠 생각인지 옷 위를 배회하던 도현의 손이 안으로 들어왔다. 갑작스럽게 살결에 닿았을 때 차가워 놀라지 않도록 적당히 제가 가진 불로 체온을 데운 뒤였다. 덕분에 세아는 온몸이 노곤하게 풀리는 걸 느꼈다.

"이현 님은 어떻게 할까요? 어제 집을 습격하지 않았습니까."

"무관심이 답이지. 내버려 둬."

정말 흥미라도 잃은 것처럼 도현은 덤덤히 말했다. 이현을 오게 한 원흉인 세아마저도 반응하지 않은 채 여전히 눈을 감은 채였다. 오늘 아침 둘 사이에 무슨 일이라도 있었던 걸까. 이현이 찾아온 걸 가만 놔둘 도현이 아님에도 둘은 전보다 더 평온하고 고요했다. 마치 큰 파도를 헤치고 안정권에 들어선 듯한 느낌이 둘 사이에서 흐르고 있었다.

"……실례지만 윤세아 씨, 오늘 아침에 도현 님께서 쓰러지신 정황을 들어 볼 수 있을까요."

"이상한 거 묻지 마. 숙련도 올라간 것 때문이라고 병원에서도 말했잖아."

"그래도 관리자인데, 모두 알아야 하지 않겠습니까."

세아가 천천히 눈꺼풀을 밀어 올렸다.

"그냥…… 갑자기 어지럽다고 했어요."

"왜 현기증을 느낀 것인지."

"제 향이 평소보다 강하다고……."

아, 역시나.

"다 했으니까 나가 봐."

"네, 이대로 전달하겠습니다."

원인은 세아에게 있었다. 정말 그 향으로 인해 숙련도가 오른 거라면. 서류를 든 중오의 눈빛이 예리해졌다.

"오늘따라 정말 좋게 느껴지는 향이로군요."

대체 거기엔 어떤 비밀이 숨겨져 있는 거지. 일순간 중오의 머릿속에 재생되는 목소리가 하나 있었다.

—냄새가 꼭 꽃밭에 있는 거 같은데 뭔가 들에 피는 흔한 꽃은 아니야. 내가 만약 벌이라면 쪽쪽 빨다가 중독될 거 같은 느낌인데. 자극적이고 맛있어서 코 박고 죽고 싶을 정도로.

여섯 번째로 영향받은 자, 신이현.

"지금 뭐하는 짓이지?"

"실례하겠습니다."

이현은 어이없는 웃음을 터트렸다. 제 집 안에 허락도 없이 중오가 벡터들을 대동하고 한 자리 차지한 모습이 기가 찼다. 일한은 자리에 없었고, 맥스인 어머니만 어쩔 줄 몰라 하는 표정으로 이현을 바라보았다.

"어머니가 열라고 했습니까?"

미간이 깊게 파인 이현의 얼굴에 그녀가 걱정이 만개한 목소리로 말했다.

"그게, 네 숙련도와 관련해 꼭 해야 할 말이 있다고……."

"숙련도?"

"듣고 쫓아내셔도 늦지 않습니다."

중오가 정중히 고개를 한 번 숙였다가 들며 웃었다.

"윤세아 씨와 연관된 이야기거든요."

오늘 아침 집으로 찾아간 것에 대해 말할 줄 알았다. 성재가 알려 준 틈을 타 도현이 자리를 비운 걸 노리고 침입한 저택이다. 발찌까지 찬 마당에 뭘 못 할까. 처벌이라면 이제 이현의 관심 밖이었다. 어떤 법적인 항목을 들먹거리더라도 건조하게 들을 각오가 되어 있었지만 응접실에 앉은 중오가 꺼낸 건 다름 아닌 숙련도였다.

"검사를 지금 해 보자고?"

"네, 유니벌은 저희가 따로 자료를 기록하지 않아 이렇게 실례를 무릅쓰고 직접 찾아오게 되었습니다."

"내 숙련도는 갑자기 왜."

"검사받으신 뒤에 설명해 드리겠습니다."

"윤세아 얘기라면서 왜 또 말이 그렇게 되지?"

"연관된 거 맞습니다."

숙련도와 윤세아라니. 도무지 이해가 가지 않는 이현이었지만 세아의 이름만으로도 이미 머릿속은 궁금증으로 가득 찼다. 이름 하나에 유니벌이 허덕이는 꼴이라니. 이현은 자조적인 웃음을 띠며 손을 내밀었다.

"뭐해? 피 뽑아."

중오의 뒤에 서 있던 벡터들이 기계를 내려놓자 검사가

이뤄졌다. 고귀한 피를 한 방울이라도 흘릴까 행동 하나하나가 전부 조심스러웠다. 이현은 눈을 감은 채 뻔할 결과를 기다렸다. 태어날 때부터 최상을 두 개나 거머쥔 이현에게 아직 거기까지 도달하지 못한 초능력은 세 개였다.

"펠다민 수치가 올랐습니다."

"……뭐?"

아무런 기대조차 하지 않았던 이현은 얼이 나갔다. 평생을 가도 오른 적 없던 숙련도가 상승했다니. 그에 비해 중오는 예상한 결과를 들은 것처럼 고개를 끄덕였다.

"어떤 초능력이 오른 것인지 확인 한번 해 보시죠."

"윤세아는."

이현이 가죽 소파를 움켜쥐며 거칠게 물었다.

"무슨 연관이 있는데."

"처음 제게 윤세아 씨 향과 관련돼 물으셨었죠?"

눈가가 희미하게 구겨졌다. 처음 세아를 최기석 저택에서 만났을 때, 옷장에 구겨지듯 함께 들어가 있으면서 이현의 이성을 마비시켰던 건 바로 세아의 향이었다. 깊은 향을 지닌 와인으로만 만족되었던 까다로운 입맛을 키스 한 번으로 뛰어넘더니, 시간이 지나면 더욱 깊어지듯 잊히지 않았던 건 그 달콤했던 입술과 무척이나 잘 어울렸던 네 향기.

"윤세아 씨 향이 숙련도를 올린 거 같습니다."

“어떻게 그런 일이 가능하지.”

“저도 그게 궁금합니다.”

“뭐야…….”

허탈하게 웃음을 흘린 이현이 차가운 목소리로 물었다.

“걔 릭시야?”

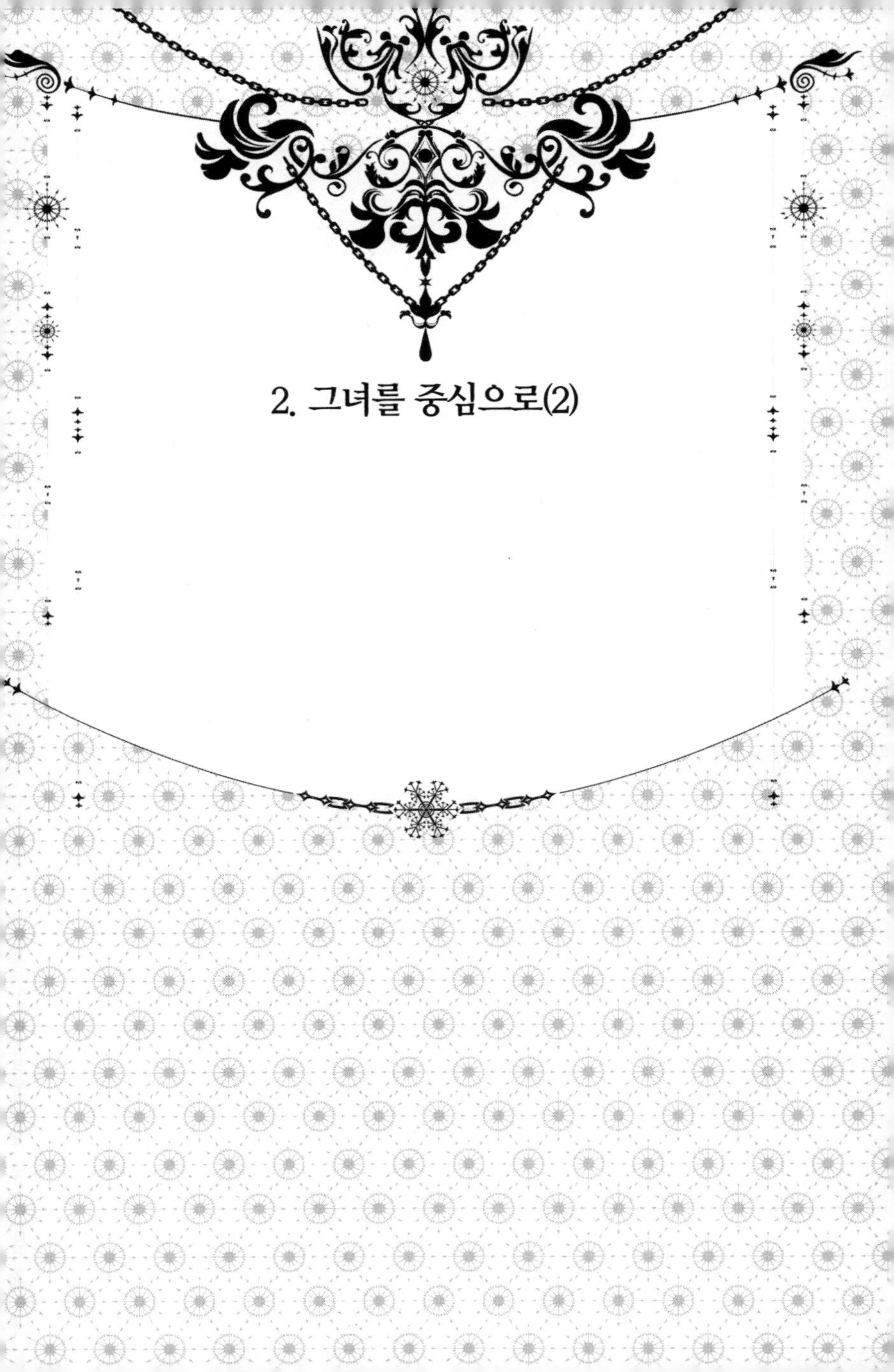

2. 그녀를 중심으로(2)

2. 그녀를 중심으로(2)

그 가능성도 무시할 수 없었다. 원래 제로였다가 릭시가 된 자들은 주변의 신고로 팔찌를 차게 되는 경우가 대부분이다. 한데 세아가 릭시라면 그 힘을 인지 못해 왔단 게 이상했다. 아니, 눈에 보이지 않는 초능력이라면 그럴 수도. 하지만 모두가 세아의 향을 맡을 수 있는 게 아니란 점이 중오의 머릿속에서 지속된 오류를 일으켰다.

"더 알아봐야겠습니다."

"……."

"숙련도를 올리는 초능력은 지금껏 들어 본 적 없으니 아직 릭시라 속단하기엔 이릅니다."

그런 성질의 초능력은 세상에 존재하지 않았다. 하지만 과거, 단 한 명만이 가졌다고 세상 밖으로 알려진 세이렌처럼 아직 알려지지 않은 전설적인 초능력이 세아에게 발현된 걸 수도 있었다. 그 어떤 가능성도 배제해선 안 되었기에 중오의 머리가 책임감을 짊어진 것처럼 금세 묵직해졌다.

"만약 초능력이 아니라면 뭐지."

이현이 넋이 나간 입술로 물었다.

"새로운 존재라도 된다는 건가?"

그 역시 배제할 수 없다.

"글쎄요. 더 알아볼 필요가 있겠죠."

"대체 어떤 식으로 알아본다는 거야. 윤세아는 지금 어디 있는데."

"댁에 계십니다. 도현 님과 함께요."

세아의 걱정으로 물들었던 이현이 금세 빠근했던 목울대에서 힘을 뺐다. 하도현과 함께인 게 당연한 일일 텐데 언제 들어도 꺼림칙했다.

"우선 숙련도가 오르신 것 축하드립니다. 하지만 윤세아 씨에게 더는 접근하지 말아 주셨으면 합니다. 도현 님의 심기를 건드리는 걸 우려해서 당부하는 게 아니라 윤세아 씨 안위를 걱정해서입니다."

아직도 나를 보며 울던 네 모습이 잊히질 않아서…….

"무슨 말인지 잘 아실 거라 생각합니다."

이현은 차마 그 어떤 말도 할 수 없었다. 차라리 날카롭게 밀어내거나 화를 내는 게 나았지, 나는 절대로 널 울리고 싶었던 게 아니었는데.

"궁금해하실 테니 이 부분은 조사하는 대로 이현 님께도 보고해 드리겠습니다. 대신 오늘 검사받으셨단 사실과 숙련도 관련해선 비밀을 지켜 주셨으면 합니다."

"……모르는 척해 달라."

"네, 외부로 알려지면 윤세아 씨가 또 어떤 위협을 받게 될지도 모르니 신중해야 하지 않겠습니까?"

손으로 이마를 짚은 이현이 알았다며 고개를 끄덕였다. 세아를 인질로 잡은 이상 이현에겐 선택권이 없었다. 나가 보라 손짓하자 중오가 자리에서 일어나 고개를 숙였다가 들었다.

"만약 어떤 결과로든 네가 윤세아 건드린다면."

문고리를 잡은 중오의 등 뒤로 서늘한 목소리가 흘렀다.

"가만 안 있어."

"……그럴 리가요."

중오는 입가에 미소를 그린 채 말했다.

"이제 윤세아 씨는 제게도 흥미로운 여자입니다."

어떤 결과가 나오든 양쪽 다 구미 당기는 일이었다.

차에 오른 중오는 이현을 만나기 전, 가드에게 지시해 두었던 종이를 받아 보았다. 사적으로는 절대 열람할 수 없는 정부 기록이었지만 중오가 원한다면 언제든 열리는 벽이었다. 신상을 천천히 읽어 내려가던 중오는 숙련도 현황

부분을 뚫어지게 보았다. 8년 전에 개인형인 예지가 중급에서 상급으로 올라갔고, 공격형인 폭발이 상급이 된 건 7년 전.

"지서진 씨 맞습니까?"

중오가 묻자 앞으로 걸어가던 구두가 멈추었다. 그가 선 것을 확인한 가드의 손끝에서 붉은 선이 나와 복도 옆에 놓인 커다란 화분을 휘감고는 검은 슈트를 입은 자에게로 던졌다. 초능력 '포획'에 감긴 화분이 날아갔고 남자가 고개를 돌리자 부딪친 화분이 부메랑처럼 다시 중오 쪽으로 돌아왔다. 중오는 그걸 발로 차며 똑바로 섰다. 현시점에서 플랫인 그의 숙련도는.

"무슨."

최상, 최상.

"제게 볼일이라도."

자신이 받는 물리적 공격과 초능력을 전부 반사시키는 미러 역시, 최상. 중오의 입술 끝이 담벼락을 넘는 뱀처럼 올라갔다.

"확인할 것이 있어 잠시 실례했습니다. 김중오입니다."

"압니다, 누구신지."

벽으로 처박혀 산산조각 난 화분이 으스러진 나무와 흙으로 뒤엉켜 처참했지만 돌아선 서진의 모습만은 깔끔했다.

"바쁘신 분이 제겐 어쩐 일로."

"윤세아 씨의 보호자였던 분 맞으신지."

"정확히 말씀드리자면 후원자."

"뭐든 상관없습니다. 잠시 얘기를 나누고 싶은데 시간 좀 허락해 주시겠습니까?"

서진은 가만히 중오를 응시했다. 도자기를 연상시키는 매끈한 피부가 굳어진 양 아무런 변화조차 없었다. 그건 중오도 마찬가지였다. 어떤 생각을 하는지 표면상으로는 구분하기 어려운 냉철한 자들이다. 서진은 긴 침묵을 유지하다 손목을 들어 시계를 내려다보았다.

"잠깐이라면."

중오가 감사하단 인사와 함께 자리를 안내했다. 그와 40㎝가량 거리를 유지하며 걷던 서진은 중오가 무슨 생각으로 저를 찾아온 것일지 생각했다. 혹시 도현을 보좌했던 카시스의 꼬리가 밟힌 것일까. 만약 그렇다면 어떤 식으로 도망쳐야 하는지 머릿속으로 계획을 짜 둔 서진이었지만 겉으로 보기엔 중오가 안내한 의자에 얌전히 앉을 뿐이었다.

"요즘 바쁘십니까?"

"쉴 틈이 있겠습니까."

벡터와 제로가 함께 살기에 벌어지는 사건 사고는 하루에도 몇십 건씩 터졌다.

"저런, 몹시 피곤하시겠습니다."

그런 세계를 제 마음껏 움켜쥐는 자인데, 걱정하는 차원에서 묻는 말이 아닐 거라 서진은 직감했다. 정말 궁금한 것을 꺼내 들기 위해 뿌려 둔 인사치레 정도.

“실례지만 제가 지서진 씨와 관련된 서류를 오기 전에 몇 장 정도 훑어보았는데, 그래 봤자 기록된 것뿐이라 확실히 듣고 싶어서요. 윤세아 씨에게 9년 전 처음 후원을 시작한 게 맞습니까?”

본론은 윤세아라. 서진은 곧게 허리를 편 채 말했다.

“확인해 보셨으면서 왜 제게 또 묻는 것인지.”

“서류상으로는 처음 일한다 적힌 자들도 알고 보니 오래 전부터 친분이 있던 경우가 간혹 있어서요.”

서진이 고요히 숨을 내쉬었다. 한결과 시우 얘기인 건가.

“그래서 찾아왔습니다. 지서진 씨는 언제부터 윤세아 씨와 알고 지냈습니까?”

“무슨 문제라도 있습니까?”

들킨 건가.

“대답해 주시면 답해 드리겠습니다.”

어금니를 꽉 맞물린 서진이 천천히 턱을 움직였다.

“방향을 똑바로 제시해 주시죠. 궁금하신 게 제가 과거 윤세아 양의 보호자였단 사실입니까, 아니면 윤세아 양과 얼마나 친분이 있느냐입니까?”

“둘 다입니다.”

중오는 이 현상에 대한 답을 세아와 가장 오랜 시간 함께

했을 서진을 통해 알고자 했다.

"후원 개념으로 돌보는 거라면 보통은 일정 금액만 매달 지급하는 게 대부분인데, 지서진 씨는 윤세아 씨와 자주 만났습니까?"

세아의 향을 맡을 수 있는 자와 없는 자로 나뉘는 비밀이 대체 뭘까.

"자주 얼굴을 보았을 수도 있겠군요."

이현은 보는 순간 세아에게 환심을 갖게 된 자였고, 중오는 만나기 전부터 계속 사진으로나마 세아에게 관심을 두었던 자였다. 세아를 사랑하는 도현은 말할 것도 없었다.

"대화도 했을 테고."

그런 도현이 도망친 사이, 미국에서 중오가 업무를 정리하는 동안 세아와 가장 많이 부딪치면서 일을 처리해 왔던 건 건우였다.

"그러다 보니 신경도 많이 쓰였을 테지요."

일개 제로에게 얼마나 관심이 향했는가의 문제인가. 그것도 아니면…….

"혹시 사랑이라도 했습니까?"

얼마나 깊은 관심을 가졌느냐인가. 평행을 유지하던 서진의 눈썹이 아래로 기울었다.

"제게 일방적으로 무례한 언행을 하시는 건 알고 계십니까?"

"……제가 너무 앞서 갔나 보군요. 기분 상하셨다면 죄송합니다."

중오가 뒤늦게 인자한 얼굴로 사죄했다. 그 모습을 보며 서진은 오히려 안도했다. 개인적인 감정까지 파고든다는 건 다행히 카시스와 관련된 얘기는 아니란 거였다.

"제가 알기로 지서진 씨의 숙련도는 이미 5년 전에 전부 최상으로 올랐고, 윤세아 씨를 후원한 건 9년 전. 그 이후부터 오른 적 없던 숙련도가 움직였고요."

"하고 싶은 말씀이 뭡니까."

"윤세아 씨 체향이 일반 제로에 비해 강하단 건 알고 계셨습니까?"

"……."

"플랫이면 충분히 감지하고도 남았을 텐데요."

"제가 맡은 것까지 댁에게 말해야 하는 겁니까?"

"그 향이 숙련도를 올리는 것 같습니다."

서진의 미간이 좁아졌다.

"극비지만 지서진 씨도 연관되어 있는 듯하니 말씀드리죠. 현재 윤세아 씨의 체향을 맡은 자는 숙련도가 오르고, 맡지 못하는 자는 숙련도가 오르지 않은 상황입니다. 만약 릭시라면 자신이 지정한 대상에게 숙련도를 오르게 할 수도 있겠지만 그렇다면 윤세아 씨가 자신의 힘을 인지하고 있단 건데, 제가 보기에 그건 아니거든요."

서진도 동의하는 바다. 그런 능력을 가진 걸 알았더라면 카시스에 도움이 될 만한 일이라 제일 먼저 자신에게 말했을 것이다. 도현과의 사랑도 릭시가 된다면 더 편하게 이룰 수 있을 터인데, 이제껏 그 사실을 세아가 숨길 이유는 없었다.

"지서진 씨도 아시겠지만 다른 대상에게 힘을 보태 주거나 영향을 주는 능력은 치료 계열이 아닌 이상 존재하지 않습니다. 과거 세이렌처럼 처음 등장하는 초능력일 수도 있으나 그건 차차 밝혀질 예정이고. 만약 윤세아 씨가 릭시가 아닐 경우, 이 향이 대체 어떤 베일에 싸여 있는지 의문이라 찾아온 것인데."

"……."

"제가 추측한 바로는 윤세아 씨에게 어떤 감정을 품었느냐에 따라 그 향기를 맡을 수 있고 없고가 나뉘는 거 같거든요."

"감정?"

"즉."

이미 8년 전, 숙련도가 올랐던 서진을 향해 중오가 미소 지었다.

"제로인 윤세아 씨에게 얼마나 관심을 가졌느냐."

"김중오 씨도 숙련도가 올랐습니까?"

"글쎄요."

"아니, 본인도 올랐으니 이리도 집착하며 저를 찾아온 거겠지만. 그렇다면 저도 질문 하나 드리겠습니다."

자리에서 일어난 서진이 잠시 흐트러진 슈트를 점검했다.
“그렇다면 김중오 씨 역시.”
소매를 반듯하게 잡아 각 세우는 손길이 간결하다.
“윤세아 양을 사랑한 게 됩니까?”
중오에게 닿는 시선 역시 짧고 강렬했다.
“판단은 제게 묻지 말고 본인 스스로 하시길.”
관통이라도 당한 듯 꼼짝도 할 수 없는 중오를 내려다보며 소매에서 손을 뗀 서진이 고개를 비스듬히 숙였다. 자리를 떠난 뒤에야 중오는 ‘하하’ 웃음을 흘렸다. 윤세아를 사랑? 정말 웃음 나올 일이다.
처음 건우가 보낸 자료 속 사진을 보고선 그저 얼굴 반반한 제로라고 생각했을 뿐, 오히려 중오가 세아에게 보인 감정은 ‘몰두’였다. 도현과 관계된 여자라 어떻게 하면 삶아먹을 수 있을까, 씹어 버릴 수 있을까 사진을 보며 줄곧 고민하며 한국에 오기 전까지 온종일 머리에 세아만 넣어두고 다녔었다.
“그래서 처음 마주쳤을 때 향을 느꼈었나.”
아무래도 좋았다. 서진까지 만나 숙련도가 상승한 걸 확인하고 눈을 보며 거짓이 아니라는 것쯤은 알았으니 수확은 충분했다.
“지금 윤세아는 어디 있지.”
“집에 잠들어 계십니다.”

이젠 확인을 할 차례였다.

"도현 님께선 잠시 리만 씨를 만나 뵈러 미국으로 가셨다는데요."

아직까진 세아가 릭시라는 것이 가장 유력하지만 만약 아니라면 정말 새로운 존재란 걸 인정할 수밖에.

"……도현아?"

잠결에 옆을 더듬었지만 느껴지는 게 푹신한 베개라, 세아의 눈꺼풀이 바늘에 찔린 것처럼 확 올라갔다. 주변이 너무 조용했다. 도현의 온기가 느껴지지 않는 걸로 보아 이미 한참 전에 세아의 옆은 비워진 듯했다.

"어, 일어났습니까?"

밖으로 나오자 도현이 집에 있을 때면 외부 보초를 서는 한결과 시우가 2층 거실 소파에 나란히 앉아 있는 게 보였다.

"도현이는?"

"제이콥 리만 씨 만나러 잠시 미국 가셨어요."

"윤세아 씨가 잠에서 깨면 곧바로 연락하라고 했습니다."

"아냐, 됐어."

재빨리 휴대폰을 꺼낸 한결을 저지한 세아가 입만 움직였다.

'경비는?'

'좀.'

역시. 겉으로 이현을 신경 쓰지 않는 척했지만 경비를 평소보다 더 강화한 건 세아를 만나러 왔던 그가 아직 도현의 마음에 걸린단 거였다. 명색이 이글이 거주하는 집인데, 유니벌이 침입한 사태를 좋게 볼 리 없었다. 세아는 한숨을 내쉬며 제 팔을 감쌌다.

"왜 이렇게 오한이 돌지."

"추워요?"

"조금."

시우가 일어나 세아의 어깨를 보드랍게 잡고선 소파로 앉혔다. 그곳에 남아 있던 시우의 온기가 따스히 스며들었지만 세아는 오히려 제 팔을 더욱 힘줘 감쌌다. 집 안엔 한결과 시우를 제외한 가드는 단 한 명도 없었다. 세아가 제 동료들을 가장 편해하는 걸 안 도현의 배려였지만 으슬으슬 추운 게.

"나 왜 이렇게 떨지?"

두렵나? 지금과 같은 떨림은 무언가를 경계하거나 무서울 때 느끼는 오한과 똑같았다. 시우가 고개를 가만히 기울였다.

“왜 그래?”

“몰라, 그냥…… 뭔가 무서워.”

눈이 닿는 곳마다 겁에 질려 움찔움찔 어깨가 경련했다. 매번 아무렇지도 않게 마주했던 큰 평수의 집 안이 순식간에 음산하게 보일 정도다. 벡터 앞에서도 기가 죽긴커녕 손톱을 세우던 세아인데, 지금처럼 무언가에 떠는 모습은 시우와 한결에게도 낯설었다.

“뭐야, 어디 아픕니까?”

“아니, 그게 아니라…….”

아까 도현과 함께 잠들 때만 해도 이러진 않았는데. 적어도 일어났을 때에도. 아…… 순간 세아의 입이 작게 벌어졌다.

“……설마.”

지금 도현이 집에 없단 걸 알아서 이런가? 미약하게 인상을 구겼지만 여전히 주변이 무섭게 느껴지는 건 그대로다. 세아는 소파 밑으로 무언가가 튀어나올 것만 같아 냉큼 다리를 올렸다.

“지금 귀여운 척하는 겁니까?”

“뭐, 뭐가?”

“다리요, 다리. 왜 안 하던 짓입니까?

다람쥐처럼 몸을 동그랗게 만 세아를 보며 한결이 속을 게워 낼 것만 같은 표정을 지었다. 확실히 안 하던 행동이긴 했지만 그만둘 생각은 없었다. 지금 세아는 제 몸에 닿는 공기조차 무서웠다.

"도현인, 도현인 언제 와?"

"금방 온다고는 했는데 부르면 되지 않나요?"

"아니, 리만 씨랑 할 얘기 있어서 간 걸 거야. 그러니 방해하면 안 되는데……."

도현이 이곳에 없단 생각만 하면 심장이 쿵쾅거렸다. 아, 어쩌지. 세아가 갈등하던 사이, 누군가가 집 안에 들어온 걸 감지한 한결이 계단 쪽으로 시선을 던졌다.

"윤세아 씨, 실례하겠습니다."

중오였다. 그 뒤로 릭시 본부 배지를 찬 자들이 두 명이나 큰 가방을 들고 올라왔다.

"도현인 집에 없는데요."

"아니, 윤세아 씨에게 볼일이 있어 온 겁니다."

"제게요?"

"네, 잠시 피검사를 해도 되겠습니까?"

피검사……? 그 순간 세아의 심장이 쿵 하고 떨어지는 듯했다. 아기. 내게 아이가 생겼는지 확인하려고 그러나?

"그리 어려운 일은 아닐 테니 협조 부탁드립니다."

아니, 그건 한결과 시우 말곤 아무도 모르는 사실이다. 근데…… 의심해 볼 수도 있잖아. 아까 서재에서 서류를 결재할 때 도현의 다리에 앉아 있던 세아를 끈질기게 바라보던 중오였다. 그러니까 의심하는 거잖아. 내가 도현이랑 종종 관계를 갖는 것도 알고. 그러니까.

"윤세아 씨?"

만약 아이를 가졌다면 없애려고. 세아가 손아귀를 꽉 움켜쥐며 중오를 노려보았다.

"……안 해요."

"피검사일 뿐입니다."

"안 한다니까요? 싫어요."

완강히 거부하는 세아를 본 한결의 미간이 좁아졌다. 중오는 헛숨을 들이켰다.

"간단한 건데 왜 그렇게 거부를 하십니까?"

"싫은데 이유 있어요?"

"윤세아 씨."

"시우야, 막아 줘!"

제게 한 걸음 다가온 중오를 보며 세아가 소리 지르자 시우가 결박으로 이곳에 있는 모든 자들을 묶었다. 중오는 저를 향해 경계심을 곤두세우는 세아를 보며 난처한 얼굴을 했다.

"왜 그러십니까? 아프지도 않아요."

"안 한다고요. 내가 거부한다는데 왜 이렇게 강요하세요?"

한결이 날 선 목소리로 말했다.

"맞습니다. 지금은 이글께서 부재중이니 나중에 다시 얘기하시죠."
"지금 당장 확인해 봐야 할 일입니다."
"그러니까 대체 뭐를요?"
뭐긴, 내게 아이가 있는지 없는지 보려는 거잖아. 낯이 파리해진 세아는 20초가 끝나자마자 자리에서 일어나 베란다로 향했다.
"윤세아 씨!"
"이 앞으로 더는 못 갑니다."
한결이 하이라이트로 그들의 시선을 묶어 둔 사이, 베란다 창문을 연 세아는 무작정 난간 밖으로 몸을 옮겼다. 저곳보다 차라리 이곳이 나았다. 벽 타는 솜씨를 여실히 발휘하며 손톱만 한 외벽 난간을 발끝으로만 옮겨 가던 세아를 본 중오가 소리 질렀다.
"윤세아 씨! 괜히 다치지 말고 이리 오세요!"
"싫어요!"
"여기 2층입니다. 떨어지면 무슨……."
"그러니까 오지 말라고요!"
세아가 난간을 꽉 움켜쥐며 신경을 곤두세웠다. 중오가 잘근 입술을 씹었다가 천천히 말했다.
"도현 님 숙련도 오른 게 윤세아 씨 때문인 거 같습니다."
"무슨……."
"그걸 확인해 보려 검사를 하자는 거니, 얌전히 이리 오세요. 아니, 제가 가겠습니다.”

“다가오지 말아요!”

“윤세아 씨!”

“도현아!”

세아는 질끈 눈을 감으며 그 이름을 불렀다. 으윽, 도현아, 도현아. 파르르 손끝을 떨며 애타게 도현을 찾자 그 순간 등 뒤로 따스한 온기가 달라붙었다.

“왜 울어.”

‘하아’ 작게 숨을 토해 낸 세아가 감고 있던 눈꺼풀을 밀어 올리자 필사적으로 난간을 붙잡고 있던 손 위로 커다란 손이 다가와 덮는다. 고개를 돌리자 도현이 세아를 내려다보고 있었다.

“누가 울렸어.”

“도현아.”

세아를 그대로 끌어안은 도현이 순간이동을 사용해 집 안으로 들어왔다. 믿기지가 않아 올려다보았다. 도현이 세아의 얼굴에 남겨진 액체를 엄지로 쓸어 주었다.

“괜찮아. 나 왔잖아.”

“윽…….”

왜 이렇게 눈물이 많아졌는지 모르겠다. 그냥 도현을 보니 눈물부터 나왔다. 무작정 도현을 끌어안은 채 서러운 울음을 터트리자 세아의 등을 몇 번이고 도현이 쓰다듬어 주었다. 다가온 중오를 보며 도현이 사나운 눈빛을 했다.

"지금 뭐하는 짓들이야. 왜 윤세아가 난간에 매달려 있어."

도현은 당장에라도 중오를 씹어 먹을 태세였다.

"검사할 게 있었습니다."

"무슨 검사."

"윤세아 씨 주변으로 숙련도가 오른 자들이 일곱입니다. 그게 체향과 연관된 거 같아 검사를 해 봐야겠습니다."

"말도 안 되는."

하지만 중오가 저리 진중한 얼굴로 있으니 도현의 눈동자가 뒤늦게 흔들렸다.

"……초능력이야?"

"검사해 릭시 판정이 나온다면 초능력일 겁니다."

"아니라면."

"그건 나중에 가서 다시 말씀드리겠습니다. 우선 릭시인지 확인부터 하시죠."

릭시라. 도현이 아직도 제 셔츠에 얼굴을 파묻고 울고 있는 세아를 내려다보았다. 검사를 해 봐야 할 상황인 건 맞으나 세아가 이렇게 떨고 있으니 문제였다. 도현은 소파로 세아를 데려가 앉히고선 그녀가 진정될 때까지 안아 주었다.

"검사하자. 응?"

"……."

"피만 뽑으면 돼. 할 수 있잖아."

싫다고, 싫단 말이야. 속으로 거부의 욕구가 솟구쳤지만 도현이 어르고 달래니 신기하게도 날카롭던 신경이 진정되었다. 나른해지면서 머릿속이 온화해진다. 세아가 작게 중얼거렸다.

"……안 하면 안 돼?"

"왜, 뭐가 무서운 건데."

"그냥 싫어. 왜 너까지 내게 자꾸 강요해?"

"네가 릭시일 수도 있다잖아."

"그 말을 믿어?"

"믿어도 나쁘지 않을 상황이니까."

"……만약 다른 것까지 알려지면 어떡해?"

릭시고 뭐고, 세아는 그보다 제 뱃속에 있을지도 모르는 아이가 걱정되었다.

"다른 사실 뭐."

도현의 검은 눈동자를 보니 차마 말이 나오지 않았다. 세아는 잘근 입술을 씹으며 팔을 뻗었다. 도현이 제 가슴으로 얼굴을 기댄 세아의 머리를 감싸며 중오에게 눈짓했다. 릭시 본부에서 나온 자들이 중오의 지시 아래 세아의 팔에서 피를 뽑았고 그들이 가져온 기계로 각종 검사가 이뤄졌다. 주변 모두가 침묵했고 한참 뒤에야 검사지가 나왔다. 그걸 검토하던 남자가 나지막이 입을 벌렸다. 중오는 날카롭게 물었다.

"왜, 릭시인가?"

"아니, 저 그보다 그……."

놀라운 듯 동공이 확장된 남자가 도현을 보며 천천히 말했다.

"……임신하셨습니다."

바들바들 떨던 세아가 도현의 어깨를 꽉 움켜쥐며 얼굴을 숨겼다.

"……."

도현은 아무런 말도 할 수 없었다.

"뭐라고?"

중오가 종이를 빼앗아 들었다. HCG 호르몬 수치가 700을 넘었다. 펠다민, 펠다민은…… 없다.

"릭시가 아닌가?"

"……네, 윤세아 씨는 제로입니다."

그럼 유독 강한 체향은 초능력이 아니라는 것이다. 아니, 잠시만. 중오는 한꺼번에 밀려드는 문제를 정리하려 인상을 구겼다.

"……도현 님, 이게 사실입니까?"

믿기지 않았다. 세아 하나만으로 지금 얼마나 많은 비난과 위협을 받고 있는 상황인데 아이라니. 이 사실이 외부로 알려진다면 더한 반발이 튀어나올 걸 세아 본인도 잘 알고 있을 터였다. 그래서 잠자리까지는 관여하지 않았던 것인데 이런 식으로 뒤통수를 칠 거라고는 중오 역시 꿈에도 몰랐다.

"말씀해 보세요. 사실입니까?"

이미 검사 결과가 임신이라 알려 주고 있었지만 도현의 입으로 듣고 싶어 대답을 갈구했다. 이 모든 걸 다 알면서도 의도한 것인지가 중요했다. 만약 그렇다면 처음으로 화를 내고 싶을 지경이었다. 프로젝트를 이끌어 나가는 귀중한 존재의 아이를 벡터도 아닌 제로가 가장 먼저 갖게 된 상황을 어찌 감당하려고. 제로일 게 뻔한 아이는 세상 빛을 못 볼 게 분명했다.

"도현 님."

도현은 넋이 나간 얼굴로 세아를 내려다보고만 있었다. 파르르 겁에 질린 토끼처럼 제 품에서 떨고 있는 작은 생명을 빤히 보다 더욱 힘줘 끌어안았다.

"모두 다 나가."

"도현 님."

"나가라고. 애 겁먹은 거 안 보여?"

주변까지 얼어붙게 하는 살벌한 음색에 내성 없는 본부 사람들이 먼저 주춤거리며 계단을 내려갔다. 한결과 시우 역시 예상했음에도 충격적이었는지 얼이 나간 채 서 있다가 자리를 비켰다. 끝까지 중오 혼자만 자리를 지키다 발길을 돌렸다. 주변을 모두 치운 다음에야 도현이 고개를 숙였다.

"……세아야."

이름을 부르는 게 이토록 떨릴 수 있는지 도현은 처음 알았다.

"왜 말 안 했어?"

"……."

"알고 있었어?"

검사를 거부했던 이유가 이거였을까. 도현은 고개를 저으며 세아의 머리 위로 입술을 꾹 눌렀다.

"아니, 다 상관없어. 이제라도 알았으니 된 거야."

여린 머리카락을 모두 다 쓰다듬어 줄 요량으로 손을 움직였다. 어떻게 이 작은 몸에 내 아이가 있단 거지. 신기하면서 너무도 사랑스러워 견딜 수가 없었다. 네가 내 아이를 가지다니.

"머리가 어떻게 될 것만 같아, 너무 좋아서."

"……."

"기뻐 미칠 거 같아."

세포 하나하나가 다 저릿했다. 제가 안으면 꼼짝없이 파묻히는 이 여린 몸 안에 그보다 더 작고 희미한 생명체가 자라고 있다니. 그것이 제 핏줄이라는 사실은 도현의 심장을 쉴 새 없이 요동치게 만들었다. 얼굴이라도 보고 싶은데 도무지 고개를 들지 않아 도현이 코끝으로 세아의 귓가를 파고들었다.

"세아야, 나 봐 봐. 응?"

"……."

"왜 그렇게 숨어 있어. 뭐가 무서운데. 넌 안 기뻐? 좋지 않아?"

세아는 대답 대신 도현의 어깨만 꽉 움켜쥘 뿐이었다.

"여보야, 우리 아이라고."

크게 심호흡을 한 세아가 살며시 고개를 들었다.

"……넌 좋아?"

"당연하지. 나 지금 웃는 거 안 보여?"

미소 짓는 도현의 얼굴을 물끄러미 바라보았다. 얼마나 운 건지 눈초리 끝에 매달린 방울이 측은해 미칠 지경이라 도현은 제 입술부터 갖다 댔다. 발갛게 부어오른 살점을 모두 깨끗이 핥아 주었다.

"왜 우는 건데. 기쁜 일인데 왜 울어."

"무서웠어. 아이 가진 거 알려진다면 없앨 테니까."

"누가 없애. 너와 내 아이인데 무슨 수를 써서라도 아빠인 내가 지켜."

도현이 거칠게 대답했다가 이내 깃털처럼 부드러운 음색으로 말했다.

"알고 있던 거야, 아이 가진 거?"

"……."

"난 네가 허락하지 않아서 마음 없는 줄 알았어."

자신의 배를 천천히 쓰다듬는 손길을 느끼며 세아가 입술을 꾹 깨물었다. 몰랐던 사실이다. 하지만 임신할 거라 어렴풋이 느끼고 있었을지도 모른다.

"근데 그날 우리에게 행운이 찾아왔네."

관계가 끝난 다음 날, 세아는 제가 왜 그런 일을 저질렀는지 이해할 수 없으면서도 사후 피임약을 먹지 않았다. 아마 제 안에 도현의 아이가 생길 것이란 확신이 그때 있었을지도 모른다. 하지만 이 모든 걸 인정하기엔 두려운 마음이 더 컸다.

"……지금 상황에서 아이 생기는 일 정말 좋지 않다는 거 알아."

"그런 거 신경 쓰지 마. 내가 생각해야 할 문제야."

"아니, 너와 나의 아이니까 둘의 문제야. 현실적으로 생각해. 이건 우리뿐만이 아니라 아이에게도 미안한 일이라고. 그건 너도 알고 나도 알던 거야. 그래서 계속 신경 써왔던 부분이고."

"……계속 말해."

"네게 이상하게 들릴 수도 있는데 그날, 나도 왜 그랬는진 모르겠지만 그 순간만큼은 정말 아이를 가지고 싶었어."

"그럴 수도 있지. 이렇게 한 번에 생길 거라곤 생각 못했었지만."

"중요한 건 내가 이 위기를 알고 있었으면서도 아이를

가지고 싶어 했단 거야."

도현의 인상이 설핏 구겨졌다. 기뻐 날뛰고 싶은 마음이지만 세아가 이리도 걱정하는 부분인데, 도현도 문제라 생각되는 걸 짚어 보았다.

"그게 언제였지."

"대략 3주 전이니까……."

작게 숫자를 세는 세아를 보며 도현은 생각에 잠겼다. 그날 세아가 평소보다 적극적이었던 건 침대에서 상대하던 도현이 가장 잘 알았다. 땀으로 젖은 둘 사이에 오고 가는 대화에서도 세아가 얼마나 아이를 원했는지를. 한데 그날이 지나고 나서 다시 원래 세아처럼 마무리를 신경 쓰는 게 이상하긴 했었다.

"네 체향에 문제가 있다고 하던데."

세아가 움찔거리자 도현이 괜찮다며 어깨를 다독였다.

"나처럼 제로에서 초능력이 발현된 건 아니야. 오늘 아침에 쓰러진 것도 생각해 보면 네 향이 유독 강해서……."

기억을 더듬던 도현이 참을 수 없단 듯이 미간을 폈다.

"됐고, 우선 아이부터 보자. 병원부터 가."

도현은 허리를 일으켜 세우며 세아의 뺨에 입 맞췄다. 어쩜 이렇게 사랑스러운지 도현은 머리부터 발끝까지 세아에게 키스를 퍼붓고 싶었다. 결국 참지 못해 입술을 파고들자 세아가 눈을 깜빡였다. 감미로운 느낌이 입안에서 차올랐지만 반응할 수가 없었다. 아직 이 모든 게 믿기지 않았으므로.

"임신 초기가 맞다는군요."

"하."

정말 세아가 내 아이를 가지다니. 도현은 또 한 번 감탄할 수밖에 없었다. 중오의 관리 아래에 있다지만 릭시 본부 사람을 더는 연관시킬 수 없는지라 사람들의 눈을 피해 후미진 곳에 위치한 제로 산부인과를 찾았다. 제로인 간호사 한 명과 늙은 의사가 운영하는 아주 작은 곳이라 입단속시키기엔 용이했다.

"들어가 봐도 돼?"

"아직요. 아까도 의사가 도현 님 얼굴 보고 놀라 벌벌 떨지 않았습니까."

"이런 곳에서 검사받는 것도 불만인데 의사까지 배려해야 하다니."

도현이 거칠게 눈썹을 구겼다. 벡터들이 출입하는 곳에 비해 시설이나 질이 현저히 떨어졌지만 비밀스러운 진행을 위해서다. 그런 곳에 유니벌이 온다 해도 까무러칠 일인데 하물며 이글을 직접 본 제로의 반응이 어떨지 이해가 안 되는 건 아니다.

"언제 나오는데."

"곧 나올 겁니다."

"세아 나오면 의사 기절하는 한이 있더라도 직접 얼굴 보고 얘기할 거야."

궁금한 게 많은데 밖에서 기다리고 있으라니, 이건 도현에게 죽으라는 거나 마찬가지였다. 초조한 듯 앉은 자리에서 가만있질 못하는 도현을 보며 중오가 물었다.

"그렇게 좋습니까?"

"미칠 거 같은데."

감정이 결여된 채 훈련을 받던 도현이 이렇게 행복해하는 표정을 지을 수 있을 거라 생각하지 못했던 중오는 이제야 그가 인간처럼 느껴졌다.

"아까 검사한 자들이 이 사실을 모두 알고 있습니다. 입단속은 시킨다지만 윤세아 씨의 배가 나온다면 얘기가 달라지겠죠."

하지만 주체할 수 없을 정도의 기쁨은 이성까지 흐릿하게 만들기 마련이라, 냉철하게 이 앞으로 펼쳐진 것들을 관리자로서 일깨워 주었다. 도현은 고개를 끄덕였다.

"알아. 프로젝트 얘기하는 거지."

"네, 안 그래도 도현 님 숙련도 오르신 것 때문에 더 좋은 벡터가 나올 거란 기대까지 하고 있는 자들인데, 그 고결한 씨가 벡터도 아닌 윤세아 씨 안에 자란다면 가만두지 않겠죠."

"숙련도라. 세아의 체향이 내 숙련도를 올린 거라며."

"어디까지나 가설입니다. 더 정확하게 결론 내리기 위해선 연구해 봐야 하고요."

"연구는 네 머리에서 해. 아무도 윤세아 몸엔 손 못 댈 줄 알아."

중오가 인상을 찌푸리며 말했다.

"제가 윤세아 씨를 어떻게 할 거라 생각하십니까?"

"너 릭시 본부 소속 아니었어?"

"그 이전에 도현 님 관리자입니다."

"내 관리자이지, 세아 관리자는 아닐 테고."

"……윤세아 씨에게서 태어날 아이가 제로인 건 뻔한 사실이지만 그렇다고 해서 제가 들어선 애를 죽이진 않습니다."

"왜, 내 위상에 오점이 될 만한 일 아닌가? 이글에게서 제로의 아이가 태어난다는 건 네가 제일 불결하게 생각할 텐데."

"그전에 더는 윤세아 씨가 제게 불결하지 않단 걸 알아주셔야죠."

"……."

"윤세아 씨 체향엔 분명 비밀이 있습니다. 그녀와 연관된 자들, 향을 맡은 자들이 일곱이나 숙련도가 오른 상황인데 입증만 한다면야 이건 역사에 큰 획을 그을 만한 사실이죠. 그런데 몸 안의 아이를 강제로 없앤다? 지금 윤세아 씨의 모든 걸 조사해도 모자랄 판에 그러다 무슨 일이라도 생기면요. 무슨 일이 벌어질지나 알고요. 그런 위험한 짓은 안 하죠."

도현이 설핏 웃음을 터트렸다.

"그래, 차라리 그렇게 말해. 그편이 더 안심되고 믿을 만하니까."

세아에게 위협이 될지 분별하려 일부러 중오를 자극했던 도현이다. 하지만 정말 세아의 향이 숙련도와 연관된 것인지 궁금하긴 했다.

"윤세아 씨 보호자분, 안으로 들어오세요."

진료실 바깥으로 나온 간호사를 본 도현이 반사적으로 몸을 일으켰다. 안으로 들어가자 기다렸단 듯 세아가 도현에게 팔을 뻗었다.

"도현아."

"응, 나 여기 있어."

진료실에 혼자 들여보낼 때에도 무섭다며 팔을 잡고 놓아주질 않던 세아였다. 그런 세아를 진료실 안에 두고 문을 닫았던 도현은 꽤 심란한 표정이었다.

"빨리 안아 줘."

재촉하는 모습이 보호본능을 자극해 도현은 제 아이까지 둘을 안는 마음으로 세아를 데리고선 자리에 앉았다.

의사는 겁에 질려 눈도 마주치지 못한 채 도현이 그토록 듣고 싶어 했던 말을 했다. 혈액과 소변 검사를 해 보니 임신이 확실하다며 안정을 강조했다. 제가 아빠가 되었단 사실을 듣는 순간인 만큼 도현은 연신 고개를 끄덕이며 늙은 의사의 말을 경청했다. 초기에 조심해야 할 사안을 빼곡히 머릿속에 입력하는 사이, 세아는 오히려 복잡한 얼굴을 했다.

내가 정말 엄마가 되는 걸까, 이 안에 정말 아이가 있는 걸까. 그런 의심들이 이젠 열매를 맺어 세아에게 오묘한 감정을 선사했다. 기쁘면서도 행여 아이가 잘못될까 무섭기도 했다. 책임감이 강해지면서도 무사히 낳을 수 있을까 두려웠다. 자신의 주변엔 위험뿐인데 내 아이를 지켜 낼 수 있을까.

"더 궁금하신 건 없습니까?"

"일단 저도 믿기지가 않아서 뭘 더 물어봐야 할지 모르겠지만 나중에 생각나면 그때 하도록 하죠. 오늘 본 일만 모른 척해 주신다면 보상은 아끼지 않고 해 드리겠습니다."

"그, 그러겠습니다."

의사가 맹세한단 듯이 고개를 조아렸다. 어서 빨리 집으로 가 세아를 편히 쉬게 하고 싶어 도현이 일어서자 목을 끌어안고 있던 세아가 매달렸다. 도현이 도로 자리에 앉으며 세아를 다독였다.

"왜, 못 일어나겠어? 안아 줄까?"

"응."

"실례지만 윤세아 씨, 어디 불편하신 건 아닙니까?"

옆에 서 있던 중오가 조심스레 물었다. 지금 세아는 평소라면 절대로 하지 않을 수준으로 도현에게 매달리며 의지하고 있었다. 한시라도 떨어지지 않으려는 듯 꼭 옭아맨 두 팔이 수갑이라도 채워진 것만 같았다.

"아, 자연스러운 현상입니다. 지금 윤세아 씨는 검사가 아니더라도 임신이란 걸 알 수 있을 정도거든요."

"그게 무슨 말입니까?"

"워, 원래 임신을 한 제로는 안전하다 생각하는 상대에게 의존하려는 경향이 있습니다. 이를 '보호 의지'라 하는데, 벡터들과 달리 임신을 한 제로는 모성 본능이 매우 강해져 주변 모든 것을 경계하게 됩니다."

중오가 지그시 눈썹을 구겼다.

"제로가 벡터보다 모성 본능이 강해 출산율이 높다는 건 알고 있긴 한데, 이 정도는 너무 심한 거 아닌가?"

"네, 지금 윤세아 씨는 보호 의지가 유독 강하긴 합니다만 그마저도 제로마다 다를 수 있는 거라 도, 도현……."

"편하게 부르세요."

"……도현 님을 윤세아 씨가 무척 사랑하고 있단 증거입니다. 산모가 느끼는 애정이 강하면 그에 의지하려는 경향 또한 강해지거든요."

"증거?"

"제로와 벡터는 완전히 다른 호르몬을 가지고 있으니까요."

"당연하지. 제로와 벡터는 신체 자체가 다르네."

중오가 그런 뻔한 사실을 왜 비교하는지 껄끄럽단 식으로 말하자 의사가 머리를 더욱 수그렸다.

"예…… 여성 제로에게만 있는 성호르몬인 아이오신은 자궁 내막의 발달을 촉진하거나 월경을 담당하는데, 이것과 연관성 깊은 호르몬이 바로 '셀라노'입니다. 평상시엔 상대를 향한 신뢰감이나 유대관계, 애정을 느낄 때 분비돼 스트레스를 감소시키고 안정감을 주죠."

너무 오래돼 기억이 희미했지만 도현 역시 과거 제로였기에 셀라노와 관련돼 학교에서 배운 적 있었다.

"지금처럼 임신을 하게 되면 셀라노가 과도하게 분비되는데, 본인 의사와 상관없이 자신이 가장 믿는 상대에게 의지해 안정을 찾으려는 행동을 유발시킵니다."

"의사와 상관없다라……."

도현이 아까 침대 위에서 세아가 했던 말을 되짚어 보다 물었다.

"애정을 느낄 때도 분비된다면 혹시 그게 아이를 가지고 싶단 욕구까지 일으키나?"

평소엔 안전한 상황에서 아이를 가지고 싶다 딱 잘라 말하던 세아였지만 그날은 아니었다. 의사가 고개를 끄덕였다.

"그럴 수도 있습니다. 제로의 번식력에 일조하는 게 벡터에겐 없는 셀라노입니다. 신뢰나 애정을 높여 주는 기능도 하는 터라 그 감정이 강해지면 아이를 가지고 싶단 욕구로도 이어집니다.”

“평소 아이를 가지겠다는 의사가 없었다 하더라도?”

“네, 호르몬 영향이라…… 깊은 사랑을 하고 있단 증거죠.”

중오가 설핏 웃음을 터트렸다. 웃기는 게 당연하다. 정서적 교류가 있을 때에만 분비되는 셀라노는 제로의 번식력을 높이는, 동물의 호르몬이라며 벡터들이 비하하는 호르몬이었다. 정말 사랑하는 대상을 만났을 때만 욕구를 일으키는데, 이성을 감정이 지배하는 상태로 빠지는 거라 벡터들에겐 하급하다 여겨졌다. 세아가 작게 중얼거렸다.

“제가 지금 셀라노가 과다 분비되고 있다고요…….”

어떻게 이럴 수 있을까. 카시스에서 있는 동안에도 세아가 늘 조심하던 게 셀라노였다. 비록 제로란 의식을 버리고 그림자가 되어야 했지만 유대 관계나 신뢰 관계에서도 생겨날 수 있기에 신경 썼던 것이다. 하지만 도현을 다시 만나면서 세아는 자신 안에 억눌려 있던 사랑이 다시 꿈틀대는 걸 느꼈다. 나인의 삶을 청산하자 긴장이 풀려 셀라노 호르몬이 분비되었던 건가. 세아는 그날의 자신이 보였던 행동을 이제야 납득할 수 있었다.

“……내가 널 너무 사랑해서 그런 거였어.”

“그래? 듣기만 해도 좋아서 소름 돋는데.”

도현이 세아의 머리카락을 헤집었다. 감미로움에 젖은

얼굴이었지만 세아는 저 자신이 미련하게 느껴졌다. 어떻게 이걸 놓치고 있었지. 도현은 '착하다' 세아의 머리를 쓰다듬어 주며 의사에게 물었다.

"그럼 이제 제가 뭘 하면 됩니까?"

"최대한 안정을 느낄 수 있도록 옆에 있어 주시는 게 좋습니다. 지금 윤세아 씨의 보호 의지는 일반적인 제로보다 심한 상태거든요."

"제게 신뢰와 애정이 강해서 그렇다고요."

"네."

그 말은 즉, 세아가 제게 달려들었던 그날이 사랑하지 않았더라면 일어날 수도 없던 일이라는 것이다. 자기도 왜 그런지 모르겠다며 울상이었던 세아의 얼굴이 스치자 도현은 올라가는 입꼬리를 주체할 수 없었다.

"어떡하지, 우리 여보가 날 너무 사랑해서 그렇다네."

제게 의지하는 모습 또한 신뢰하는 대상이라 보이는 행동이라니. 정신적인 걸로도 모자라 육체까지 도현을 사랑한다 여실히 증명하는 셈이라 기쁘지 않을 수가 없었다. 제 품에 파묻힌 세아를 더욱 끌어안으며 도현이 속삭였다.

"걱정 마. 내가 책임지고 안 떨어질게."

"……집에 갈래. 여기 너무 싫어."

"그래, 가자. 가서 맘껏 예뻐해 줄게. 이틀 뒤에 뵙도록 하죠."

"예, 예……."

"먼저 가."

"네, 들어가십시오."

도현이 순간이동으로 사라지자 중오의 낯빛이 순식간에 조명이 꺼진 것처럼 어두워졌다.

"셀라노의 영향이 향기로도 분출되나?"

"예?"

"체향 말일세."

"글쎄요……. 제로, 벡터 누구나 땀을 분출하기에 체향을 가지고 있지 않습니까?"

"그런 거 말고, 향기 말일세."

"연구에 의하면 제로끼리는 서로의 냄새를 거의 맡지 못합니다. 후각이 좋은 벡터들만 맡는 거로……."

"그렇다면 벡터들이 맡지 못하는 제로의 향이 존재하지 않는단 건가?"

"아마도 그렇겠죠."

"확실하게 말해."

"그건 연구한 바가 없어 저도 명확히 말씀드릴 수가 없습니다."

"왜지?"

"자, 잘 아시지 않습니까. 제로를 연구하는 벡터가 과거엔 있었지만 지금은 없단 거…… 제로 수준에서 알아내는 건 한계가 있습니다."

맞는 사실이다. 벡터는 본인들의 초능력을 올릴 숙련도나 신체에 관심 있지, 일개 제로에 관한 연구 따윈 관심도 없었다. 제로가 연구한답시고 나서도 기술적인 부분에 부딪쳐 근접할 수도 없었다. 중오는 '후읍' 깊은숨을 내쉬었다.

제로 연구부터 해야 하는 걸까. 중오가 입막음용으로 준비해 둔 금액을 재킷에서 꺼내 내밀었다. 제로라면 평생을 벌어도 손에 쥘 수 없는 금액을 본 의사가 냉큼 그걸 챙겨 들었다.

"입만 잘 단속한다면 아무 일 없을 걸세."

"네, 네."

"그럼 또 보지."

"……아, 하나 더 도현 님께 전해 주십시오. 지금 윤세아 씨는 다른 제로들보다 보호 의지를 굉장히 많이 느끼고 있어 주의할 점이 있습니다."

"뭐지."

"보호 의지를 가진 제로가 의지하는 대상과 장시간 떨어져 있게 되면 문제가 생길 수도 있습니다."

중오가 눈썹을 지그시 구겼다.

"어떤 문제?"

"그게, 장시간 떨어져 있으면 자신이 보호받을 수 없다 생각해 본능적으로 의지하는 대상을 바꿉니다."

"바꾸다니? 아이 아빠가 아닌 자에게도 지금처럼 그리 반응한단 건가?"

"네……. 이건 자신의 몸을 보호하기 위한 문제라…… 일반적인 제로라면 배우자인 제로에게 의지하며 벡터가 분출하는 위압감에 위축되겠지만 윤세아 씨는 상대가 릭시 아닙니까?"

"그래서."

"현재 윤세아 씨는 도현 님과 함께 지내면서 다른 제로와 달리 그 위압감에 굉장히 익숙해진 상태입니다. 안정까지 느끼고 있는 데다가 애정도 받고 있고요."

"안정을 느낀다는 건 저를 보호해 줄 강자란 인식이 박힌 겐가?"

"네, 안정감을 이미 도현 님께 느꼈기 때문에 대상을 옮긴다면 주변에서 그와 비슷한 애정을 주거나 위압감을 가진 대상일 겁니다."

중오의 눈썹이 살며시 구겨졌다.

"어떤."

"이글 다음으로."

설마.

"힘 있는 자가 그 대상이 되겠죠."

신이현……?

“오늘이 며칠이지.”

“19일입니다.”

19일. 나지막이 숫자를 입으로 읊조린 이현이 소파에 앉아 누군가를 기다렸다. 머지않아 집 안으로 들어선 남자가 정중히 고개를 숙이고 재빨리 다가와 이현의 앞으로 무릎을 접었다. 그런 남자의 까만 머리통을 이현은 건조한 눈빛으로 내려다보았다. ‘달칵’ 장치가 풀리는 소리와 함께 옆에 서 있던 비서가 웃으며 말했다.

“드디어 푸셨네요. 한 달 동안 잘 견디셨습니다.”

떨어져 나간 발찌를 응시하는 눈빛이 어둑하다.

“치워.”

발찌는 남자의 손길에 의해 빠르게 사라졌다. 이현이 깊은숨과 함께 허리를 굽혀 뻐근한 발목을 기름칠하듯 매만졌다. 오랫동안 얽매여 있어 아무것도 걸리지 않는 느낌이 낯설면서도 이제야 원래 본인으로 돌아온 듯한 기분이 들었다.

“아.”

원래의 나대로.

"지금 당장 윤세아 상태 어떤지부터 알아 봐."

한 달 내내 어떻게 하면 세아를 잊을 수 있을까 헤매었지만 결국 이현이 한 일이라곤 그녀를 대신할 사람을 찾거나 먼발치에서나마 바라본 게 전부였다. 그 시간 동안 이현은 충분히 절망했고 세아의 눈물을 보며 불행했다. 그럼에도 절대로 변하지 않는 사실 하나, 너는 여전히 그 남자 옆에 있겠지. 고개를 젖혀 비서를 바라본 이현의 입꼬리가 올라갔다.

"일 처리는 조용히 하자고."

하지만 내게 아직 널 가질 수 있는 방법이 더 남아 있을지도.

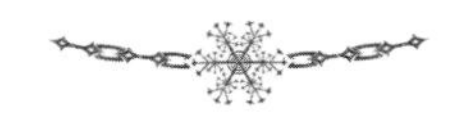

"이렇게 실제로 보니 정말 신기하네. 그 보호 의지라는 거 말이야."

세아는 제 이런 모습이 민망스러워 엘린의 시선을 피했다. 마음 같아선 도현의 다리에 앉아 있는 몸을 일으키고 싶었지만 안정을 원하는 본능이 더 우세했다. 이곳에 아예 둥지를 틀어 버리라고 머리가 원하는 상태였다.

"임신한 제로들은 모두 이런다고?"

그런 모습은 평소 제로와는 담쌓고 살았던 엘린에게 꽤 흥미로웠다.

"네, 절 너무 사랑해서 우리 세아가 유독 더 심합니다."

도현은 세아의 '보호 의지'를 자랑처럼 떠들어 댔다. 동그랗게 손을 만 세아가 도현의 어깨를 툭 치자 '아' 하며 괜히 앓는 소리를 낸다. 곧바로 도현이 세아의 손을 꼭 잡으며 살살 만졌다.

"손 아프니까 하지 마."

"뭐?"

"우리 아기도 아프면 어떡해?"

"엄마 앞에서 못하는 소리가 없어……."

불편한 기색을 감추지 못한 세아가 억울한 듯 말했다. 이곳에서 도현과 엘린을 사이에 두고 어쩔 줄 몰라 하는 건 저 혼자였다.

"저기 엄마, 이렇게 앉아 있는 것도 결례인 걸 알지만 이해 부탁드려요. 아이 낳을 때까진 계속 이런 상태일 거라……."

"당연하지. 제로는 사랑을 하면 그런다면서. 어쩜 신기하기도 하지. 무슨 호르몬 때문이라고 하던데."

"셀라노요."

"아, 그래. 나 좀 봐. 내 딸이 제로인데 그런 것부터 알아 둬야지."

"임신 소식 너무 늦게 말씀드려서 죄송해요."

"아니, 너도 조심스러울 텐데 이제라도 말해 준 게 어디니?"

엘린이 생긋 웃자 도현이 세아의 허리를 더욱 끌어안았다.

"엘린 씨가 어디 가서 말하고 다닐 사람은 아니란 건 제가 더 잘 알죠."

달라붙기만 하면 세아의 배를 손으로 문지르는 것은 이미 버릇이 되었다. 세아는 그 행위를 말리는 것도 이젠 지쳤다.

"이해해 주셔서 정말 감사해요."

되도록 주변에서 알지 못하도록 숨길 생각이었지만 뜻대로 되지 않았다. 어디서든 눈이 시릴 정도로 냉철함을 유지하던 도현이 아기집을 확인한 뒤부터 바보처럼 웃는 얼굴로 돌아다녔기 때문이다. 게다가 관계 유지 차원에서 만나 오던 유니벌과의 사석도 전면 중단하더니, 아예 회사 일도 자택에서 보고 있단 소식은 주변의 궁금증을 유발하기에 충분했다.

"미스터 클로비스도 마찬가지일 테고. 안 그렇습니까?"

이런 자리에서 임신 소식을 듣게 될 줄은 꿈에도 몰랐던 닉이 낮게 기침했다.

"우선 제가 말씀드린 것부터 마무리 짓죠."

"뭐, 호적 문제 말입니까?"

"네, 법이 무사히 통과되어 오늘부터 세아는 마리아 아인 클로비스로 저희 부부 밑에 들어왔습니다."

그날 파티에서 회유한 유니벌들과 의회에 청원한 결과였다. 가장 높은 레벨의 다수가 원하니 법안은 손쉽게 만들어졌고, 입양 특례법이 개정되자마자 누구보다 먼저 세아를 호적에 올린 클로비스는 이 사실을 어서 도현에게 알려주고 싶어 한국으로 직접 방문한 거였다. 도현은 '흐음' 작게 소리 내며 엄지를 세워 세아의 배를 부드럽게 쓸었다.

"만약 통과 안 됐더라도 제가 되게 했을 텐데요."

하지만 도현은 오히려 그걸 기뻐하기보단 당연한 일처럼 대꾸했다. 만약 그들이 협조하지 않았더라면 자신이 가진 자본력으로 유니벌을 굽든 삶든 지져서라도 세아에게 선물로 주었을 것이다. 요즘 도현은 세아에게 뭐든 갖다 바치는 게 낙이었고 거기에 불가능이란 보이지 않았다.

"아무튼 잘되었군요. 이제 제로도 벡터와 가족이 될 수 있는 세상을 만들었으니, 그다음은 결혼이 가능한 세상이겠네요."

아이가 태어나기 전까진 무슨 짓을 해서라도 가능하게 할 기세였다.

"기대하셔도 좋습니다. 저 요즘 뭐든 다 해낼 수 있을 것 같거든요."

도현의 뒤로는 꾸준히 구축해 온 이글이란 절대적 위치와 유니벌과의 관계, 회사가 있었지만 의욕에 불을 지른 건 세아의 임신이 가장 컸다.

"회유가 현재로서는 가장 좋은 방법이긴 하지만 상황을 살펴보고 진행해야 할 듯싶습니다. 안 그래도 입양 특례법에 반대하는 자들의 화살이 제로에게 향하고 있어 영국에선 난리도 아닙니다."

세아의 눈초리가 날카롭게 올라갔다.

"제로요?"

"제로가 유니벌에게 입양되었다니까 내추럴부터 맥스까지의 벡터들이 신분 사회가 무너지는 일이라며 정부에다가 소리치는 걸로도 모자라 제로에게 화풀이를 하고 있지. 네가 이루고자 하는 일은 벡터들의 비위를 거스르니 말이다."

닉이 당연하단 듯이 말하자 세아의 마음 한편이 무거워졌다. 예상했던 일이었다. 자신이 사회를 변화시키려 할수록 벡터들의 반감이 커질 테고 그 화풀이 대상은 단연 제로가 될 터였다. 세아의 표정이 어두워지는 걸 본 엘린이 입꼬리를 올렸다.

"변화를 위한 희생은 언제나 존재하는 법이지."

"……."

"제로는 지금이 아니더라도 늘 희생당해 왔어. 달라질 것도 없는 일상이었지. 하지만 지금을 봐. 똑같이 벡터들에게 멸시받으며 개미 목숨 취급당하지만 신분을 떠나 입양 가능한 법이 만들어졌어. 이래도 예전처럼 그들의 희생이 의미 없을까?"

세아는 천천히 고개를 내저었다.

"아니요, 의미가 없을 리가요."

"……."

"사실 제로들이 원하는 건 인간으로 대우받고 함께 살아가는 존재로 인정받는 거예요. 비록 개정된 법이 신분 사회를 무너뜨린다며 시위가 일어나고 있지만요. 하지만 제로가 입양된다고 해서 없던 초능력이 생기는 것도 아니고, 벡터가 힘으로는 언제나 우세하다는 것 역시 변하지 않을 사실이에요. 그건 제로도 다 알고요."

"세아 말에 동의합니다. 초능력 때문에 이미 그들의 신분 차이는 극명합니다. 하지만 거기에 눌려 인간답게 살 자유까지 잃으면 안 되는 거죠. 저희처럼 모든 비난을 이겨 내면서 제로를 입양하고 싶어 했던 벡터들도 분명 존재합니다. 다만 법이 허락하지 않아 숨어 있을 뿐이지."

"맞아요. 난 세아 네가 제로라서 입양한 게 아니라 내가 사랑하는 아이가 제로이기에 이렇게나 막무가내로 기를 쓴 거란다. 그건 나에게도 큰 용기였지."

"……."

"유니벌인 내 이런 행동으로 인해 용기 낼 벡터들과 빛을 보았을 제로들도 있을 거고."

"신분 구별 없는 입양법은 고작 시작일 뿐입니다. 세아로 인해 심각성을 알았다지만 저부터가 과거 제로였기에 보고 느꼈던 것들이 있죠. 제가 릭시가 되어 이러지 않았더라면 전부 외면받았을 테고요."

세아의 표정이 강인해졌다. 긴 시간 절대적으로 유지되어 왔던 것들을 억지로 하나씩 조각내 움직이는데, 어찌 무너지는 곳이 없고 균열이 가지 않을 수 있을까.

"이제 그 기본적인 틀부터 고쳐 나갈 겁니다."

세아가 손을 꼭 움켜쥐자 그 위를 덮은 도현이 느릿하게 입을 열었다.

"마음 같아선 의회 전체를 점령하고 있는 벡터들을 전부 갈아치우고 제로를 넣어 평등한 비율로 만들고 싶지만 아직 제로에게 투표권도 없는 세상에서 뭘 기대하겠습니까? 법마저도 오직 벡터만이 제정하고 만들 수 있는데."

"……."

"그러니 눈에는 눈, 이에는 이. 그들에게 힘이 전부라면 우리도 그 힘이라는 걸로 조금씩 먹어 들어가야죠."

도현이 편히 혜택을 누리며 살 수 있는 위치임에도 그걸 거부하며 고군분투하는 이유는 하나였다. 사랑하는 여자가 제로이고, 곧 태어날 아이가 제로라서 그들이 죽임당하지 않을 세상을 만들기 위해서.

"흠, 초능력과 권력을 말씀하시는 거군요."

"그걸 이용하는 게 나쁜 선택이라고 생각하지 않습니다. 정의롭지 않다? 지금껏 부당하다 외치고 목숨 버려 가며 개혁을 꿈꾼 제로들이 없었겠습니까?"

"……."

"그 움직임은 과거 수십 번은 더 일어났었습니다. 하지만 치료 계열 초능력 때문에 벡터는 살고 제로는 모두 무자비하게 학살당했을 뿐이죠. 그 반복된 실패로 위축된 제로들이 원하는 건 자신들을 대신해 목소리를 내주고 영향력을 행사해 줄 수 있는 초능력을 가진 자들입니다. 그게 지금 우리고요."

우리라. 도현의 말에 닉의 눈빛이 진중해졌다.

"전 혁명이란 게 어느 정도의 자본과 권력을 쥐고 있는 자가 의식을 가지고 일어서야 가능하다고 생각합니다."

"확실히 제로와 벡터의 싸움보다는 벡터와 벡터가 더 승산 있겠죠. 거기에 레벨까지 높다면 더 살기 좋은 세상이지 않나요?"

"그러니 저희가 지금 반역을 꾀하고 있죠. 초능력 여덟 개를 보유한 저라도 클로비스 부부, 리만 씨와 위츠 씨 아니었으면 이렇게 버티지 못했을 겁니다. 바로 본부로 끌려갔을지도요. 다행히 영향력 있는 분들이 함께 해 주셨지만 전처럼 그분들의 목숨이 안전한 건 아닙니다."

"……."

"지금 우리는 다수가 아닌 명백한 소수입니다. 하지만 위험하고 힘겹더라도 싸워야 한다면 싸워야죠. 언제까지

먹히지도 않을 평화를 외치면서 주저할 수도 없고."

"맞는 말씀이긴 합니다. 평화는 벡터들에게나 존재하지, 제로에겐 없으니까요."

"우린 지금 그런 제로를 대변하는 겁니다. 그러니 벡터들에게 악당 취급 정도는 얼마든지 받아도 돼요."

깊이 한숨을 내쉰 도현이 머리를 뒤적이며 눈감았다.

"제로에게 후원을 더 해야겠군요. 피해 상황이 얼마나 되는지 보고해 주시면 제 쪽에서 전면 지원해 드리겠습니다. 사설 가드들도 고용해 제로를 위협하는 벡터들을 좀 막았으면 좋겠는데."

"그 부분은 저도 알아보고 지원하겠습니다. 우선 현재 영국에 제로 병원이 현저히 부족한 상태라 대부분 손쓸 새도 없이……."

병원이란 단어를 듣자 순간 세아의 머릿속에 피로 얼룩진 제로들의 모습이 떠올랐다. 지금 이런 시기에 자신의 아이까지 알려지게 되면 어떡하지. 내 아이가 위험하진 않을까? 등골이 서늘해진 세아가 손으로 입을 틀어막는 걸 본 도현이 인상을 구겼다.

"……이 얘기는 나중에 저와 따로 하시죠. 요즘 텔레비전도 못 보게 하고 있어서요."

"왜요?"

"태교 중입니다."

그 말과 함께 도현이 세아를 안으며 일어섰다. 요즘 들어 동전 앞뒤를 뒤집듯 안도와 불안을 반복하던 세아는 모든 상황과 현상을 제 아이와 연관 지어 생각했고 그건 보호 의지의 영향이었다. 하다못해 사물에도 겁에 질리는 세아라 이미 도현의 어깨에 얼굴을 파묻은 상태였다.

"잠시만요. 실례하겠습니다."

이럴 때마다 도현이 해야 할 일은 단 하나였다. 아이처럼 안아 응접실을 나온 도현은 괜찮다 세아에게 속삭였다.

"나 여기 있잖아. 그만 떨어."

"무서워. 내 아이 잘못되면 어떡해?"

"엄마 배 안에 있는데 왜 잘못돼. 그리고 널 내가 지금 안고 있으니 우리 햇살인 아무도 못 건드려."

햇살이란 단어에 세아의 불안한 표정이 한층 덜어졌다. 도현이 태어난 아이에게 따뜻한 세상을 줄 거라며 지어 준 태명이다.

"이제 가서 눕자. 아직 조심해야 할 시기인데 오늘 엘린 씨 오신다고 아침부터 너무 오래 일어나 있었어."

"싫어, 엄마 아빠 기껏 오셨는데 더 있어도 괜찮아."

"내가 안 괜찮아. 가서 자야 돼."

"왜 네 마음대로 그걸 결정해?"

"부탁하는 거야. 조금만 자자고."

응? 도현이 뺨에 입술을 부딪치자 세아가 뾰로통한 표정을 지었다. 둘이 나란히 도착한 침실엔 육아에 관련된 책들이 이리저리 널브러져 있었다. 도현이 침대에 내려놓은 뒤 책을 정리하자 세아가 곧바로 엎드리며 몸을 웅크렸다.

"배 그렇게 하지 말고 제대로 눕자. 우리 아기 아프면 어떡해."

"……눕는 것도 뭐라고 해."

베개에 얼굴을 파묻고 있던 세아가 도끼 같은 눈을 했다. 그래 봤자 도현의 눈엔 토라진 고양이처럼 보일 뿐이다. 너무나도 사랑스러운 내 고양이. 털을 쓰다듬듯 엎드려 누운 세아의 등허리를 매만지자 치켜 올라갔던 눈초리가 내려간다.

"빨리. 바로 하자."

세아가 못 이기는 척 반듯하게 누웠고 도현이 협탁에서 파란색과 분홍색의 아기 신발을 가져왔다. 베개에 기댄 배 위로 한 짝씩 내려놓자 세아가 설핏 웃음을 터트렸다. 처음 병원에 다녀온 다음 날, 제일 먼저 도현이 선물했던 것이다. 아직 성별까진 알 수 없어 남자 것과 여자 것을 나란히 사 들고 온 도현의 기쁜 표정이 아직도 생생하다.

"왜 갑자기 신발이야?"

"기다려 봐."

'훅' 불면 날아갈 것만 같은 작은 신발 안으로 검지와 중지를 끼워 넣더니 도현이 조금씩 앞으로 움직였다. 아장아장 아이가 걷는 것처럼 세아의 배에서 위쪽으로 점차 올라왔다.
"엄마, 엄마."
"뭘 하는 거야."
세아가 함박웃음을 터트렸다. 도현이 쓰읍 혀를 말았다.
"우리 햇살이가 걷고 있잖아."
"아…… 못살아."
"가만히 지켜보기나 해."
그러면서 또 손가락 두 개를 교차시키며 움직인다.
"햇살이 엄마한테 가고 있어요."
정말 도현의 말대로 파란 신 하나, 분홍 신 하나가 나란히 걸으며 세아에게 가까워지고 있었다.
"지금 이렇게 열심히 걷고 있어요."
문득 세아는 코끝이 찡해지는 걸 느꼈다. 무사한지, 괜찮은 건지 초음파로 확인할 때마다 안도하면서도 뒤돌아서면 불안해지는 세아였다. 아이를 지키고 싶은 보호 의지 때문이라지만 훨씬 그전부터 세상이 좋아지면 낳고 싶던 아이다. 그런데 너무 빨리 가져서 나 때문에 혹여 네가 잘못될까 봐 더 미안했다.
"빨리 자라서 나중엔 정말 엄마한테 걸어갈게요."
하지만 이렇게 신발을 신고 가까워지는 걸 보니 안전한 것 같아, 실제로 제 품에 안아볼 수 있을 것만 같아서 세아는 가슴이 벅찼다. 어느덧 가슴까지 도달해 멈춘 아기 신발을 보며 세아가 웃었다.
"햇살이 벌써 다 온 거야?"
"네."
"아빠는. 아빠는 같이 안 왔어?"
그러자 도현이 허리를 숙여 세아의 입술을 머금었다. 혀로 아랫입술을 빨아들였다가 놓으며 멀어진다.
"아빠가 왜 안 와."
도현의 검은 우주로 아득히 빠지는 기분이었다. 세아는 제 가슴에 놓인 신발을 꼬옥 움켜쥐며 도현을 바라보았다. 벌어진 입술 사이로 서로의 숨결이 엉켰다. 그러자 도현이 물어 왔다.
"……해 줄까?"
"뭘?"
"키스."
고개를 살짝 비트는 모습이 곧 입술을 부딪칠 것만 같았다. 하지만 닿는 건 숨결뿐이었다.
"나 너무 하고 싶은데 허락해 주면 안 될까."
세아는 대답 대신 먼저 도현의 입술을 삼켰다. 제 소중한 것이 둘이나 된 이상 도현은 뭐든 신중했다. 예전 같았으면 거친 야성적인 움직임으로 세아를 몰아붙였을 텐데 지금은 입안에서 잔잔한 물결만 만들어 낸다. 세아의 숨이 가팔라지면 곧바로 입술부터 떼 얼굴을 살폈다.
"살살, 살살 할게."

“응…….”

초기엔 뭐든 조심해야 한다고 의사가 그랬다. 키스 정도야 상관없었지만 도현은 제게 찾아온 소중한 아이를 잃을까 세아의 안으로 침범하는 행위라면 하나도 빠짐없이 신경 썼다. 신발을 꼭 움켜쥔 세아의 손가락 하나하나 입 맞춰 주고 혀로 핥아 주었다. 세아의 눈앞으로 펼쳐진 조명이 젖은 암흑으로 변할 때까지 도현의 애무는 계속되었다.

“이제 나오십니까?”

침실의 불을 끈 도현이 응접실로 돌아왔을 땐 중오가 와 있었다. 요즘 그는 세아의 곁에서 떨어지지 않는 도현을 대신해 손이 되고 발이 되느라 외부로 더 많이 움직이고 있었다. 엘린은 도현이 들어서자 기다렸단 듯 물었다.

“세아는?”

“피곤한지 금세 잠들었습니다.”

“정말 아이 같아. 얌전히 안겨 있고 재우면 또 자고.”

“요즘 잘 때가 제일 예쁘죠. 그편이 안심도 되고.”

“내가 곧 할머니가 된다는 거네.”

"전 아빠가 되고요. 생각만 해도 좋네요."

자리로 와 앉은 도현이 노곤해진 혀를 신중하게 움직였다.

"그러니 그 좋은 기분 계속 유지될 수 있도록 지금부터 방법을 찾아볼까요."

법은 공식적인 문제일 뿐, 안으로는 또 다른 사안이 도모되고 있었다.

"어제 김중오가 대략적으로 상황을 말씀드렸을 텐데, 숙련도 검사는 해 보셨습니까?"

"응, 한데 나와 닉은 숙련도가 오르지 않았는걸."

도현이 시선으로 중오에게 책임을 넘겼다. 흠, 낮게 목울대를 가다듬은 중오가 입을 열었다.

"현재 미즈 클로비스께서는 윤세아 씨의 향을 맡고, 미스터 클로비스께서는 향을 맡지 못하시는 상태가 맞습니까?"

"응."

"그렇네만."

"혹시 맡게 되신 시기를 기억하시는지."

"난…… 정확히는 아니지만 그리 오래되지 않았어. 세아를 처음 만난 것도 몇 개월 전이니까."

"……."

"하지만 저번 파티 때 세아의 향이 유독 강했던 건 기억하는데. 얼마나 심하던지 내가 물어볼 정도였다니까."

"미스터 클로비스께서는?"

"난 아무것도 안 나네만. 지금 이런 얘기를 하는 것도 이해할 수 없다네. 숙련도를 올리는 제로라니, 이게 대체 말이 되는 소린가?"

"현재 김중오의 말에 따르면, 세아의 향을 맡았던 저 포함 일곱 명의 숙련도가 상승했습니다. 아시겠지만 숙련도가 오르는 게 그리 쉬운 일은 아닙니다."

"그렇긴 합니다만."

도현이 뒤로 더 말해 보라며 중오를 쳐다보았다.

"아직 실험을 해 보지 않아 확실하진 않습니다만 제가 세운 가설은 이렇습니다. 윤세아 씨의 체향을 맡은 벡터나 릭시는 숙련도가 상승하는데, 거기엔 기간이 필요한 거 같습니다."

"기간?"

"네, 이 가설 역시 지금 엘린 씨를 보며 세운 것인데 현재 엘린 씨는 윤세아 씨에게 많은 관심을 가지고 있지만 그게 고착된 지 얼마 되지 않았죠."

"잠시만. 그렇다면 네 말은 지금 세아에게 관심을 둔 자들만이 향을 맡을 수 있다는 거야?"

"우선은 그렇게 가설을 세우고 답을 찾아가는 중입니다."

"그럼 닉이 향을 맡지 못한다는 건 세아에게 관심이 없단 소…… 당신, 정말이에요?"

엘린의 날카로운 눈초리가 닉에게 닿았고, 그는 짧게 헛기침을 하며 시선을 피했다. 사실 세아에게 애정을 느낀다거나 제로에게 선행을 베풀기 위해 양녀로 들인 게 아니었다. 닉에게 이건 철저히 이글과 더욱 가까워지기 위한 비즈니스였다. 물론 처음보단 나아졌다지만 아직 엘린만큼 세아를 제 자식처럼 여기진 않았다.

“관심이라는 게 꼭 애정만 해당되는 건 아닙니다. 집착이나 몰두가 될 수도 있습니다. 저나 장건우를 보면 그 사실이 입증되었고요.”

중오는 어떻게 하면 도현의 옆에서 세아를 떼어 낼 수 있을까에 관해, 건우는 중오가 부탁했던 일을 실수 없이 수행하기 위해 세아의 모든 걸 머릿속에 담아 둔 자들이었다. 세아에게 집중한 것은 맞으나 그것은 좋은 성질의 관심이 아니었다.

“그리고 이 향은 몰두만 한다면 누구나 맡을 수 있습니다. 도현 님을 보호하는 가드들 중에 윤세아 씨 체향을 맡은 적 있는 자들이 몇 있거든요.”

그날 도현이 입원했던 병실에서만 맡지 못했을 뿐, 중오가 세아의 향을 비강으로 구슬화해 가드들에게 주었을 땐 반응이 또 달랐다. 아무런 냄새도 나지 않는다는 사람이 있고, 맡아 본 적 있다는 사람도 있었다.

“잠깐이라도 윤세아 씨에게 집중하거나 몰두했을 때에도 향을 맡을 수 있습니다. 하지만 중요한 건 그걸 지속적으로 맡은 자만이 숙련도가 상승한다는 것이지요. 여기서 유추할 수 있는 건 지속적인 관심과 그 향이 숙련도를 올리는 데에 시간이 걸린단 겁니다."

"……."

"그리고 한 가지 더. 저 같은 경우에는 릭시 본부에 있을 때 윤세아 씨의 정보만 알고 있었지, 실제로 만난 건 한국에서입니다. 한데도 최기석 저택에서 윤세아 씨의 향을 감지할 수 있었죠. 물론 그때 초능력은 사용하지 않았었습니다."

"그 말은 즉, 실제로 보지 않더라도 세아를 깊게 생각한 벡터라면 향을 맡는 게 가능하다는 겐가?"

"일단 제 경험으론 그렇습니다. 어쩌면 향을 맡은 후 실제로 만나지 않더라도 생각하는 것만으로 그 효과를 유지할 수 있을지도요."

그건 서진이나 한결, 시우를 보면 답이 나왔다. 그들이 아무리 아는 사이라지만 사회에서 제로와 벡터가 친밀하게 대화를 주고받을 순 없었을 것이다. 뒤에서 몰래 만나거나 아니면 최소한으로 잠깐씩 접촉했을 터인데, 그럼에도 그들은 숙련도가 모두 올랐다.

"그리고 그 관심이라는 게 좋든 나쁘든 깊어야 하고."

"네."

"어렵구만."

닉이 진중하게 턱을 쓰다듬었다. 중오가 도현에게 물었다.

"도현 님께서는 윤세아 씨를 사랑하시니, 꽤 오래전부터 체향을 맡으셨을 텐데요."

"그래, 근데 그게 너무 오래돼서 기억 안 나."

"현재 윤세아 씨와 어렸을 때부터 줄곧 붙어 있던 건 도현 님밖에 없으니 도움을 주셔야 합니다."

도현은 손으로 이마를 짚었다. 도현에게 세아의 향은 마주 보며 눈을 맞추는 행위처럼 너무나도 당연한 거였다. 다가가면 후각을 적시는 부드러움, 그 향을 그리움이란 기억으로 박제해 하루도 빠짐없이 떠올렸기에 십 년이 지난 뒤에도 세아를 찾아갈 수 있었다. 그 정도로 제 몸에 있는 세포나 다름없는 향인데 언제 시작되었는지 떠올리라니. 이런 곤혹도 없다.

"이것만 해결되면 프로젝트를 잠재울 수도 있습니다."

도현의 표정이 한층 더 육중해졌다. 안 그래도 요즘 릭시 본부 측에서 어서 프로젝트를 실행해야 한다며 혈안이 되어 있는데, 그 관심을 돌릴 수 있는 건 바로 숙련도를 올려주는 윤세아다. 중오는 가슴이 벅차오르는 걸 느꼈다. 프로젝트에서 손을 떼게 된 것이 마치 이 연구에 매진하라는 신의 계시인 듯했다. 가설만 제대로 세워 연구에 임한다면 이글 다음으로 세상을 놀라게 할 수 있으리. 중오는 평소답지 않게 도현을 재촉했다.

"윤세아 씨의 존재 가치를 증명해야 그 아이까지 무사할 수 있으니 억지로라도 떠올려 보십시오."

"알았으니까 기다려 봐. 하고 있잖아."

아이 얘기까지 나오니 눈을 감은 도현의 눈썹이 더욱 예민해졌다. 생각, 생각을…… 한데 도무지 기억나지 않는다. 머릿속을 헤집을수록 그저 세아를 품에 안고 그 향을 공기처럼 들이마시던 제 모습만 떠올랐다. 숨 막힐 듯한 적막 속에서 엘린이 조심스레 물었다.

"접근을 다르게 해 보는 게 어때요? 이글은 세아의 향을 맡을 때 언제가 가장 좋았나요?"

"……그건 제게 물으나 마나입니다. 언제 맡아도 좋으니까요."

"그래도 더 좋았을 때요. 그 향 때문에 세아를 세게 껴안았다든가 아니면 다른 무언가……."

"아."

길게 세운 검지를 입술 위로 대고 있던 도현이 무언가 생각났는지 천천히 말했다.

"열세 살이었나, 열네 살이었나…… 한 번은 세아 오른쪽 어깨를 세게 깨문 적이 있습니다."

"왜요?"

"정말 달콤한 냄새가 나서요. 케이크 정도로 생각했겠죠. 어렸기에 가능한 발상이기도 했고요. 잇자국이 너무 심하게 남아서 엄청 혼났던 기억이 나네요."

"……잠시만요, 도현 님."

"왜."

"지금 열네 살이라고 말씀하셨습니까?"

"몰라, 그쯤이야. 중학교 교복 입을 때였으니까."

그 순간 무언가가 떠오른 중오의 얼굴이 서늘해졌다.

"도현 님, 열네 살 때 처음으로 초능력 발현된 건 아시고 하는 말씀이십니까?"

"질문이라고 해? 그걸 내가 왜 몰라."

"아니, 열네 살입니다. 처음 초능력이 생긴 게 열네 살, 그리고 본부로 온 게 열다섯."

하하…… 중오가 실없이 웃음을 흘리더니 믿기지 않는 듯한 표정을 지었다. 혈관이 팽창되는 걸 느꼈다. 왜 이걸 이제야 떠올렸을까. 사실 도현에게 기억하라 강요할 필요도 없는 문제였다.

"……도현 님께서 윤세아 씨의 어깨를 깨문 건 분명 열네 살 때일 겁니다."

"네가 그걸 어떻게 알아?"

병원에서 제로인 의사가 그리 말했었지.

"제로끼리는 서로의 냄새를 거의 맡지 못합니다."

후각이 좋은 벡터들만 맡는 거로…….

"그러니 도현 님께서는 윤세아 씨 체향을 릭시가 되신 후에 맡으신 겁니다."

도현의 입이 나지막이 벌어졌다.

"……그럼 내가 윤세아 때문에 릭시가 되었을 수도 있겠네."
"그건 또 무슨 소립니까?"
"넌 릭시 본부에 있을 때 세아 정보만 알고 있었다고 했었지. 그건 곧 관심이었던 거고."
"네."
"근데 한국에 와서 저택에서 세아의 향을 감지했어."
"맞습니다."
"과거의 난 태어나 열네 살이 될 때까지 윤세아에게 미쳐 있던 애야."
아.
"릭시가 된 후에 향을 맡을 수 있었고."
설마.
"근데 그 향이 숙련도까지 올리는 힘을 가지고 있는데, 초능력을 발현시키는 것이 불가능하다고 확신할 수 있어?"
제로는.
"제로에게서 초능력이 발현된 자를 릭시라 말한다."
도현은 넋이 나간 중오를 보며 입꼬리를 올렸다.
"제로에서."
제로로부터.
"……이거, 프로젝트를 잠재우는 게 아니라 아예 없앨 수도 있겠군요."
제로에 의해.

—내가 릭시 본부에서 도망쳐 나왔을 때 십 년이나 지난 윤세아를 어떻게 찾았을 거 같아?

중오의 검은 구두가 말끔히 펼쳐진 새하얀 복도를 빠르게 지나갔다.

—그 달콤했던 향.

이를 악물었다. 저처럼 관심을 둔 상태에서 만나 향을 맡을 수 있는 자와.

—그걸 십 년 동안이나 기억하려고 온갖 발악을 다 했어. 잊지 않으려고 잠도 줄여 가며 매일 생각하고 또 생각하면서.

그 향에 익숙해져 있다 떨어진 자.

—네가 그랬지. 어쩌면 향을 맡은 후 실제로 만나지 않더라도 생각하는 것만으로 그 효과가 유지될 수 있을지도 모른다고.

도현은 후자였다. 릭시가 되어 처음 맡게 된 세아의 향을 도현은 본부에 갇혀 더는 맡을 수 없는 상황에 처했지만 지속적으로 기억했다.

—지금 확인됐네. 내 초능력 여덟 개.

정확히 말하자면.

—전부 윤세아가 가능하게 한 거야.

윤세아 그 자체를.

"내가 말한 자료들, 준비해 뒀나?"

"네? 네, 관리자님."

중오의 구두가 날렵하게 문턱을 넘자 사무실에 있던 연구원이 재빨리 책상 위로 서류 더미를 올려 두었다. 중오는 의자에 앉지도 않은 채 다가가 종이를 헤집었다. 제로에서 릭시가 된 자들, 벡터와 릭시 중 숙련도가 최상까지 오른 자들, 제로의 인체 구조와 호르몬…… 그리고 셀라노.

"셀라노는 감정과 연관성 있는 호르몬이라 했었지."

"네, 자료를 보시면 아시겠지만 그중에서도 사랑을 할 때 가장 많이 분비된다고 나와 있습니다."

왜 몰랐을까, 도현도 한때 제로였던 자인데.

"그밖에 정서적인 교류가 있을 때 활발히 나오는 호르몬이죠."

그런 도현이 오랜 시간에 걸쳐 끊임없이 사랑한 건 세아였다.

제로에게 일어나는 정서적 교류, 사랑, 유대 관계, 신뢰. 그런 것 따윈 필요에 의한 협력과 오직 힘만이 전부인 벡터들에게는 하찮은 거였다. 호르몬에 이끌려 이뤄지는 행위, 신경 전달 물질에 사로잡혀 제대로 된 판단을 하지 못하는 상태. 그렇게 발현되는 감정의 시작. 애초에 호르몬이 과다 분비되어 느끼는 감각 현상일 뿐이라고, 셀라노가 없는 벡터들은 말한다. 힘에 아무런 영향을 주지 못하는 쓸모없는 환각에 불과하다고.

"정말 어이가 없구만."

그랬기에 제로들에게는 사랑의 결실인 '결혼'을 벡터들은 오직 초능력을 '보존'하는 의미로 행해 왔다. 자신과 같은 초능력 개수를 물려주기 위해 똑같은 레벨과 혼인하거나 유니벌 같은 경우엔 수가 적어 차선책으로 맥스와 혼인하는 게 대부분이었다. 필요에 의한 관계와 임신, 그리고 탄생 후 아이를 무사히 성인까지 키워 내는 게 벡터들의 삶이자 목표였다. 거기에 사랑은 낄 수조차 없는 게 당연하다. 힘은 만물을 움켜쥘 수 있을 정도로 절대적이다. 하지만 감정을 더욱 증폭시키는 호르몬을 가진 제로는 어떠한가.

"제로가 내게 이런 충격을 안겨 주다니."

벡터들이 이해할 수도 없고, 이해하기조차 싫은 불결한 존재들이 사실은 초능력을 만들어 내는 원천을 움켜쥐고 있다면. 가설뿐이지만 중오는 거의 확신에 가까운 생각을 가진 채였다.

"셀라노라……."

이미 그를 증명한 이글이 있지 않은가. 이건 윤세아 혼자만의 문제가 아니라 제로 전체의 일이다. 그리고 제로를 멸시하던 자들이 제로에게 관심을 가지고 몰두했을 때 비로소 맡게 되는 체향, 지극히 개인적이고 은밀하며 타인이 신경 쓰지 않으면 감지할 수도 없는 것.

"이게 바로 열쇠였어."

일단 맡게 된 향을 계속 주시하다 보면 그 관심은 더는 일방적이지 않게 된다. 제로 역시 자신을 주시하는 벡터를 신경 쓰거나 집중해야만 한다.

—제로라서 후각이 안 좋다는 건 말이 안 돼.

그래야 벡터와 제로 사이에서 정서적 교류가 일어나니까.

—릭시인 내 체향, 세아도 맡을 수 있어. 침대에 밴 내 냄새 좋아하거든.

그 증거로 서로가 서로의 체향을 맡을 수 있게 되는 거다.

아마 중오와 건우가 감시자처럼 눈에 불을 켜고 있으니 세아 역시 둘에 대한 경계를 늦추지 않았을 것이다. 그 현상마저 교류로 인지돼 셀라노는 분비됐을 테고, 그것이 향으로 발현돼 후각이 좋은 벡터가 먼저 감지한다. 이미 태어날 때부터 초능력 개수를 고정적으로 가지고 있는 벡터들에게서는 초능력을 만들어 내지 못하니.

"……숙련도를 올린다."

대신 벡터의 펠다민에게 영향을 끼친단 소리였다.

"하하…… 어떻게 이럴 수가."

중오는 넋이 나간 듯 웃음을 흘려 댔다. 불결하다며 멸시받던 제로가 사실은 벡터에게 힘을 줄 수 있는 존재였다니.

그동안의 역사가 조롱받을 만한 사실이었다. 셀라노의 영향이 그동안 발견되지 않았던 건 벡터가 제로에게 관심을 가질 일조차 없었기 때문이다. 사회가 먼저 나서서 신분과 계급을 나누고 직업까지 분리해 격차를 조성했다. 제로는 철저히 벡터들 밑에 존재하는 하위 계급으로 자리했고 벡터들 역시 보잘것없는 그들을 내려다볼 필요도 없었다.

"셀라노가 벡터의 숙련도를 올린다니, 아직 연구가 더 필요한 부분이지 확정 지을 건 아닙니다."

불쾌감을 숨기지 않는 연구원의 표정은 전형적인 벡터다웠다.

"그래, 이제부터 해야지. 하지만 이미 그 사례를 입증할 만한 분이 계시지 않나."

"네?"

"자네는 내가 이러한 가설을 어떻게 세우게 되었다고 생각하지?"

연구원이 모르겠다는 식으로 눈동자를 굴리자 중오가 나지막이 말했다.

"바로 초능력 여덟 개를 보유한 도현 님께서 제로인 윤세아를 찾아갔기 때문이라네."

도현이 세아와 다시 만나지 않았더라면 아마 영원히 밝혀지지 않았을 사실.

애초에 도현이 다른 릭시들처럼 초능력으로 인한 신분

상승에 취해 제로를 멸시하지 않았기에 가능했다. 목숨을 걸 정도로 사랑하는 게 윤세아니까, 윤세아 하나 바라보며 10년을 이 본부에서 갇혀 지냈으니까. 벡터들이 특별하다 여겨 주는 릭시가 된 후 우월감에 젖어 제 과거를 까마득히 잊어버리는 자들과 달리, 하도현은 그 모든 권력도 위치도 필요 없고 그저 윤세아라면 다 되었으니까.

"정말 도현 님께서는……."

그랬기에 릭시가 되어서도 찾아간 거겠지. 고작 제로인 윤세아를.

"대단하구만."

이미 그때부터 세상은 변화를 맞이할 준비를 하고 있던 걸지도.

중오는 힘 빠진 입술로 설핏 웃음을 터트렸다. 그렇다면 관리자로서 해야 할 일은 단 하나다.

"지금 당장 본부에서 훈련받는 릭시들 이곳으로 데려와."

"네?"

"임상과 관찰 실험 두 가지를 병행할 걸세. 제로도 몇 명 구해 오고, 보수는 원 없이 준다고 회유하게나."

이 모든 걸 증명할 만한 연구를 시작하기로 마음먹은 중오의 눈빛이 제법 매서워졌다. 중오가 곧장 반듯하게 맨 넥타이를 늘어뜨리며 재킷을 벗었다. 오랜만이다. 이렇게 털이 곤두설 정도로 쾌감을 느끼는 건. 어리둥절한 연구원을 향해 중오가 웃었다.

"이제부터 세상을 뒤바꿀 만한 것을 연구할 텐데 함께하겠나?"

역사에 기록될 만한 일을 주도하는 것이야말로 중오가 열망하는 일이니.

"웬 고기야?"

"우리 세아 몸보신."

몸보신이라니, 매일 삼시 세끼 식탁에 차려지는 음식이야말로 최상의 재료로 만들어진 것이다. 한데 오늘은 무슨 바람이 불어선지 저녁에 집 앞 정원으로 식탁을 가져다 놓더니, 그릴까지 세워 두고 도현이 직접 고기를 구웠다. 불에 화형당하고 있는 고기를 집게로 들어 본 도현이 미약하게나마 인상을 구겼다.

"아, 또 탔다."

"거 봐, 잘하지도 못하면서."

"기다려 봐. 할 수 있다니까."

세아는 열정적인 자세로 임하는 도현이 신기해 빤히 쳐

다보았다. 초능력인 불이 고작 고기 굽는 데 사용되는 것도 당황스러운데 그릴 앞에 서 있는 모습이라니. 아까 서재에서 닉이 가져온 상황 보고서를 토대로 예민하게 정세를 논하던 도현과 같은 사람인지 괴리감이 느껴졌다. 세아 역시 그런 도현에게 지기 싫어 제로를 위한 일이 무엇인지 대변해 말하다 보니 목이 다 쉬어 버렸지만 노릇노릇 구워지고 있는 고기 냄새를 맡으니 군침이 돌았다. 비록 거기엔 탄내도 함께였지만.

“저런, 도현 군이 뭘 제대로 하질 못하네. 이러다 식사할 수 있겠어?”

“힘드실 텐데 차라리 다른 벡터를 시키시죠.”

함께 저녁을 먹게 된 엘린과 닉이 한마디씩 거들었지만 도현은 꿋꿋이 자리를 지켰다. 한결이 아직 남아 있는 새빨간 고깃덩어리를 보고선 더 이상의 희생을 막기 위해 손을 뻗었다.

“그래요, 제가 할게요. 이러다가 고기 다 태우겠어요.”

“대체 왜 안 돼?”

“불이 너무 최상이라서 애꿎은 고기만 계속 사망하는 거죠.”

미간이 깊이 파일 정도로 신경질적인 도현을 보며 건우도 나섰다.

“무리하지 마시고 자리에 앉으십시오. 제가 하겠습니다.”

“아니, 장건우 씨는 가만 계세요. 제가 할게요.”

"제가 하겠습니다."
"그쪽 고기나 구워 본 적 있습니까?"
"같은 플랫인 한결 씨가 제게 할 말은 아닌 거 같은데요."
"아, 레벨로 따지면 우린 둘 다 고기 구우면 안 되죠."
"그럼 누가 합니까?"
"……한시우?"
그 말에 모두의 시선이 세아 옆에 서 있는 시우에게로 흘렀다. 시우가 작게 입을 벌렸다.
"왜 날 잡아요?"
"여기서 네가 레벨이 제일 낮으니까."
"참나, 레벨대로라면 내가 일어서야겠네. 비켜 봐요, 제가 할 테니까."
세아가 무릎 위로 깔아 둔 냅킨을 치우며 일어나자 엘린이 기겁했다.
"얘가 지금 위험하게 뭘 한다고!"
"그래, 도로 앉거라."
"맞아요, 가만히 계시기나 하세요. 이런 건 원래 남자가 하는 겁니다."
"아, 그래도……."
기다렸다는 듯이 달려드는 만류에 세아가 주춤거렸다.
"됐다."
그 순간 도현이 잡고 있던 긴 집게가 세아의 앞에 놓인 접시로 올려졌다. 윤기가 자르르 흐르는 게 적당히 잘 구워진 고기였지만 딱 한 입 거리밖에 안 될 적은 양이었다. 도현이 옆자리에 앉아 포크로 찍어 세아의 입 앞으로 대령했다.

"이거 하난 살렸어. 아."

세아가 아기 새처럼 작은 입을 벌려 오물거리자 도현의 눈동자가 시험지의 채점을 기다리는 사람처럼 진중해졌다. 그 시선을 느끼고선 세아가 웃었다.

"배고파서 그런지 엄청 맛있어."

"내가 직접 구운 거야."

"응?"

세아가 눈을 크게 뜨자 도현이 말했다.

"이것도 요리라고."

"무슨……."

"내가 요리해 주니까 어때?"

지금 고기 구워 준다고 한 게 나에게 요리를 해 주고 싶어서였던 거야? 세아는 기가 찼던지 헛숨을 내뱉었다가 이내 피식 웃었다. 지금 도현의 모습이 꼭 칭찬받고 싶어 하는 대형견처럼 보였기 때문이다.

"뭘 물어. 최고로 맛있어. 자기가 해 준 고기도 먹고 나 오늘 완전 복 터졌다."

도현이 그제야 경직된 얼굴을 풀었다.

"정말?"

"그래, 이렇게 잘 굽기도 어려울 텐데 입에 넣자마자 살살 녹아서 사라졌어."

세아가 아낌없는 칭찬을 쏟아 내자 그 순간 도현의 입술이 포개졌다. 치열을 부드럽게 훑은 혀가 안으로 들어가 구석구석을 꼼꼼히 지나다녔다. 엄마 아빠도 계시는데. 세아가 놀라 도현을 밀어내려고 했지만 이마저도 안정감을 주는 행위라 차마 손이 올라가질 않았다.

"정말 없네."

입술을 뗀 도현이 웃었다.

"나도 녹을까 봐 얼른 나왔는데."

"못 살아……. 고기는 내 목 뒤로 넘어간 거였거든?"

앙칼지게 말하자 도현이 세아의 턱을 잡았다.

"'아' 해 봐."

"오, 왜?"

"나도 들어가게."

"됐어, 하지 마!"

너무 진지하게 말해 소리 질렀다. 도현은 진짜 할 것만 같았으니까. 그 모습을 지켜보던 엘린이 웃음을 터트렸다.

"정말 못 말린다니까. 애정 표현도 좋지만 우리 식사는 아직인가요?"

"죄송합니다. 세아 먼저 먹여……."

"곧 다 돼요! 시장하실 텐데 다른 거라도 먼저 드시고 계세요."

"아니, 도현 군이 바비큐 파티를 열었으니 메인 먼저 맛보고 싶은데."

"어허, 당신도 참."

"왜요? 내 딸의 남편인 사람한테 말도 편히 못하나."

도현이 입가에 미소를 그린 채 일어났다.

"얼른 준비해 드리겠습니다."

"난 태운 거라도 좋으니 도현 군이 구워 준 거 먹고 싶어요."

"걱정 마세요. 한 번 태워 봤으니 이젠 실수 안 합니다."

세아는 다시 그릴로 다가가는 도현의 뒷모습을 보았다. 열심히 고기를 굽던 한결과 건우가 가 있으라며 만류했지만 다시금 집게를 든 도현의 모습이 꽤 비장해 자꾸 웃음이 비집고 나왔다. 못 이기겠단 식으로 뒤로 물러선 한결이 세아를 향해 입을 뻥긋거렸다.

'이거 또 다 태울 거야.'

세아는 입 모양으로 말했다.

'놔둬, 내 남편이 한다잖아.'

언제나 힘든 일뿐인 줄 알았는데 이런 시간을 갖게 될 줄이야. 두꺼운 외투를 입어야 할 정도로 날씨가 제법 쌀쌀해졌지만 마음만큼은 무더운 여름 같았다. 세아는 7월의 열대야를 기억하며 눈 감았다. 마치 도현아, 네가 날 다시 찾아왔던 그날 밤의 공기처럼.

"담요 덮어."

"너 덮으면 안 돼?"

눈 감고 있던 세아가 뒤늦게 제 입을 막았다. 보호 의지란 게 이렇게까지 자신을 바꿀 줄이야. 평소라면 부끄러워서라도 주저했을 말이 저도 모르게 툭 튀어나와 버렸다. 얼굴이 새빨개진 세아를 보며 도현이 비식 웃음을 터트렸다.

"왜 안 돼. 해 달라는데 뭐든 다 되지."

담요를 펼친 도현이 바닥으로 주저앉았다. 두 사람을 감싸기엔 턱없이 작지만 도현이 제 어깨에 두르고 세아를 품에 껴안으면 충분했다.

"아…… 좋다."

예전에 무작정 버스에서 내렸다 만난 낯선 동네를 도현은 기억한 모양이다. 도현과 세아를 위해 마련된 공간이라 말해도 손색없을 정도로 울퉁불퉁 고집 센 지대로 이뤄진 산에서 이곳만큼은 평지였다. 세아는 도현에게 안긴 몸을 꼼지락댔다.

"언제 봐도 아름다운 경치 같아."

식사를 마치고 엘린과 닉을 배웅한 뒤 도현이 산책을 하자며 온 곳이 이곳일 줄은 몰랐다. 여전히 변함없는 풍경 속에 도현과 단둘이 있으니 정신이 아득할 정도로 평온해진다. 도현은 그때와 마찬가지로 맥주 캔을 땄다.

"혼자 마실 거야?"

"그럼 또 누가 마셔?"
달라진 게 있다면 지금 세아는 마시지 못한다는 것 정도. 세아는 입술을 삐죽였다.
"나 못 마시니까 너도 마시지 마."
"같이 못하게 하려고?"
"그래, 이참에 술도 마시지 말고 담배도 절대 피우지 마. 네 머릿속에 오직 나만 있었으면 좋겠어."
이런 거침없는 요구도 보호 의지 때문일까. 도현이 저를 지켜 주는 대상이라 인식하니 그에게 몰두하는 저 자신이 평소와는 사뭇 달랐다. 세아가 고집스레 말하자 도현이 웃음을 터트리며 한 모금도 마시지 않은 캔을 미련 없이 내려 두었다.
"알았어. 안 해. 너만 주면 다 끊을 수 있어."
목으로 겹쳐 오는 두 팔과 한쪽 어깨를 제집인 양 찾아오는 얼굴이 따스하다. 세아는 고개를 기울여 그런 도현의 머리에 기대었다. 매끄러운 머릿결이 세아의 뺨을 솜털처럼 감쌌다. ……어떻게 이리 좋을 수 있을까. 안락감으로 물든 몸이 바람과 함께 저 멀리로 날아갈 것만 같았다. 세아는 눈을 감은 채 느릿느릿 말했다.
"널 다시 만났을 땐 더운 여름이었는데, 시간 참 빠르다."
"곧 네 생일이네."
"그러게."
"그날 첫눈 내렸으면 좋겠다."

"눈 내리는 생일은 아직 맞이한 적 없는데. 다음 달이잖아."

"상관없어. 내가 그때 처음으로 내리게 하면 돼."

'어떻게?'라고 질문할 뻔했지만 기상청에 있는 벡터들을 잡는다면야 도현에게 그리 어려운 일도 아니었다. 도현이 목도리처럼 세아의 목을 포근히 감았다.

"첫눈 내리는 날 나와 같이 있어 줄 거지?"

"당연하지. 내가 어딜 가."

"그날은 케이크 먹을까? 네 얼굴처럼 새하얀 크림으로 뒤덮인."

"으, 생크림이라니. 생각만 해도 끔찍하게 달 거 같다."

"너도 달면서."

도현이 비식 웃음을 터트리며 세아의 뺨에 입 맞췄다.

"내가 널 끔찍이도 사랑해."

도현이 가진 온기가 세아의 심장을 적셨다. 우리 햇살이도 느꼈을까 싶어 보드랍게 제 배를 감싼 세아는 이 순간에도 도현과 영원히 떨어지지 않았으면 하는 욕구가 밀려왔다. 세아가 입술을 지그시 물었다.

"……나 귀찮지 않아?"

"뭐가?"

"내 보호 의지 때문에 어디 맘대로 못 가고, 가더라도 나 신경 써야 할 거 아니야. 매일 달라붙어서 네 개인 생활도 없어졌고."

왠지 도현에게 짐이 되는 것만 같아 세아는 요즘 들어 눈치 보는 일이 많아졌다. 이런 생각마저도 도현에게 느끼는 애정과 비례하다니.

"널 조금만 덜 사랑할 수 있었음 좋겠어……."

"그건 안 돼."

도현의 강압적인 대답이 돌아왔다.

"지금보다 내게 더 의지해. 행동으로 내가 없으면 안 될 것처럼 굴란 소리야, 지금처럼."

나오지도 않은 배를 조심스럽게 만지며 도현이 미소 지었다.

"넌 네가 얼마나 대단한지 모르지."

"……."

"나를 십 년이나 버티게 하고 오해가 있었는데도 더 사랑하게 만들고 지금은 꿈에도 그리던 아빠까지 되게 해 줬잖아."

잘게 부서져 쏟아지는 도현의 미소를 보며 세아는 그 조각들을 고이 들이마셨다. 별똥별처럼 지나친 순간들이 가슴에서 반짝이며 소요逍遙했다. 이젠 네가 찾아왔던 여름밤과 달리 공기가 차갑다.

"지금의 나를 만든 건 윤세아야. 그렇게 기억해."

독 같은 암흑마저 나를 사랑하는 과정으로 배운 너이다. 잠시 말을 멈춘 도현이 천천히 입을 움직였다.

"정부에서 비밀로 다뤄지는 건데, 사실 릭시는 초능력을 선택해서 습득할 수 있거든."

"뭐?"

"처음 발현되는 건 원하는 게 아니라도 이후부터 능력을 정해서 훈련받는 식이야. 물론 훈련받는다고 해서 다 그 초능력이 생기는 건 아니지만."

"……."

"내가 저번에도 이 자리에서 말했었지."

세아는 욱신거리는 눈을 감으며 그때를 떠올렸다. 어디에 있든 너 있는 곳에 불어 주고 싶어서 바람이 됐어.

"그거 너 듣기 좋으라고 한 소리 아니야."

너에게 가기 위해 나를 다 태웠어야만 했고 비록 가짜였지만 네 뒤를 쫓다가 투시도 생긴 데다가 너에게 닿고 싶단 생각만 하다 보니 어느새 순간이동도 할 수 있게 됐어. 영원히 너와 단둘이 있고 싶단 생각을 하니.

"춥다."

이젠 나만의 방도 만들 수 있게 됐어. 주변을 가득 메운 서리 낀 공기는 여전했지만 매섭게 불어오던 바람은 멈춘 상태였다. 손 뻗지 않아도 알 수 있다. 지금 누구의 방 안에 들어와 있는지. 세아는 눈꺼풀을 밀어 올리며 물었다.

"세이렌은?"

"그건 알아서 발현된 거고."

"나머지 하나는?"

"공격형은 몇 개 있어야지. 레이저는 김중오가 배우라고 발악해서 훈련받았던 거야. 물론 의욕 안 나서 배우는 데 6년이나 걸렸지만."

"그럼 회복 계열은."

"……."

"왜…… 회복은 배우지 않았던 건데?"

세아가 냉정한 얼굴로 물었다. 선택해서 초능력을 배울 수 있다면 자신의 몸을 걱정하고 위협받지 않기 위해서라도 제일 먼저 회복 계열부터 습득하는 게 당연했다.

"……그건 별로라서."

한데 왜 저 자신은 생각하지 않았던 건지. 세아는 입술을 깨물었다. 중오가 어떤 사람인데 도현에게 회복 계열을 훈련시키지 않았을까. 분명 제 몸 같은 건 안중에도 없었기에 훈련한다고 한들 생기지도 않았을 거다. 답답할 정도로 뜨거워진 가슴의 열이 올라가 눈시울을 붉혔다. 그렇게 고된 훈련을 견디면서도 어떻게 자신만 생각했는지 도현이 너무 바보 같고 미련했으며 끔찍했다.

"화내지 마. 배울게."

끔찍이도…….

"응? 이제라도 할게."

나도 그런 널 사랑해. 세아의 뺨 위로 투명한 길이 생겼다. 아래로 추락하던 눈물이 턱 밑으로 고여 바닥으로 떨어지기 전, 도현이 손등으로 눌렀다.

"울지 마. 보석 떨어진다."

"장난치지 마! 이제라도 한다니, 그게 말처럼 쉬운 일이야? 여덟 개까지 얻는데도 십 년이나 걸렸는데."

"……."

"제발, 제발 부탁이니까 날 생각하는 것만큼 너도 생각해. 네가 잘못되면 이게 다 무슨 소용이야. 나 혼자 아이 키우게 할 일 있어?"

"알았으니까 쉬, 울지 마."

"흑……."

"햇살이가 아빠 밉다고 하겠다. 엄마 울린다고."

또 아이 얘기다. 세아는 재빨리 눈물을 닦으며 얄미운 만큼 도현의 손을 꼬집었다. 평소 같았으면 앓는 소리를 냈을 도현이 피식 웃으며 더욱 세아를 안아 주었다.

"보호 의지는 좋지만 네가 그 때문에 자주 울게 된 건 가슴 아프다."

세아가 몇 번이고 코를 훌쩍였지만 계속 안아 주니 빠르게 진정되었다. 도현은 현재 세아의 모든 감정과 기분을 조절하는 약이나 다름없었다. 안아 주면 좋고, 옆에 있으면 잠잠해지는. 이렇게나 의지하고 있는 게 도현인데, 만약 네가 없으면 어떻게 될까. 생각하는 것만으로도 심장이 덜컥 내려앉는 기분이라 세아는 재빨리 몸을 돌려 제 두 팔로 도현을 감았다.

"왜 그래?"

"그냥 안고 싶어서."

"귀엽게. 이러고 있을까?"

"응."

"집엔 언제 가게."

"나중에. 지금은 안고 있을래."

심장이 불안하게 뛰는 것이 멈출 때까지, 세아는 도현의 품에 얼굴을 파묻은 채였다. 눈을 감으면 꼭 구름에 안긴 듯한 기분이다.

"세아야."

"……응?"

"나 노력 많이 하고 있어."

"으응."

곧 잠들 것만 같아 세아가 눈감은 채 작게 중얼거렸다.

"……내 옆에 지금처럼 계속 있어 줄 거지?"

그 말에 도현이 한참 뒤에야 말했다.

"네가 어디 있든 찾아."

어떤 표정을 하고 있는지 눈을 뜨지 않아 볼 순 없었다.

3. 나 혼자만의 계획

3. 나 혼자만의 계획

"보호 의지라……."

이현은 비서가 건네준 종이를 뚫어지게 바라보았다. 준비된 정보는 이현의 비위를 건드리기에 충분했다. 이현이 더는 볼 것도 없다는 듯이 종이를 꽉 움켜쥐며 그대로 팔을 옆으로 뻗었다.

"컥!"

"확신할 수 있어? 윤세아가 임신했다는 거."

갑작스럽게 얻어맞은 주먹엔 중력까지 실려 내장이 파열된 것만 같은 느낌을 주었다. 아니, 실제로 벌어진 일이다. 허리를 구부린 비서의 입에서 검붉은 피가 튀어나와 바닥을 적셨다. 이현은 그 위로 잔뜩 구겨진 종이를 던졌다.

"사실도 아닐 걸 가져와 임신했다고 내 앞에서 지껄여."

고꾸라진 비서를 바라보는 눈이 가늘어졌다. 이래 가지곤 말을……. 결국 집 안에 항시 대기 중인 치료 벡터를 불러다가 멀쩡하게 만들어 놓고 나서야 대답을 들을 수 있었다.

"확증된 것은 아니지만 정황상 맞는 거 같습니다."

"타당한 이유를 대."

"이글이 요즘 회사나 대외적인 행사, 사적인 모임까지 전부 참석하지 않고 집에만 틀어박혀 있다더군요. 이현 님도 아시겠지만 현재 입양 특례법이 개정된 상태라 그에 협력한 유니벌들이 이글과 친목을 다지기 위해 혈안이 되어 있습니다. 저들이 이리 도움을 주었으니 대우를 해 달라는 거죠. 이글 입장에서도 그들과 만나 친목을 도모해야 할 때인데 얼굴도 비추지 않고 집에만 있으니……."

"윤세아가 연관되어 있을 것이다."

"……."

"하도현을 움직이게 하는 건 윤세아뿐일 테니까."

"……그렇습니다. 윤세아 씨가 저주 초능력에 걸렸을 때도 공식석상에 참여하다 사라졌지, 지금처럼 아예 외출을 안 하는 건 처음입니다."

"……."

"지금 이글에게 유니벌과의 관계는 중요합니다. 사회적으로나 이미지로나. 한데도 전부 안 한다는 건 뭔가를 조심하고 있다는 건데……."

"그래서 윤세아가 임신을 했을 것이다."

이현의 목소리가 순식간에 살벌해지자 비서가 조금 전과 같은 상황이 벌어지기 전에 재빨리 입을 움직였다.

"임신한 제로에게는 보호 의지란 게 있습니다. 무사히 아이를 낳기 위해 자신이 가장 많은 애정을 주는 상대에게 의지해 안정을 얻는 행위죠."

"근데."

"이게 평소 애정의 깊이와 연관되어 있는 것이라, 일반적인 제로라면 배우자에게 기대는 정도겠지만 아시다시피 윤세아 씨는 이글을."

"아주 열렬히 사랑하고 있지."

"……네, 산부인과를 찾아가 제로인 의사 소견을 들어보니 임신했을 경우 그 애정이 깊은 상태일 때는 산모가 상대에게 필사적으로 매달린다고 합니다. 떨어지게 되면 불안감을 느끼거든요."

"그래서 하도현이 집에서 나오지도 않고 윤세아와 함께 있다."

"네, 추적을 해 보려고 해도 도통 집에서 나오지 않는 데다가 이글 저택을 경비하는 자들은 매수하기 어렵습니다."

"하아……."

이현은 느릿하게 머리를 쓸어 넘겼다. 임신을 했다고. 아직까진 추측일 뿐이지만 절대 듣고 싶지 않던 말이었다.

다른 사람의 입으로든, 네 입으로든.

"한데 보호 의지를 심하게 느끼는 제로일수록 그 상대와 일정 시간 이상 떨어져 있게 되면 산모가 의지할 상대를 바꾼다고 합니다. 그것 때문에 임신한 제로 옆을 배우자는 불안해서라도 떠날 수 없게 되는 거죠."

"……뭐?"

"이현 님."

비서가 묵직하게 말했다.

"지금 상황이 그리 나쁜 게 아닙니다. 저희가 준비해 왔던 작전을 실행함과 동시에 윤세아 씨도 함께 쥘 수 있는 기회입니다."

"……."

"현재 밖으로 안 나온다고는 하나 언제까지고 숨어 있을 수도 없을 겁니다. 이글은 딱 한 명뿐이고, 그를 찾는 곳은 셀 수 없을 정도로 많죠. 요즘 법을 개정한 것 때문에 세상이 시끄러워 그걸 잠재우기 위해서라도 한 번은 나설 겁니다."

이현의 눈빛이 예리해졌다.

"그때를 노리셔야 합니다."

"……!"

세아는 눈을 부릅뜨며 본능적으로 배부터 감쌌다. 익숙한 풍경이 시야로 빠르게 들이닥쳤지만 뛰는 심장은 여전히 진정되지 않았다. 불길한 꿈을 꾼 것 같은데 잘 기억나지 않아 가파른 숨만 뱉어 내다 침대가 빈 걸 눈치챘다.

"또 혼자서."

매번 이런 식으로 혼자 깨는 게 불안해 자리를 비우면 저에게 말해 달라 했던 세아지만 오늘도 도현은 그녀가 조금이라도 더 자는 걸 택한 모양이다. 계단을 밟고 내려가 도현을 찾던 세아의 귓가로 익숙한 목소리가 들려왔다.

"결과는 어떤데?"

"우선은 릭시가 된 자들부터 심문해 봤습니다. 다들 본부로 오기 전 애틋한 가정사가 있거나 혹은 연인이 있더군요. 뭐 흔한 일이긴 하지만 제가 세운 가설엔 들어맞는 것이기도 하죠. 신뢰나 유대 관계, 사랑. 어느 것 하나 빠지지 않습니다."

"……."

"현재 본부에서 훈련을 받지만 초능력이 하나, 많으면

둘에서 멈춘 상태입니다. 그들의 공통점은 전부 자신이 제로였다는 걸 잊고 유지해 오던 관계들을 전부 버렸다는 것이죠. 본부에서 더는 제로가 아니니까 모두 탈피하라 그리 가르치기도 하지만요."

"다음은."

"다음으론 제로와 벡터를 데리고 한 실험입니다. 각자 서로의 사진과 정보가 적힌 종이를 주고 격리해, 사흘 동안 밥 먹고 자는 시간을 제외하고 그것만 외우게 해 봤습니다. 카메라로 제대로 이행하고 있는지 확인도 했고요."

"결과는?"

"결과는 둘 다 서로의 체향을 맡을 수 있었습니다. 아주 희미하다고 했으나 어떤 냄새인지 비유도 할 수 있더군요."

"그렇다면 우리 세아가 제로인데도 내 체향을 맡는다는 게 너에게도 증명되었겠네."

"네, 일반적으로 후각이 예민하지 않은 제로라면 맡진 못하지만 자신이 몰두한 벡터의 냄새는 맡는 거죠."

"또."

"혈액을 연구해 본 결과, 실험 전과 후 벡터의 펠다민과 제로의 셀라노 수치가 미세하지만 올라갔습니다. 물론 벡터는 사흘 내내 초능력을 사용하지 않았음에도 힘을 조절하는 펠다민 수치가 변동된 건 셀라노의 영향을 받았단 거고요."

"이 주 동안 보내 놓은 성과는 있네. 그래서? 장건우와

네 숙련도 올린 자료까지 첨부해 릭시 본부엔 연구 보고서 올렸어?"

"네, 한데 기각당했습니다."

셔츠를 잠그다 말고 도현이 헛숨을 토했다.

"왜?"

"이런 연구 보고 자료나 실험으로 증명하지 말고, 도현 님의 초능력 하나가 더 발현된다면 그때 믿도록 하겠다더군요."

도로 단추를 마저 잠근 도현의 입술 사이로 낮게 욕이 흘렀다.

"이 모든 걸 입증해 줄 수 있는 사람은 도현 님뿐이라면서요."

"아주 날 잡아먹으려고 작정했네. 여덟 개로는 부족하대?"

"그러게나 말입니다. 하지만 아예 성과가 없는 건 아닙니다."

"……."

"두 달 동안은 프로젝트를 잠시 미루기로 했습니다."

그마저도 도현이 세아에게 집중할 수 있게 시간적 여유를 달라는 중오의 호소 덕분이었다. 중오가 실험하고 연구한 자료들을 믿지 않는 이사진들이었지만 혹시나 하는 마음은 있었다. 그가 허무맹랑한 것에 몰두하는 인간이 아니라는 것과 내용을 들어 보니 믿어도 그리 손해 볼 일이 없다는 판단이 섰기 때문이다. 만약 실패했을 시, 이를 빌미 삼아 협박할 거리가 생기는 셈이니 본부에서 부담해야 할 손해는 없었다.

"임신 사실은."

"모르는 것 같더군요. 아직까진 입단속을 잘하고 있는 모양입니다."

"죽기 싫어서 다무는 거겠지. 김중오, 네가 하는 짓을 내가 몰라?"

"그렇게 말씀하시면 제가 섭섭합니다."

"뒤에서 협박하는 짓거리는 언제쯤 그만둘 건데?"

"안 그럼 유지가 안 되는데 어떡합니까?"

"세아야, 다 들었으면 거기 그러고 있지 말고 와서 나 넥타이 좀 매 줘."

닫힌 문 뒤에 있던 세아가 움찔거렸다. 다 알고 있었나. 더는 기다릴 것도 없단 듯이 문을 열고 들어온 세아에게 중오가 고개 숙여 인사했지만 우선은 불안감부터 해소하는 게 먼저였다. 도현이 팔 벌렸고 세아는 그곳을 파고들었다. 단단한 가슴 위로 얼굴을 댄 후에야 세아가 중오에게 물었다.

"결과가 안 좋은 건가요?"

"중간입니다. 좋기도 하고 나쁘기도 하고. 숙련도를 올린다는 건 아직 실험해 보지 않았지만 증거로 삼을 자들이 윤세아 씨 주변에 여럿 있지 않습니까?"

"저와 제 주변으로는 부족하잖아요. 저와 연관 없는 다른 제로와 벡터 사이에서 유사성을 찾아야 된다고요."

"그런 셈이죠. 안 그래도 최근 10년간 숙련도가 오른 벡터들을 조사해 볼 생각입니다. 물론 입을 쉽게 열지 않겠지만요."

"제로와 벡터가 특별한 관계다, 본인들 입으로 증명하는 거라서요?"

"그렇죠. 윤세아 씨 같은 경우엔 도현 님 때문에 저나 장건우가 몰두했던 것이지, 다른 벡터들이 제로에게 집중할 만한 일은 아예 없다고 보셔야 합니다."

"특별한 관계가 아닌 이상."

"숙련도가 오르지 않는 게 대부분일 테죠."

"……."

"그리고 사회에선 벡터와 제로가 그런 사이란 게 밝혀지면 몰매 맞기 좋죠. 하다못해 스폰서로 제로를 거두는 자들 또한 제 재산 목록에 제로의 이름을 올립니다. 그건 곧 물건 취급을 하겠단 건데, 숙련도가 올랐다는 건 그냥 육체적 관계에 그치는 게 아닌 애정이 오고 갔단 거죠."

"……."

"들리는 소문에 의하면 그런 식으로 만남을 가져 동거생활을 즐기는 자들이 몇 있긴 합니다만 다들 몰래 하는 비밀스런 일입니다. 제로와 벡터는 엄연히 신분이 다르고 법으로 결혼할 수조차 없으니까요."

벡터의 협조가 필요한데 입을 열지 않을 게 당연했다. 처벌받지 않을 뿐이지, 벡터의 명예를 더럽히는 일이라며 주변 사람들에게 손가락질당할 터였다.

"너무 실망하지 마십시오. 제로와 벡터는 신분 차이가 극명해 그를 위배하지 않는단 철칙이 있지만 그걸 남몰래 어긴 자들만이 숙련도가 오른 거니까요."

세아가 실망으로 어그러진 얼굴을 풀었다.

"그러니 사회적 시선을 두려워하면서도 마음먹었던 그 행동, 한 번 더 넘어 보는 것도 그들만이 가능할 겁니다."

이미 이 관계가 들켰을 경우, 어떤 타격을 입을지 예상하고도 제로와 정서적 교류를 행해 왔던 자들이다. 세아는 느슨하게 풀었던 손을 꼭 움켜쥐며 고개를 끄덕였다.

"잘 부탁드려요."

"저야말로 윤세아 씨 덕분에 흥미로운 연구를 할 수 있게 돼서 감사합니다."

뚫어지게 중오와 시선을 맞추고 있지만 더는 뱀이 기어다니는 꺼림칙한 느낌은 들지 않았다. 세아는 제 코끝에서 미약하게나마 느껴지는 알싸한 스킨 냄새가 중오가 가진 체향이라는 걸 알았다. 믿어도 되겠지. 한결 가벼워진 얼굴로 도현을 올려다보았다.

"어디 가?"
"응, 잠깐."
도현이 말하자 중오가 말을 정정했다.
"잠깐이 아니죠. 오늘, 내일 종일 바쁠 예정이십니다."
"종일……?"
안심시키려 잠시라고 말한 건데, 역시나 세아의 표정이 삽시간에 굳었다. 곧 도현을 끌어안은 두 팔에도 힘이 들어간다.
"어디? 나도, 나도 갈래."
"안 돼. 어제도 초음파로 햇살이 자란 거 보고 왔는데, 병원에서 조심하라고 말했었던 거 기억하지?"
"알아, 근데 나 걸을 수 없는 거 아니잖아."
"유니벌들이 득실대는 곳이야. 위험해서 안 돼."
"가드들 있잖아."
"있으면. 너 놀라기라도 하면 어떡해?"
"내가 초능력에 놀랄 사람이야?"
세아는 앙칼지게 눈을 치켜떴다. 벡터를 쓰러뜨리고 다녔던 나인을 몰라주는 발언이었다. 하지만 도현의 걱정은 언제나처럼 세아와 아이다.
"만약이라는 상황이 있잖아. 너 배 나오고 햇살이 더 자라면 나도 더는 못 나가. 알지."
"……."

“네 보호 의지 때문만이 아니라 내가 불안해서라도 너 혼자 못 둬. 지금 나가서 밀린 일 처리하고 얼굴 비치고, 장기간 여행이라도 다녀온다고 둘러 댈 생각이야.”

“……거짓말이잖아.”

“아니, 실제로도 여행 갈 거야. 엘린 씨 저택에 다섯 달 머물기로 얘기해 놨어. 거기에 틀어박혀서 너랑 계속 있을 거고.”

“…….”

“걱정 마. 너 보러 계속 올 테니까.”

“어떻게?”

“순간이동이 미드 티어라…….”

도현이 오른쪽 손목을 들어 시계형 팔찌를 보았다.

“오늘 사용 횟수가 12번이네. 거기에 내 개별 사이드 넘버 8개까지 합치면 총 20번이니까 전부 너에게 쓸게.”

“…….”

“참을 수 있지?”

말은 세아를 달래는 데 여념 없지만 도현의 심정 역시 세아와 똑같을 거다. 가기 싫지만 더는 물러설 곳이 없기 때문에 억지로 나서는 도현의 외출을 세아는 모른 척할 수가 없었다. 공식 행사를 비롯해 장시간 비워 놓은 회사도 신경 써야 한다. 집에 계속 머물러 있던 탓에 온갖 가십으로 떠들썩한 유니벌들을 잠재우기 위해서라도 필요한 일이었다.

"약속해. 보고 싶다고 하면 올게."

세아는 그간 얼마나 많은 것들을 미뤄 왔는지 이틀 동안 바쁠 예정인 도현의 일정을 보며 실감했다.

"……알았어."

"예쁘다."

자신을 지키기 위해 나서는 길이란 걸 안다. 그래서 세아는 제 본능을 억누르려 애썼다. 차마 떨어지지 않는 팔을 풀자 도현이 쓰게 웃었다.

"이리 와. 제대로 안아 보자."

온몸이 부서질 것처럼 안아 주어 세아는 잠시 숨이 막혔다.

"세아야, 사랑해."

파묻힌 얼굴이 붉게 물들 정도로, 그 고백에 불안하게 뛰던 심장까지 설렘으로 덮었다. 도현이 손을 올려 머리를 감싸자 거기에 반응한 세포들이 절대 떨어지지 말라 세아의 머릿속에서 아우성쳤다.

"견디기 힘들어도 참아야 돼. 할 수 있지?"

세아는 도현의 넥타이 끄트머리를 꼭 움켜쥐었다. 보내주기 싫다.

"응, 할 수 있어."

하지만 보내 줘야 한다. 정신이 얼얼할 정도로 황홀한 감각을 세아는 있는 힘을 다해 먼저 떼어 냈다. 세아가 뒷걸음질 치자 도현의 팔이 천천히 내려왔다. 넥타이를 매 준

세아가 애써 웃으며 도현에게 키스했다.

"다녀와. 참아 볼게."

"그래."

"도현 님, 시간 다 됐습니다."

"다녀올게."

허리 숙인 도현이 세아의 이마에 온기를 묻히고선 멀어졌다. 뒷모습을 보았을 뿐인데 벌써부터 심장이 빠르게 뛰었다. 저렇게 가서 안 돌아오면 어떡하지? 평소라면 하지 않았을 의심이 불길함을 피워 내고 집 안 풍경이 또다시 흉기처럼 예리해지기 시작한다. 닿으면 베일 것만 같아 세아는 그나마 몸을 의지할 수 있는 곳으로 향했다.

도현의 체향이 가득한 침대, 그곳에 기대 세아는 도현이 매일 잠들기 전마다 읽어 주었던 책을 집어 들었다. 한결에게 집 안의 시계는 모두 없애라 부탁했다. 글자에 집중하려 애쓰고, 어제 보았던 초음파 사진으로 햇살이의 성장을 앨범에 정리했다. 그나마 햇살이에게 집중하니 잠깐이나마 잊을 수 있었지만 실상 그렇지도 않았다.

"손톱 봐라. 그만 좀 물어뜯어요."

"아……."

"전화할까요?"

"도현이 나간 지 얼마나 됐어?"

"40분이요."

"뭐? 그거밖에 안 됐어?"
"아, 깜짝이야. 놀랐잖아요."
"체감으론 두 시간 넘은 거 같은데 거짓말하는 거 아니지?"
"아닌데요."
한결은 시큰둥하게 말하며 속으론 진땀을 뺐다. 윤세아 촉은 알아 줘야 한다니까. 집 안의 시계는 다 없애 세아가 볼 순 없었지만 도현이 나간 지 정확히 2시간이 지난 후였다. 하지만 거짓말로 시간을 짧게 말한 건 도현이 부탁한 일이 있기 때문이다. 세아가 되도록 자신이 없는 시간을 오래 버티게 하라고.
"정 못 참겠으면 전화할게요."
"아…… 으, 그래, 해 줘."
갈등 끝에 말하고 나서도 세아는 맘에 들지 않았는지 입술을 질겅였다. 그런 세아를 한결은 놓치지 않고 꼼꼼히 관찰했다. 불안 증세가 깊어질수록 손톱이나 입술을 뜯는 못된 현상이 빈번하게 일어났다. 순간이동으로 집에 온 도현이 세아의 얼굴부터 살폈다.
"입술이 이게 뭐야."
"어?"
"아프겠다. 다 찢어졌잖아."
"하나도 안 아파."
도현을 안으면 고통까지 못 느끼나 보다. 워낙 좋은 감각이 파도쳐서 불안했던 시간까지 모두 잊는 듯했다. 도현은 세아의 어깨를 꽉 움켜잡으며 제 품에서 떼어 냈다.

"손 줘."

"어?"

"손 앞으로 내밀어 보라고."

세아가 얼떨결에 앞으로 내밀자 손톱 끝이 엉망이었다. 너무 짧게 물어뜯어 피가 난 흔적도 여러 개다. 도현의 표정이 서늘해졌다.

"몸 함부로 하지 마. 정말 화내."

"……알았어, 그럴게."

너무나도 차가운 표정으로 말해 세아는 어리둥절했다. 어깨를 잡은 손에서 힘이 느껴졌다. 왜 저러지. 다시금 초조해진 세아가 팔을 뻗었지만 도현은 끄떡도 하지 않았다.

"나 이제 가 봐야 돼."

"벌써?"

"응."

"……."

"시우 씨한테 말해 놓고 갈 거야. 너 또 입술 뜯나, 손톱 뜯나 지켜보라고. 다시 또 그러면 나 너 불러도 안 와."

거짓말, 아까 아침에 나갈 때만 해도 찾으면 온다 했던 도현이다. 언제든 오겠다고. 그런데 이제 와 이렇게 말을 바꾸니 세아는 저도 모르게 인상을 확 구겼다.

"왜, 왜 그러는데?"

"너 이거 버릇 될까 봐. 나 보고 싶다고 했지. 그럼 내가 방금 말한 거 지켜."

"너야말로 내가 부르면 온다고 약속했잖아!"

"나 없는 시간 동안 네가 이러니까 마음 바뀌었어."

"하도현, 너……!"

"그러니까 견디라고. 하지 말고."

세아는 저를 뚫어지게 응시하는 도현의 눈동자를 보았다.

"제발, 너 다치면 안 돼."

어두운 원 안으로 걱정이 그득 차 있었다. 세아는 또 버릇처럼 입술을 깨물 뻔하다가 재빨리 턱의 힘을 느슨하게 뺐다.

"오늘 내가 말한 횟수, 다 너에게 쓸 거야. 그건 지켜. 하지만 최대한 참다가 불러. 물론 그러는 사이 불안하겠지."

"뻔히 다 알면서."

"그걸 견디는 법도 배워."

방법? 그런 게 있을 리가 없다. 보호 의지란 게 어떤 건지 누구보다 잘 아는 도현이, 매번 제가 귀찮진 않을까 물어볼 때마다 좋다며 더욱 끌어안아 주던 도현이 이상했다. 그냥 내가 와 달라고 하면 와 주면 그만인데, 그럼 이 불안한 마음도 다 지울 수 있는데 왜 굳이 견디고 참으라고 하는 건지 세아는 알 수가 없었다. 머릿속은 이미 흙탕물이 된 지 오래다. 대답도 해 주지 않고 도현은 사라졌다.

"그런 게 어디 있어?"

세아는 화가 나 도저히 가만히 앉아 있을 수가 없었다. 사실 한 곳에 가만히 앉아 있으면 저도 모르게 불안함을 몸으로 표현해, 그러지 않으려 집 안 곳곳을 배회했지만 마주치는 가구마다 세아를 겁에 질리게 했다. 주저앉았다가 또 일어났다의 반복. 그리고 시작된 원망. 도현이가 이상하다.

"내가 귀찮아진 걸까. 바쁜데 자꾸 불러 대서……."

세아가 한숨을 내쉬었다. 자신이 생각해도 정말 별로였다. 아무리 호르몬 반응이라지만 어린애처럼 매달리니 질릴 수도 있겠지. 그렇게 생각하니 눈물이 나올 것만 같아 세아는 입술을 물려다 재빨리 도리질했다. 하면 안 돼. 도현이가 안 온다고 했다. 도현이 미우면서도 한편으론 그가 부탁했던 걸 따르고 있던 세아는 안 된다고, 하지 말라고 세뇌하며 몸을 돌렸다.

"아."

"집 안이라도 앞 보고 걸어야지."

물이라도 마시려고 했는데, 어딘가에 이마가 부딪혀 넘어질 뻔한 세아의 허리로 팔이 감긴다. ……도현이다.

"너……."

"잘했어. 예쁘다."

"……."

"시우 씨가 그러더라. 너 한 시간 동안 몸 가만히 내버려

됬다고."

세아가 믿기지 않아 눈만 깜빡이다 도현을 끌어안았다. 불안했던 것들이 전부 다 해소되는 감각은 언제 느껴도 행복했다. 예상치 못한 만남이었기에 기쁨은 더욱 거셌다. 부르지도 않았는데 도현이 와 줬다.

"봐, 세아야. 내 말 들으니까 이렇게 바로 오잖아."

"응."

"그러니까 안 할 수 있지?"

"응, 할 수 있어."

"그래, 하면 돼. 나 기다리면 반드시 와, 지금처럼."

고개를 연신 끄덕이며 세아는 도현의 셔츠에 얼굴을 기대었다. 고급스런 향수 냄새가 가득하다. 아마 유니벌들과 사석을 가지다 온 듯싶었다. 세아가 하지 말라고 했던 걸 기억하는지 도현에게선 알코올 냄새가 나지 않았다.

학습된 효과 때문인지 세아는 먼저 도현을 찾지 않았다. 자신이 애타게 찾았을 때 와 준 것보다 예기치 못할 때 온 게 더 기분 좋았기 때문이다. 도현이 하지 말란 것을 조심하면서 곧 와 줄 거라 상상하면 조금이나마 불안감이 덜했다. 남은 시간을 더는 도둑고양이처럼 방황하지 않고 소파에 앉아 햇살이와 대화를 하곤 했다. 그럼 도현은 어김없이 세아를 찾아와 옆에 있어 주었다. 무슨 얘길 그렇게 하냐며, 아빠도 같이하자고.

바쁜 일정을 모두 소화한 도현과 함께 다음 날로 넘어가는 밤 그림자에 파묻혀 침대로 눕는 순간이야말로 세아가 제일 고대했던 시간이다. 잠드는 게 아까울 정도로 도현과 붙어 있을 수 있다. 하루 중 제일 편안했고 가장 행복했다.

"세아야."

"응."

"나 내일 일정만 소화하면 돼. 오늘처럼 참을 수 있지."

"어, 참아 볼게……."

잠결에 취해 세아가 대답하자 머리 위로 도현이 설핏 웃는 소리가 들려왔다. 착하다, 머리를 감싸 제 품으로 끌어당기는 도현의 손길이 어스레한 안개처럼 스며든다. 너무나도 따스했지만 곧 사라질 것만 같았다.

"사랑해. 아주 많이."

어둠에 묻혀 했던 고백까지도.

세아는 그다음 날 바로 알 수 있었다. 왜 도현이 자신에게 기다리는 법을 가르쳤는지.

"안녕, 고양아."

"……."

"오늘은 엘린 씨 와 계실 거야."

세아는 베개에 파묻혀 넥타이를 둘러매고 있는 도현을 뚫어져라 보았다. 작은 소리에도 곧잘 깨곤 하던 세아였지만 임신하고 난 뒤로부턴 잠귀가 어두워졌다. 도현이 일어날 때 함께 눈뜨지 못할 때가 많았고, 결국 지금처럼 샤워를 마치고서 셔츠까지 입은 도현을 뒤늦게야 발견했다. 몸을 일으켜 두어 번 눈을 깜빡인 세아는 얇은 페이스트리처럼 홀로 내버려 둔 피부가 벗겨지는 기분이라 도현에게 다가가 팔부터 감았다.

"잘 잤어?"

그제야 점점 얇게 밀려나 허해지던 감각이 사라진다. 안고 있으면 스르륵 잠이 몰려와 눈을 감자 도현이 보드랍게 세아의 뺨을 어루만져 주었다.

"잠 덜 깼구나."

"응……."

"그럼 더 자지 왜 일어났어."

"……."

"……이러다 넘어지겠네."

낮게 한숨을 내쉰 도현이 세아를 안아 들었다. 도현이 세아의 양분을 빼앗아 가는 것도 아닌데, 너무나도 좋은 기분에 다리까지 나른해져 힘이 빠졌다. 침대로 가 세아를 걸터앉게 한 도현은 무릎 꿇고 앉아 새하얀 발을 나란히 모아 두었다. 그리고 어김없이 세아의 배 위로 깊이 입맞춤했다.

"잘 잤니, 햇살아."

옷 속을 파고들어 간 도현의 손이 부드럽게 배를 문질렀다.

"엄만 잘 못 잔 거 같은데."

"……내일 병원 가야 돼."

"알아. 내가 더 잘 알지. 잠 깼으면 밥 먹자."

"넌?"

"난 조찬 약속."

"누구랑?"

"리만 씨랑 위츠 씨. 그다음엔 곧바로 영국 왕실에서 초청한 자리 가는데, 분위기고 뭐고 입양 특례법 관련된 얘기부터 할 생각이야."

"거기까지 가서 제로 얘기하면 왕실 쪽 사람들 표정이 장난 아니겠다."

"그렇겠지."

도현이 매끄럽게 입꼬리를 올렸다. 이상하게 불길한 감각이 세아의 발밑을 스쳤다.

"위험한 건 아니지?"

"내가 위험에 처할 남잔가."

"그럼…… 나 보러는 올 수 있어?"

"당연하지. 오늘도 너 상처 안 낸다고 약속만 하면."

"안 해."

"절대로 네 몸에 손대면 안 돼."

또 시작된 잔소리다. 세아가 두 손으로 도현의 얼굴을 감싸고선 입 맞췄다. 듣기 싫단 표현인데 목 뒤를 감싼 도현의 손이 세아를 좀 더 제게로 끌어왔다. 주인을 닮아 노련한 혀는 세아의 아랫입술부터 쓸며 들어온다. 문지르는 손길에 신경이 돋아나면 입안에 담긴 꼬리가 살랑이며 춤춘다. 꼬리가 치고 지나간 자리마다 단물이 퍼진다.

"하아…… 너는 손대도 돼?"

세아가 살며시 입술을 떼며 묻자 도현이 그대로 세아의 어깨를 잡고 뒤로 눕혔다. 침대 위로 헝클어진 머리카락을 움켜쥐며 도현이 내려왔다.

"나만이 댈 수 있지, 네 몸엔."

폭포수처럼 쏟아지는 숨결에 피부가 화끈거렸다. 도현은 세아가 얌전히 눈을 감는 행위에도 달아올라 힘껏 입안을 휘저었다. 미약한 신음은 도현을 더욱 날뛰게 했다. 엉망이 된다. 휘핑크림처럼 걸쭉해졌다. 멀어진 입술 사이가 생각나지 않을 정도로 깊이 파고드는 건 도현의 예리한 눈매였다.

"오늘도 사랑해."

내일도 사랑할 것처럼.

세아가 제 몸에 상처 남기는 행위를 하지 않자 어제와 마찬가지로 도현이 찾아왔다. 어제보다 더 자주. 덕분에 도현이 없다고 느끼면 자연스럽게 시작되는 불안감은 꽤 양호한 편이었다. 얌전히 있으면 온다고 했으니까. 문득 저 자신이 주인만 기다리는 고양이처럼 느껴져 세아는 입술을 실룩였다.

"왜 그렇게 표정이 뚱해?"

"아, 아니에요."

"방금 보내 놓고 그새 도현 군 보고 싶구나. 내가 다시 오라고 해?"

"아뇨, 더 참아 보고요."

엘린은 세아가 귀엽단 듯이 웃으며 책을 한 장 넘겼다. 요즘 그녀는 세아의 임신 소식을 듣고 난 뒤부터 제로에 관련된 책을 더욱 열정적으로 읽었다. 엘린이 자신에 대해 더 알고 싶어 하는 건데도 정작 세아는 그녀와의 대화보다 도현만을 머리에 담고 그리워하는 데 시간을 소요했다. 생각에 파묻혀 멍한 세아를 안아 주며 괜찮다 다독여 줄 때에도 도현보다 좁은 어깨 품을 비교했다. 어쩔 수 없는 본능이었다. 세아는 도현이 전부였으므로.

오늘 남은 도현의 순간이동 사용 횟수는 사이드 넘버 포함 총 17번이었다. 도현이 찾아올 때마다 숫자를 맘속으로 새기다가 마지막 1개를 돌아가는 데 사용했을 때 왠지 모를 불안감이 엄습했다. 대체 언제 오는 걸까. 시우에게 시간을 물으니 어느덧 저녁 아홉 시였다.

"엄마, 오늘 주무시고 갈 거예요?"

"응, 그러려고."

종종 게스트 룸에서 하룻밤 머물고 가던 엘린이었지만 그런 날은 까다로운 성격답게 짐을 한껏 들고 오곤 했었다. 하지만 오늘은 아무것도.

"도현 군은 아직도 일정 소화 중일 텐데, 먼저 자지 그러니?"

"아니요, 안 졸려요."

"하긴, 도현 군이 없는데 잠이 올 리가. 차라도 준비하라고 시킬까? 갑자기 따뜻한 게 마시고 싶네."

"계세요. 제가 만들어 드릴게요."

"됐어, 넌 샤워라도 하고 오렴. 따뜻한 물로 씻고 나왔을 때 차 한 잔 마시면 긴장감도 덜 할 테니까."

도현과 함께가 아니라면 제 몸에 닿는 물조차 따가울 뿐이지만 그런 마음은 욕실로 세아를 데려가는 엘린의 행위로 묵인되었다. 드넓고 황량한 공간으로 내몰린 세아는 물을 틀긴커녕 벽에 기대어 주저앉았다. 도현이랑 씻고 싶은데. 마른 배를 문지르며 눈초리를 내렸다. 그치, 햇살아. 너도 아빠 오면 같이 씻고 싶지?

"햇살이가 너 언제 오냐고 물어."

「뭐?」

수화기 너머로 반문했던 도현이 이내 웃음을 꾹 참는 게 느껴졌다.

「왜, 무슨 이유에서 아빠를 찾는대. 뭐 먹고 싶대?」

"아니, 샤워를 해야 하는데 아빠가 없어서 무섭다나 봐."

「그랬어?」

"응, 언제 와?"

햇살이 핑계를 대며 말하는 세아가 귀여워 견딜 수 없는 도현이 부드러운 목소리로 말했다.

「이제 마지막 일정. 오늘 얼마나 정신없이 이동했는지 포탈 벡터가 가진 사용 횟수를 다 사용해서 다른 벡터가 온다고 했는데, 바로 옆이라 시간 지체될까 봐 그냥 차로 이동하고 있어.」

"어딜 가는데 이 시간까지 있어?"

「사교 파티. 얼굴만 비치고 나올 거야.」

한숨과 함께 도현의 목소리가 나지막이 흐른다. 근데 여기 너무 춥다. 집은 따뜻해? 홍콩의 화려한 불빛도 도현의 허한 마음을 채워 줄 수 없었나 보다. 그건 세아도 마찬가지였다. 집 안에는 땀이 날 정도로 훈훈한 기운이 가득했지만 정작 세아는 가슴이 채워지질 않아 오한이 돌았다.

「아빠가 가서 안아 줄 테니까, 엄마랑 씻고 있으면 좋을 거 같다고 전해 줘. 한 번도 안 해 봐서 무서운 거니까. 응?」

"……알았어. 시도는 해 볼게."

「화난 거 아니지?」

“아니야. 내가 애야? 그리고 내가 못 하겠다고 한 게 아니라 햇살이가 그런 거야.”

도현은 또 한 번 웃음을 참았다. 임신하면서 몰랐던 세아의 모습을 보는 게 요즘 낙이었다. 하루하루 귀여워져만 가서 대체 어떻게 감당해야 하는지 걱정되는 요즘이다. 나만 보고 싶고, 내 안에 가둬 버리고 싶은데.

“사랑해.”

……그게 안 되니까. 고백을 인사로 통화를 마친 도현이 휴대폰을 내리자 검은 세단이 매끄럽게 거대한 정원으로 들어섰다. 그 뒤로 줄줄이 따라 들어오는 다섯 대의 차량 행렬은 입구서부터 도현의 등장을 알리기에 충분했다. 창밖을 본 도현은 인상을 미약하게 찌푸렸다.

“정말 얼굴만 비치고 가실 생각이십니까?”

“어. 포탈은?”

“지금 저택 앞에서 대기 중입니다.”

얼마나 돈을 부은 건지, 재력을 토지 크기로 자랑하는 습성 때문에 입구부터 들어가는 길도 한참이다. 순간 초대된 자의 것으로 추정되는 차량 한 대가 도현의 행렬을 막아섰다. ‘끼이이익’ 거친 브레이크 소리와 함께 몸이 앞으로 쏠렸다가 돌아왔다.

“무슨 일이야?”

"아니, 갑자기 앞에서 멈춰 서서요."

선두를 달리던 차가 멈춰 선 게 의아했다. 중오가 상황을 전달받기도 전에 도현이 기사에게 지시했다.

"차 돌려서 치고 나가."

"아니. 잠시만요, 도현 님."

"빨리 가라고. 이해 못했어?"

"예? 예, 예."

기사가 얼떨결에 핸들을 돌리자 그와 동시에 '쾅' 차 옆면이 무언가에 부딪혔다. 창문이 부서지고 무슨 일인지 파악하기도 전에 들이받은 차가 힘껏 액셀을 밟으며 그들을 어딘가로 밀어냈다. 도현은 부딪친 머리를 손으로 감싸며 옆을 보았다. 커다란 원형이 소용돌이 쳤다.

"포탈?"

원형 안으로 밀려들어 간 차가 이동한 곳은 낯선 풍경이었다. 배려도 없이 위에서 떨어뜨려 바닥과 충돌하기 직전인 걸 도현이 염력으로 막았다. 쾅! 신경질적인 발길질에 치인 문짝이 힘없이 뜯겨져 날아갔다. 도현은 이를 악물며 반파된 차에서 내렸다.

"대체 어떤 새끼들이 저지른 짓인가 했는데."

구두가 닿은 곳은 자잘한 알갱이들이 껄끄럽게 박힌 너른 공터였다. 어둠이 자옥이 깔린 주변으로 적막이 에워쌌다. 이런 장소를 구하느라 꽤 시간이 걸렸을 테지만 칭찬

할 마음은 도현에게 없었다.

"유니벌이 셋이나 됩니까?"

그들의 의도는 불순할 테니. 도현은 자신의 앞으로 걸어온 세 명을 보았다. 복면을 써서 보이는 건 검은 눈이 전부지만 어둠 속에서 움직이는 몸짓이나 외향에서는 귀티가 흘렀다.

"넷이지."

그 뒤에서 아무것도 가리지 않은 얼굴로 나온 건 이현이었다.

"역시 너구나."

도현은 허한 웃음을 흘리며 고개를 숙였다.

"너만은 없길 바랐는데."

낮게 읊조린 도현이 손으로 부딪치면서 얼얼한 부위를 꾹 눌렀다. 동반된 두통이 머리를 들쑤셨다. 이 모든 걸 주도한 게 이현이라면 목적은 하나일 터였다. 뒤따라 내린 중오가 도현의 옆에 서며 날카롭게 흐트러진 제 정장을 매만졌다.

"와이즈로 능력을 보니 강찬, 성재, 일한 님이군요. 한데 이런 곳에서 파티나 하자고 초대하신 건 아닐 테고. 이글과 만나고 싶으시다면 일정 먼저 잡으시는 게 예의입니다만."

"워낙 바쁘신 분이라 만날 수도 없더구만."

"그럴 수밖에요. 국내 유니벌은 크기가 작아서 취급 안

합니다."

도현이 누르던 손을 내리며 엄지와 검지를 비볐다.

"자본이 밀리니까."

성재의 턱에서 '으득' 하고 이 갈리는 소리가 났다. 이현은 웃기다는 듯 설핏 웃음을 터트릴 뿐이었다. 그를 제외하고 모두가 복면을 쓰고 있는 게 의아했던 중오가 물어 왔다.

"얼굴을 가리셨다는 건 지금 도모한 일이 얼마나 큰 화를 불러 올지 아신다는 건데, 제가 다 본 마당에 무슨 생각이십니까?"

"불멸이라 죽이는 건 안 되지만 입 열지 못하도록 잠재우는 건 가능하지."

중오의 눈썹이 꿈틀거렸다.

"우선 자네를 재운 뒤에 누구도 풀지 못하도록 환각을 보유한 벡터들의 씨를 말릴 셈이라네. 그렇다면 우리 이름도 함께 잠들겠지."

"……이거, 제 와이즈를 유지한 방법이랑 똑같군요. 한데 그런 수법에 당할 저였다면 지금 이 자리에 있지도 못합니다."

이현이 입가에 그린 웃음을 유지한 채 말했다.

"이번엔 얘기가 다를 수도 있지 않나?"

그 말과 동시에 어둠 속에 파묻혀 있던 자들이 하나둘씩 모습을 드러냈다. 스무 명, 아니…… 마흔, 쉰. 끝도 없이 다가오는 발소리가 주변으로 막대한 중압감을 만들어 냈다. 하나같이 복면을 뒤집어쓴 자들을 보며 중오는 자신의 와이즈로 빠르게 초능력을 보고 도현에게 공격형 위주로 브리핑했다. 그중에서 중요한 초능력을 머리에 입력하며 도현이 웃었다.

"많이도 데려오셨네요. 하긴, 절 상대하려면 이 정도는 돼야죠."

"불, 바람, 염력, 투시, 세이렌, 순간이동, 큐브, 레이저."

이현이 말하자 도현의 눈매가 짙어졌다.

"지금 도망 안 가는 거 보니 순간이동은 다 사용한 거 같고."

"……."

"전부 네게 맞춰서 데려왔는데, 이런 대우 아무 데서나 안 해 주지."

"그래서 고맙다는 말이 듣고 싶은 겁니까?"

"충분히 즐기라고."

아까 받은 모욕이 해소되지 않았는지 성재는 주먹을 꽉 움켜쥔 채였다.

"우리도 너 물어뜯는 재미로 놀 거니까."

성재가 먼저 공격했다. 바람을 응집해 공격하는 초능력인 기공포가 '쐐액' 거친 소리를 내며 도현에게 향했지만 여전히 그는 주머니에 손을 밀어 넣은 채였다. 죽일 수 있는 절호의 기회다.

"……!"

하지만 타격을 입은 건 도현이 아닌 성재였다. 성재가 쓴 능력이 순간 반사되어 제게로 돌아왔기 때문이다. 주변에 있던 자들이 재빨리 방어벽을 치지 않았더라면 커다란 피해를 입을 만한 상황이었다.

"뭐야!"

씩씩대며 부릅뜬 성재의 눈에 아까는 없던 검은 형체가 비쳤다. 도현의 앞을 지키듯 선 자는 눈을 제외하고선 모두 암흑으로 뒤덮여 있었다. 어디서 나타난 거지. 뒤늦게 포탈이 열렸다 사라지는 흔적을 본 성재가 이를 악물었다. 그래 봤자 고작 한 명이다.

"뭐긴요."

아니…… 세 명 더. 마찬가지로 머리부터 발끝까지 검은 복장을 한 자들이 도현의 등 뒤에서 걸어 나왔다. 현저히 많은 적군이 득실대는 풍경에도 검은 장갑을 잡아당기는 여유를 부렸다. 주머니 안에서 위치 추적 장치를 꺼낸 도현이 그를 흔들며 입꼬리를 올렸다.

"제 사이드 넘버입니다."

이현의 눈매가 좁아졌다.

"부르면 오죠."

카시스. 경직돼 있던 이현의 입술 끝 역시 천천히 올라갔다.

"……아, 예감 적중."

이걸 예상 못했을 리가. 한 달이라는 시간 동안 무수히 많은 경우의 수를 생각하던 중에는 은행에서 보았던 서진의 예지도 포함되어 있었다. 예지를 가진 자는 얼마든지 있지만 그 단서적 환영을 조합해 결과를 빠르게 도출할 수 있는 인물은 드물다. 그의 추리력은 카시스의 작전을 주도할 정도로 뛰어났고, 예지력 또한 최상이었다.

"어제의 동료가 오늘은 적이 되었네."

그러니 얼마든지 예측했을 것이다. 오늘 이 자리에서 하도현이 피를 흘리게 될 거란 걸.

"……아쉽긴 하지만."

물론 이런 식의 만남을 원했던 건 아니었다. 자조적인 미소를 흘린 이현이 손을 들자 뒤에서 누군가가 걸어 나왔다.

"그러고 보니 나도 사이드 넘버가 있는데."

도현의 눈가가 예리해졌다.

"유니벌이라서 다섯 개."

다섯 명의 남자들. 도현의 기억이 맞다면 파티에서 세아를 양녀로 인정하지 않고 돌아섰던 자들과 수가 맞아 떨어졌다.

"합이 나인Nine이네."

유니벌의 등장으로 인해 삽시간에 기류는 따가운 살기로 변질되었다. 이현의 목소리가 긴장감 넘치는 벌판으로 나직이 울려 퍼졌다.

"윤세아는 없지만."

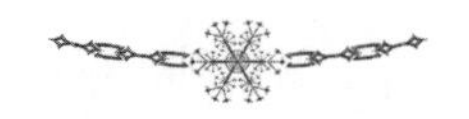

"……하아."

세아는 몇십 분째 콸콸 쏟아지는 물만 바라보고 있었다. 욕조에 담긴 물이 점차 차올랐지만 들어갈 마음은 그럴수록 낮아져만 갔다.

"아, 도저히 못하겠어."

옷을 벗긴커녕 먼발치에 떨어져 욕조만 바라보던 세아가 결국 자리에서 일어났다. 아예 시도조차 할 엄두가 나지 않았다. 도현이 안아 주는 품이 없다면 따뜻한 물이 담긴 욕조도 세아에겐 용암이나 다름없었다. 레버를 잠그고 일말의 아쉬움도 없이 밖으로 나선 세아는 가득했던 수증기에서 벗어나자 한결 기분이 나아졌다. 엘린에게 뭐라고 말해야 하나. 왠지 어린아이가 투정부리는 것 같아 푸욱 한숨을 내쉰 세아는 그녀를 피해 곧바로 침실로 도망칠까 생각했다.

"지원은 보냈어?"

"네, 도현 님께서 주신 신호로 위치가 파악돼 추가로 가드들이 투입된 상황입니다."

"포탈 보유자는 부족하지 않아? 숫자 다 사용하면 내가……."

"우선 엘린 님께서는 윤세아 씨를 돌보시는 것에 집중해 주십시오. 도현 님께서도 그걸 원하십니다."

"거기 있는 자들, 분명히 유니벨일 거라고."

멀리서 들려오는 작은 소리지만 내용을 알 수 있을 정도였다. 걸음을 멈춘 세아는 본능적으로 거실에서 풍기는 불길함의 냄새를 맡았다.

"피 흘리는 환영을 보았다잖아. 도현 군이 다칠 정도면 다수 아니겠어?"

세아의 눈꺼풀이 멍한 상태로 한 번 닫혔다가 열렸다.

"한결 씨랑 시우 씨가 갔으니 괜찮을 겁니다. 저희 쪽에서 가드들을 우선 보냈고, 치료 벡터도 텀을 두고 뒤따라 보낼 예정입니다. 귀중한 인력이 죽으면 골치 아프니까요."

죽어? 누가?

"현재 도현 님을 노리는 자들이 있다는 게 가장 걸리지만 지원 인력이 갔으니 빠르게 정리될 겁니다."

도현이가 어디 있는 건데?

"예지 덕분에 미리 알고 있던 일이라 준비는 잘해 두었으니까요."

"일이 커지지 않아야 하는데."

"……뭐가요?"

세아가 넋이 나간 목소리로 물었다. 귀신에 홀린 것처럼 의지와 상관없이 발이 앞으로 움직였다.

"지금 뭔데요?"

세아를 본 엘린의 표정이 삽시간에 구겨졌다. 쏟아지는 물소리가 귀에 꾸준히 들려오다 멈추기에 노곤히 몸을 담그고 있을 거라 생각했는데, 세아는 옷조차 벗지 않았다.

"도현이가 어디 있는데요?"

"……세아야."

"빨리요. 무슨 일인데요?"

세아는 심장이 너무나도 빨리 뛰어 숨이 턱 막혔다. 몇 번을 다시 되짚어 봐도 죽음을 말하는 대화 속에 분명 도현이 들어가 있었다. 이대로 혼절할 것만 같았다. 머릿속이 어지러운데 오직 도현의 이름만이 건재해서 세아는 연신 물었다.

"도현이, 도현이는요? 도현이가 왜요."

대답을 해 주지 않으면 큰일이 날 것만 같은 모습이라, 결국 건우가 사실을 얘기했다.

"며칠 전, 지서진 씨가 도현 님께 연락을 해 왔습니다."

"무슨……."

"도현 님 반지가 피로 물드는 걸 본 모양입니다. 예지를 본 건 꽤 전에 들었는데, 지서진 씨도 사건이 일어날 때의 환영을 조합해서 추측하느라 정확한 날짜는 이틀 전에 전달받았습니다."

도현이가 사건이 일어날 걸 미리 알고 있었다니, 대체 무슨 말을.

"어제나 오늘 중 하루일 거라고."

그래서 설마, 일정을……. 나와 떨어지려고, 내가 위험할까 봐.

"지금 한결 씨와 시우 씨가 그곳으로 가 있는 상황이고요. 지서진 씨도 가 있습니다."

세아는 밀려드는 불길함에 정신을 차릴 수가 없었다. 카시스 멤버들이 출동했다는 건 결코 그냥 넘길 만한 일이 아니었다. 엘린이 말했다. 상대는 유니벌일 거라고.

"……신이현?"

"……."

"그 사람이죠. 그 남자가 지금 도현이랑……!"

"확실한 상황은 제가 가서 봐야 알 거 같습니다."

"빨리 지금 당장 도현이 데려와요! 거기 누가 있는데, 위험하잖아요!"

"이미 릭시 본부 쪽 사람들이 갔습니다. 도현 님께서 현장에 도착해 위치를 전부 알렸으니까요. 다 사전에 얘기 주고받으며 대비한 일입니다. 크게 걱정하실 것 없어요."

"……말도 안 돼."

어떻게 걱정을 하지 말란 거야, 내 눈앞에 도현이가 없는데. 서진이 피로 물든 도현을 보았다는데 예측을 했으면 무사히 도현이부터 대피시켜야지, 왜 여기서 말만 주고받고 있는 거야. 눈동자가 빠르게 흔들리는 세아를 본 건우가 한숨과 함께 집 바깥에 대기 중이던 자들을 불렀다. 치료 벡터임을 알리는 백색의 가운을 펄럭이며 들어온 여자들이 일렬로 섰다.

"현재 그곳으로 포탈 벡터 두 명이 지원 가 있습니다. 방어를 보유한 자들이 도현 님을 보호할 테고요. 그쪽에서 포탈을 열어 부상자들을 데려오면 우리 쪽에선 치료를 할 겁니다."

포탈은 이동하고자 하는 곳으로 문을 열 뿐, 반대로 통과한 문으로 되돌아갈 순 없었다. 그래서 부상당하거나 문제 있는 자들을 안전한 곳으로 이동시킬 벡터들이 현장에 투입된 상태였다.

"그리고 릭시 본부에 소속된 최상급 포탈을 보유한 자들이 열여덟 명입니다. 공격자들을 투입하는 임무를 맡아 현재 상황 정리하려 특수 요원을 보낸 상태고요. 도현 님께서 곧바로 대피하시지 않은 건 이번 일을 빠르게 처리하시기 위해서입니다. 아무리 그래도 초능력 여덟 개인 분이라 가드 열 명보다 낫죠."

세아의 동공이 뒤흔들리던 떨림을 점차 멈췄다.

"안심하세요. 무사히 돌아오실 테니까요. 아마 곧 정리

끝나고 포탈로 오실 겁니다."

말이 떨어지기가 무섭게 거실 허공으로 자그맣게 그려진 원형이 점차 커졌다. 포탈이다. 세아는 도현일 거라 확신하며 팔부터 뻗었다. 어서 와서 안아 달라고, 정말 나 무서웠다고.

"윽……."

하지만 포탈에서 나온 남자는 도현이 아니었다. 거구의 남자가 들이닥쳐 세아의 몸을 덮자 곧바로 건우가 그를 부축하며 떼어 냈다. 중무장한 슈트 왼쪽 가슴에 릭시 본부 마크를 단 자였다. 벌렸던 자신의 팔을 내려다본 세아의 동공이 허해졌다. 피가.

"뭐야, 어떻게 된 일이지?"

"그게, 윽."

"똑바로 말해."

피로 흠뻑 젖었다.

"투입된 요원들이…… 전멸했습니다."

전멸?

"유니벌이 아홉 명입니다."

도현이, 도현이는……. 세아의 고개가 천천히 건우가 부축한 남자에게로 향했다.

"잠시만 비켜 주세요! 지금 당장 치료 안 하면 목숨이 위태롭습니다!"

우리 도현이는요?

“휘, 개죽음당할 뻔했네.”

한결이 휘익 휘파람을 불며 조금 전까지만 해도 아슬아슬했던 상황을 떠올렸다. 유니벌 중 하나가 지정한 범위 내로 불덩이를 쏟아붓는 메테오를 보유하고 있을 줄이야. 거기에 이현의 중력까지 가세하니 특수 요원의 기본 조건인 방어 초능력마저 깨져 도현 측은 전투 불능이 되었다.

“나한테 고맙다고 해라.”

“네. 그래야죠, 형.”

쉐도우를 사용해 빠르게 어둠 속으로 스며든 선호가 도현의 옆으로 붙어 포획을 사용했지만 흩어진 요원 전부를 끌어오진 못했다. 흡사 아군이 전멸한 듯한 풍경을 마주한 시우가 가만히 눈동자를 굴려 등 뒤의 포탈을 보았다.

“이글이라도 먼저 타세요.”

“방금 저 없었으면 다 죽었습니다.”

특수 요원 대다수가 시체처럼 널브러진 상황이지만 도현을 중심으로 자리한 자들은 무사했다. 염력으로 메테오의 방향을 틀며 동시에 큐브를 펼쳤기에 가능한 일이었다.

"돌아가는 건 모두 다 같이."

도현이 반이나 타 버린 검은 재킷을 벗어 바닥으로 던졌다. 제대로 준비했다더니 도현과 마찬가지인 최상급 불을 지닌 자가 있었다.

"그 전까진 저도 남겠습니다."

눈빛이 예리해졌다. 조금 전 메테오로 피해를 입은 건 완전히 방향을 틀지 못하게 그를 방해한 염력 보유자가 상대 쪽에도 있기 때문이다.

"그럼 저도 남아야겠군요."

와이즈를 지닌 중오가 이 모든 걸 말해 주지 않았더라면 승패는 진작 갈렸을 것이다. 서로 주고받은 공격으로 인해 이미 공터는 열기로 달아오르고 식어 부서지는 과정을 반복해 왔다. 그럼에도 아직 버티고 서 있는 자들은 상대 쪽이 더 우세했다.

"이래서는 저희도 곧 당할 거 같은데요."

한결이 힐끔 도현을 바라보았다. 싸움 전, 공격은 하되 숨이 끊어지지 않게 조절하란 도현의 명이 있었다. 그러니 체력이 떨어지기 전에 어서 해치우고 정리해야 맞는 일이었다.

"현재 3분의 2가량이 타격을 입어 전투가 불가합니다."

"방어 보유자들도 횟수가 얼마 남지 않았습니다."

"이리 내."

본부로 상황을 보고하던 요원의 리시버를 잡아 뺀 중오가 대신 말했다. 피해가 크긴 하나, 아직 초능력 락을 걸지 말라고.

"당한 게 억울해서라도 락이 걸리기 전에 한 번쯤은 먹여야겠습니다. 지서진 씨, 미러 몇 개 남았습니까?"

"세 번."

"한결 씨 블라인드는."

"어, 저 한 번이요."

"시우 씨는 제가 결박을 사용하지 말라 말씀드렸었죠, 아끼라고."

"네."

"그걸 지금 써야겠습니다."

서진이 천천히 말했다.

"어떤 걸 지시하실지 압니다."

"제 생각을요?"

"자폭."

'하하' 중오의 입술 끝이 짜릿하게 올라갔다.

"맞습니다. 그 폭탄, 지서진 씨가 되어 줘야겠습니다."

서진은 눈을 감았다가 떴다. 근접형 초능력을 가진 자들도 상대의 눈치만 보고 있을 만큼 시한폭탄 같은 대지다. 먼저 움직이는 쪽이 싸움의 재개를 알리는 게 될 테니. 중오는 그 역할을 자신들이 하자고 나섰다.

"빠져나오지 못할 수도 있습니다."

"압니다."

낮은 목소리로 작전이 오고 갔다. 청각 좋은 적들이 듣지 못하도록 도현은 제 목소리로 세이렌을 퍼트렸고 이현이 고스트로 잡아먹었다.

"저쪽에서 재미있는 얘길 하고 있나 본데요."

주변은 적요寂寥했고 이현은 황폐해진 풍경이 자아내는 스산함을 폐로 들이마셨다. 일격에 모두 처리하려던 계획이 틀어지자 강찬의 입에서 우려 섞인 말이 나왔다.

"상황이 이렇게 되니 릭시 본부에서도 더 지원 올 테지. 곧 락도 걸릴 테고, 그 전에 얼른 해치우고 빠져야 하네."

"압니다. 이번에 들이닥치면 끝내도록 하죠."

"김중오와 하도현을 처리해야 하네만."

"하도현은 제가 맡을 테니 다들 김중오만 신경 쓰세요. 도중에 락 걸리면 모두 뒤쪽에 놓인 포탈 타십시오."

"넌. 너도 가야지."

꼭 저를 희생하겠단 말처럼 들려 일한이 다급하게 묻자 이현이 어렴풋이 웃음을 터트렸다.

"그래요, 저도 가야죠……."

이현이 하늘을 올려다보자 머지않아 빗방울이 떨어졌다. 곧 끝날 것이라며 흙을 다독인 그가 턱을 앞으로 당기자

저 멀리 걸어 나오는 도현이 보였다.

"오네요."

주변 바람이 거칠어진다. 붙어 있으면 범위형 공격으로 한꺼번에 당할 위험이 있기에 억지로 벌리고 있던 간격이 살을 베는 듯한 폭풍으로 차츰 떠밀려졌다. 두 다리에 힘을 줘도 속수무책이었다. 서로의 어깨가 한곳으로 모아져 부딪치며 뒤엉켰다. 시야가 차단되고 몸은 밧줄에 묶인 듯 꼼짝할 수 없었다.

"이거 뭡니까?!"

"블라인드와 결박."

이현이 옅게 미간을 구겼다.

"……결박은 최상이라 20초였나. 그동안은 움직이지 못할 테지."

어차피 회오리 안으로 빨려 들어가는 물방울 때문에 시야는 불투명했다. 보지 못하는 것에 미련을 두지 않은 이현이 공터를 비롯한 지역 전체에 폭우를 쏟아부었다. 여차하면 물이 닿은 곳으로 전류를 흘려 보낼 작정이었던 터라, 이현은 그 시간을 조금 더 빨리했다.

"앞이 안 보여도 초능력 쓰는 데 문제없으니 우리 쪽에 방어 치고 전류 흘리죠."

어차피 한곳으로 몰린 상황이다. 절대 방어로 작전을 변경한 자들이 큐브를 비롯해 투명한 방어벽을 여러 차례 덧대었다. 방어벽 내에 진동이 느껴질 정도로 밖은 거센 회오리가 쳤고 안에 있던 자들은 저마다 마른침을 삼켰다. 전기를 보유한 벡터가 이현의 명령을 기다렸다.

"전기를……."

이현이 나지막이 말하다가 이내 턱을 굳혔다. 블라인드의 유효 시간이 끝나면서 펼쳐진 장면은 가히 놀라웠다.

"미친놈."

몰아치던 회오리가 순식간에 거대한 허리케인으로 돌변했고 그 기둥에선 새하얀 불이 타고 올랐다. 하늘과 대지를 잇는 허리케인과 꺼지지 않는 불로 인해 주변에 내리던 비가 바싹 말라 갔다. 바람 하나로 어찌 허리케인까지 만들 수 있나. 모두가 괴물 같은 도현의 능력에 당혹스러움을 느끼며 방어로 돌아섰다. 온다.

"으윽!"

'두두두두' 탱크가 살점을 으깨며 지나가는 것만 같은 섬뜩한 굉음이 진동과 동반되었다. 이현이 고스트로 두려움을 가중시키는 소음을 잠재우자 그제야 모두가 집중할 수 있었다. 이미 허리케인 안으로 들어온 상태였지만 방어벽은 무사했다. 열기가 얼마나 거센지, 땀이 날 정도였다. 모두가 어서 지나가길 고대하던 가운데 순간 소름 끼치는 적막이 찾아온다. 눈조차 제대로 뜨기 어려운 풍경에 한 줄기 빛이 쏟아지는 듯했다. 폭풍의 눈으로 들어온 것이다.

"이게 어떻게 된 건지……."

침묵을 깬 자가 마른침을 삼키자 그 순간 갈래갈래 사방에서 빛줄기가 들어왔다. 이현의 눈가가 구겨졌다.

"……레이저인데."

'지잉' 하는 소리와 함께 허공에서 이리저리 엮인 줄기가 방어벽의 형태를 유지하며 빠르게 내려왔다. 하지만 여러 겹의 방어를 뚫기엔 무리였다. 약간 금이 간 정도에서 그칠 뿐, 완전히 깨트리기엔 역부족이었다. 안도의 숨이 이곳저곳에서 터져 나왔다. 위기를 모면했다지만 지금 이 순간에도 둘로 나뉜 분열엔 차이가 있었다. 허리케인 안에 갇힌 자들은 바깥 상황을 볼 수 없지만 투시를 가진 도현은 그를 모두 지켜보고 있다는 것.

"저건 뭐죠?"

하늘을 뚫어지게 올려다보던 남자가 물었고 일제히 시선이 위로 향했다. 번개 치는 하늘에서 검은 무언가가 떨어지고 있었다. 미간이 좁아진다. 검은…… 형체.

"……사람."

쾅! 방어벽 위로 착지하면서 안 그래도 균열 나 있던 방어벽이 '후드득' 으깨지는 소리를 냈다. 그 순간 레이저가 한 번 더 방어벽 옆으로 쏟아졌다. 검은 복장을 한 남자는 무릎을 굽혀 투명한 벽 위로 손바닥을 대었다. 붉은빛이 그 안으로 응집된다.

"폭발?"

콰앙! 폭발음과 함께 여러 차례 충격을 받았던 곳이 우수수 떨어졌다. 방어벽이 깨진 것이다. 재빨리 다시 그 위로 덧대었지만 이미 검은 형체는 안으로 들어온 상태였다. 검은 자의 손에는 조금 전과 마찬가지로 폭발의 신호를 알리는 붉은빛이 빠르게 몰려들었다. 그 전에 제거해야 한다는 생각으로 초능력을 사용했다.

"잠……!"

이현이 외마디를 질렀지만 이미 냉기로 화살을 만들어 공격하는 초능력이 발현된 후였다. 그리고 사용된 미러.

"아악!"

수십 개의 화살이 반사되어 내부에 있는 자들에게로 튕겼다. 화살에 맞아 피를 흘리는 자들이 속출하자 서진이 한 번 더 미러를 사용하며 이번엔 정말 폭발했다.

결과는 참혹했다. 뜨거운 화염으로 살점이 녹아내리거나 의식을 잃은 자들이 반이었다. 바깥 공격을 막아 줄 뿐, 안은 그 막이 약해 전체를 감쌌던 보호막은 이미 깨진 지 오래였다. 살기 위해 뒷걸음질 친 자들은 허리케인으로 빨려 들어갔고 버티던 자들은 몰아치는 비바람으로 인해 정신을 차릴 수가 없었다. 태풍의 눈은 이미 지나가고 있었다.

"젠장."

이현은 이리저리 상처 난 제 몸부터 회복해 주변을 둘러

보았다. 치료 벡터가 안에 있을 것이다. 비바람에 날아가지 않으려 바닥에 손톱을 박은 채 소리 지르고 있는 그녀를 발견한 이현이 다가가 팔을 잡고선 피해가 속출한 곳으로 떠밀었다. 초능력 고리를 가진 자가 재빨리 땅으로 사슬을 만들어 아군들의 발목을 묶어 두었다. 뚫고 지나가는 수밖에 없다는 생각을 한 이현이 비장하게 발을 내딛자 그 순간 허리케인이 사라졌다.

"……."

시야가 걷히고 비는 여전히 무거운 소리를 내며 쏟아지고 있었지만 아까와 풍경이 사뭇 달랐다. 지원 온 본부 요원들이 사방에 가득했다. 원형으로 둘러싸인 상황에서 이현은 태연히 손을 들어 눈꺼풀에 엉킨 빗방울을 꾹 짓눌렀다. 시간을 벌기 위해서였나.

"지금 항복하면 전원 사살은 하지 않고 끝날 것입니다."

이현의 입가에 조소가 걸렸다. 우스웠다. 애초에 항복할 생각으로 반역을 꾀하는 자는 없다.

"헛소리는 집에 가서나 하지."

죽거나 살거나지. 시선이 닿은 곳으로 폭탄을 심어 두고 터트릴 수 있는 초능력은 일한의 범위형 공격이었다. '삐삑' 하는 소리와 함께 원형으로 서 있는 자들의 발밑에서 일제히 폭탄이 터졌다. 방어형을 기본으로 가진 자들이었지만 대지가 뒤흔들리는 것은 막을 수 없었다. 곧바로 강찬이 사용한 초능력 침몰은 대지를 늪지대로 만들어 아래로 끌어당겼다. 우글거리는 바닥이 순식간에 요원들을 집어삼켰고 도현이 불로 대지의 수분을 앗아 가려고 했지만 이현의 비 때문에 소용없었다.

'삐-삐-' 모두의 팔찌에서 같은 소리가 울려 퍼졌다. 정부에서 초능력 락을 건 것이다. 그렇다면 이제 사용할 수 있는 건 각자 레벨에 맞게 부여된 사이드 넘버.

"이제부터 횟수 제한 싸움입니다."

중오가 말하자 도현이 마지막을 위해 발을 떼었다.

"도현 님, 염력 사용하셔야 합니다."

그 말과 동시에 도현에게로 달려드는 초능력들이 튕겨져 나갔다. 와이즈의 횟수는 이미 아까 전 도현을 보호하려 사이드 넘버까지 모두 사용했다. 그럼에도 중오가 지금처럼 상대의 옷차림이나 눈, 체구를 보며 도현에게 대응책을 신속히 말할 수 있는 건.

"하나 더 옵니다."

괴물 같은 기억력. 처음 와이즈를 사용해 알아낸 상대방의 정보는 이미 그의 머릿속에 세밀히 입력되어 있었다.

"도현 님, 불."

내리는 비가 우박으로 바뀌고 그에 전기까지 연쇄되었지만 도현이 가진 열기로 모두 잠재웠다. 상대들의 눈빛이 초조해졌다. 이미 복면으로 얼굴을 가렸다지만 중오가 초능력을 기억하는 이상, 그는 환각으로 잠들어야만 했다. 유니벌 전체가 중오를 표적 삼아 달려들었고 중오는 도현에게 위험이 될까 잠시 떨어졌다. 그러자 기다렸다는 듯 날아드는 건 날카로운 무언가였다. 바닥에 널브러진 의식 잃은 자를 방패 삼아 막은 중오의 눈매가 가늘어졌다.

"이것 참, 궁지에 몰리니 막무가내시군요."

환각 벡터의 혈액이 담긴 주사기가 중오가 앞세운 자의 몸에 빼곡이 박혀 있었다. 중오가 입꼬리를 올리자 주변으로 금세 지원을 온 요원들이 둘러쌌다. 현저히 그 수가 많아지니 목적을 상실하고 도망치는 자들이 몇 보였다. 사이드 넘버가 모두 소진되면 알아서 정리될 것이다. 그전에 끝을 보든, 아니면 도망을 치든. 선택은 두 갈래였다.

도현은 걸어가며 천천히 주변을 훑었다. 서진과 시우, 한결과 선호 모두 살아 있다. 살아서 데리고 돌아가야 한다. 세아, 너는 그 누구의 죽음도 원치 않을 테니까.

"내 사이드 넘버는 모두 네게 사용할까 하는데."

도현이 멈춰 서자 이현이 느릿하게 젖은 머리카락을 쓸어 넘기며 고개를 뒤로 돌렸다.

"글쎄, 네가 나를 죽일 수 있을 거 같아?"

도현은 씁쓸히 웃었다. 하지만 세아야.

"아니, 난 너 안 죽일 건데."

……내가 돌아가려 하는 곳에 너는 없겠지.

"그래? 난 너 죽이려고 왔는데."

사나운 본성이 느껴지는 말이었지만 정말 죽이고자 하는 염원은 찾아볼 수가 없었다.

"상황이 많이 안 좋게 흘러갔지만 상관없어. 이것도 계획 중 일부분이거든."

전쟁 통을 방불케 하는 풍경 속에서도 이현은 그에 속하지 않은 방랑자처럼 움직였다. 모두가 바라고 있을 이익과 승리, 희망을 주도했음에도 이현에겐 한 배에 탄 소속감이 없었다. 마치 유령처럼 주변을 배회할 뿐이었다. 그러고선 곧 사라질 수증기처럼 웃는다.

"아, 나 혼자만의 계획이었지."

그가 어떤 생각으로 이곳에 온 건지, 도현은 알고 있었다. 모두가 신변을 감추기 위한 복면을 쓴 가운데 유일하게 이현 혼자만이 얼굴을 가리지 않았으니까. 모두가 도현을 제거하고 유니벌이 최상위 포식자였던 원래의 영예를 되찾고자 일을 꾀한 것이지만 이현에게는 그들이 바란 미래가 없었다. 화려했던 모든 것과 반대되는 불행의 나락이 오래전부터 그의 곁을 맴돌았다. 세아를 사랑하면서 모든 행복과 쾌락의 잣대가 그녀로 바뀌었으므로. 가지지 못해 찾아오는 허기진 감각은 이미 그의 뱃가죽을 눌어붙게 해 고통조차 무감각할 뿐이다.

"그래, 넌 그 어떤 것도 상관없겠지. 내가 이 자리에서 죽으면 좋은 거고 안 죽어도 그만이고."

"……."

그러니 이글 보호법을 어겨 반역자로 몰리든 아무 상관도 없다. 탁한 이현의 눈동자를 보며 도현이 떨리는 목소리로 간신히 말했다.

"내게서 윤세아를 데려갈 거니까."

맞지, 너는 그럴 생각으로 온 거지. 이현의 입꼬리가 느슨하게 올라갔다.

"그래."

심장이 욱신거렸다. 위험한 상황이 생길 거란 얘길 서진에게 들었을 때도 주동자가 이현이 아니길 바랐던 이유는 단 하나였다.

"네 관심을 돌리고 윤세아를 데려가는 게 내 계획인데 넌 이미 다 알고 있었나 보네."

이현에게 삶이란 윤세아였고, 끝으로 내몰린 그가 선택하는 건 뻔했으니까. 이현이 왼쪽 손목에 채워진 시계를 만지자 그에 몰두되었던 도현의 시야가 어그러졌다. 내 세아, 우리 세아. 세아야…… 네게 말하지 못한 게 하나 있는데.

"하지만 예지대로 너는 피를 보겠지."

우리의 이별은 정해져 있었다.

"빨리 도현이한테 데려다줘요!"

"윤세아 씨!"

"빨리요!"

세아는 눈에 뵈는 게 없었다. 피로 물든 자가 모두 전멸했다는 말을 내뱉은 후부터 이성은 날아간 지 오래다. 건우가 뒤늦게 본부와 연결해 상황을 보고받는 족족 세아에게 말해 주었지만 이미 흐트러진 이성이다. 눈으로 확인하기 전까지 모두 거짓이라 누군가 귓가로 속삭이는 듯했다. 보호 의지였다. 제 모든 걸 내주며 기댔던 남자가 잘못되었다는 생각은 이미 세아의 온몸을 마비시킬 정도로 극심한 불안감을 만들어 냈다. 세아는 바들바들 떨리는 손에 힘을 주었다. 건우의 눈빛이 세아와 그녀의 손에 들린 것을 번갈아 바라보았다.

"제발 그것부터 내려놓으십시오. 도현 님께서 아시면 제가 죽습니다."

"그러니까 도현이 있는 데로 데려가 달라고요! 무사하다면서, 괜찮다면서 왜 안 데려다주는데요!"

"세아야!"

닉과 통화를 하던 엘린이 주방에 도착했을 땐 세아의 손에 날카로운 것이 들려 있었다. 도현에게 가야 한다. 눈으로 직접 무사한지 봐야 한단 욕구는 평소 세아가 하지 않던 일까지 가능하게 만들었다. 어디든 가겠다며 문밖에 나서던 걸 제압당하고 발조차 마음대로 움직이지 못하게 하니 선택한 방법은 뻔했다.

"도현이가 안전하면 나도 안전할 거고, 위험하면 같이 위험해요!"

주방으로 달려간 세아가 서랍을 뒤적이며 꺼내 든 건 다름 아닌 과도였다.

"그러니 나 보내 달라고요!"

제 몸에 상처 내지 말라던 짙은 눈매가 떠올라 숨을 조여 왔지만 세아는 손에서 힘을 풀지 않았다. 도현이 잘못되면 무슨 소용일까. 만약 그렇다면 살아갈 이유조차 사라지는 건데. 엘린이 소리 질렀다.

"아이를 생각해! 너 지금 아이 가진 몸이야. 그 몸으로 어딜……!"

세아는 질끈 눈을 감았다.

"내 앞에서 이런 짓을 하다니, 엄마 속 태울 일 있니?"

뺨을 적시는 눈물은 이미 너무 흘러 호수가 된 지 오래다. 숨이 턱턱 막히며 정말 죽을 것만 같았다. 화가 났다. 도현이 위험한 상황인데 아무것도 하지 못하고 이렇게 제 목숨을 빌미 삼아 협박하는 게 전부인 처지가 너무나도 비통했다. 그렇게라도 가고 싶었다. 네가 있는 곳으로. 만약 네가 잘못되었더라면 그곳에 나도 함께인 게 당연했다.

"하아…… 윽……."

"……윤세아 씨."

눈을 뜬다고 한들 보이는 건 얼룩진 세상.

"도현 님 전화입니다."

하지만 너로 인해 마주해야 할 현실. 그 목소리에 홀린 듯 눈꺼풀이 올라갔다. 건우의 손에 들린 휴대폰을 보는 것만으로도 절망을 읊조리던 입안이 순식간에 환해진다. 뇌로 빛이 들어오자 열심히 울려 퍼지는 벨 소리가 점차 귓가로 박혀 왔다. 곧 끊어질까 싶어 세아가 손에 들린 칼을 팽개치며 걸어갔다. 땀으로 흠뻑 젖은 손 때문에 움켜쥔 휴대폰이 미끄러지자 아무렇게나 옷에 문질렀다.

"여, 여보세요."

「안녕, 고양아.」

"도현아……."

「집 잘 지키고 있어?」

"어디야! 어딘데, 왜 안 오고 전화해!"

무사해서 다행이란 생각은 곧바로 변질됐다. 세아는 무작정 소리를 내질렀다. 보고 싶어서 미치겠는데, 머리가 어떻게 될 것만 같은데 왜 직접 오지 않고 목소리만 들려

주는 걸까. 귓가로 녹아든 도현의 음성이 세아의 심장으로 스며들어 발작을 일으켰다.

「또 화낸다. 햇살이한테 안 좋다니까.」

"윽…… 화 안 냈어. 어디야, 도현아. 보고 싶어. 빨리 와 줘."

「……못 가.」

세아의 눈이 커다래졌다.

"왜, 왜?"

「그렇게 됐어.」

"뭐가…… 다쳤어? 다친 거야?"

「차라리 그랬으면 좋겠다.」

"무슨……."

「다리라도 잘려서 네게 못 가는 거면 좋겠어. 그런 상황이면 조금이라도 나을 것 같은데.」

"왜 그렇게 끔찍한 소리를 하는 건데!"

「세아야.」

"으윽, 왜!"

「울지 말고.」

"흐으……."

「내가 너 정말 많이 사랑하는 거 알지?」

왜 그런 말을 해.

「몰라?」

"알아, 안다고. 다 안다고. 나도 너 사랑한단 말이야."

「그럼 기다려 줄 수도 있어?」

도현의 목소리는 원망스러울 정도로 애틋했다. 왜 못 오는 거냐며 화를 내고 싶은데 그럴 수도 없게.

「그건 안 돼?」

아무것도 못 하게. 세아는 빽빽한 고철이 돼 굳어 버린 고개를 억지로 주억였다.

"돼. 할 수 있어. 기다려 줄 테니까 빨리 오라고. 내가 갈까? 내가 갈게, 도현아. 너 어디 있는데……."

나 지금 미칠 거 같단 말이야. 빨리 와서 달래 줘. 안아 달라고. 아까 네게 안겼던 게 전부라서…… 나 이제 다 식어서 너무 추워.

「햇살아.」

네가 다시 따뜻하게 해 줘야 한단 말이야.

「아빠가 너 많이 사랑해.」

"으읍……."

「엄마 힘들지 않게 잘 있어야 돼.」

"왜 자꾸 이런 말 하는 거야! 어디냐고!"

「잘 들어, 세아야.」

"흑……."

「너 이제 끌려갈 거야.」

세아의 동공이 텅 비었다.

"무, 무슨 소리야, 그게……."

「아니다. 사라지겠구나.」

"도현아……!"

「신이현이 네 앞에서 시계 멈추는 거 본 적 있지.」

시계? 장면, 장면을 기록하듯 이현이 멈추었던 시간.

「……여행.」

수화기 너머로 부서지는 숨소리.

「여행 가기로 했지. 그러니까 먼저 가 있는 거야.」

"윽…… 도현아……."

「우리 세아 잘할 수 있지?」

네가 나에게 했던 훈련.

「나는 십 년이나 했는데, 우리 세아는 힘들 거 같아서 걱정이다.」

너 혼자 알고 있었던 이별. 그리고 도현은 천천히 속삭여 주었다. 견디면 돼. 나처럼만 해. 너와 난 반드시 다시 만나. 너만 기다리면 나 무슨 수를 써서라도 가. 긍정적인 말뿐이었지만 세아는 그곳에서 참혹한 앞날을 보았다.

"못 해, 널 두고 내가 어딜 가는데. 나 너 없으면 안 돼. 아무것도 못 해…… 그건 네가 더 잘 알잖아."

나는 이렇게나 죽을 것 같은데 너는 다 괜찮은 듯 보였다. 몸이든 정신이든 하나도 멀쩡할 수가 없는데 너 혼자 이별의 준비를 마친 것만 같았다. 나는 절대 너 없이 안 되니 차라리 지옥의 불구덩이로 떨어뜨려 달라 애원하려는데 수화기 너머의 음성이 일그러진다.

「목소리는 또 왜 이렇게 오늘따라 예뻐서…….」

"……."

「포기도 안 되게.」

도현이 울고 있었다. 슬픔을 씹어 내듯 뱉어 내고 있었다. 세아는 눈물이 돼 처연히 일그러져 있을 도현의 얼굴 위로 흐르고 싶었다. 도현은 참기 위해 아무렇게나 물어뜯어 피가 흥건해진 입안을 방치했다. 고통조차 느껴지지 않는 시간이다. 세아의 울먹이는 음성으로 귀는 이미 문드러진 지 오래였다. 다가가 만져 주고 싶고 닦아 주고 싶은데 그럴 수 없는 저 자신을 탓하고 원망하고 죽이는 건 이미 심장 안에서 수도 없이 벌어졌다. 그 암담함을 너는 보지 않았으면 해 진심을 다해 속삭였다.

"내일도 사랑해."

네가 없는 이곳에서.

"널 너무 사랑해, 윤세아."

나는 또 홀로…….

"이제 다 됐지?"

도현이 물기 젖은 눈동자로 이현을 바라보았다.

"당장에라도 달려갈 줄 알았는데 전화 한 통이 전부라니 의외네. 나도 안 죽이겠다고 하고."

"……."

“혹시 여기 있는 애들 전부 살리고 싶어서 그래?”

휴대폰을 꽈악 움켜쥐자 이현이 건조하게 웃었다.

“꼭 다 살려. 나는 포기하고.”

이현이 시계 버튼을 누르자 순식간에 사라졌고 세아의 목소리는 들리지 않았다. 묘연해진 세아의 행방을 찾는 엘린의 음성이 휴대폰을 통해 전해졌다. 갑자기 없어졌다고.

휴대폰을 쥔 팔을 천천히 내렸다. 이현이 세아와의 시간을 기록한 이상, 언제가 될까 불안했던 일. 이현과 초능력으로 부딪치면서 상처 입은 어깨가 뜨끈했다. 셔츠를 흠뻑 적시다 못해 넘친 피가 붉은 선을 만들며 내려와 도현의 네 번째 손가락을 훑는다.

“세아야.”

피로 물든 반지. 모든 것은 예언대로, 너는 기록된 과거의 시간으로 끌려갔다.

“윽…….”

죽지도 않고 다시 찾아온 끔찍한 감각, 너를 만나지 못할 거란 참혹한 현실. 눈물이 차올라 눈가를 손으로 덮자 도현의 입술이 파르르 경련했다.

나는 너와 멀어져야만 했던 그날처럼 홀로 남겨진다.

“나 혼자…….”

매일 밤 차가워진 시트에서 세아의 향기를 찾으려 했던 열다섯의 기억이 도현을 덮쳤다. 창문 너머로 유유히 떠 있던 달만이 친구였고 연결 고리였다. 네가 있는 곳에선 달이 보일 테니, 우린 어쩌면 같은 걸 보고 있겠지. 근데 세아야, 왜 같이는 못 봐?

"하……."

왜 우리는 떨어지고 끊어지고 나서야 오늘 밤 달이 참 예쁘단 걸 알 수 있는 걸까?

"정신을."

도현은 이를 악물었다.

"……차려야지."

그러니 오늘 밤만은 달이 어떤 모양인지 묻지 않을게.

"……."

다시 만나면 내가 달이 어땠는지, 공기의 온도와 주변으로 무슨 별자리가 떠 있었는지 말해 줄게.

숨 쉬는 법을 처음 배우는 것처럼 몇 번의 불규칙한 호흡 끝에 도현이 밤하늘로 향했던 고개를 내렸다. 바라본 공터에는 여전히 초능력이 난무했다. 초능력을 지닌 도현에겐 너무나도 익숙한 풍경이다.

내가 배우고 알았던 세상.

강한 자는 힘을 과시하고 거기에 패한 자는 으스러진 육체로 저의 나약함을 증명한다. 생과 사의 갈림길은 애당초 누군가를 섬멸하기에 부족함 없는 힘을 가진 자들의 세계에선 당연한 일이다. 누군가를 꺾고 싶으면 강해야 하고 힘으로써 원하는 것을 쟁취한다. 그래서 벌어지는 게 전쟁이야. 이런 게 싸움이고. 누구나 다 그렇게 살아가.

하지만 세아야, 너는 그 누구도 죽지 않길 바랐지. 생명을 앗아 가는 행위로 더는 세상을 바꾸고 싶지 않다고 했다. 이런 세계에서 그 얼마나 말도 안 될 성스러운 발언인지도 모르고.

"……하지만 나는 네 말만 듣잖아."

그래서 죽이지 못했어, 신이현을. 너만이 내 종교고 너의 말만이 내게 가르침을 일깨우며 답이 되니까. 네가 홀로 소리를 낼 땐 모두 잘못된 사상이라 비난해도 내가 함께라면 더는 외면할 수 없는 아우성이 되지.

"……."

도현은 아까와 달리 솟구치는 파동과 펄떡이는 심장의 전율을 느꼈다. 더는 이곳에서 초능력이 사람을 죽이는 형태로 사용되지 않을 거란 확신이 섰다.

"멈출 때도 되지 않았나."

작지만 힘 있는 음성은 끝없이 뻗어 나가 싸움으로 혈안이 된 자들의 귀로 들어갔다. 서로를 죽일 듯이 노려보던 자들도, 죽이지 않으면 살 수 없단 생각을 가진 자들마저 모든 걸 잊은 듯 그 자리에서 멈춰 섰다. 그가 원한다면 지구 반대편에 있는 자들까지 잠에서 깨고, 하던 일도 멈출 것이다. 청각이 존재하는 한 이 모든 건 정해진 순리다.

"싸움이라면 지겨운데 그만들 하시죠."

뇌까지 침투해 지배하는 목소리.

"대체 언제까지 물어뜯을 생각입니까?"

세이렌의 완전한 발현이다.

피비린내가 진동하는 대지를 밟고 서 있던 자들은 목적이 무엇이었는지 망각한다. 엇갈리는 시선에선 왜 서로가 대치하고 있는지 의문이 서렸다. 우리가 조금 전 무엇을 하고 있었지? 왜 여기 있는 거지? 혼란스러워하는 자들의 뇌엔 이미 싸움이란 단어가 완전히 소멸된 후였다. 세이렌의 힘은 그 정도였다. 개개인이 살아오며 저마다 구축한 인식을 아예 소멸시키고 새롭게 심어 박을 수도 있는 힘.

"축하드립니다."

도현의 옆으로 다가선 중오가 경이로움에 고개부터 조아렸다. 그토록 고대하고 바라왔던 일이지만 막상 현실이 되니 말은커녕 턱이 떨릴 정도였다.

"……드디어 세이렌이 최상이 되셨군요."

오래된 전설로 묻혀 사라질 뻔했던 힘이 지금 이 순간 재현된 것이다. 숙련도가 상급에서 멈춰 지배 능력까진 없던 도현이지만 지금부턴 얘기가 달랐다. 세이렌의 진짜 힘은 이제 소문이 아닌 연구로 입증될 것이고 수많은 기록과 자료를 남길 터였다.

하지만 정작 완전한 힘을 얻은 주인은 그리 행복하지 않아 보였다. 제 목소리 하나로 전투력을 상실하고 의욕 없는 모습이 된 자들을 관망하면서도 그의 얼굴엔 이룩했단 성취감과 짜릿함이 없었다.

"윤세아 씨가 사라지는 건 예견된 일이지 않습니까."

그 어떤 것도 도현을 감동시킬 수 없을 것이다.

"비록 세아 씨가 사라지셨지만 그로 인해 지금 최상이 되신 거라 저는 자부할 수 있습니다. 이미 세아 씨를 향한 애정으로 숙련도가 올랐던 도현 님이니까요."

"……."

그래, 너를 위한 힘은 이렇게 또 실현되었다. 그 누구도 죽지 않을 싸움. 불가능할 것 같았지만 세아가 원하던 사회를 이룩할 힘이 비로소 도현에게 생겼다. 기록에 의하면 과거 세이렌을 가진 자가 목소리로 세계를 정복하는 데 고작 일주일도 걸리지 않았다고 적혀 있다.

"이젠 정말 그 누구도 도현 님을 위협할 수 없습니다."

하지만 도현은 제 발밑으로 세계를 두는 것 따윈 관심 없었다.

"그러니 완전한 세이렌을 실현시킨 것처럼 초능력 하나 더 이룩하셔야지요."

오직 도현이 지금 몰두하고 있는 건 초능력 보유 개수를 하나 더 늘리는 일이었다. 과거 감정이라고는 존재하지 않던 모습으로 돌아온 도현이지만 아직 눈물의 잔해는 남아 있었다.

"이현 님의 초능력은 제가 말씀드렸었죠. 그전에 도현 님께서 이현 님을 위협하며 실험을 해 보신 뒤라 설명하기 편했던 걸로 기억합니다."

"그래."

중오는 쓴웃음을 지었다.

"결국 그때, 아니길 바랐던 최악의 경우가 온 거죠."

본부에서 훈련을 비롯해 초능력 이론까지 배웠던 도현에게 이현이 병실로 돌아간 초능력이 무엇인지 유추하는 건 그리 어렵지 않았다. 초능력 규제가 있는 복도에서 이동했다는 건 전파의 영향을 받지 않는 지속형 초능력이라는 걸 의미했고 그 공간이 병원 내로 한정돼 있단 건 자신이 머물렀던 적 있던 공간.

"다시 한 번 말씀드리겠습니다만 이현 님이 보유하고 있는 시즈Seize는 공간을 제 것으로 박제해 붙잡아 두는 초능력입니다."

시계의 버튼을 눌러 기록하는 순간부터 그 공간에 있던 모든 것들이 사진처럼 복제돼 자신의 소유가 된다.

"순간이동이나 포탈과 같은 이동형으로 사용할 수 있는 게 바로 시즈죠."

시즈는 두 가지 용도로 사용할 수 있다. 하나는 자신이 '기록해 둔 공간'으로 '몸'이 움직이는 것인데, 이는 자신이 공간을 찾아가는 것이라 순간이동이나 포탈과 같은 맥락이다. 즉, 과거 있는 그대로의 장면이 담긴 순간으로 돌아가는 것이 아닌 말 그대로 현재 공간으로만 이동하는 셈이다.

"혹은 기억하고 싶은 장면을 계속 돌려보고 싶을 때 쓰는 게 대부분입니다."

다른 하나는 몸은 그대로 현실에 남겨진 채 '정신'만 당시의 순간으로 이동하는 것이다. 이때는 몸으로 이동하는 것과 정반대로 공간은 그때의 모습을 똑같이 갖추고 있다. 현실에선 화병에 담긴 꽃이 시간이 지나 시들지언정, 정신으로 이동했을 땐 자신이 기록했던 순간의 모습 그대로 파릇한 꽃잎을 펼친 상태가 유지된다. 완전한 박제. 대부분의 정신 이동은 육체는 놔두고 정신만 시공간을 이동하는 것이기 때문에 수면을 취하는 동안 사용하곤 했다.

"자신만이 들어가고 나올 수 있는 방이 되는 셈이죠. 그래서 추억을 회상할 때 요긴하게 쓰입니다만 정신으로 이동하는 건 후유증이 커 잘 사용 안 하기도 합니다. 일어났을 때 두통이 동반되거든요."

중오가 나지막이 한숨을 내뱉었다. 하지만 문제는 이 두 개가 합쳐졌을 때.

"이현 님이 그때 윤세아 씨로 인해 오른 숙련도가 하필이면 시즈일 줄이야."

최상이 된 시즈는 몸과 정신 이동이 결합된 초능력을 사용할 수 있게 된다. 상급인 세이렌이 목소리로 고통만 주는 반면, 최상의 세이렌은 생각의 지배까지 가능한 것처럼 시즈 역시 숙련도와 함께 진화되는 것이다. 즉, 정신만 갈 수 있던 시공간으로 육체도 함께 이동하는 것.

"물론 과거의 시간으로 간 자를 현실에선 따라갈 수가 없죠."

기록된 공간에 있던 생명을 지닌 존재 역시 복제가 아닌 그곳으로 함께 이동한다.

"최상인 시즈 보유자도 얼마 없지만 이 능력은 잘 사용되는 것이 아닙니다. 아시지 않습니까, 이건……."

"알아. 미치지 않고서야 실제의 자신까지 들어가야 하는 그곳에 왜 있겠어."

개인형이기 때문에 자신까지 현실을 버리고 시공간으로 들어가야 하는 점이 시즈의 최대 단점이었다.

"하지만 신이현은 그곳에서 나오지 않을 테지."

하지만 이현에겐 장점일 터였다. 도현이 세아의 옆에 있는 한 현실은 이현에게 희망을 주지 않는다. 삶에 미련조차 없는 그가 죽음 다음으로 선택한 건 자신이 기록했던 시간 속에 있던 세아와 함께 격리된 공간으로 이동하는 거였다. 현실에 있는 도현이 쫓아갈 수도 없게.

"이제 와 놀랄 것도 없어. 어차피 최상이 될 걸 염두에 두고 시계형으로 팔찌 바꾼 거잖아."

도현이 이현과 똑같은 시계형으로 팔찌를 교체한 건 그에 대적할 수 있는 초능력을 발현시키기 위해서였다. 전혀 다른 시공간으로 도망친 그를 쫓아갈 수 있는 유일한 방법.

"그리고 윤세아 씨는 보호 의지를 가진 채고요."

이미 훈련은 그때부터 이뤄지고 있었다. 중오가 비장한 표정으로 도현을 향해 말했다.

"카운트다운 시작입니다."

도현은 이를 악물며 몸을 돌렸고 중오는 간결하게 고개 숙여 인사했다. 목을 곧게 세웠을 때 등 뒤로 상황은 빠르게 정리되고 있었다. 앞으로 릭시 본부는 도현에게 허투루 입을 놀릴 수 없을 거다. 세이렌이 최상이 된 이상 대우는 지금보다 더욱 극진해질 테고 이글은 실험체가 아닌 모든 벡터들 위에 군림하는 존재로 자리매김하게 될 테지. 하지만 그걸로는 부족했다.

"도현 님, 더 보여 주셔야 합니다."

만약 여기서 초능력이 하나 더 발현된다면.

"이글이 초능력 8개를 보유한 자가 아닌, 무궁무진한 개수를 지닌 자라는 걸 증명해 주셔야죠."

부디 자신이 연구하는 실험이 역사를 뒤엎을 수 있도록 입증해 주기를 지금 이 순간에도 중오는 갈망했다. 그 염원은 오직 윤세아에게 달렸을 테지만.

세아는 머리가 어지러웠다. 무슨 일이 벌어진 건지 파악하려 했지만 그보다 관자놀이의 통증이 먼저였다. 손으로 꾹 누른 부위가 찌릿했다. 어떻게 된 거지. 세아는 제 손에 있어야 할 휴대폰을 떠올렸다. 손을 천천히 내리자 주머니가 묵직했다. 아, 바지에 있구나. 한데 그 길이가 무척 짧다.

"뭐야……."

세아가 기억하기론 긴 원피스를 입고 있었는데 지금은 반바지였다. 게다가 익숙한 민소매 티까지. 당혹스러운 눈동자가 빠르게 구르다 옆에 누군가가 있단 걸 알아챘다.

"뭐긴, 너와 만났던 여름이지."

숨이 턱 하고 막혔다. 신이현. 세아는 재빨리 주변을 둘러보았다. 고요한 밤하늘 아래로 풀벌레가 찌릉찌릉 울어댔다. 게다가 자신의 옷차림 또한 예전 집에서 자주 입던 것이다. 들이마시는 숨조차 무더운 열기가 느껴지는, 믿기 어렵게도 여름이었다.

"말도 안 돼. 여긴……."

자신이 앉아 있는 곳이 벤치란 걸 눈치채기까지 그리 오래 걸리지 않았다. 등 뒤로 이현의 팔이 미끈하게 들어왔다.

“뭐하는 거야!”

세아는 반사적으로 기대고 있던 몸을 떼어 냈다. 이현은 뻗었던 팔을 벤치 등받이 위로 놓은 채 웃었다.

“왜 이렇게 예민해?”

꿈일 거다. 꿈이야.

“임신이라도 했어?”

꿈인데…… 그걸 어떻게 알아? 세아의 동공이 확장되는 걸 본 이현은 시선을 내리며 나직이 웃었다.

“배는 안 나왔는데.”

“뭐야, 지금 이거 뭔데.”

“초기라서 안 나온 거면, 혹시 입덧도 해?”

“꿈인데 왜 네가 나와. 난 꿈 같은 거 안 꾼다고.”

“아니, 여기서 그런 일은 없겠구나.”

“근데 뭐가 이렇게 생생해…….”

“꿈이라서?”

세아의 눈초리가 뾰족하게 섰다.

“그러니까 꼭 예전으로 돌아온 거 같네.”

웃던 입가가 천천히 내려온다.

“정말 돌아왔지만.”

“무슨 소리야, 그게.”

세아는 머릿속이 난잡했다. 꿈인 게 분명하다. 아까 세아는 엘린과 함께 집에 있었다. 도현이가 위험하단 소식을 듣고…….

"도현이."

그 순간 섬광이 번쩍였다. 도현이는 어떻게 된 거지? 질문을 던지자 온몸의 세포가 반응하며 세아의 피부 위로 불길함을 조성했다. 세아는 본능적으로 풀잎 밑으로 놓인 제 다리부터 의자로 올렸다. 두 다리를 끌어안고 잔뜩 몸을 웅크렸다. 귓가로 들려오는 한가로운 벌레 우는 소리조차 풀숲에 숨은 괴물이 저를 노리고 내는 음습한 하울링처럼 느껴졌다. 바들바들 두려움에 떨고 있는 세아를 처음 본 이현이 손을 들어 그녀의 머리카락을 부드럽게 헤집었다.

"꼭 이러니까 아이 같네. 내가 돌봐 줘야 할."

"손 치워!"

소름 끼치는 감각에 머리카락이 쭈뼛 섰다. 꿈이니까, 그냥 어서 빨리 꿈이 깨 도현이를 보면 되었다.

"아야."

"아프지."

세아의 뺨을 꼬집은 이현이 손바닥을 펼쳐 뭉근하게 비볐다.

"꿈은 아니지."

고통을 느껴? 어떻게, 어떻게 이런 일이…….

"다시 한 번 잘 둘러봐. 익숙한 풍경 아닌가?"

그제야 세아는 집요하게 하나씩 주변을 살폈다. 앞에 펼쳐진 한강과 지금 앉아 있는 나무 벤치, 발가락 다섯 개가 훤히 다 보이는 슬리퍼와 여름이란 계절. 아…… 이현이 입고 있는 슈트와 넥타이가 낯익다. 릭시 발표회가 있던 날 집으로 찾아왔던 이현이 지금과 똑같은 옷을 입고 있었던 걸로 기억한다. 이현이 시야를 가린 머리카락을 쓸어 넘기며 말했다.

"잘 봐, 백설아. 그때 왔던 곳이잖아."

세아의 눈동자가 찬찬히 움직였다. 어둠이 짙게 깔린 밤하늘 아래로 저 멀리 건물이 인공적으로 뿜어내는 불빛이 무성했다. 흔히 볼법한 야경이지만 어딘가 이상했다. 한강 옆으로 놓인 거대한 다리 위로 자동차가 지나다닐 만도 한데 한 대도 없었고 수면은 잠잠하다. 확 트인 한강이란 장소가 무색하게 바람은 세아의 피부를 훔치며 지나가지 않았다.

"이상한 점 찾았어?"

마치 멈춰 있는 장면처럼.

"내가 기록했던 시간이지."

기록? 일순간 도현이 말했던 것이 떠오른 세아가 나지막이 중얼거렸다.

"시계를 멈췄던 적이……."

"그래."

"……."

"내가 초능력으로 붙잡아 두었던 순간이 여기야."

말도 안 돼……. 세아의 입이 망연히 벌어졌다. 지금 이 모든 게 초능력 때문이라고? 어떻게 이럴 수가 있어. 세아의 입술 사이로 헛웃음이 흘렀다.

"웃기는 소리 하지 마. 이건 꿈일 뿐이야. 깨면 너도 사라질 거고."

"아니, 나는 사라지지 않아."

"무슨……."

"이미 현실에선 사라졌거든."

현실? 이현의 고개가 비스듬히 기울었다.

"우리가 여기 놀러 온 거 같아?"

"대체 무슨 소리야. 알아듣게 설명을 해."

"알아듣게, 알아듣게……. 현실에 있는 널 내가 붙잡아 둔 시공간으로 데려왔다?"

"데려오다니."

"내가 시간을 멈췄을 때 함께 있던 게 너니까. 이 공간은 그 순간에 살아 있는 생명체를 모두 끌고 오거든. 현실에서는 이미 죽었던 것도."

그래서 벌레 우는 소리가…….

"물론 이 공간 안에서만 살아 있는 거지만. 내 시선이 닿는 범위까지만 데려오는 게 가능한데 내가 시계를 멈출 때마다 넌 줄곧 내 눈동자 안에 있었지."

"그럼 여긴."

"내가 기록했던 순간이 모두 보존되어 있는 완성도 높은 방이지."

"그래 봤자 허상이잖아."

"왜 그렇게 생각해? 현실에서 살아 있던 너와 내가 지금 여기 있는데."

"……."

"공간은 허상이 맞아. 하지만 너와 나는 진짜지."

딱딱하게 경직된 세아의 얼굴을 보며 이현이 부드럽게 웃었다.

"애석한가? 나는 기쁜데."

하지만 쾌락이 넘치는 표정은 아니었다. 인정하긴 싫지만 그동안 수도 없이 이현과 마주쳤던 세아는 이제 그 얼굴을 보면 감정까지 알아챌 수 있었다.

"이게 초능력이면 난, 그럼 현실에서의 난?"

"거기엔 너 없다니까."

"그럼 도현인? 도현이도 알아? 나, 나 여기 끌려온 거 알지."

"알겠지. 네가 없어졌는데."

"너지. 요원들 다치게 하고 도현이까지."

"일관성 있게 질문해. 뭐, 알아서 잘 듣고 대답해 줄 테지만."

"도현이 위험하게 한 게 너냐고!"

"그래, 내가 했어."

"도현이 어쨌어. 어떻게 한 건데!"

"나는 널 어쨌지, 하도현은 관심 밖인데."

"왜 그런 짓을 해. 혹시 도현이 다쳤어? 얼마나……!"

"지금 상황 파악 다 됐는데 하도현 질문만 하는 것도 보호 의지야?"

정신없이 움직이던 세아의 입술이 뚝 멈추었다. 이현의 표정이 이루 말할 수 없는 감정들로 뒤섞였다.

"백설아, 너 정말 임신했니?"

슬픔, 분노, 원망, 허탈. 온갖 부정적인 요소들이 조각 같은 얼굴 위로 빼곡히 점철됐다. 임신. 제 배 안에 있을 햇살이를 떠올린 세아는 파들파들 사시나무처럼 떨었다. 입술을 꾹 짓누르는 걸 가만히 지켜보던 이현이 '하' 웃음을 터트렸다.

"진짜 했나 보네."

"나 도현이한테 데려다줘."

"뭐?"

"너 할 수 있잖아……."

이현의 중력에도 견뎌 내던 세아인데, 지금은 아니었다. 돌아가고 싶단 생각만 돌덩이처럼 내려앉아 세아를 발밑까지 꾹 짓눌렀다. 뼈가 분쇄되는 기분이다. 여긴 자신이 있을 곳이 아니었다. 도현에게로 가야만 한다. 그리하라며 본능이 세아의 뇌 주름을 긁으며 명령했다. 이러다 죽을 거 같아 억지로라도 부탁했다.

"나 여기 싫어. 현실에서도 없는 네가 만든 공간이라며. 무서우니까 돌려보내 줘."

"아이 가지면 순진해지기까지 해?"

"부탁…… 해."

간절히 말하면 들어줄 것만 같았다. 저를 좋아한다 말했던 이현이니까. 비록 삐뚤어진 사랑을 가진 그라도 간곡히 부탁하면 조금은 흔들리지 않을까.

"뭐, 이런 모습도 나쁘지 않네."

"……."

"임신한 건 아직도 인정하기 싫을 정도로 열 받긴 한데, 그거 아니었으면 이런 모습도 못 봤을 거 아니야."

세아는 말을 잃었다. 이현의 매끄러운 눈매가 세아에게로 기운다.

"순진하고."

손끝으로 어깨를 툭 건드리자 세아가 신경을 바짝 곤두세우며 경계했다. 원망이 깊이 서린 눈을 보며 이현은 가만히 입을 벌렸다.

"지금 막 순종적이게 만들고 싶어진 참인데."

세아의 표정이 더욱 가시처럼 변했다. 건드리면 화에 못 이겨 그대로 죽어 버릴 것만 같은 예민함마저 이현은 못 견디게 사랑스러웠다. 너는 참 대단해. 조심해서 더 잘 돌봐야겠단 생각까지 심어 주니.

"육아라도 배워야겠네."

"이 아이 아빠 도현이야!"

"누가 하도현 애 키운댔어? 너."

아직도 현실을 깨닫지 못하는 걸 보니 이현은 슬슬 하나 둘씩 이 상황을 세아의 머릿속에 주입시켜 주고 싶어졌다.

"네 배 안의 아이는 여기 있는 한 태어나지 않을 거야."

"뭐……?"

내 아이가 태어나지 않아? 그럴 리가, 열심히 지금도 자라고 있을 햇살이다.

"우린 지금 멈춘 공간 속에 있는 거거든. 여기선 먹지 않아도 되고 잠들지 않아도 돼. 너와 내가 이곳으로 들어온 상태 그대로 멈춰 유지되는 거야. 늙지도 않고 편리하지. 네가 그 임신했단 소리만 안 한다면 나도 잊고 지낼 수도 있고."

늙지도 않는단 건 영원히 이곳에 저를 가둬 두겠다는 소리로 들렸다. 그리고 빠르게 이뤄진 판단은 한시라도 빨리 이 지옥 같은 곳에서 도망쳐야 한다는 것이다. 웅크리고 있던 다리를 움직일 만큼 확고한 결심이었다. 세아가 벤치를 벗어나 무작정 앞으로 걸어가자 고개를 옆으로 돌린 이현이 말했다.

"괜한 짓 하지 말고 이리 와서 앉아."

한 귀로 듣고 흘리며 걸었다. 과거 벡터들과 몸을 부딪치는 한이 있더라도 초능력에 굴복하지 않던 세아다. 언제나 그곳에 길은 존재했고 하늘이 무너진다고 한들 솟아날 구멍 또한 있었다. 그러니 이것도 헤쳐 나가면 그만이다. 우선은 이곳부터 벗어나고 천천히 생각…….

"아!"

"거 봐."

눈앞에 분명 길이 있는데 이마가 부딪친 것이다. 세아의 얼굴이 순식간에 창백해졌다. 손바닥으로 앞을 더듬거리자 투명한 막이 있었다. 주먹을 움켜쥐고 두들겼지만 소용없었다. 발로 차도 고통만 느껴질 뿐, 변하는 건 아무것도 없었다.

"이리 오라니까."

세아는 씩씩대며 제게로 손짓하는 이현을 노려보았다. 포기하면 안 돼. 세아는 두 손을 펼쳐 제게는 보이지 않는 막을 더듬거렸다. 옆으로 이동하면서 손으로 전달되는 감각에 집중했다. 투명한 막을 짚고 계속 이동하던 세아는 원래 자신이 서 있던 자리로 돌아오고 나서야 알 수 있었다. 정말 방처럼 이 공간은 정사각형의 형태로 이뤄져 있었고 풍경은 존재했지만 이 벽 뒤로 넘어갈 순 없다.

"꼭 데리러 와야 해?"

그렇다면 출구는 이현만이 알 것이다. 제 등 뒤로 선 이현을 느낀 세아가 살벌하게 고개를 돌렸다.

"아직도 버릇 못 고쳤니? 일방적인 거 싫다고 했지."

"넌 내가 뭘 하든 싫잖아."

"그래, 싫어. 잘 알면서 내게 왜 이러는 건데?"

"내 숙련도를 올려 줬다는 건 이런 짓을 해도 좋단 거 아니었어?"

"무슨 소리를 하는 거야!"

"너 없으면 사용하지도 못했을 능력인데."

"어서 나 원래대로 돌려놔!"

"항상 이랬지, 우린. 너는 날 거부하고."

"내가 원한 적 없다고!"

"나는 널 원하고."

"……."

"억울해 죽을 거 같지? 미친놈인 내가 정신 나간 짓을 또 해서 이제 네 삶을 전부 망쳤으니까."

이현이 차가운 미소를 띤 채 말했다.

"근데 너만 잃은 거 같아? 나도 다 버리고 왔어."

"……."

"가족, 지위, 명예, 권력, 그리고 스무 해 넘게 죽지 않으려 발악하다 간신히 얻은 삶."

원래 이현의 행복은 전부 현실에 있었다. 시즈란 초능력이 불필요하게 느껴졌던 것도 그에겐 지나온 과거보다 살아 있는 현재가 중요했기 때문이다.

"근데 그걸 다 빼앗아 간 너 하나가 포기가 안 돼."

하지만 지금은 아니야.

"그거 하나 안 돼서 결국 여기까지 온 거잖아. 나라고 이러고 싶겠어?"

너를 만나면서 나는 언제부턴가 자꾸 뒤를 돌아보는 남자가 되었어.

"나라고 죽어 있는 거나 다름없이 멈춰 있는 이곳이 좋겠냐고."

미련이 생기고 후회만 늘었어.

"너를 존중하고 배려하고 모두 맞추려 했는데 내게 허락된 건 아무것도 없어. 애초에 나란 남자가 네게 들어갈 틈조차 없었다고."

어떻게 하면 널 가질 수 있을지 생각하니 집착하게 되는 건 이미 지난 시간들이다. 내가 그때 다르게 행동했더라면 네가 날 봐주었을까, 내게로 왔을까. 강압적으로 굴지 말고 다정하게 대해 줬다면, 말 한마디 신중하고 솔직했더라면 지금은 달라졌을까.

"여기가 지옥 같아?"

하지만 달라지는 건 아무것도. 이현은 쓸쓸하게 웃었다.

"어떡하지. 난 그런 곳도 너와 함께라서 행복한데."

그래서 결국 오게 된 곳이 여기잖아. 세아가 가느다란 숨을 토해 내다 결국 울음을 터트렸다. 지금 세아를 괴롭게 하는 건 이현도 아닌 도현과 아이였다. 멈춘 공간에 있단 사실은 더는 도현을 만날 수 없단 절망과 아이가 더는 자라지 않을 거란 끔찍한 결말을 안겨 주었다. 병원에 갈 때마다 성장한 햇살이를 보며 행복해하던 자신과 그를 사랑스럽게 바라봐 준 도현을 볼 수가 없다. 왜, 어떻게 내게. 세아가 서 있을 힘조차 없는지 바닥으로 웅크리자 이현이 눈감으며 고개를 위로 들었다.

"……내가 너무 몰아붙였나."

빠근해진 턱을 내렸다.

"또 우네."

"햇살아, 으윽……."

"아이 생각만 하면 눈물부터 나와?"

"저리 꺼져!"

"내가 울렸고."

이현은 무릎 뒤를 접었다.

"흐윽……."

"내 탓이니 죽어야 끝나지, 응?"

손으로 문질러 거둬 주고 싶었지만 날카롭게 쳐 낼 게 뻔했다. 뭐, 좋아. 이현은 제 욕구를 간신히 억누르고 가슴이 찢기는 고통도 참아 내며 세아를 향해 웃었다. 나는 네게 손대지 않을 거야. 너를 방치할 거고.

"그럼 이제부터 그 보호 의지란 거."

내버려 두면.

"실험해 볼까?"

너는 과연 어떻게 될까.

4. 카운트다운

4. 카운트다운

뽀드득, 뽀득. 긴 검지가 창문 가득히 낀 성에를 문지른다. 도현은 불투명한 눈동자로 서재 한 면을 전부 차지하고 있는 거대한 창문을 응시했다. 날씨가 제법 차가워져 이젠 아침이 오는 시간도 점차 늦어졌다.

—시즈라고 아십니까?

뽀득, 한 번 더 문질러 닦았지만 면적이 넓어 전부 거둬내기엔 무리였다.

—이현 님이 보유한 초능력이죠.

팔찌를 시계형으로 교체하던 날, 중오가 꺼낸 첫마디는 도현에게 안도였다. 순간을 붙잡아 두는 시즈는 최상이 되기 전까진 그리 위협적인 초능력이 아니었으므로.

—지금이라도 윤세아 씨를 데려갈 수도 있는 건데 하지

않는 걸 보니 숙련도가 최상은 아닌 듯싶습니다.

하지만 만약에라도 숙련도가 오르면 어떻게 될까. 불행의 씨앗이 언제 자라날지 알 수가 없었기에 불안했다. 생각하는 것만으로도 절대 안 된다며 뇌가 발악해 그때부터 시한폭탄을 끌어안은 듯 두통에 시달렸다.

—만약을 걱정하시겠죠.

대비가 필요했다. 초능력을 하나 더 발현시켜야 한다는 목적의식은 그때부터 있었다.

하지만 어떻게? 도현이 훈련으로 시즈를 배운다 해도 이현이 개인 시공간으로 세아를 끌고 들어간다면 끝이었다. 게다가 도현이 모르는 사이, 세아와의 순간들을 얼마나 기록했는지 알 수 없었다. 유추가 불가능하다. 그런다고 세아에게 기록을 묻자니 안 그래도 호기심 많은 성격에 의심부터 할 게 뻔했다. 이 만약의 상황을 세아 역시 함께 걱정하며 두려워할 것이다.

—도현 님께서는 앞으로.

혼란스러워하는 도현에게 중오가 답을 알려 주었다.

—일부러라도 이현 님이 시간을 기록하도록 놔두셔야 합니다.

뽀드득.

—도현 님 보시는 앞에서요.

'쨍그랑' 거친 파열음과 함께 창문이 와르르 무너져 내렸다. 서재 문밖으로도 새어 나갈 정도의 소리라 중오가 제일 먼저 문을 열고 들어왔다.

"도현 님, 이 무슨……."

벽 전체를 덮고 있던 유리가 전부 깨져 매서운 바람이 송곳처럼 피부를 찔렀지만 도현은 유유히 한쪽 어깨를 벽에 기댄 채였다. 그 발밑으로 얼음장같이 차갑게 날이 선 유리 조각들이 가득하다. 도현이 세우고 있던 검지를 접으며 중오를 바라보았다.

"교체해."

탁한 눈동자가 마치 서리 낀 것만 같은 착각을 일으켰다. 느릿하게 발을 뗀 도현이 걸어와 중오를 스쳐 지나갔다.

"내 눈에 안 보이게 커튼도 달고."

중오는 도현이 떠난 자리를 보았다. 저기에 서서 무슨 생각을 했을까. 의문을 품고 다가가 서자 발밑으로 으스러지는 유리 조각들이 아직 뿌옇다. 다리를 접은 중오가 조각을 들어 문지르자 본연의 모습대로 투명해진다.

"저런."

창문 가득 성에 낀 걸 보며 지금 제 상황 같다 생각했을까. 아니면 그날 아침 창문을 열어 이현과 마주했던 세아를 떠올린 걸까.

"도현 님께서 참으로 힘드시겠구만."

아직 초능력은 발현되지 않았고 세아는 여전히 이곳에

없다. 중오는 진전 없는 상황을 초능력 발현과 연관 지어 생각했다. 본부에서 훈련받던 순간에도 도현은 만나지 못할 세아를 맘속 깊이 갈구하지 않았던가. 셀라노의 영향을 받은 적 있는 펠다민은 사랑을 갈망하고 그리워할수록 더욱 왕성해진다. 비록 도현은 괴롭겠지만 고통을 먹고 자라나는 괴물의 성장을 기대하며 중오는 뒤늦게 안으로 들어온 가정부에게 전부 깨끗이 치우라 일렀다. 더불어 집 안 창문에 전부 커튼을 치라는 명령도 빼놓지 않았다.

도현이 세아의 흔적이 벤 집으로 돌아가기까지 많은 노력이 필요했다. 그러는 동안 릭시 본부의 입장 표명을 통해 이글을 시해하려는 무리에 대해 대대적으로 보도되었고 거기엔 완전한 세이렌의 탄생도 함께였다. 일종의 경고였다. 초능력 한 번으로 사람을 지배하는 능력을 거머쥔 도현을 죽이는 일은 이제 불가능해졌다. 유니벌이 이글에게 반발심을 품었다는 것을 당연하게 생각하던 대중들은 이제 도현을 받아들일 수밖에 없는 처지가 되었다. 모두가 거부할 수 없는 존재에게 머리를 조아릴 준비가 되어 있음에도 그는 모습을 드러내지 않았다.

삼 일이다. 겉보기에 도현은 세아와의 이별을 겸허히 받아들인 것처럼 보였지만 그의 실생활은 엉망이었다. 호텔을 전전하는 동안 한숨도 자지 못했고, 먹은 건 전부 변기에 게워 냈다. 초능력 발현을 위해 독기 어린 눈동자로 훈련에 매진하다가도 가끔 텅 빈 듯 공허해지길 반복했다. 아직도 울먹이던 세아의 음성이 귓가에 남아 기생했다. 도저히 혼자 갈 용기가 나지 않아 주저하던 도현이 결심한 듯 집으로 돌아왔을 때, 곳곳에 밴 세아의 체향과 흔적이 담긴 어둠 속에서 혼자 불을 켜는 일은 생각보다 괴로웠다.

도현은 유리 알갱이가 박힌 슬리퍼를 벗어 두고선 욕실로 들어섰다. 위에서 쏟아지는 물줄기로 두들겨 맞는 순간이야말로 요즘 도현이 유일하게 숨을 돌릴 수 있는 시간이었다. 묵직한 머릿속을 비우기 위해 한동안 가만히 서 있던 도현의 시선이 이내 느릿하게 옆으로 향한다.

"……."

평소와 다를 바 없는 욕실 타일이 유난히도 눈에 밟혔다. 물줄기가 흘러 도현의 속눈썹 밑으로 매달렸지만 그는 눈조차 깜빡이지 않았다.

—햇살이가 너 언제 오냐고 물어.

그곳엔 세아가 잔뜩 몸을 웅크린 채 휴대폰을 귀에 대고 있었다.

—아니, 샤워를 해야 하는데 아빠가 없어서 무섭다나 봐.

집에 들어오고 나서부터 시작된 끔찍한 일들 중 하나다. 평소라면 눈여겨보지도 않았을 것들이 전부 그 앞으로 세아의 환영을 가져와 실제와 같은 착각을 불러일으켰다. 도현은 저도 모르게 샤워부스를 나와 걸음을 옮겼다. 발밑에 질척한 물이 투명한 자국을 남긴다. 벽으로 다가가 내려다보니 세아가 휴대폰을 꼭 움켜쥐고 있었다.

—아빠가 가서 안아 줄 테니까 엄마랑 씻고 있으면 좋을 거 같다고 전해 줘. 한 번도 안 해 봐서 무서운 거니까. 응?

다리를 반으로 접어 주저앉자 세아의 얼굴이 더욱 잘 보였다. 불만스럽게 입술을 실룩이더니 이내 고양이 같은 눈매를 푹 죽인다. 도현은 그곳으로 손을 뻗었다. 닿는 거라곤 아무것도 없는 빈 허공이 전부였지만 그래도 세아의 축 처진 눈초리를 매만지는 기분으로 더듬었다.

—……알았어. 시도는 해 볼게.

나는 그때 네게 왔었어야 했을까.

"윽……."

수십 번, 수백 번 너의 환영을 볼 때마다 경험하는 절망이다.

—화난 거 아니지?

—아니야. 내가 애야?

왜 네게 가겠단 그 한마디 못 하고 혼자 내버려 두었을까. 후회뿐인 그 마음도 모른 채 세아의 환영은 몸을 더 동그랗게 말며 우울한 목소리로 속삭였다.

—……그리고 내가 못 하겠다고 한 게 아니라 햇살이가 그런 거야.

고개 숙인 도현이 입술을 씹었다. 머리에 맺혀 있던 물방울이 뚝뚝 떨어진다. 얼굴 위로 남아 있던 물기보다 뜨거운 액체가 흘러 바닥으로 추락했다. 도현은 손을 더듬어 세아의 발이 놓인 부분을 덮었다.

"미안해."

손에 닿는 건 차가운 타일이 전부다. 미안해, 세아야.

—보고 싶어.

내가 다 잘못했어. 그러니까…… 이러지 마.

—어디. 나도, 나도 갈래.

이렇게 불쑥 나오고 찾아오지 마.

—안 돼. 햇살이 초음파로 자란 거 본 지가 어제인데. 병원에서 조심하라고 말했었던 거 기억하지?

—알아, 근데 나 걸을 수 없는 거 아니잖아.

—유니벌들이 득실대는 곳이야. 위험해서 안 돼.

—가드들 있잖아.

—있으면. 너 놀라기라도 하면 어떡해?

세아가 앙칼지게 눈을 치켜뜨자 도현이 질끈 눈 감았다.

—왜, 왜 그러는데?

—너 이거 버릇될까 봐. 나 보고 싶다고 했지. 그럼 내가 방금 말한 거 지켜.

—너야말로 내가 부르면 온다고 약속했잖아!

네가 이러면.

—나 없는 시간 동안 네가 이러니까 마음 바뀌었어.

—하도현, 너……!

내가 숨을 못 쉬어.

—그러니까 견디라고. 하지 말고.

매정한 말에 다친 듯 세아의 표정이 텅 빈다. 빈 바닥을 짚은 손가락이 일그러진다. 나 참 못됐지, 세아야. 일렁이던 눈동자가 뇌리에 박혀 사라지질 않는다. 미안해, 잘못했어. 용서해 줘.

—참을 수 있지?

너 미워서 그런 게 아니라.

—……알았어.

나 기다리라고 그런 거야. 짓이겨진 입술에선 피가 돌았다. 바닥은 이미 후회 섞인 눈물로 얼룩진 지 오래다.

—견디기 힘들어도 참아야 돼. 할 수 있지?

—응, 할 수 있어.

계속 찡그리고 토라지고 화내던 세아의 표정이 처음으로 환해진다. 주인밖에 모르는 고양이처럼 도현의 품에 안겨 제 몸을 비비기 바쁘다.

—봐, 세아야. 내 말 들으니까 나 이렇게 바로 오잖아.

—응.

—그러니까 안 할 수 있지?

상처 내지 않고 잘 기다리고 있어, 세아야. 네가 괜찮은지 궁금하고 걱정돼. 불안하진 않은지, 무섭진 않은지, 내 옆이 아니라 추워할까 봐.

—응, 할 수 있어.

여긴 겨울이라 나는 뼛속까지 시려 죽을 지경인데 너만은 따뜻했으면 해. 사실 햇살이라는 태명은 네 안에 있는 아이라 지어 준 이름이야. 초록이 무성한 네 혈관과 그 푸름에 심장이 자맥질하며 뛸 때마다 향긋한 풀 내음이 진동하는 너는 봄이라. 세아야.

—그래, 하면 돼.

나는 널 만나고 봄이 아닌 적 없어.

—나 기다리면 반드시 와. 지금처럼.

그런 내가 겨울을 견디지 못해 널 원하는 건 당연하다. 약속 지킬 테니까 기다려. 기다리면 나 반드시 가. 도현이 일그러진 손을 펼쳤다. 네가 어디에 있든 내가 못 갈 곳도 없으니. 몸을 일으키며 등 돌리자 세아의 환영도 함께 사라졌다.

대충 몸에 묻은 물기를 닦은 도현이 욕실 바깥으로 나서자 중오가 의아한 듯 물었다.

"왜 벌써 나오십니까? 아직 식사 준비하는 중인데……."

샤워하는 시간이 무척 긴 도현을 알기에 중오는 벌써 나온 게 당혹스러웠다. 어서 빨리 준비된 것이라도 내오라 전하려 몸을 돌리는데 도현이 주방과는 정반대로 움직였다.

"지하로 내려와."

저런. 중오의 표정이 삽시간에 일그러졌다.

"식사부터 하시고 훈련하셔도 늦지 않습니다."

"어차피 게워 낼 걸 뭐하러 먹어."

"링거 맞으신 게 어제입니다."

"안 오면 나 혼자 해."

"도현 님."

말을 하기도 전에 도현이 저 혼자 걸어갔다. 중오는 골치 아픈 듯 이마를 짚었다. 주차장으로 사용되던 지하는 초능력 발현 훈련을 하기엔 최적의 장소지만 거길 제집처럼 생각하길 바란 건 아니었다. 수면과 더욱 멀어진 것도 안타까운데 한 번 들어갔다 하면 나올 기미가 보이지 않는 곳에 들어갔으니 반가울 리가 없었다.

"저 역시 초능력이 한시라도 빨리 발현되길 원하지만 그게 쉬운 일이 아니란 거 도현 님께서도 아시고 저도 잘 아는 부분 아닙니까?"

"……."

"장기적으로 봐야 할 문제인데 벌써부터 이렇게 구시면 안 됩니다."

결국 뒤따라 내려온 중오가 서늘한 공기를 들이마시며 냉정히 말했다. 제아무리 뛰어난 신체를 가졌다지만 이리도 혹사시키는데 멀쩡할 수가 없었다. 치료 벡터를 항시 옆에 붙여 놔야 할 정도로 갑자기 쓰러지는 일이 허다했고, 음식을 거부하는 몸 때문에 링거로 영양분을 대처하는 게 일상이었다. 불안하니 더욱 매달리는 게 훈련이다.

“불과 어제 투시가 최상이 되셨는데, 잠시 쉬셔도 괜찮습니다.”

하지만 지금 이 순간에도 도현은 확실히 성장하고 있었다. 그 변화를 빠르게 알아차리기 위해 하루에도 세 번씩 피를 검사하고 수치를 점검했다. 모두 자료로 모아 셀라노와 연관 지어 릭시 본부 이사진들을 놀라게 해 줄 생각이었지만 이러다 도현이 잘못되면 무슨 소용일까.

“여유 부리고 싶지 않아.”

도현이 손에 장갑을 끼며 말했다.

“그건 너도 알고 나도 아는 거 아닌가?”

“그럼 이것도 아셔야죠. 도현 님께서 지금 배우려 하시는 초능력은 하이 티어에 속합니다. 그것 말고도 시즈의 시공간에 들어가시려면 초능력 하나가 더 필요하죠.”

“…….”

“지금 보유하신 최상급 투시요. 벌써 하나를 이루셨는데, 이래도 수확이 없다고 여기시고 그렇게 몸을 굴리실 겁니까?”

“굴려? 내 몸 하나 굴려서 윤세아 볼 수만 있다면 뭘 못할까.”

“제발, 이성적으로.”

"그럼 이건 어때? 우리는 지금 확신이 아닌 가설로 접근했어. 네 말대로 시즈 보유자가 아닌 벡터가 시즈의 시공간에 들어간 적 없었으니 초능력이 두 개 필요한 거고. 내가 초능력이 발현돼서 네가 세운 가설대로 움직인다고 쳐. 근데도 신이현이 만들어 낸 시공간으로 못 들어간다면?"

"……."

"그럼 다시 처음부터. 어떤 조합으로 접근해야 될지 다시 생각하고, 다시 또 배워 발현시키고 시도했는데도 또 실패하면?"

"……."

"우리 세아는. 어?"

도현의 눈동자가 짙어졌다.

"보호 의지 때문에 지금도 미쳐 있을 텐데 어디 한번 말해 봐. 어떻게 해야 할까."

중오는 할 말이 없었다. 시즈의 시공간으로 바로 들어갈 수 있는 초능력은 존재하지 않았고, 들어가기 위한 이론을 세운 것도 중오가 처음이다. 중오가 보기에 지금 도현은 여유가 필요해 보였지만 걱정받는 입장에선 전혀 아니었다.

"……알겠습니다. 훈련 시작하시죠."

결국 한숨과 함께 중오가 입고 있던 재킷을 벗자 도현이 눈을 감았다. 항상 훈련으로 들어가기 전, 도현이 하는 일련의 행위였다. 기도하는 것처럼 한동안 침묵하던 도현이 천천히 눈을 뜨며 나지막이 속삭였다.

"곧 갈게."

그때 비록 네가 나를 사랑하지 않는다 하더라도. 도현이 손을 허공에 털었다.

"시작해."

"너도 참 질기다."

몸속의 수분이 모조리 다 빨려 나가면 이런 기분일까.

"그렇게 울면 눈 안 아파?"

세아는 눈물의 밑바닥을 보고 있었다. 소리를 너무 질러 목에선 피가 나올 것만 같았고 눈은 계속된 열기 어린 물기로 멀어 버릴 지경이었다. 하지만 허기와 수면의 욕구는 들지 않았고 눈이 붓거나 수분이 부족한 현상도 찾아오질 않았다.

"고통은 느낀다니까."

말 그대로 기분만 그렇다고 느낄 뿐, 정작 세아는 처음 이 공간에 들어섰던 순간과 똑같았다. 도현에게 가겠단 마음으로 벽을 긁던 손끝에 상처는 없었지만 충분히 고통스러웠다. 발로 차거나 두드리는 일은 이미 수백 번 해 봤지만 꿈쩍도 하지 않아 사람을 지치게 했다. 세아는 이제 발악하는 대신 잔뜩 몸을 웅크렸다.

"바닥 불편할 텐데 이리 와서 앉지그래?"

며칠이 지난 거 같은데, 한곳에만 갇혀 있으니 정확한 날짜를 가늠하기조차 어렵다.

"아직도 불안하고 초조하고 그런가."

그런 건조한 감각이 더욱 세아를 절망의 구렁텅이로 몰아넣었다. 살아가고 있다는 걸 느낄 만한 건 어디에도 없었다. 습관처럼 아랫입술을 반이나 집어삼킨 세아는 뒤늦게 꾹 짓누르던 턱의 힘을 뺐다. 안 돼, 내가 아파한 걸 알면 도현이가 싫어할 거야. 냉혹했던 도현만 생각하면 심장이 저릿해 얌전히 있는 걸 택했다.

"아니면 이제 하도현 생각 안 나?"

한데 그 눈이 어땠는지 기억나질 않는다. 감각만 살아 있을 뿐, 어떤 눈매를 했는지 가물가물하다. 머릿속이 저 혼자 도현을 갉아먹으며 지우고 있는 것만 같았다. 더는 자라지 않을 뿐이지, 세아의 안엔 태아가 있었고 그로 인해 시작된 보호 의지는 여전했다. 의식은 살아 있는 공간이라 세아는 이곳에 있는 게 더 괴로웠다. 그래서 억지로라도 도현을 생각하며 곱씹었다.

"그래?"

가만히 한강을 응시하던 이현이 고개를 돌렸다. 흠칫 반응하는 세아의 어깨가 무척 날카로웠다. 다가오면 가만두지 않을 거란 눈빛이 선명해지자 이현이 웃었다.

"너한테 안 가."

세아가 울고불고 발악을 하는 걸 이현은 지금처럼 무책임한 태도로 일관했다.

"이제 조용해졌으니 재미있는 얘기 하나 해 줄게. 내가 이곳을 왜 기록해 두었을 거 같아?"

한가롭게 시선을 거둔 이현이 벤치 등받이 위로 팔을 걸쳤다. 아직도 그때의 기분이 생생한지 이현의 입꼬리가 천천히 올라갔다.

"여기서 처음 널 사랑한다고 인정했거든."

무언가를 가지지 못한 적 없던 이현이 처음으로 괴로워하다 굴복해 받아들인 감정이었다.

"그때 네가 나에게 무슨 말을 했는지 기억나? 굳이 네가 걷고자 하는 길을 같이 해서 불행해지지 말라고 했었는데."

"……."

"근데 거기에 내가 뭐라고 답한 줄 알아?"

이현의 목울대가 크게 움직였다.

"그 끝이 뭐가 되었든, 네가 뭐라고 말하든."

눈빛이 색 잃은 밤처럼 어두워진다.

"나에겐 안 먹힌다고."

불행해지는 기록. 나는 아마 그때부터 이곳에 오게 될 거라 예상했는지도 모른다. 하늘을 마음껏 날아오르던 이카로스가 태양 가까이 닿아 날개가 타 버려 결국 떨어진 곳. 에게 해에 잠겨 죽은 그는 딱 한 번 가까이에서 본 태양에 행복했을까, 아니면 엄습한 죽음의 숨결에 불행했을까. 이현은 한강 너머를 바라보며 쓰게 웃었다.

"그렇게만 알아. 이게 내가 바라던 거라고."

나는 둘 다야. 지금 이곳에서 널 가까이 볼 수 있어 행복한데, 우리 둘 다 살아 있는 게 아니라 싫기도 해.

세아는 그를 외면하려 시선을 내렸다. 도현의 몸을 껴안는 데 사용되었던 팔이 제 두 다리나 감싸고 있자 찾아오는 공허함이다. 아니야, 도현이를 생각해. 함께했던 시간들을 떠올리면 목구멍까지 두근거림이 차올랐다. 도현을 안거나 입술로 인사하며 침대에 안겨 잠이 드는 달콤한 순간들.

"걱정하지 마. 네가 먼저 오기 전까진 계속 내버려 둘 거야."

그런데 왜 안 와? 하지 말라고 했던 일, 전부 참아 내고 있는데 도현은 올 기미조차 보이질 않았다. 아니, 올 수가 없다. 이곳이 상자처럼 막혀 있단 건 세아가 더욱 잘 알았고 빠져나갈 수 없단 건 몸으로 부딪치며 얻은 결과다.

답답해 미쳐 버리겠어. 그런 단편적인 생각들이 눈물조차 말라 버린 세아의 뇌를 깊숙이 찔러 왔다. 가장 힘들고 지쳤을 때를 노리고 들이닥친 침투다. 세아는 거기에 속수무책으로 당했다. 너무 힘들고 괴로웠다. 지금도 바닥에 깔린 생기 없는 풀잎은 세아의 온몸을 바늘처럼 쑤셔 댔고 거기에 앉아 있는 게 곤혹스러웠다. 땅에서 갑자기 무언가가 솟구쳐서 배를 관통하진 않을까, 그럼 내 아이가 다치지는 않을까. 세아가 재빨리 고개를 돌리자 풀숲에 숨어 있는 짐승의 서슬 퍼런 눈동자가 번득이는 것만 같았다.

"윽……."

무서워. 내가 아이를 지켜야 하는데, 지켜야만 하는데 여긴 온통 위협적인 것 천지였다. 도현이가 필요했다. 근데 없잖아. 기다리면 와 주지 않을까? 어떻게 와. 기다리면 온다고 했어. 말도 안 돼, 여기가 어딘지 알고 와? 뇌에서 천사와 악마가 저들의 말이 맞는다며 언쟁을 펼치고 있었다. 머리가 욱신거려 세아가 손을 들어 꾹 짓눌렀다. 괴롭고 힘들다. 몸이 난도질되는 것만 같은 기분이야.

"이리 와."

그 순간 세아에게로 팔 뻗어 손짓하는 긴 손가락.

"네 발로 직접 걸어오면 상으로 안아 줄게."

도현이와…… 닮았어. 서로를 물어뜯으며 싸우던 천사와 악마가 이 순간만큼은 고요했다. 세아는 끌리듯 자리에서 일어나 발끝에 힘을 줬다. 반신반의한 마음 때문에 앞으로 내딛는 것이 힘겨웠지만 그럼에도 앞으로 향하는 걸음은 애처로웠다. 힘들고 지쳤으니 쉴 곳이 필요했다. 이현이 앉아 있는 벤치가 이곳에서 제일 안전해 보였다.

"진짜 왔네."

"……앉을 거야."

"고생은 있는 대로 다 하고. 진작 말 들었으면 좋았잖아. 와서 앉아."

세아가 갈등하며 엉덩이를 붙이자 방석도 없는데 잔디가 삐쭉 서 있던 곳보다 안락한 기분이 몰려왔다. 세아가 기다렸다는 듯 바닥에 놓인 발을 올렸다. 이현의 손이 그 위를 덮었다.

"하지 마!"

"괜찮아. 그냥 대기만 한 거야."

채찍질당한 망아지처럼 세아가 날뛰었지만 긴 손가락이 구부러지며 발등을 모두 다 감쌌다.

"봐, 안 위험하지."

따뜻하다. 주무르며 천천히 올라와 복숭아뼈를 감쌌을 땐 심장이 다 저릿했다. 볕이 좋은 곳에 말려 둔 새하얀 시트가 세아의 발목으로 감기는 기분이다. 이현의 손이 천천히 올라와 세아의 어깨를 잡았고, 그 느낌은 흡사 도현과 비슷했다. 제게로 끌어당기는 힘은 강하고 부드러웠다.

"안았다."

얼굴이 닿은 품은 바다처럼 무척이나 넓었다. 이현이 웃으며 세아의 머리 뒤로 손을 덮었다.

"한다고 했잖아."

머리카락을 만지는 손길이 다정해 세아는 저도 모르게 스르륵 눈이 감기는 걸 느꼈다. 갈등과 고뇌로 힘겨워하던 팔이 끝내는 위쪽으로 올라가 이현의 허리에 감겼다. 팔이 둘러진 너비마저 도현과 비슷하다. 어른스러움이 물씬 풍기는 검은 정장과 티끌 하나 묻어 있지 않은 말끔한 셔츠. 전부 세아에겐 익숙한 것들이었다.

"어때, 좋지."

조금 더 팔을 조이자 이현이 한숨을 내뱉으며 세아의 머리에 입 맞췄다.

"나도 이런 네가 좋은 거 같아."

순간 눈이 확 떠졌다. 반사적으로 이현을 밀어낸 세아의 심장이 두들겨 맞은 것처럼 뛰었다. 대체 지금 뭘 한 거야? 정신 나갔어, 윤세아? 자기혐오로 뒤덮인 눈동자가 이현을 보자 더욱 타올랐다.

"나, 지금 이거 무슨 의미 두고 한 거 아니야."

"그래?"

"잠깐 미쳤어. 머리가 이상했어. 그러니까 오해하지 마."

"그랬어?"

"내가 왜 이러는지 모르겠는데, 아무튼……."

"별로였나?"

이현의 눈이 반달처럼 휘었다.

"아닌 것 같은데."

무슨 헛소리냐며 따지고 싶던 입이 차마 말을 뱉어 내지 못했다. 덜덜 떨리는 입술을 본 이현이 고개를 잘게 끄덕였다.

"시간이 더 필요한가 보네. 그럼 분위기부터 바꿔야지."

손목을 들어 시계 버튼을 누르자 적막하던 공간이 일그러졌다. 무슨……. 시야가 어지러워 질끈 눈을 감은 세아의 다리로 푹신한 무언가가 느껴졌다. 눈꺼풀을 황급히 올리니 침대였다. 게다가 조금 전까지만 해도 반바지를 입고 있던 세아는 실크 드레스 차림이었다. 지금 누군가의 몸에 올라타 있는데…….

"이건 기억나?"

신이현. 이현은 세아의 다리를 손으로 움켜잡으며 나지막이 말했다.

"올려다보는 모습이 오늘은 더 예쁘네."

태수의 소식을 라디오로 듣고 찾아왔던 펜트하우스였다. 도현과 함께 왔던 곳이다. 그 생각을 하자 세아의 눈동자가 빠르게 문으로 향했다. 밖에 도현이가 있을 거야. 두 다리가 거침없이 달려 나가 문을 열었다.

"말했잖아. 기록했을 당시 한 공간에 있어야지만 같이 들어올 수 있다고."

있는 건 아무것도 없었다. 그저 평범한 복도는 인적 없이 적막했다. 나가려 해도 세아의 눈에 보이지 않는 투명한 막이 행동을 또 저지했다.

"이제 그만 인정하고 받아들여. 하도현은 여기 절대 못 와."

그 사실을 다시 한 번 실감하자 온몸의 힘이 다 빠졌다. 간신히 움켜잡고 버티던 동아줄이 툭 하고 끊어진 듯했다. 수도 없이 절망을 맛보았지만 지금 느끼는 기분과 비교조차 되지 않았다. 침대에서 일어난 이현이 걸어와 팔을 뻗었다. 저를 만지는 줄 알고 흠칫 떨었지만 손이 향한 곳은 문고리였다. 문을 닫는 이현을 멍하니 보던 세아의 뺨으로 무언가가 닿았다.

"방심하면 또 이렇게 닿지."

이현이 세아의 뺨 위로 댄 손을 천천히 쓸어내렸다. 불결한 것이 자신을 어루만지는 듯했다. 차라리 이럴 바엔 혀를 깨물고 죽어 버리는 게 나을 정도로. 실제로도 세아의 가지런한 치열은 도현이 소중히 빨아들였던 혀를 언제라도 끊을 수 있게 짓누르고 있었다.

"어때, 지금도 나를."

그러다 살짝 입이 벌어졌다. 아니, 이 남자에게 의지하면.

"밀어내고 싶어?"

……편해지지 않을까?

"……하."

세아의 눈이 커졌다. 잘게 떨던 입술이 이내 자조적인 웃음을 터트렸다. 대체 내가 무슨 생각을. 그럼 어떡해? 아이를 지켜야 할 거 아니야. 위험하게 내버려 둘 거야? 끝나지 않을 논쟁이 또다시 시작되자 세아의 입술이 다시금 느슨하게 벌어졌다. 그를 노린 이현이 허리 숙이며 다가왔다. 가까워진 거리를 증명이라도 하듯 이현의 숨결이 밀접하게 느껴졌다. 그 순간 시끄럽던 머릿속에서 '삐' 하는 소리가 울려 퍼졌고 주변이 전부 새하얘졌다.

"꺼져."

세아는 있는 힘껏 자신의 혀를 깨물었다.

유리잔이 날아온다. 도현이 반사적으로 고개를 피했다. '쨍그랑' 꺼림칙하게 부서지는 소리가 도현의 귓가를 채찍질하듯 파고들었다.

"대체 정신을 어디다가 파시는 겁니까?"

테이블 위로 수북이 놓인 유리잔을 만지던 중오가 눈썹을 꿈틀거렸다. 부딪혔을 때 고통은 크지 않지만 깨지면 날카로워지는 성질 때문에 충분히 위협을 느낄 만한 물건이라 훈련엔 제격이었다. 하지만 어디까지나 그걸 도현이 피하지 않았을 때 훈련이 되는 거다. 지금 도현은 그걸 다 알면서도 피했고.

"육체와 정신을 분리하시라 누누이 말씀드렸을 텐데요."

시선을 내리깐 도현이 묵묵히 제 뺨에 난 생채기를 쓸었다. 이미 수많은 유리잔이 도현의 몸을 향해 날아왔고 얼굴을 가격할 때도 있었다. 그러면서 얻게 된 훈장은 중오 입장에서는 보기 괴로운 것이다. 피를 닦아 내는 도현을 지켜보던 중오가 입을 굳게 다물자 옆에서 눈치를 보던 치료 벡터가 앞으로 나섰다.

"치료라도 하시고 계속하심이……."

"내버려 둬."

도현이 거부하며 몸을 똑바로 세웠다.

"잠깐 기분이 이상해서 그런 거니까 계속해."

"벌써 다섯 번은 더 그러셨습니다만. 수면이 부족해서 그러는 거란 생각은 안 드십니까?"

도현이 거칠게 중오를 노려보았다.

"내 몸이니 판단도 내가 해."

"더 나은 훈련을 위한 체력 관리도 필요합니다."

"단순히 내가 윤세아 때문에 초조해서 잠을 안 자는 거라 생각해?"

끝도 없이 세아를 그리워할까 봐, 향이 날아갈까 두려워 침실 문도 열지 않는 도현인데 그게 이유가 아니라면 대체 무엇일까.

“수면 시간이 적으면 적을수록 인간의 뇌는 판단력도 흐려지고 반응 속도나 행동도 느려져.”

“…….”

“우리가 지금 하려는 훈련이 제대로 이뤄지려면 내 의식부터 재우면 안 돼.”

틀린 것 없는 말이다. 조금 전, 도현이 유리잔을 피한 것처럼 뇌가 인지하고 내린 명령을 받아 몸이 움직이는 건 훈련의 계획과 맞지 않았다. 지금 하는 훈련에서 도현의 역할은 날아드는 유리잔을 피하지 않고 고스란히 맞는 것이다. 하지만 정신까지 그 고통을 느끼면 안 되었다. 육체를 버리고 정신으로만 유리잔을 피한다면 아픔은 없을 테니.

“시즈의 시공간으로 가려면 그에 걸맞은 상태가 되어야 한다.”

도현이 퀭한 눈동자로 중오를 응시했다.

“그래서 지금 배우는 게 ‘유체이탈’이고.”

완전한 분리. 시즈의 방을 찾기 위해선 도현부터가 시공간의 영역에 들어설 수 있는 몸이 되어야 한다. 하지만 여기에도 문제가 존재했다. 시즈의 방은 보유자의 개인적인 기록으로 복제돼 생성된 것이라, 기존 유체이탈을 가진 초능력자도 범접할 수 없는 곳이었다. 그래서 중오가 세운 가설에 반드시 필요한 게 투시였다.

"숙련도 최상의 투시는 못 보는 게 없죠."

최상의 투시를 가진 자들 대부분이 암흑 지대에 숨어 정보를 강탈하는 해커의 삶을 택할 정도로, 컴퓨터를 한 번 들여다보는 것만으로도 그 안에 담긴 소프트웨어와 정보를 모조리 열람할 수 있는 위력을 지녔다.

"비록 와이즈처럼 보유 목록을 볼 수는 없지만 사용된 초능력은 볼 수 있습니다. 특히 개인형 초능력이요."

개인형을 지닌 자들이 사용한 초능력을 감지하는 것 역시 어렵지 않은 일이다. 그러니 시즈의 방 또한 볼 수 있을 테지만 문제는 시간이 기록된 그날, 시공간 역시 그 순간에 만들어져 있단 점이다. 유체이탈이 발현된다고 한들 그곳까지 접근하려면 꽤 많은 모험을 해야 할 터였다.

"우리에게 그 시간을 단축해 줄 아주 좋은 기능을 가진 시계가 있고요."

재력이 없는 자들은 차지 못할 정도로 시계형 팔찌가 비싼 몸값을 자랑하는 건 일반 팔찌엔 없는 유익한 기능이 여럿 내재되어 있기 때문이다. 시간과 연관된 초능력을 지닌 자들은 이를 능력과 연관 지어 자유롭게 이용하지만 없는 자들이라도 편히 사용할 수 있는 게 바로 블랙박스였다. 착용자의 주변 20m까지를 영상으로 저장해 두고 영상은 한 달간 보관된 후 자동으로 소멸한다. 그걸 막기 위한 보관

기능도 있는데, 도현은 그날 밤을 진작 저장해 두었다.

"제가 예전에 일부러라도 이현 님이 시즈로 기록하게 내버려 두시라 했었죠."

신이현이 창문으로 찾아와 시간을 기록하는 모습을 멀리서 지켜보던 도현은 20m 안에 있었다.

"유체이탈만 발현되면 보관해 두셨던 기록을 통해 그날 밤으로 가는 게 쉬워집니다. 일단 거기까지 가는 게 저희 목적이죠."

"알아, 발현되는 게 우선인 거."

중오는 쓰게 웃으며 유리잔을 다시금 들었다.

"그걸 잘 아는 분이니 피하시면 안 됩니다."

"여기 있을 줄 알았어요."

누구도 들이지 말라고 했던 공간으로 포탈이 열리며 엘린이 나타났다. 그녀의 고급스런 구두가 어두컴컴한 지하실 바닥을 성급하게 밟았다.

"제임스 김도 그렇고, 연락했는데 통화가 어려워서."

지하실에 들어오면 자연스럽게 중오의 모든 업무와 역할은 중지된다. 도현의 차가운 눈초리가 방해받는 일 따윈 일어나선 안 된다 말하고 있었기에 바깥이 어떻게 굴러가는지 알 수가 없었다. 도현이 저리도 제 몸과 마음을 불태우며 훈련에 임하는데 감히 휴대폰 벨 소리 따위가 울려 퍼져 맥을 끊을 수 없는 노릇이다.

"잠시 나와 얘기 좀 해요. 그럴 수 있죠?"

엘린이 도현에게 간절히 물었다. 도현은 가만히 그녀를 응시하다 결국 고개를 끄덕이며 장갑을 벗었다. 도현과 형태만 다를 뿐이지, 엘린 역시 이 사태를 불안에 떨며 못 견뎌 하는 인물 중 하나였다.

"눈으로 볼 수 없으니 미칠 지경이에요. 무사한지, 괜찮은지 확인이라도 할 수 있어야지."

응접실에 앉은 엘린은 앞에 놓인 찻잔으로 시선만 둘 뿐, 초조하게 두 손을 꼭 마주 잡은 채였다. 일곱 명의 아이들이 차례대로 죽음을 맞이하면서 고통스러워했던 엘린에게 양녀로 삼은 지 얼마 되지 않아 사라진 세아는 그와 같은 맥락으로 생각될 만도 했다. 설마 잘못된 건 아닐까, 이현과 함께 사라졌으니 죽은 건 아닐 테지만 현실에서 만날 수 없단 게 엘린의 가슴을 하루에도 몇 번이고 후벼 팠다.

"이렇게 매번 찾아와서 미안해요. 시간을 방해하기나 하고. 닉과 얘기해도 진정되질 않아서……."

"괜찮습니다. 저도 엘린 씨가 와야지 휴식을 취하는 거니까요."

악몽이 또다시 재현되는 걸 견디지 못한 엘린이 찾는 건 세아를 되찾아오는 열쇠를 쥐고 있는 도현이었다.

"발현에 진척은 좀 있나요?"

"아직입니다만 좋은 방향으로 발전되고 있긴 합니다. 그러니 너무 염려 마십시오. 이글 아니십니까."

중오가 그녀를 진정시키려 긍정적인 말들을 뱉어 냈지만 눈 감고 있는 도현을 본 엘린의 표정은 한층 더 어두워졌다.

"잠은 자는 거예요? 아직도 못 자는 건 아닌……."

"괜찮습니다."

도현이 제 얼굴을 손으로 쓸어내렸다. 이래서 다른 사람들과 마주하는 게 거북스러웠다. 모두가 도현을 보면 안색을 살피며 걱정부터 했다. 지금도 퍽퍽한 눈을 감고 있어야지만 견딜 수 있을 정도로 엉망인 도현을 향해 엘린이 말했다.

"닉을 대신해 전할 말도 있어서 왔어요. 클로비스가의 딸을 데려간 이현 군의 행실에 대해 가중처벌이 내려지도록 계속 압박하고 있는 상황이에요."

"아직 이현 님을 제외한 유니벌들의 형량조차 결정되지 않은 상태지 않습니까? 이글 보호법을 저 역시 앞세우고 있긴 하지만 의회에서 처리가 굼뜬 게 유니벌이란 레벨 때문이죠."

"알아요. 제아무리 유니벌이라지만 난 이 사태, 그냥은 못 넘어가요. 세아가 돌아오기만 한다면 더는 바랄 것도 없지만 또 이런 일이 일어나지 않을 거란 보장이 어디 있죠? 초반부터 확실히……."

"세아만 돌아온다면."

가만히 얘기를 듣고 있던 도현이 천천히 입술을 움직였다.
"처벌은 제가 알아서 전부 다 할 겁니다. 그러니 너무 염려하지 않으셔도 됩니다."
지금 도현이 공적인 모든 일을 중단한 채 훈련에만 매진하고 있다지만 세아만 온다면 며칠 밤낮을 새워서라도 그들의 죄목을 낱낱이 따지고 들 거였다. 두 번 다신 이런 일이 발생하지 않도록 조치를 취하는 것도 그중 하나이다. 무엇이 되었든 뭐든지 다 할 거다. 세아만 돌아온다면, 세아만 있다면.
"보호 의지 때문에 불안하기도 해요."
"……."
"벌써 사건이 일어난 지 일주일이나 지났잖아요. 안 그래도 둘만이 갇힌 공간일 텐데, 얼마나 불안해하며 떨고 있겠어요. 도현 군과 조금이라도 떨어져 있는 걸 그렇게나 초조하고 무서워하던 아이인데…… 의지할 대상을 진작 바꿨을지도 몰라요."
"햇살이 아빠는 접니다. 그 사실만은 변하지 않죠."
도현이 감고 있던 눈꺼풀을 밀어 올렸다. 순간 그 눈을 본 엘린은 숨이 턱 막혔다.
"제 아내가 윤세아인 것도 변함없고."
검은 눈동자 안으로 빨려 들어갈 것만 같았다. 블랙홀과 같은 아득한 나락이 그 안에서 살아 숨 쉬고 있었다.

"그러니 다시 절 사랑하게 하는 일은 얼마든지 가능합니다."
엘린은 놀라웠다. 이미 세아가 이현에게 의지하고 있을 것이라 확신했지만 도현마저 그렇게 생각하고 있다니 의외였다.
"그편이 세아에게 안정을 줄 수만 있다면 어쩔 수 없죠."
악을 써 가며 부정해야 할 일을 도현은 이미 받아들인 채였다. 보호 의지라는 것이 얼마나 강하고 견뎌 내기 힘든지 세아를 보며 잘 알고 있었기에.
"괜찮겠어요? 지금도 이렇게나 힘든데, 이현 군에게 의지한 세아를 보면 충격받지 않을까 해서……."
"어차피 윤세아 사랑하면서 쉬웠던 적은 단 한순간도 없었습니다."
엘린의 우려와 달리 도현은 건조한 얼굴 그대로였다.
"이미 사랑하고 있는데, 다음 날 눈떠 보면 어제보다 더 세아를 사랑하고 있는 저 자신을 발견하거든요. 저조차도 낯설지만 어쩔 수 없는 감정이 매일 새롭게 생겨나 적응하기도 어렵고, 가끔 제가 정신 나간 사람처럼 느껴지기도 합니다. 어떻게 한 여자를 이렇게 사랑할 수 있을까."
"……."
"집착? 소유? 그깟 어린애 장난 같은 감정은 이미 오래전 일입니다. 윤세아는 이제 제 전부예요."
표정 변화 하나 없이, 마치 일상을 얘기하는 것처럼 단조

로운 목소리였다.

"그러니 윤세아만 있으면 됩니다."

네가 비록 나를 사랑하지 않는다 하더라도.

"머리부터 발끝까지 윤세아가 스며들지 않는 곳이 없죠. 엘린 씨가 보기엔 제가 그런 윤세아를 놓을 수 있을 거라 생각하십니까?"

"……."

"게다가 이젠 제 아이까지 가진 여자인데요."

엘린은 차마 아무런 말도 할 수 없었다. 지금 이 순간에도 세아를 떠올리면서 행복한 듯 웃고 있는 입술이 그녀의 복잡한 심정을 모두 다 하릴없는 것으로 만들었다.

"그럴 리가. 지옥 끝이라도 찾아가 데려올 겁니다."

자신의 머리로는 이해하기조차 어려운 사랑이라 엘린은 그대로 굳어 버렸다. 도현이 심호흡과 함께 소파에서 일어섰다.

"내일이 무슨 날인지 아십니까?"

"……알아요."

"그럼 전 바빠서 먼저 실례하겠습니다. 훈련은 나중으로 미뤄, 지금부터 준비할 거니까."

"알겠습니다."

도현은 응접실을 나가 곧바로 욕실로 들어섰다. 거울로 상처투성이인 얼굴이 비쳤지만 그런 건 안중에도 없는 듯 곧바로 지나쳐 욕조를 보았다. 입가로 자연스럽게 웃음이 그려진다.

"세아야, 오늘도 그러고 있네."

늘 함께 몸을 담그며 즐겼던 욕조엔 세아의 환영이 있었다. 딱딱한 표면에 닿는 몸이 걱정돼 늘 제 다리 사이로 가두고선 등받이를 자처했던 도현이라, 매번 보았던 건 그 앞에 쭈그려 앉은 세아의 자그마한 머리가 전부였다. 하지만 이젠 네가 어떤 표정으로 있었는지 볼 수 있다. 세아의 환영은 얌전히 눈을 감고선 허공에 기대어 있었다. 그곳으로 다가가 세아와 시선을 맞춘 도현이 속삭였다.

"같이 씻자."

물을 틀자 바싹 말라 있던 욕조가 생기를 머금는다. 샤워를 할 생각으로 들어온 욕실이지만 세아의 환영을 본 이상 마음이 바뀌었다. 도현은 욕조 안으로 들어가 세아가 기대어 있는 허공 뒤로 제 몸을 맞춰 앉았다. 퍼즐처럼 꼭 맞는 자세가 되자 흡사 세아를 안고 있는 듯한 기분을 안겨 주었다. 도현은 가슴으로 뜨거운 기운이 올라올 때까지 움직이지 않은 채 세아의 환영을 응시했다.

손을 들었지만 오늘도 만질 수 없는 너. 도현의 손끝에서 떨어진 물방울이 세아를 관통해 잠잠해진 수면에 파동을 일으킨다. 그 소리에 놀랐는지 환영이 사라졌다. 도현은 비식 웃음을 터트리며 눈감았다.

"네 마음대로 좋을 때 찾아오면서 사라질 때는 말도 없이."

애석해하는 도현의 목소리가 수증기로 가득 찬 공간을 웅웅 울렸다.

"갈 땐 키스라도 해 주고 가. 그럼 되잖아."

도현은 가느다랗게 실눈을 떠 무색으로 뒤덮인 천장을 보았다. 꼭 마치 눈이 쌓인 것처럼…….

"생일 축하해, 윤세아."

눈발이 휘날렸다. 무수히 많은 새하얀 점들이 내려와 금세 발밑으로 쌓인다. 주변을 환하게 만드는 눈은 검은 밤이 무색할 정도로 쏟아졌고, 도시는 아침이 되기 전 모두 잠길 것이다. 내일 아침 출근 준비를 하는 이들을 위해 뉴스가 전할 말은 이미 정해졌다. 폭설이라고.

"……."

검은 코트 위로 내려앉은 눈이 잠시 머물렀다가 스르륵 녹는다. 눈이 쌓이기엔 충분한 영하의 온도였지만 도현의 몸 위론 그 어떤 것도 주재할 수 없었다. 도현은 천천히 새하얀 눈이 내려 세상을 잠식해 나가는 풍경을 지켜보았다. 세아와 단둘이 왔던 산 중턱엔 벌써 눈이 수북했다. 검은 가죽 장갑이 움켜쥐고 있는 상자 위로도 비슷한 양이 쌓였다.

—곧 네 생일이네.

—그러게.

—그날 첫눈 내렸으면 좋겠다.

—눈 내리는 생일은 아직 맞이한 적 없는데. 다음 달이잖아.

—상관없어. 내가 그때 처음으로 내리게 하면 돼.

도현의 입술 사이로 새하얀 입김이 흘러나왔다.

"약속했던 대로 올해 첫눈이야."

쓸쓸히 흘러나온 입김은 금세 형체 없이 사라진다.

"근데 넌 약속을 안 지켰네."

첫눈 내리는 날 나와 같이 있어 준다고 했잖아. 도현은 설핏 웃음을 터트리며 무릎을 접었다. 상자를 내려놓고 꺼내자 먹음직스러운 케이크가 나타났다.

—그날은 케이크 먹을까? 네 얼굴처럼 새하얀 크림으로 뒤덮인.

—으, 생크림이라니. 생각만 해도 끔찍하게 달 거 같다.

도현은 그걸 꺼내 바닥에 내려 두고선 초가 담긴 비닐을 만지작거렸다.

—너도 달면서.

스물 하고도 여섯 개의 초를 생크림 케이크 위로 꽂았다. 도현이 손가락을 부딪치자 그 위로 불꽃이 타올랐다. 눈이 내려 케이크 위로 쌓이더라도 불만큼은 절대 꺼지지 않았다. 도현은 일렁이는 불꽃을 물끄러미 바라보다 이내 격식을 갖춘 옷차림과 어울리지 않을 바닥으로 주저앉았다. 고개를 젖히자 눈이 하염없이 떨어지는 게 보였다. 도현은 눈을 감고선 부드럽게 흘러내리는 머리카락을 느꼈다.
"내가……."
얼굴 위로 내리는 눈이 점차 많아졌다.
"널 끔찍이도 사랑해."
녹아 버린 물기로 인해 축축하게 젖었다. 그러고 보면 그날 너도 이곳에서 울었지. 내가 잘못되면 이게 다 무슨 소용이냐며 혼자 아이 키우게 할 일 있냐고 잔소리를 하는 네 모습이 얼마나 예뻤는지, 울고 있어 달래 줘야 하는데도 정신이 나가더라.
—세아야.
—……응?
—나 노력 많이 하고 있어.
—으응.
그러니까 오늘만큼은 잠들고 싶다.
—……내 옆에 지금처럼 계속 있어 줄 거지?
그렇다면 너는 내 꿈속에라도 찾아와 줄까.
아침과 가까워지는 새벽이 돼서야 도현은 집으로 돌아왔다. 샤워를 마치고 매번 게스트 룸에서 잠들었던 도현이 그날 이후, 처음으로 세아와 함께 쓰던 침실로 향했다. 문을 열자 기다렸다는 듯 들이닥치는 체향에 머리가 아찔했다. 마치 고향에 돌아온 것만 같다. 너무나도 애틋해 걸음을 떼기조차 어렵다. 이곳에서 가장 많은 시간을 보냈던 세아였던 터라, 드나들면 그 흔적이 사라질까 함부로 들어오지도 못했다. 자신이 가진 향과 뒤섞이는 일조차 용납할 수 없었으므로.

하지만 오늘은 네 생일이니까 한 번만, 딱 한 번만 이곳에 누워 자고 싶었다. 일주일간 제대로 잠든 건 고작 다섯 시간이 전부였다. 몸은 정신력을 윤활제 삼아 움직일 뿐, 세아가 사라진 이후부터 죽어 있는 것과 마찬가지였다. 세아의 옷자락을 들치며 저를 밀어 넣었던 것처럼 도현은 시트를 파고들어 누웠다. 크게 호흡하는 일조차도 함부로 할 수가 없었다. 네가 숨으로라도 내 몸에 들어온 거라 뱉는 게 어렵다. 세아야, 내 세아. 너는 오늘도 내게 찾아와 줄까…….

세아의 체향엔 도현을 진정시키는 힘과 수면제가 동시에 들어 있는 것만 같았다. 벌써부터 의식이 흐릿해 가느다랗게 눈을 뜨고 있던 도현의 앞으로 그리운 얼굴이 자리한다.

"……왔어?"

또 환영이다. 실체가 없는 것인 줄 알면서도 도현은 팔을 들었다. 안고 싶지만 욕실에서처럼 또 사라질까 허공에 멈춘 팔이 주저한다. 이렇게 불쑥 찾아오지 말라고 괴로워했던 도현인데, 이젠 그마저도 간절해 어느 순간부터 세아의 환영만 보이면 몸부터 움직이게 되었다.

"또 사라질 거지."

도현이 묻자 옆으로 누워 있던 세아가 긴 속눈썹을 밀어 올렸다. 가만히 응시하는 눈이 저를 원망하는 듯 보였다.

"괜찮아. 너 가고 싶을 때 가도 되니까."

또 떠나갈까 결국 팔을 거두었다.

"그전까진 지금처럼 얼굴 보고 있자. 만지지 않을 테니까."

아무런 말도 없이 세아가 자신 쪽으로 몸을 튼 도현을 쳐다보았다. 도현의 입꼬리가 자연스럽게 말려 올라갔다.

"생일 축하한다고. 그 말 하고 싶었어."

"……."

"태어나 줘서 고맙다고."

"……."

"내게 와 줘서도 고맙고. 앞으로 얼마가 더 되었든 네 생일은 내가 다 챙겨 줄 테니까 그때도 지금처럼만 내 옆에 있어 줘."

대답이 없는 게 서운했지만 상관없다.

"환영이든 진짜 너이든 나 정말 다 괜찮으니까."

만약 너를 찾아가는 그 시간이 점차 길어져 나는 더욱 환영에 목매게 되더라도 세아야.

"사랑하니까 매달리는 거야…… 알지."

너라면 이상한 취급받아도 상관없어. 너만 볼 수 있다면 지금처럼만. 세아가 가만히 눈을 한 번 깜빡이더니 몸을 일으켰다. 그를 따라 도현의 시선도 함께 움직였다. 거대한 침대를 무릎 세워 기어간다.

"어디 가?"
처음이다. 환영인 세아가 사라지는 게 아닌 어디론가 걸어서 이동하는 건. 도현은 팔을 뻗었다.
"벌써 갈 거야?"
침대 끄트머리에 도달한 세아가 두 다리를 내리고 굳게 닫힌 창문 쪽으로 걸었다. 또 창문을 열려고 하는 걸까. 도현이 한숨 쉬며 허리를 일으키던 순간이었다. 뭔가 확 하고 뜨는 기분을 느끼면서 몸이 깃털처럼 가벼워졌다. 그제야 세아가 고개를 돌려 도현을 바라보았다. 천천히 그녀의 눈동자가 위로 올라갔다. 도현은 어느새 세아를 내려다보고 있었다.
"……."
시선을 조금 틀자 보이는 건 잠들어 있는 자신의 모습이었다. 도현의 입술이 잘게 떨렸다. 처음 침대에 누운 순간부터 그는 이미 잠든 상태였다. 그렇다면 세아의 환영을 보고 얘기를 나눴던 건 정신. 그리고 지금은 육체와 분리.
"……."
유체이탈 했다.
도현은 세아의 환영으로 시선을 옮겼다. 그제야 무표정했던 얼굴을 거두고 희미하게 웃는다. 창문 쪽으로 다가갔던 세아가 벽을 뚫었고 도현은 지체 없이 그 뒤를 따랐다. 벽을 통과하자 세아는 흔적도 없이 사라져 있었다. 그녀를 찾던 도현은 자신의 발밑으로 펼쳐진 눈 쌓인 정원을 보았다. 온 세상을 덮은 새하얀 눈은 도현의 몸을 관통하며 아래로 떨어질 뿐이었다.

"하……."

정말 능력이 발현됐다. 마음속으로 원하는 방향을 정하면 몸은 구애 없이 허공과 땅을 이동했고 속도까지 조절 가능했다. 도현은 어서 제 손목을 들어 제가 보관해 두었던 장면을 눌러 보았다. 그날 아침, 이현과 세아를 지켜보던 그 순간을. 정말 중오의 가설이 맞는다면 영상에 불과했던 공간으로도 이동되어야만 했다.

"……."

유체이탈은 시공간의 벽을 허무니까. 어둠과 하얀 눈이 전부이던 주변이 온통 새파랗다. 도현은 시선을 뒤로했다. 저 멀리 검은색으로 무장된 차 안엔 담배를 죽어라 태우며 지켜보는 자신이 있을 것이다. 그 주인의 마음을 전혀 알지 못하는 진주가 날아와 닫힌 창가를 열심히 두드린다.

세아가 창문을 열었고, 그 순간 진주가 안쪽으로 와르륵 쏟아졌다.

"나 때문에 깼나?"

예정대로 신이현이 모습을 드러냈다. 둘 사이에 이뤄지는 대화를 씹어 삼키며 인내심으로 기다렸지만 도무지 외면할 수가 없었다. 이현의 절절한 목소리가 도현의 귓가를 후벼 왔다. 떨리는 세아의 눈동자를 보고 있노라면 도현은 그날처럼 입안이 바싹 말라갔다.

그 순간 세아가 가진 감정마저 제 것으로 만들고 싶어지는 기질은 어김없이 발휘되었다. 그래, 아주 거지 같은 기분을 안겨 줄 뿐이지만 네가 대체 이런 놈의 어디가 그렇게 불쌍하고 측은해서 나눠 갖기조차 싫은 그 값비싼 동정을 주었던 건지. 도현은 두 사람의 모습을 관람했다.

“사과하지 마. 차라리 뻔뻔하게 굴어. 그게 더 잘 어울리니까.”

“네가 보고 싶은 내 모습은 대체 뭐야.”

“뭐?”

“말해 봐. 맞추게.”

도현은 설핏 웃음을 터트렸다. 가소롭다. 네 까짓 게 어떻게 윤세아에게 맞춰. 그녀의 손에 깊이 밴 피비린내를 전부 알면서도 다 입 맞출 수 있는 남잔 나밖에 없다.

“대체 나한테 왜 이래?!”

“사라지란 것만 빼고 다 말해. 들어줄게.”

너 같은 풋내기가 어떻게 윤세아를.

“밤이 된 내가 달을 그리워하는 게 잘못은 아니잖아.”

도현의 일그러진 눈썹이 풀어졌다.

“이것도 잘못됐어?”

이현이 하는 말은 우스울 정도로 젖비린내 났지만 밑바

닥을 절절히 기는 모습만큼은 저와 닮아 있었다. 그리움에 허덕이는 것까지도. 세아의 표정이 희미하게 일렁인다.

"……제발 가."

그래서 울었니, 세아야?

"사람 이상하게 만들지 말고 가라고."

그리웠단 말에 그렇게 동요한 거였어? 도현은 세게 망치로 머리를 얻어맞은 듯했다. 유니벌로 태어나 살아왔던 남자가 세아를 사랑하려 변하는 모습이 도현과 똑 닮아 있었다.

—신이현을 불쌍하게 여겼던 거 맞아. 측은했어. 나 때문에 그렇게 변해 가는 남자 안타까워 미칠 거 같았는데…….

그래, 네 말을 조금이라도 깊이 새겨들을걸, 너를 더 이해할걸 그랬다.

—그런 동정이 널 힘들게 할 줄은 정말 꿈에도 몰랐어.

네 앞에서 아무렇지도 않게 내 모든 걸 버리고 포기하며 살아왔는데, 그 과정을 보며 남몰래 괴로워하던 착한 심성이다. 피로 물든 손을 가졌으면서 어떻게 이렇게 깜찍한 죄책감을 가지고 있었는지 도현은 신기했다. 그냥 사랑해 주면 주는 대로, 머리 위에 앉혀 주면 거기 앉아 여왕 노릇해도 충분한데 그동안 내게 가졌던 미안함이 그를 고스란히 따라 하는 남자에게까지 전이되었을 줄이야.

"윤세아, 너는 어쩜 이렇게나 사랑스럽지."

도현은 이 순간 분노가 아닌 희열이 차오르는 걸 느꼈

다. 널 받아들이고 소화시킬수록 넌 더욱 사랑스러워진다. 네가 품었던 그 동정, 내가 달라고 애걸했던 게 나로 인해 생겨난 거라니. 머리가 얼얼할 정도로 솟구치는 기쁨의 환락이다.

"미안, 울릴 생각 없었어."

그제야 도현은 이현이 불쌍해졌다. 이현은 세아가 흔들리는 모습이 서로의 감정이 오가며 생긴 감정이라 착각했을 테지만 잠시 벌어진 틈은 너를 받아들였던 게 아니다. 단지 네가 하는 짓이 나와 똑같아서 익숙했을 뿐.

이현이 시계를 누르자 그 순간 도현의 웃음도 함께 사라졌다. 무엇 하나라도 놓치지 않으려는 듯 투시를 사용한 도현의 눈에 아까와 달리 저택 주변으로 반투명한 막이 씐 게 보였다. 저택 전체가 아닌 침실 주변으로 사각형은 한정됐다. 곧 복제를 마친 것인지 사각형으로 이뤄진 막이 점차 좁아지며 이현의 시계 안으로 들어가려 했다. 그 순간을 놓치지 않고 도현은 막을 뚫고 공간 안으로 이동했다.

심장이 터질 것만 같았다. 네가 있어야 하는데, 만나면 무슨 말부터 전해야 하는지 머리가 복잡했다.

"……."

하지만 마주한 건 아주 지독한 적막이다. 침실의 풍경을 그대로 가진 채였지만 이곳에 세아는 없었다.

"젠장."

입에서 낮은 욕지거리가 몇 번이고 흘러나왔다. 드디어 세아를 만나게 될 거란 기대감으로 달아올랐던 몸이 빠르게 식어 갔다. 얼음처럼 차갑고 날카로운 눈빛이 주변을 둘러보았다. 형태만 갖추고 있을 뿐, 주인이 들어오기 전까진 지금처럼 죽어 있는 상태를 유지하는 듯 보였다.

"제대로 들어오긴 했나 보네."

시즈의 시공간.

"……여러 개 중의 하나일 테지만."

이현이 붙잡아 둔 시간 중 고작 하나이다. 아니, 실망할 필욘 없다. 가설뿐이라 확신이 없었는데 다행히도 전부 들어맞아 해낸 것이다. 도현은 눈을 감은 채 자신이 이곳으로 온 과정을 하나도 빠짐없이 정리했다. 그럼에도 곧 세아를 만날 수 있을지도 모른다는 벅찬 감정은 수시로 도현을 아찔해지게 했다.

"기다리면 돼. 오기만 하면."

훈련이나 받으며 세아를 기다렸을 때와는 차원이 다른 안도감이다. 적어도 이현의 공간 안에 들어온 것이니까. 이제 제가 집처럼 드나들 공간이었기에 도현은 소름 끼치는 침묵에 익숙해지려 했다.

도현은 그나마 세아와 함께 해 정이 든 침대로 다가갔다. 습관처럼 앉으려 했지만 어차피 관통해 바닥으로 떨어질 게 뻔했다. 하지만 뭔가 달랐다. 감촉이 생생히 전해졌다. 손끝이 세아가 헝클어뜨려 놓은 시트를 스쳤는데 통과하지 않았다. 도현은 믿기지 않아 손바닥으로 그 위를 짚어 보자 힘없이 시트가 매트리스로 주저앉았다.

"뭐야."

여기선 정신이 아닌 몸의 상태로도 가능한 듯 보였다. 하기야 그랬기에 세아를 있는 그대로 데려갔겠지만. 그게 유체이탈로 온 도현까지 형체 있게 만들 줄은 몰랐다. 중오도 예측하지 못했던 부분이었다. 지금 이곳으로 오는 방법도 도현이 처음 시도해 보는 일이었고, 그랬기에 입증된 건 없었지만 지금 확인한 바로는 최상급 시즈의 방은 누구든 들어오면 육체와 정신의 전환이 가능하다.

도현은 침대에 앉았다. 시트를 헤집는 손길은 벌써부터 달아올라 터질 듯했다.

"세아야."

가파른 숨을 토해 냈다. 이제 남은 건 단 하나.

"너만 오면 돼."

한시라도 빨리 세아가 이곳으로 넘어오길 기다리는 일이었다.

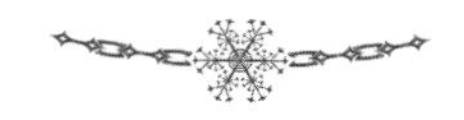

“너 정말 어쩌자고 이래.”

세아의 표독스런 눈매가 치켜 올라가자 이현은 씁쓸했다. 아무리 제로가 사회에서 개 취급을 받는다지만 한 번 물면 놓치지 않는 습성까지 따라 할 필요 없는 거였다.

“정말 안 놔?”

이현의 눈초리가 아래로 기울었다. 이처럼 여린 이를 가졌으면서 다치기라도 하면 어쩌려고.

“이런 짓 해도 예쁘다고 봐줘야 하는 거지, 내가.”

한숨을 내쉰 이현을 보는 세아의 정신이 잠시 흐릿해졌다. 제 혀를 잘라 낼 요량으로 씹어 버린 세아의 턱을 강제로 벌려 엄지를 밀어 넣은 건 이현이었다.

“그래, 충분히 좋으니까 그만하자. 손 안 댈 테니까 턱에 힘부터 풀어.”

고통을 느낄 텐데도 세아를 내려다보는 이현의 표정은 변함없다.

“손 빼게 해 줘.”

빼게 해 달라 말할 거면 애초에 손은 왜 밀어 넣은 걸까. 세아는 물고 있는 턱의 힘을 늦추지 않았다.

"너 여기서 위험한 짓 하면 현실로 돌아가서 죽어. 그건 알고서 이러는 거야?"

무슨…… 세아의 턱이 일순간 느슨해졌지만 이현은 여전히 엄지를 넣은 채였다. 빼기에 충분한 여유가 생겼지만 혹시나 또 깨물까 봐 나올 수가 없었다.

"약속 먼저 해. 혀 안 깨물겠다고."

"……."

대체 무슨 말일까. 의문이 든 세아가 미약하게 고개를 끄덕이자 이현이 손을 천천히 빼냈다. 혹여 탐스런 혀를 해치는 일이 또다시 벌어질까 나가는 뒷걸음이 신중했다. 세아의 눈을 응시하며 긴 시간에 걸쳐 엄지를 뺀 이현이 턱마저 놓아주었다.

"보호 의지가 있다더니 역시 헛소리."

"방금 한 말 무슨 뜻이야."

"고작 그딴 호르몬 반응으로 너를 가질 수 있을 거라 생각한 내가 미친 거지."

"빨리 말해."

"싫으면 싫다고 말해. 그럼 알아들어."

"……."

"네가 아이를 지키려는 의지를 버릴 만큼 날 더 싫어한단 거, 굳이 네 몸 이용해서 이렇게 확인시켜 줄 필요 없다고."

그건 절망을 맛봤기 때문이다. 다른 공간으로 이동한 세아는 어쩌면 이곳에서 도현과 만날지도 모른단 생각에서 문을 열었고 거긴 아무것도 없었다. 이성이 완전히 분해되는 기분이었다. 그런 세아를 갉아먹으며 자라난 보호 의지는 어서 빨리 이현에게 기대라 명했다.

그래, 이현과 키스할 뻔했다. 정말 편안해질 거라고 뇌에선 감미로운 단물을 흘려 댔다. 하지만 엉키는 숨결이 도현이 가진 온기와 비교되자 머릿속이 새하얘졌다. 그 순간 생각난 건 이곳에서 아이는 더는 자라지 않는단 거였다. 세아가 지켜야 할, 보호해야 할 존재가 여기선 멈춰 있다는 사실 하나로 거역할 수 있었던 보호 의지였다.

"조금 전 한 말 무슨 의미야."

그딴 의지, 없애 버릴 거란 생각으로 깨물었던 혀였다. 내가 불안해하는 모든 것들은 위협이 되지 못할 거고, 무슨 짓을 한다 해도 내 아이만은 무사할 테니까.

"현실에서 죽다니?"

그랬는데. 세아는 머릿속이 허해져 음식을 갈구하는 사람처럼 물었다. 제아무리 잇새를 꽉 맞물려도 절대로 동강 나지 않는 혀였다. 한데 조금 전 이현은 이곳에서 한 행동을 보고 현실을 얘기하고 있었다.

"뭐가?"

"모르는 척하지 마. 넌 나 안 내보내 줄 생각으로 여기 데려온 거잖아."

"그래, 나 너 안 보내."

"근데 왜 내 몸을 걱정하는데?"

"……."

이현은 말이 없었다. 그저 세아를 가만히 내려다볼 뿐. 조금 전, 말로 하면 듣는다 했던 이현이다. 그러니 악다구니를 쓰는 것보단 차분히 대화를 이어 나가야 한다.

"나 고개 아파. 앉아서 얘기하자."

세아는 먼저 자리를 피해 침대로 다가갔다. 소파 하나 없는 공간이 유니벌들에게 어떤 용도로 사용되었을지 눈에 보여 역겨웠지만 그럼에도 앉았다. 뚫어져라 보니 그가 천천히 걸어와 앞에 섰다. 세아가 손을 들어 제 옆자리를 두드렸다.

"내가 개야? 앉으라고 두드리게."

"그런 게 아니라 올려다보느라 고개 아파서 그래."

균형을 유지하던 이현의 눈가가 요동쳤다. 여기 앉으라는 세아의 행동도 어이없었지만 말은 더 이상했다. 키가 큰 이현을 올려다보는 건 당연했지만 의문인 건 왜 그렇게까지 하며 저를 쳐다보느냐는 거였다. 마치 눈을 마주 보며 얘기를 나누는 배려가 제게도 허락된 듯 그곳엔 이현이 세아에게 늘 받아 오던 무시와 거부는 없었다.

"……그래, 네 앞에서 개가 되는 것도 나쁘진 않지."

말 잘 들으면 뭐라도 하나 줄지 모른단 마음으로 순순히 세아가 두드린 곳으로 앉았지만 한 번 느낀 낯섦은 좀처럼 떠나지 않았다. 네 옆에 앉는 건 수도 없이 해 왔던 일인데 왜 이렇게 어색할까. 생각해 보자면 네가 먼저 자리를 권한 게 처음이라서.

"이제 말해 봐."

"……."

"……나 기다릴까?"

처음 맛본 배려는 이현을 정신 못 차리게 만들었다. 그래서 하릴없이 입술이 열렸다.

"여기서 네가 뭘 하든 육체는 정상인 상태를 유지하지만 이 공간을 벗어나면 한꺼번에 그 영향이 몰려와."

"……."

"멈춘 공간이라지만 여기 있는 네 육체는 현실이니까. 시간이 흐르는 공간으로 가면 다 돌아오는 거지."

아, 그래서 내가 혀를 깨무니까. 세아는 그제야 이현이 왜 필사적으로 제 손을 밀어 넣었는지 이해했다. 만약 세아가 이 공간을 벗어나게 된다면 곧바로 혀가 잘렸을 거다. 그 생각을 하자 세아의 얼굴이 창백해졌다. 과다출혈이든 목구멍으로 넘어간 피로 질식사 하든 죽었을지도 모른다. 하지만 다시 드는 의문은 그건 어디까지나 이 공간을 나갔을 때 해당되는 얘기였다.

"만약 네가 계속 울면."

이현은 이곳에서 영원히 세아와 함께하러 온 거 아니었나. 가족, 권력, 지위, 위치, 제 삶까지 전부 다 버리고 온 그에게 미련 같은 건 존재할 수 없었다.

"나도 내가 무슨 짓을 할지 몰라서."

그럼에도 마음이 흔들리고 동요하는 건.

"돌아갔을 때 네가 아픈 건 보기 싫으니까."

역시나 사랑이란 빌어먹을 감정 때문이다. 이현은 고개 숙여 다리를 내려다보았다. 앞에 누가 있든 다리부터 꼬는 거만함은 지금껏 살아오면서 자연스럽게 몸에 밴 행동이다. 그걸 지적하는 사람도 없었고, 오히려 제 허리를 더욱 낮추며 굽실거렸다. 당연했던 행동을 바꾸는 게 얼마나 힘든 일인지도 모르고 너 하나 때문에 내가 이 모든 걸 고치려 그동안 얼마나 노력했는지도 모른 채. 이현은 고개를 비스듬히 돌려 세아를 보았다.

"네가 그렇게 계속 우니까 머리가 어떻게 되는 것만 같더라."

말이 방치였지, 일주일이다. 온 신경이 세아에게 쏠려 있어 이현은 그 감정을 다스리느라 녹초가 되었다. 달래 주고 싶어 목구멍에서부터 아우성치는 말들을 잘라 내는 게 힘겨웠고, 다가가고 싶어 안달이 난 두 다리를 붙잡아 두느라 지쳐만 갔다. 안아 주고 싶은 두 팔을 저지하느라 온몸이 다 두들겨 맞은 듯 뻐근했다.

"그러니 돌아가고 싶으면 울어. 또 내 정신 혼미해지게 해. 그럼 마음 바꿀 수도 있으니까."

맨정신으로는 가능하지 않은 일이지만 여기서 더 괴롭고 힘에 겨우면 어쩔 수 없이 세아를 돌려보낼지도 모른다.

"내가 돌아가면?"

"……."

"넌?"

이현이 허무하게 웃었다.

"너 혼자 가는 거지."

세아는 손을 꾹 움켜쥐었다. 함께 돌아간다 하더라도 달라지는 건 아무것도 없을 테니. 그는 이미 전부를 놓고 이곳을 제 무덤으로 생각하고 온 것이다.

"그런 표정 짓지 마. 괜히 기대하게 되니까."

동요하는 세아의 표정을 빤히 바라보았다.

"넌 정말 내게 아무것도 주지 않아. 임신한 제로라면 누구나 다 가지고 있는 보호 의지까지도."

내 건 하나도 없는 윤세아……. 이현은 이곳에서 세아의 발목을 어루만지며 했던 말이 떠올라 웃음을 흘렸다.

"그때와 달라진 건 아무것도."

나지막이 말한 이현의 입가가 멈추었다. 아니, 지금처럼 침대에 같이 앉아만 있는 게 가능이나 할까. 이곳에 남아 있던 과거의 자신이 너답지 않다 비웃는 듯했지만 상관없다.

"들어 보니 계속 햇살이라고 하던데."

다른 남자의 아이를 가진 널 포기 못하는 내 모습부터가 이미 끝난 거다.

"아이 이름이야?"

"……태명이야."

"그래?"

이현이 작게 웅얼거리는 세아를 보며 힘없이 웃었다. 내 것이 아니라면 견디지 못하는 성질이 이미 죽었는데, 여긴 그런 이현에게 잘 어울리는 곳이었다. 공기가 폐를 채우는 느낌조차 없는 세상. 문제는 말이야, 백설아.

"그렇다면 세상에서 가장 아름다운 엄마를 닮았겠네."

넌 여전히 내 세상에서 아름답단 점이야. 세아는 작게 입을 벌렸다. 제 이름을 그런 의미로 아빠가 지어 주었단 걸 이현이 어떻게 알았는지 의문이다. 하지만 굳이 얘기하진 않았다. 아니, 말할 수가 없었다.

"남자야, 여자야?"

"아직 몰라……."

"뭐로 태어났으면 해?"

"그런 거 안 중요해. 그냥 건강하게, 무사히 태어났으면 좋겠어."

"……그래, 무사히."

이현이 이상했다. 자꾸 미래에 관한 얘길 했고, 그건 시간이 멈춘 이곳과 어울리지 않는 대화였다. 그래서 세아는 솔직하게 말했다.

"……지금도 햇살이 때문에 보호 의지로 힘들어 미칠 지경이야. 도현이 만나고 싶어. 보고 싶어."

"울어, 그럼."

세아는 아래로 시선을 떨어뜨렸다. 그랬다간 정말 미쳐버릴지도 모른다. 지금 이 순간에도 보호 의지를 거역한 세아를 탓하는 악마의 음성이 귀 언저리에서 조잘대고 있었다. 그걸 참느라 힘겨웠지만 아까보단 덜했다. 혀를 깨물면서 느꼈던 강렬한 고통이 보호 의지로 철갑을 두른 세아의 탈피를 도운 것이다.

"네 머리가 어떻게 될 거 같다며."

"……."

"다른 사람의 아픔을 이용하고 싶진 않아. 더는 울고 싶지도 않고. 무기력해, 그런 모습."

하지만 그건 불가항력이었다. 조금이라도 정신을 조이지 않으면 날뛰는 본성이다. 그 고통마저 나인으로서의 삶을 살아보지 않았더라면 아마 버티지 못했을 거라 세아는 생각했다.

"제로라서 어떻게 할 수 없는 일이 내게도 있어."

"……."

"너도 마찬가지잖아. 힘을 가진 벡터니까 그걸 사용하고 인정해 주는 사회에서 원하는 대로 살아가는 게 네겐 당연한 일이고, 그 누구도 잘못되었다 말 안 하잖아."

손을 짚은 세아가 침대 위를 매만졌다.

"그날도 그랬지. 침대에 너와 내가 앉아 있다면 넌 날 여기에 눕힐 생각이나 하고."

"……."

맥스도 제 마음대로 하는데, 하물며 제로는 얼마나 우스울까.

"제로면서 네게 인간다운 대접을 받길 원했던 내가 이상했던 거겠지. 넌 원하는 대로 늘 해 왔던 것처럼 한 것뿐인데……."

세아는 이현이 기록했던 불행의 장면을 되짚어 보았다.

"근데도 넌 행복하지 않아 보였어. 지금처럼."

모든 걸 잃은 듯한 공허한 눈동자로 했던 말들을 떠올렸다. ……우린 언제까지 이렇게 물어뜯어야만 돼?

"제로나 벡터인 걸 떠나서 응답받지 못하는 사랑이라서 그런 거잖아. 넌 날 사랑하는데, 자꾸 거부해서 계속 넌 더한 짓들을 했지. 그래서 너와 내가 지금 이곳에까지 온 거고."

꼭 이래야지만 너 나 봐 줄래?

"하지만 여기에 내가 있다고 한들 넌 여전히 행복하지 않잖아."

세아는 깊이 숨을 내쉬며 물끄러미 앉아 있는 이현을 보았다.

"당신 변한 거 나도 알아."

세아는 쓰게 웃었다.

"노력한 거지, 그거?"

그때와 비슷한 상황이지만 똑같은 건 아니다. 거만한 자세로 다리를 꼬지도 않고 아랫것으로 치부하며 바라보는 시선 또한 없다. 오히려 이현은 세아와 눈높이를 맞춰 앉기까지 했다. 거기엔 억지로 침대에 눕히려는 저급한 욕구는 보이지 않았다.

"그래서 나도 이제 당신 마음이라는 걸 이해해 보려고."

"……."

한쪽은 계속 밀어내고, 한쪽은 계속 원해서 벌어진 일이다. 옹호하고 싶은 마음은 추호도 없지만 끝을 선택한 이현은 어떤 마음이었을까. 세아는 처음으로 이현의 마음을 생각해 보았다.

"하지만 그런다고 받아 줄 순 없어. 알잖아, 나는."

"하도현?"

"응."

세아가 부드럽게 웃는다. 포기를 모르며 살아온 이현이기에 그 과정이 필요할 것이다. 그러기 위해선 세아가 움직여야만 했다.

"당신에겐 하찮게 보일 수도 있겠지만 내겐 도현이와 함께한 시간보다 소중한 건 없어. 그걸 놓을 수가 없었기에 지금까지 올 수 있던 거고, 늘 좋았던 것만 있었던 건 아니지만 그래도 도현이를 잊을 수 없어 선택한 사랑이야. 힘들지만 그 애도 나도 함께 이겨 내며 지내고 있어."

물어뜯는 게 아닌 대화로 출발했다.

"그리고 세상엔 이런 일들이 많아. 어렵고 힘들고 마음대로 되지 않는 것투성이야. 유니벌인 당신에겐 아주 사소해서 눈에 보이지 않았을 테지만……."

"세상일까진 그다지 생각하고 싶지 않은데."

"그럼 반대로 내가 네 사랑을 생각하고 싶지 않다면?"

이현의 표정이 딱딱하게 굳자 세아가 희미하게 웃었다.

"거 봐, 싫지?"

그 웃음이 예쁘기만 해 이현은 잠시 넋을 놨다.

"왜 그걸 생각 안 해? 네가 좋다고 한 내가 제로인데, 제로가 어떤 삶을 사는지도 알아줘야지."

"……."

"너만 좋다 하면 다 되는 줄 알아? 그런 거였으면 진작 도현이가 나와 결혼했지."

이현의 눈매가 진해졌다. 다른 남자와의 행복을 얘기하는데도 밉지가 않았다.

"그런 세상에서 나는 쉽지 않은 사랑을 하고 있고, 그건 당신도 마찬가지잖아."

왜 이렇게 예뻐 보이지.

"이제 와 고백하는 거지만 나 그동안 모르는 척했을 뿐이지 다 보였어. 네 감정 변해 가는 것도, 여전히 날 사랑하고 표현하고 알아 달라고 매 순간 외치고 발악했던 그 순간들."

이현은 그만 설핏 웃음을 터트렸다.

"더 말해 봐."

"뭐가?"

"뭐든. 너랑 이렇게 오래 대화를 나누는 게 정말 오랜만인 거 같아서."

"……."

"느낌이 나쁘지 않아."

세아는 힘주어 말했다.

"나와 함께 있고 싶어 이곳으로 온 거라고 했지."

"응."

"그렇다면 네가 어느 순간을 기록했는지 전부 보여 줘."

제아무리 희망조차 보이지 않는 세상이라지만 나인이 그랬던 것처럼 윤세아 역시 걸어가야 한다.

"그 끝엔 뭐가 있는지 보고 싶어."

앞으로 나아가야 한다.

그곳에 어쩌면 사랑하는 널 만나게 될 방법이 있을지도.

"도현 님! 도현 님!"

도현은 뻑뻑한 눈을 떴다. 잠시 익숙했던 천장을 노려보는데 형광등의 불빛이 너무나도 거셌다. 기억이…… 침대에 앉아 세아를 기다리던 것까진 생각나는데. 도현의 눈매가 가늘어지는 걸 반복하자 중오가 숨을 들이켰다.

"일어나셨습니까?"

"……뭐야, 표정이 왜 그래."

눈 뜨자마자 본 게 새파랗게 질린 중오의 낯이라니. 시선을 옮겨 탁상 위에 올려진 시계를 보았다. 새벽 5시, 한창 잠에 빠져 있을 시간인데 침실은 그야말로 난리가 났다. 항시 대기 중이던 치료 벡터를 포함해 시우와 한결, 그리고 중오까지. 한데 옷차림이 전부 수면에 적합했다.

"왜들 이 난리야……."

"숨이 멈추셨던 건 아십니까?"

도현의 눈썹이 살며시 구겨졌다.

"제가 얼마나 놀랐는지."

밤 그림자처럼 조용히 집 안으로 들어와 움직이는 소리는 30분마다 알람을 맞춰 놓은 뒤 일어나 도현을 살폈던 중오만이 감지할 수 있던 것이다. 소머즈로 도현이 침실 문을 열고 들어간 걸 안 중오는 편안히 오르내리는 그의 숨소리를 들으며 안도했었다. 오늘은 조금이라도 잠에 드나 싶었다. 도현의 수면 시간을 무척 중요하게 생각하던 중오가 수시로 그의 호흡을 감지하던 중이었는데, 갑자기 끊긴 것이다.

"내 숨이 멈췄었다고?"

"네."

그 순간 마시려 들었던 물컵을 떨어뜨린 중오는 축축한 옷마저도 까마득하게 잊은 채였다. 재빨리 치료 벡터를 깨워 올라갔을 때, 도현은 마치 시체처럼 침대에 누워 있었다. 얼른 진단을 한 그녀가 놀란 얼굴로 말했다.

"한데 초능력을 사용하는 중이시라고."

"어, 발현됐어."

"그럼……."

"네가 세웠던 가설이 맞아. 투시로 시즈의 방까지 갔었어."

도현은 뻐근한 몸을 억지로 일으키며 손으로 얼굴을 덮었다. 잠시 정신과 멀어져 있던 몸이라 그런가, 제 것처럼 움직여지질 않는다. 마른세수를 한 도현이 놀란 중오에게 오른쪽 손목을 내밀었다.

"확인해 봐. 숙련도 어느 정도 되는지 보게."

능력의 발현을 고대했기에 수시로 점검을 했던 터라 기

계가 집 안에 준비되어 있었다. 더 빠르고 정확한 진단을 내리기 위해 도현이 한 번 더 유체이탈을 사용했고 피를 뽑은 벡터가 결과를 가져왔다.

"상급입니다."

"겨우?"

"겨우라니요. 발현되자마자 상급인 경우가 얼마나 희귀한지 잘 아시지 않습니까. 예전 도현 님 훈련받으실 때 발현된 것들 중 최고가 중급이었습니다."

중오가 검사지를 보며 열성적인 목소리를 내었지만 도현은 입가를 덮은 손을 느리게 문질렀다. 상급, 상급이라면…….

"유지 시간이 얼마나 돼?"

"10분입니다."

"고작."

"하지만 시공간을 넘나드는 능력 아닙니까?"

"그래 봤자 유지 시간이 십 분밖에 안 돼."

게다가 하이 티어에 속하는 능력이라 하루하루 배정받는 사용 횟수가 극히 낮을 것이다. 아니, 그래도 초능력 보유 숫자에 따라 사이드 넘버가 부여되니 이젠 여덟 개가 아닌 아홉 개.

"정신없어서 받진 못했습니다만 안 그래도 릭시 본부 측에서 계속 전화가 오던 참이었습니다."

신체와 연결된 것이나 다름없는 팔찌인 터라, 능력이 하나 더 발현되면서 초능력 여덟 개로 맞춰진 시스템이 오류에 관한 보고를 릭시 본부로 전송했을 것이다. 기존의 팔찌에 기록되어 있지 않은 초능력이 사용된 흔적을 본 본부는 축제 분위기나 다름없을 테지만 도현은 아니었다.

"일단 초능력 등록해서 내 사이드 넘버 책정부터 다시 해."

"알겠습니다."

"이 소식, 아무에게도 흘리지 말라 네가 입막음 단단히 시키고."

중오가 의아한 듯 되물었다.

"이 얼마나 놀라운 쾌거인데 그걸 숨기시다니요. 그동안 셀라노를 무시했던 자들에게 한 방 먹일 기회입니다."

"분위기 망가뜨리지 마. 윤세아 아직 안 돌아왔어."

도현은 욱신거리는 이마를 짚으며 눈감았다.

"넌 그전까지 연구 자료나 똑바로 모아 놔. 한꺼번에 터트릴 거니까."

"……알겠습니다."

"본부엔 직접 안 가도 되겠지."

"제가 대신 다녀오겠습니다."

세아를 만났느냐 묻고 싶었지만 그럴 필요도 없었다. 기뻐할 줄 알았던 도현이 침체된 모습을 보이는 것만으로도 중오는 상황을 파악할 수 있었다. 하지만 올라가는 입꼬리를 감출 수 없을 만큼 놀라운 성과였다. 여덟 개가 한계일 거라 생각했던 중오를 비웃기라도 하듯 아홉 번째의 발현이라니. 게다가 자신이 세웠던 가설이 틀리지 않았다. 시즈의 방으로 침투가 얼마든지 가능하단 사실이 도현으로 인해 처음 증명된 것이다. 학회에서 발표한다면 찬사받을 일투성이였고, 거기엔 중오의 이름도 함께 거론될 터였다.

아아, 역시나 제겐 도현이 필요했다. 도현의 관리자가 되기 위해 지금껏 살아왔다고 말해도 무관할 정도로 중오는 그간 맛보았던 쾌감과 비교되지 않는 극한을 느끼고 있었다. 그건 피부로도 체감할 수 있었다. 평소 중오가 직접 찾아가 알현해야만 했던 이사진들이 미국 릭시 본부로 방문하겠단 소식을 전하자마자 버선발로 나와 있었다. 모두가 하나같이 휘둥그레진 눈으로 도현을 찾는 모양새가 제법 웃겼다.

"도현 님은 지금 만나실 수 없습니다."

"왜지?"

"윤세아 씨로 인해 능력이 하나 더 발현된 터라, 그녀를 찾기 위해 평소보다 더 집중하겠단 전언이십니다."

모두의 입에서 한탄이 흘렀다.

"그 누구의 방문도 원치 않고 계시니 원하시는 대로 해 주십시오."

그들의 대답은 뻔했다. 그가 원하는 게 뭐든 다 해 주라고. 전처럼 한낱 제로가 어떻게 벡터와 릭시의 숙련도를 올리느냐는 식으로 거드름 피웠던 자들이라고는 볼 수 없는 태도였다. 중오가 연구했던 것들을 철석같이 믿게 된 그들은 사라진 세아의 안부까지 걱정했다. 며칠간 유체이탈 부분의 사용 횟수를 늘려 주겠다는 약조와 중오에게 열심히 도현을 보좌하란 격려까지 잊지 않았다.

"이제 숨이 멈춘 이유에 대해서 생각해 봐야겠군요."

물론 이 치명적인 단점에 대해 본부 측에서 까마득하게 모르기에 가능했다. 도현이 위험했단 걸 안다면 당장에 기를 쓰고서라도 유체이탈 초능력을 사용하지 못하게 막았을 것이다. 그건 중오에게도 몹시 예민한 문제였다. 사활이 걸렸다 해도 과언이 아니다.

"그때 상황을 자세히 말씀해 주세요."

이렇게 많은 걸 이뤄 낸 도현이 죽으면 무슨 소용일까. 중오의 눈빛이 깊어지자 도현이 시즈의 방에 들어간 순간을 얘기했다. 전환을 하지 않았음에도 몸으로 바뀌었단 말에 중오의 눈썹이 꿈틀거렸다.

"도현 님의 몸은 이곳에 있는데 그곳에서도 육체로 전환되었다니, 방의 주인이 없어 제어가 안 되는 모양인데요."

현실에 있던 세아의 육체도 고스란히 옮긴 방이다. 그런 공간에 도현은 어디까지나 유체이탈로 침투한 것이지, 주인의 허락 아래 들어선 것이 아니었다. 그로 인해 불규칙한 형태를 이뤄 내는 것일 테고. 중오의 감독 아래 몇 번이나 시즈의 방을 같은 방법으로 들어갔던 도현은 한 가지 사실을 알 수 있었다.

"주인이 없는 방이라서 그런지 내 말도 듣던데."

만지고 싶단 생각을 해야 육체로 전환 가능하단 점이다. 얼마든지 도현이 원한다면 유체이탈 상태로 그곳에 머물 수 있었다. 다만 그 상태로는 모든 물체들이 도현에게 반응하지 않고 통과되었다.

"도현 님과 함께했던 장면을 이현 님께서 기록해 시즈의 방으로 데려간 게 아니니까요. 어디까지나 도현 님께서는 유체이탈과 투시로 그곳에 강제로 들어간 침입자입니다. 본체는 절대로 거기 갈 수 없죠."

도현이 유체이탈을 사용하며 놓고 간 육체는 그 자리를 지킨다. 한데 시즈의 방에서 육체로 돌아서게 되면 현실에 있는 몸은 아마…….

"분리된 상태이기에 죽어 가겠죠. 공유가 안 되니."

중오가 마른침을 삼키며 뻑뻑해진 목울대를 울렸다.

"유체이탈을 사용한 이상, 본래의 몸으로 들어오기 전까지 육체를 움직이는 건 불가능한 일입니다만 시즈의 방이라 이런 상황이 발생하는 거겠죠."

"……."

"절대, 그곳에서 다시는 육체로 돌아가지 마십시오. 실제의 도현 님께서 위험해집니다."

도현은 말이 없었다. 한참 뒤에야 입을 열며 한 말은 중오가 기다렸던 알겠다는 대답이 아니었다.

"이제 윤세아가 오기만 기다리면 돼."

그 이후부터 도현의 행동반경은 지하가 아닌 침실이었다. 공간만 달라졌을 뿐 식사를 거르고 무리를 하는 건 여전했다. 저러다 쓰러지는 건 아닐까 걱정했던 중오는 이제 도현이 이러다 죽진 않을까로 변했다.

그토록 하지 말아 달라고 했건만 유체이탈을 한 도중에 숨이 멈추는 일이 허다했고 하루에도 수십 번은 비상사태였다. 유지 시간으로 인해 몸으로 돌아온 도현에게 대체 거기서 육체로 돌아가 해야 할 일이 뭐가 있냐며 화를 내고 역정을 토해도 도현은 대답이 없었다.

하루 이틀, 시간은 흘러갔고 모두의 기대는 도현 하나에만 매달려 있었다. 엘린은 아예 본국을 버리고 도현의 집에 머물며 중오와 함께 그의 잠든 것만 같은 모습을 보는 게 일이 되었다. 도현이 눈뜨자 엘린은 기대에 찬 표정을 죽이며 옅게 웃었다. 실망을 감추는 일이 처음부터 가능했던 건 아니다.

아직도 세아가 오지 않았나요?

아무런 소식도 없나요?

무슨 낌새도 없어요?

그때 엘린이 묻던 질문은 하나같이 성급했지만 그저 지

금은 웃는 얼굴로 맞이할 뿐.

"……힘들죠?"

도현은 그런 엘린을 올려다보며 피식 웃었다.

"끄떡없습니다."

지치지 않는다면 거짓이다. 실망하지 않을 수가 없다. 세아를 만나고 싶다는 기대감 하나로 하루에도 몇 번씩 찾아가는 방에서 지독한 침묵만을 보았을 때, 현실은 도현을 몇 번이고 추락시켰지만 그럼에도 지치지 않으려 인내했던 건 세아와 가까워졌다고 여겼기 때문이다.

이만큼이나 왔어. 너를 만나기 위해, 널 보기 위해서 내가 여기까지 왔어. 그 사실만 죽어라 곱씹으며 저를 위로했던 시간들. 십 년 동안 내가 억지로라도 친해졌던 감각들. 마약처럼 계속 주입했던 세뇌. 거기서 배운 게 뭔지 알아, 세아야?

"도현 님, 놀라운 소식입니다."

내가 참고 망가질수록 너와 가까워져.

중오가 급박하게 전한 소식은 미리 심어 두었던 미끼가 드디어 물렸단 거였다. 칼에 찔린 이현이 병실로 이동한 것으로 시즈 능력을 확인한 도현은 태수를 주시하라 일렀었다. 만약 이현이 그 시즈의 방으로 이동한다면.

"어제 새벽 2시경, 자택에서 잠들어 있던 최태수 씨가 사라졌다는군요."

거기에 있었던 최태수도 사라질 테니까.

드디어 이곳저곳 떠돌아다니는 상어의 위치를 알 수 있게 되었다. 그 이후부터 도현이 기다렸던 건 두 가지였다. 하나는 세아가 시즈의 방으로 들어오길, 또 다른 하나는 사라진 태수가 현실로 돌아오길.

"이번에도 30초가량 숨이 멈췄습니다. 대체 윤세아 씨도 없는 거기에서 육체로 돌아갈 일이 뭐가 있습니까?"

"……잔소리 집어치워."

도현은 중오를 올려다보며 갈라진 목소리로 물었다.

"최태수는?"

그리고 하루가 넘어가던 날.

"……아래에서 기다리고 있습니다."

태수는 자신의 저택으로 돌아왔다. 도현은 침대에서 재빨리 몸을 일으켰다. 잠시 어지러운 머리를 짚으며 탁상 첫 번째 서랍을 열었다. 그곳에서 집어 든 건 검은색 펜이었다. 벽에 그려진 4개의 세로 선 위로 가로줄을 길게 긋는다. 그것과 같은 형태가 이미 벽지에 빽빽하다.

"……."

너를 만나기 위한 70번째 시도.

"그래서 윤세아를 봤다고."

그리고 널 보았을 남자와의 만남. 자리에 앉자마자 손을 깍지 낀 도현이 고개를 들어 태수를 뚫어지게 보았다. 흡사 그 눈빛이 굶주린 맹수 같아, 태수는 잡아먹히기 전에 서둘러 말했다.

"네, 네. 병실 풍경을 한 시즈의 방이었습니다. 누, 눈 뜨자마자 전 침대에 누워 있었고요."

"세아는."

"유, 윤세아 씨는…… 창가 쪽에 있었습니다."

한낱 제로에게 플랫인 그가 격식을 갖춰 말하는 건 말도 안 되지만 태수의 입에선 그 행위가 별다른 어려움 없이 나왔다. 반대편에 앉아 있는 도현이 무서워서가 아니다.

"신이현 님과 함께요."

이미 시즈의 방에서 맛보았던 두려움 때문이다. 태수는 마른침을 삼키며 그 장면을 회상했다. 두려움으로 각인되었기에 절대로 뇌 속에서 잊히지 않을 아주 생생한 기억이다. 그리고 도현이 그토록 궁금해하는 세아의 모습도.

—이게 지금 뭐하는 건데요?

—널 힘들게 하는 세상일들 중에 얘도 포함일 거 같아서.

그 말에 세아가 피식 웃었지만 예전 환각에 빠졌던 태수는 이현의 얼굴을 보자마자 경기를 일으켰다. 주변을 둘러보았지만 사방이 막힌 공간인 데다가 갑작스럽게 이동된 걸로 보아 초능력 공간이라는 걸 알았다.

—그랬었죠.

자신은 두려워 죽을 것만 같은데, 정작 세아는 마치 이런 공간이 익숙하기라도 한 듯 여유로운 걸음으로 태수에게 다가왔다.

—반갑네. 내 얼굴 기억해?

마치 공간의 주인이라도 되는 양. 태수가 도르륵 눈동자를 굴리자 세아의 등 뒤로 서 있는 이현이 보였다. 이 방은 이현의 초능력일 텐데, 마치 그 모든 권한을 세아에게 넘겨주기라도 한 듯 그는 가만히 지켜볼 뿐이었다.

"잠깐."

도현이 옅게 인상을 구기며 물었다.

"윤세아가 편안해 보여?"

소름 끼치도록 낮은 목소리였다. 너무나도 놀라면 심장조차 뛰지 않는다는 걸 태수는 처음 경험했다. 그때부터 도현의 눈빛엔 칼도 함께였다.

"의지한 거 같았나?"

제게 시선이 닿는 것만으로도 날이 목을 지그시 누르는 기분이라 태수는 안간힘을 써 말했다.

"그, 그건 잘 모르겠지만 둘 사이가 나빠 보이진 않았습니다. 저, 전 그 방으로 가자마자 못 돌아올 줄 알고 놀라고 두려웠는데 윤세아 씨는 전혀 그런 낌새가……."

"적응했단 거야?"

"그게……."

"본 거 하나도 빠짐없이 얘기해. 네 눈을 파서 내가 직접 보기 전에."

고작 다른 남자에게서 소식을 듣는 게 전부인 도현의 신경은 평소보다 더욱 예민해져 있었다. 태수는 머리를 쥐어짰다. 거기서 비록 진물이 흘러나올지라도 하나도 빼놓지 않고 도현의 앞에서 전부 말해야만 했다.

—기억해, 못 해?

—해, 해. 유, 윤세아잖아!

그 말에 잠자코 있던 이현의 눈썹이 꿈틀댔다.

—윤세아?

반문하자 태수의 목울대가 딱딱하게 굳어졌다.

—건방지게 입을 놀려.

시즈 보유자이고 여긴 시공간의 방이다.

—그러지 말아요. 겁먹어서 말도 못 하겠네.

—나와 맞먹으려고 하잖아.

—그게 왜 맞먹으려고 하는 거예요?

—내가 널 세아라고 하는데 쟤한테도 그걸 허락해?

제로인데, 제로일 뿐인데. 그런 제로를 앞에 두고 유니벌인 이현이 하는 말은 태수의 머리를 혼란스럽게 했다. 세아는 한숨과 함께 태수를 내려다보았다.

—나 기억하냐고.

—그럼요. 지, 지운 중학교 윤세아 씨…….

—하도현 애인.

태수는 재빨리 이현의 눈치를 보았다. 세아와 보통 사이가 아닌 것처럼 보였는데, 오히려 그 말을 듣는 이현은 덤덤했다.

—사귀는 사이였던 것도 알아?

—아, 압니다.

—너 그때 설예리 울렸다고 도현이 팔에 화상 자국 남겼었지.

—그, 그건.

—도현이 죽이려고 불 썼던 거야?

—아, 아닙니다! 그냥 겁만 주려고!

—죽었으면?

세아가 되물었다.

—겁만 주려고 했던 네 행위로 도현이는 십 년 동안 그 커다란 흉터를 오른쪽 팔에 안고 살았어. 그런데도 죽이려고 했던 게 아니야?

—맹세코 아닌……!

—그럼 도현이 집에 불낸 건?

태수의 입이 딱딱하게 굳었다.

—그때 도현이는 거기에 없었다지만 죽일 생각으로 불낸 거 아니야?

—그게…….

—말을 다르게 해 줄까? 도현이가 사라졌으면 해서 불낸

거야. 이건 맞아?

—아니라…….

—눈앞에서 치우고 싶어서. 그런데 네가 낸 불이 다른 층까지 옮겨 갔지. 빠져나올 수가 없을 정도로 거센 불이라서 속수무책으로 아파트에 살던 다른 제로들이 죽었어.

—…….

—거기엔 내 부모님도 있었고, 도현이의 부모님도 계셨어. 네 덕분에 난 열여섯 살에 고아가 됐고 도현이도, 그리고 우리 둘 말고도 그 화재로 인해 부모님 잃은 아이들이 열다섯이나 돼.

—…….

—근데 넌 실수라고 말했더라.

하나도 틀린 거 없다. 지금껏 한 말들은 살기 위한 핑계에 불과했지, 정말 도현이 그때 죽었으면 했던 맘은 부정할 수가 없었다. 그런 도현이 릭시가 되어 돌아올 줄은 꿈에도 몰랐었고. 그래서 겪게 된 환각이라고 생각했는데 지금 또……. 태수는 눈앞이 캄캄했다. 그때 받지 못했던 죗값을 톡톡히 치르고 있는 중이라 생각하니 저를 기다리는 건 죽음밖에 없었다. 죽겠지, 날 가만두지 않을 거야. 침대에 앉아 부들부들 떨던 태수에게로 허리 숙인 세아가 그 얼굴을 보며 생긋 웃었다.

—약속 하나만 해 줄래요?

위협적으로 느껴지던 반말이 아니었다.

—그때 십 년 전 도현이 팔에 흉터 남긴 거, 잘못했다고 인정하는 일이요.

—…….

—입으로 말고, 마음으로.

태수는 이 상황이 믿기지 않았다.

—그럼 다시 돌아가게 해 줄게요.

제가 살 수 있다니. 태수는 연신 고개를 끄덕였지만 세아는 그걸 바라보기만 할 뿐, 입을 열지 않았다.

—한다고. 잘못했어요, 다신 안 그럴게요.

세아의 표정이 변함없자 태수는 마음이 급했다. 주절주절 온갖 말들을 토해 내다 결국 눈물을 쏟았다.

—제로니까 죽어도 상관없잖아요! 그렇게 생각했어요. 부정 안 합니다. 없애 버리고 싶었어요. 그래서 집까지 찾아가 불을 냈어요. 불내고 집으로 돌아와서도 무섭지도 않았어요. 그냥 웃으면서 친구들이랑 평소처럼 게임이나 했죠.

—…….

—하지만 지금은 뼈저리게 느낍니다. 제가 그때 얼마나 잔인한 짓을 한 건지, 부모를 잃은 애들이 있을 거란 생각도 정말 못했었습니다. 제가 다 망쳤어요, 걔들 인생을. 제가 다……!

—그럼 나한테도 사과해요.

—윽…….

—그때 미안했었다고.

—죄송했어요, 잘못했습니다.

—정말 미안한 거 맞죠?

—그럼요, 저 하나로…… 윽…….

눈물 콧물 범벅이 된 얼굴로 말했다. 생각을 거치지 않고 말한 것이기에 핑계도 아니었다. 살기 위한 몸부림도 아니다. 태수는 살아 있는 게 죄스럽다는 생각을 처음으로 하고 있었다. 그 모습을 본 세아가 웃으며 말했다.

—돌아가면 그때 사건으로 인해 모든 걸 잃고 아직도 힘들게 살아가고 있는 사람들 도와줘요. 부탁할게요.

그리고 이현이 고개를 돌렸고, 공간이 순식간에 일그러졌다. 현실로 돌아온 태수는 아버지를 부둥켜안고 울며 화재 사건 얘기를 했다. 그때 피해 입은 자들을 모두 알려 달라고.

태수가 돌아간 응접실은 적막이 완연했다. 손님이 떠난 자리라 이미 목적이 없는 공간인데도 도현은 일어나지 않고 그리운 이름을 불러보았다.

"……세아야."

넌 그런 곳에서도 내 걱정을 하고 있었구나. 손을 들어 얼굴을 덮었다. 흉터 따윈 아무렇지도 않은데, 부모를 잃은 아픔은 이미 너로 치유되었는데. 근데도 넌 놓지 못하고 그 모든 걸…….

"윽."

또다시 흐르는 눈물이다. 네가 너무 보고 싶고 그리워 안고 싶다는 이유로 울었다. 사랑한다 속삭여 주고 싶은데 네가 없어. 내 모든 부위가 널 이렇게나 원하는데 너만이 여기 없어. 참다못해 터져 버린 듯했다. 그동안 억누르며 견뎌 내었던 게 지금 이 순간에는 불가능했다. 눈물이 쉴 새 없이 흘렀고 거기에 제어는 없었다. 고작 단어 하나가 도현의 감성을 제대로 건드렸다. 보호 의지로 이현에게 기대었을 거란 짐작과 달리, 태수의 말을 전부 듣고 난 도현의 머릿속에 남은 그 한 마디는.

"윤세아, 넌 어떻게……."

하도현 애인.

"어떻게 나를."

애인.

"……그런 곳에서도 날 사랑해."

다시 만났을 때 네가 어떤 상태이든 널 사랑할 거란 내 다짐을 혼내기라도 하듯.

"그러면 힘들 거 아니야, 세아야."

넌 그곳에서 보란 듯이 날 사랑하고 있다. 믿기지 않는 사실이자 현실이다. 도현은 파르르 떨리는 두 손을 꼭 마주 잡으며 이마를 대었다.

“제발…….”

황홀해 미칠 것만 같은 감각이다.

“제발 지금처럼 나 포기하지 마.”

그러니 바라건대, 너에게 다가갈 수 있는 기회를 줘. 제발 한 번이라도 좋으니까 안아 보게 해 줘. 볼 수 있게라도 해. 찾아가고 또 찾아갈 테니까.

“내가 가는 길에 딱 한 번만 서 있어 줘…….”

부탁이야. 할 수 있지?

“이제 마지막이야.”

“그래? 몇 개 없었네.”

“불행해지는 기록이라고 했잖아. 많았으면 더 좋았을 뻔했나?”

“그럴 리가. 근데 아직도 생각 변함없어?”

“뭘?”

“나와 같이 돌아가는 거.”

“글쎄.”

시선을 피하는 이현을 보며 세아가 웃었다. 맨 처음은 사랑을 고백했던 기록이고, 두 번째 방은 세아에게 다가가기 위한 발악이며 세 번째는 그 결과였다. 태수의 마지막까지 정리한 세아가 이현을 보았다.

"그 마지막 방이라는 게 궁금하긴 하네요."

이현의 손이 시계 버튼으로 향한다.

"뭐가 있을지……."

시공간이 일그러지는 걸 본 세아는 어지러움을 느끼지 않기 위해 눈을 감았다.

"……뭐야."

낮게 흐르는 이현의 목소리가 의아해 재빨리 눈꺼풀을 밀어 올렸다. 놀라 눈동자가 경련했다. 마지막 방은 세아에게 너무나도 익숙한 곳이었다. 도현과 매일같이 함께 누워 잠들었던 침실을 보며 꿈이 아닐까 생각했다. 하지만 현실이라 일깨워 주는 건 그곳을 까마득히 검게 채운 흔적이었다.

세아는 믿기지 않아 천천히 걸음을 떼었다. 검은색 잉크로 적힌 무수히 많은 글자가 가까워졌다. 벽으로 다가간 세아가 떨리는 손으로 그 위를 짚었다.

[내가 사라지게 둘 거 같아?]

"누가 여기 들어왔었나 본데."

[네가 어디에 있든 나 끝까지 너 찾아가.]

"수시로."

[네가 어디 있든 내가 못 갈 곳도 없고.]
“시도 때도 없이.”
[비록 먼지가 되더라도 찾아.]
“와서 남겨 놓았나 본데.”
[어디에 있든 쫓아간다고 약속했었잖아. 기억은 해?]
울지 않으려고 했는데 손끝으로 도현의 글자를 더듬자 눈물이 흘렀다. 세아는 두 손으로 그 위를 덮으며 숨을 헐떡였다.
[난 지켰어.]
네가 못 올 거라고 생각했는데, 어떻게.
[생일 축하해. 눈 많이 왔는데 넌 못 봤지.]
대체 언제부터 와서 날 기다렸던 거야…….
[네 말대로 생크림 케이크는 역시 달더라.]
눈물이 가득 차올라 시야가 흐릿해진다.
[근데 너만큼은 아니었어.]
도현이 남겨 놓은 글자를 어루만지는 것만으로도 가슴이 찢어질 것만 같은데.
[촛불, 내가 대신 불었는데 괜찮지?]
이걸 새겼던 넌 얼마나 괴로웠을까, 얼마나 날 원했을까.
[오늘도 안 올 거야?]
내가 얼마나 보고 싶었어, 도현아.
[이젠 네 환영도 안 보여서 기다리기 힘들어.]

나도 너 보고 싶었는데. 보고 싶어서 미칠 뻔했어.

[사랑해, 세아야.]

지금도 간절히 너를 원해. 세아가 손바닥 위로 이마를 지그시 기댄 채 흐느꼈다. 소리 내 울었다. 보고 싶어, 도현아. 으윽. 이런 글자 말고 진짜 네가 보고 싶어. 참고 기다리면 와 준다고 했잖아. 언제든 부르면 와 주겠다고. 근데 너 왜…….

"세아야."

……도현아.

수도 없이 갈망하고 바라오던 목소리라 환청이라도 들리는 게 아닐까 세아는 의심했다. 이곳에 정말 도현이가 있을까, 왔을까. 하지만 그 생각을 뒤집어 놓기라도 하듯 세아의 등 뒤로 온기가 가까워졌다. 세아는 그곳에서 익숙한 그림자를 보았다. 뒤뚱뒤뚱 작은 보폭으로 누나, 누나 부르며 늘 내 뒤를 쫓던 하도현…….

"왔어?"

뒤돌아서면 방긋 웃던 나의 사랑.

"나도 지금 왔는데."

망설임 없이 등 돌린 세아는 웃는 도현을 보며 심장이 되살아나는 걸 느꼈다. 십 년이 지나서도 나를 찾아왔던, 현실에 없는 공간까지 나를 찾아온 너.

"도현아……."

정말 너지. 너 맞는 거지. 세아가 팔을 뻗기도 전에 먼저 감겨 왔다. 그의 두 팔이 사슬처럼 꽉 조였고 품 안으로 갇힌 세아는 세상에서 가장 평온한 속박을 느꼈다.

"드디어 잡았다."

익숙한 감각에 세아의 눈초리가 가늘어졌다. 머리를 감싸는 데에도 손끝마다 힘이 들어갔고 헤집으며 불어넣는 숨결은 절박했다. 안고 있는 순간에도 불안해 저를 밀어넣는 행위가 습관된 남자는 도현뿐이라, 세아는 그제야 손을 올려 꽉 움켜잡았다.

"흐으…… 도현아……."

'보고 싶었어' 그 말을 하려고 했는데 세아의 머리 위로 투둑 무언가가 떨어졌다.

"잘했어."

하고 싶은 말이 정말 많았는데 하나도 기억나질 않았다.

"정말 고마워."

위에서 떨어지는 눈물에 담긴 의미로 충분했다. 곧이어 제 머리 위로 퍼부어지는 키스로 인해 세아는 황홀경에 빠졌다. 필사적으로 붙잡고 있던 보호 의지가 어느 부위든 편식 없이 가져다 대는 입술을 만나니 날뛰었다. 젖은 도현의 목소리가 머리카락 사이로 깊이 배었다.

"햇살이랑 잘 있었어?"

"으으……."

"세아야, 그랬니?"

"으응."

"거 봐, 기다리면."

"……온다고 했잖아, 내게."

세아는 간신히 도현을 올려다보았다. 뺨에 흥건해진 눈물을 문지르자 도현이 고개를 틀어 그 손바닥 위로 입맞춤했다.

"그래, 너 보러 왔어."

좀처럼 기억나지 않던 진한 눈매가 이제야 머릿속에서 되살아난다. 그건 도현도 마찬가지였다. 환영으로만 만나던 세아가 더는 흐려지는 것을 원치 않아 눈에 박아 넣었다.

"윤세아 하나 찾겠다고 시즈의 시공간까지 오나?"

날카롭게 변한 도현의 눈매가 이현에게 닿았지만 그 눈빛에 맞서 대적할 의욕조차 생기지 않는다.

"……초능력이 하나 더 발현된 모양인데."

이현이 알기로 도현에겐 시간과 연관된 초능력은 없었다. 그럼에도 닿을 수 없는 영역까지 침범하다니, 괴물 같다 생각했었지만 이젠 도현이 무섭기까지 했다.

"전에 나에게 널 포기하라고 했지. 안 했으니 너까지 돌아갔으면 하는데. 처벌은 받아야지."

"처벌?"

이현은 비식 웃음을 터트렸다. 말도 안 되고 이해할 수도 없는 발언……. 공터에서 자신을 죽이지 않을 거라 말했던 도현의 모습이 머릿속에 그려졌다.

"궁금한데 하나만 묻자. 그때 왜 날 죽이지 않았지?"

"……."

"깔끔하게 처리했으면 이런 상황 역시 일어나지도 않았을 텐데."

시즈를 보유하고 있다는 걸 알면서, 세아를 데려갈 거란 이현의 목적까지 이미 간파했음에도 도현은 제 초능력을 전부 방어하는 데 사용했었다. 세아를 빼앗기지 않기 위해 죽기 살기로 덤벼들어도 모자를 판에 주변의 자질구레한 녀석들을 살리려 귀중한 사용 횟수를 할애했던 도현이다. 죽이려 모인 싸움판에서 참으로 멍청하다 생각했었다. 그것도 아니면 윤세아를 사랑하지 않거나.

"'그 누구도 죽지 않길 바란다.' 초능력이 전부인 세상에서 윤세아만이 할 수 있는 발상이지."

하지만 이별을 앞두고서 전화 한 통화만 하게 해 달라 이현에게 부탁했던 도현은 그 어느 때보다 신중하고 힘겹게 숨을 골랐었다. 꺼내 든 휴대폰을 귓가에 가져다 대는 데에만 많은 시간이 소요됐었다. 세아의 목소리를 듣자 무거웠던 얼굴 위로 미소가 번졌다. 공격을 받은 도현의 팔에선 피가 흐르고 있었다.

―안녕, 고양아.

전쟁 같은 풍경과는 전혀 어울리지 않을 다정한 목소리였다.

—집 잘 지키고 있어?

피 냄새가 진동하는 공간에 서서 건 전화라고는 믿기지 않을 정도로…….

—울지 말고. 내가 너 정말 많이 사랑하는 거 알지?

마지막인 걸 알았을 텐데, 당장에라도 세아를 보러 가도 아깝지 않을 순간에 속삭이는 모습이 참으로 웃겼었다.

“내 여자가 원하는 일인데 나부터가 그걸 어기면 뭐가 돼.”

이현은 망치로 머리를 얻어맞은 듯한 기분에 휩싸였다. 이현은 처음으로 입장을 바꿔 생각해 보았다. 만약 자신이 그 상황에서의 도현이었더라면 어땠을까. 세아를 데려가지 못하도록 무슨 수를 써서라도 목숨부터 끊어 놓았을 것이다. 그리고 나중에 용서를 빌었겠지. 어쩔 수 없었다고, 널 사랑해서 그랬다고. 하지만 도현은 그런 미안한 일 같은 건 만들고 싶지 않은 듯 보였다.

—목소리는 또 왜 이렇게 오늘따라 예뻐서…….

그러니 세아를 만나러 가지 않고 세아의 신념을 지켰던 것이다.

—포기도 안 되게.

제아무리 힘들고 견딜 수 없는 죽음의 시간이 저를 기다리고 있다고 한들 이현이 세운 계획을 저지할 방법 같은 건 없었다. 하지만 모두가 불가능이라 하는 걸 도현은 희망으로 생각하며 세아를 보냈다. 도현이 아니라면 생각할 수도 없고, 시도조차 해 볼 수 없었을 일이다.

"초능력 하나 가지고 놀라긴. 윤세아 데려올 수만 있다면 초능력 몇 개라도 발현시켰어."

"그래, 네겐 못하는 일 같은 건 없나 보네."

릭시인 하도현만 할 수 있는 일.

"이제야 그게 보여."

애초부터 사랑을 먹고 자라난 괴물을 이길 수 없단 걸 이현은 뼈저리게 느꼈다. 둘의 차이는 극명했다. 그녀를 위해서라면 희생당할 저 자신조차 염두에 두지 않는 행위는 감히 이현이 따라 할 수조차 없는 것이다. 허탈하게 웃음을 흘린 이현의 눈매가 예리해졌다.

"근데 그러고 있어도 괜찮나?"

아까부터 잘못된 부작용처럼 조금씩 떨리고 있던 손이다. 세아를 안고 있다는 것 자체가 육체로 이 공간에 있다는 건데, 여긴 시즈 보유자가 아닌 이상 육체를 가지고 올 수 없는 곳이었다. 그렇다면 본체는 현실에 있다는 건데.

"네가 상관할 바가 아니지."

조금씩 죽어 가고 있을 테지. 이곳에서 숨을 쉬는 만큼 그곳에 있는 실체는 생명을 빼앗기고 있을 터였다. 그런 식으로 현실의 숨결을 빌려 글자를 남겨 둔 거다. 하지만 굳이 그 사실을 말하지 않는 건 세아 때문이다. 놀라게 하고 싶은 생각도 없을뿐더러 이 달콤한 시간을 도현은 놓치고 싶지 않았다.

"내가 시즈의 공간을 빠져나가기 전까지 윤세아는 못 나가. 순간이동을 사용하면 위험하단 소리지."

"그래서?"

도현이 세아를 제 품에 가두며 말했다.

"가게 하면 되지."

이현의 머릿속으로 침투해 생각을 바꾸면 되었다. 최상이 된 세이렌은 고스트도 막지 못하지만 순간 도현의 시야가 어지럽게 번지며 불투명해졌다. 간간이 귓가로는 현실에서 도현을 깨우기 위해 외치는 중오의 목소리가 희미하게 들려왔다. 시간이 얼마나 지났지. 육체 상태를 버리면 괜찮을 텐데 품에 안은 세아의 온기를 잠시라도 떼어 놓고 싶지 않았다. 억지로라도 정신을 집중했다. 참으면 돼, 조금만 더…….

"애쓰지 마."

이현이 설핏 웃음을 터트리며 시계를 들었다. 버튼을 만지는 손길이 느릿했다.

"네가 이겼어."

꾹 누르자 주변이 일그러지는 게 아닌 휘몰아쳤다. 공간을 아예 지워 버린 것인지, 이곳으로 침투했던 도현까지 강제로 돌아가게 되었다.

"허윽……."

"도현 님!"

숨을 크게 한 번 몰아쉰 도현은 뒤따라오는 고통에 인상을 찡그렸다. 숨결이 잠시 끊겼던 입과 코가 아릴 정도였고 그곳엔 거친 기침도 함께였다. 고개 돌리며 신음하는 도현의 모습에 중오는 눈이 뒤집혔다.

"뭘 하는 거야, 어서 치료해!"

"네, 네."

고통을 잠재우려 달려든 벡터의 손길이 급박했다. 보통은 큰소리로 부르거나 뺨을 때리면 돌아오던 정신이 오늘은 2분이 넘어서도 반응하지 않았다. 도현 본인이 육체로 돌아오길 거부했기 때문이다. 떠나 있는 정신을 불러 오기 위해선 자극이 필요하단 벡터의 말에 중오는 도현의 손가락까지 부러뜨릴 각오하고 있었다. 그냥 내버려 두기엔 생사가 걸린 문제였다.

"도현아……?"

정신없는 와중에 가느다란 목소리가 뒤에서 들려왔다. 공간에 있던 자들 모두가 시선을 옮겼다.

"우리 도현이 왜 이래요?"

"세아야."

"윤세아 씨."

"세아, 너!"

거기엔 세아가 있었다. 한 걸음, 한 걸음 어렵사리 떼며 다가온 세아는 사라지기 직전의 차림 그대로였다. 모두가 현실로 돌아온 세아를 보며 놀란 가운데 도현 혼자만이 차분히 숨을 골랐다.

"이게 어떻게 된 일이냐고요!"

누워 있는 도현이라니. 지금 막 돌아와 어찌 된 영문인지 알 턱이 없는 세아가 새하얗게 질린 도현의 얼굴을 보고선 덜덜 떨었다. 눈초리에 맺힌 액체도 거둬 내지 않은 채 허리를 일으킨 도현이 팔을 뻗었다. 세아의 목덜미를 부드럽게 감싸고 제 가슴팍으로 끌어당긴다.

"괜찮아, 쉬."

"왜 이런 거야!"

"아무것도 아니야."

"너……!"

세아는 눈가가 뜨거워졌다. 목 뒤를 주무르는 손길은 지금 이 심각성도 모른 채 너무나도 다정했다.

"……."

그 모습을 지켜보는 자들은 하나같이 말을 잃었다. 세아가 돌아오면 제일 먼저 꼭 안아 줄 거라 생각했던 엘린이나 돌아올 거란 막연한 기대감과 걱정을 안고 있던 한결과 시우, 그리고 세아를 찾아오기 위한 과정을 도현과 함께했던 증오까지. 그들의 염원과 노력했던 결과가 지금 도현의 품에 있었다.

방해할 수 없는 시간이다. 무슨 말을 하든 오래도록 떨어져 있던 둘 사이를 가르는 행위가 될까 조심스레 발소리를 죽인 채 모두가 침실을 빠져나갔다. 그토록 세아를 되찾기 위해 노력했던 도현을 잘 알았기 때문이다. 그는 보상을 즐길 자격이 충분했다.

"어떻게 된 거냐고……."

세아는 달싹이는 입술로 흐릿하게 묻자 도현이 대답했다.

"괜찮다니까."

"대체 뭐가, 방금 전까지만 해도 네가……!"

"확인부터 하자."

도현은 재빨리 세아의 목덜미에 코를 박고 호흡했다. 감미로운 체향이 후각을 흠뻑 적신다. 아무것도 느껴지지 않던 환영과 달리 제가 안으면 품에 들어오는 진짜 윤세아다. 그 아찔한 사실에 감동할 새도 없이 허기가 돌아 곳곳에 입술부터 대 보았다. 그러자 혀가 말도 안 되게 부드러워졌다. 하아, 도현은 세아의 목덜미 깊이 입술을 지분거렸다.

"달짝지근해, 네 살결."

세아를 끌어안고 있었을 뿐인데 포만감이 차오르는 걸 보니 그간 음식을 거부했던 몸이라고는 생각되지 않았다. 죽어 있던 도현의 팔이 힘을 얻어 움직였다.

"도현아…… 읏."

입술이 지나가는 자리마다 환하게 열락의 꽃이 피어오르는 걸 느낀 세아는 눈물을 흘렸다. 진짜 돌아왔단 사실은 얼얼한 혀를 통해서도 알 수 있었다. 이현의 말대로 그 공간에서 억세게 깨물었던 혀만 아플 뿐 다른 통증은 없었다.

"거기선 잘 지냈어? 무슨 일은……."

"없었어, 네가 걱정하는 일 같은 건."

"알아. 내가 널 안 믿으면 누굴 믿겠어. 햇살이는 어때, 괜찮아? 이러지 말고 가서 확인부터 하자."

"괜찮을 거야. 거기서 햇살인 안 자랐으니까."

"누가 그래."

"신이현이. 게다가 나 지금 너 안고 있으니까 기뻐서 머리가 녹을 정도야. 보호 의지 때문에……."

"……그랬어?"

"응, 햇살인 무사해. 이렇게나 내가 온몸으로 느끼고 있는걸."

부드럽게 입술을 부딪치는 도현의 머리를 꼭 움켜쥐었다. 도현이 한 훈련을 통해 이미 세아는 참았다가 만났을 때의 단맛을 아는 몸이었다. 감격에 젖은 기분은 여느 때완 비교조차 되지 않았다.

"……널 사랑해서 그래."

세아가 울먹이며 말하자 어깨에 기댄 도현이 그 위로 얼굴을 비볐다.

"그것도 알지. 네가 나 사랑하는 거 너무 잘 알아. 보호의지 때문에 힘들었을 텐데 버텨 준 것만 생각하면……."

"안 힘들었다니까. 너는, 읍. 넌 어떻게 지냈는데? 아니, 어떻게 날 찾아올 수 있던 거야?"

"초능력이 하나 더 발현됐거든. 네가 있는 시공간으로 가려고 유체이탈 했어."

"유체이탈이라니……."

그 짧은 시간 동안 어떻게 하나를 더 발현시킨 것인지 의문이었지만 동시에 걱정이 바늘처럼 곤두섰다.

"너 훈련은 어떻게 한 거야. 또 잠도 안 자고 그랬던 거……!"

"아니라니까."

거짓말을 하는 기분이라 도현이 세아의 허리에 두른 팔을 더 꽉 조였다.

"밥도 먹고 잠도 자고 거기에 네 생각도 많이 하고."

조금 전까지만 해도 숨을 헐떡이던 도현의 모습이 잊히지 않아 세아가 물었다.

"제발 네 몸…… 조금이라도 좋으니까 날 생각하는 만큼 너도 생각하랬잖아. 그거 지켰던 거 맞아?"

"응, 그랬어."

차분히 속삭이는 도현의 머리를 가만히 보듬어 주던 세아가 시선을 들자 눈동자가 뒤흔들렸다.

"아니다, 네 생각만 했나……."

숨이 턱 하고 막혔다. 벽 위로 빼곡히 횟수를 표시해 놓은 듯한 선이 1, 2…… 10.

"근데 거짓말하는 거 아니야. 정말 먹긴 했어. 잠들려고 노력도 하고. 근데 몸에서 거부하더라."

눈을 한 번 감았다가 뜨자 무게를 이기지 못한 눈물이 투둑 떨어졌다. 시야가 어그러졌다. 겨우 5단위로 묶여 있는 선을 세는 것뿐인데 그 행위가 몹시 힘들었다.

"쉬려고 했는데 너 거기서 힘들 거 생각하면 가만히 있는 시간도 죄 짓는 것처럼 느껴졌어. 너 때문에라도 회복 계열 초능력 하나 배우려고 했는데 그럴 여건도 안 됐고."

벌써 60개였다.

"아니, 여건이 안 된 게 아니라 우선 너부터 데리러 가야 하니까."

"……."

"나 덜 생각한 거 맞아. 인정해. 근데 방으로 겨우 찾아가게 됐는데 아무것도 안 하고 그냥 기다리기엔 내가 속이 너무 답답해서……. 알지, 거기서 계속 머물 수가 없으니까. 그러는 사이에 네가 오면 어떡해."

제발 그만.

"나 왔다는 거 보여 주려고, 기다리고 있다는 거 알려 주려고…… 나 무사히 네가 있는 곳까지 와 머물다 간단 의미로 적다 보니까."

제발 그만해.

"가끔 지금처럼 현실에서 숨이 잠시 멈추곤 했는데."

어서 끝나기만을 바라던 숫자가 87개였다. 세아는 심장이 그 횟수만큼이나 찢어지는 듯했다. 네가 나를 만나러 온 시간.

"미안해."

그동안 무수히 끊겼던 네 숨. 세아가 힘없이 비틀거리자 도현이 단단히 잡아 주며 나지막이 말했다.

"잘못했어. 안 그럴게, 이젠."

"너……."

도현이 얼마나 많은 고통을 인내했을지 생각하니 세아는 어지러웠다. 원망스러웠다. 밉다. 제 몸을 아끼지 않는 도현만 생각하면 가슴으로 비수가 꽂히는 것만 같았다. 그런 세아의 눈치를 보며 도현이 속삭였다.

"어……? 안 할게."

얼굴을 기댄 도현은 그 어느 때보다 애절했다. 허리로 두 팔을 감으려고 하기에 세아가 그걸 붙잡으며 소리 질렀다.

"왜 말 안 했어, 처음부터! 왜 만났을 때도 숨기냐고, 바보같이!"

"바보라서 참았지."

"……뭐?"

"너밖에 모르는 멍청이라서 내가 견뎠다고."

"너 정말."

"정말 만나고 싶었어. 그렇게나 보고 싶던 네가 올지도 모르는 공간에 들어갔는데 어떻게 그냥 돌아와."

"그런다고 이렇게 위험한 짓을 해? 네가 그러면 내 속이 편할 거라 생각하냐고!"

"오자마자 혼내는 거야?"

"넌 왜 항상 그렇게 이기적으로!"

"좋다. 이제야 너 돌아온 거 같아."

도현이 고개 숙여 세아에게 기대었다.

"마음껏 울기라도 하게 더 혼내 줘."

내뱉는 숨이 파열돼 세아에게 잘게 박힌다.

"나 네게 안겨서 울고 싶었어."

세아의 한쪽 어깨가 축축하게 젖어 들었다. 세아가 눈을 꼭 감자 천천히 허리로 팔이 감겼다.

"하도현, 너."

"내가 얼마나……."

"도현아."

"이렇게 안고 싶었는지."

그 시간 동안 마음껏 울지도 못했을 도현이었다. 세아는 목이 따끔거려 그 어떤 말도 하지 못했다. 힘들었던 것들을 전부 토해 내듯 도현이 글자를 곱씹으며 말했다.

"나 너무 힘들었어, 세아야."

거칠게 숨을 뿜는 도현은 어느새 어깨를 떨고 있었다.

"힘들 때마다 무너지고 싶었던 거, 네게 안겨 울고 싶은 거 참느라 죽을 거 같았다고. 근데 넌 자꾸 환영만 보여 주고 실제로 나타나진 않고 마음대로 내 눈앞에 나타났다가 사라지고."

"……."

"사람 애타 죽게. 그런데 내가 어떻게 적당히 해. 내 몸을 어떻게 신경 써. 하루에도 몇 번이고 네가 보고 싶어 죽을 거 같은데. 내가 살기 위해서 그랬어. 내가 살려고!"

"……도현아."

"내가 살고 싶어서 그랬다고…… 세아야."

세아는 온 힘을 다해 자신을 끌어안고 우는 도현의 처절함을 마주했다. 이젠 초능력 아홉 개로 더 높은 위치에 선 남자가 되었는데 이리도 제 앞에서 무너지니 버릇이라도 될까 걱정이다. 한편으로 이런 사랑을 대체 어떻게 받을 수 있을까 생각한다. 도현이 한 희생은 세아를 갈가리 찢어 놓았지만 그 틈 사이를 빼곡히 채우는 것도 그였다. 세아가 천천히 손을 들어 도현의 머리를 감쌌다.

"……읍, 나 포기 안 해 줘서."

들썩이는 목울대를 짓누르며 포근히 안아 줬다. 가장 가까운 곳에서 속삭여 주고 싶은 말이다.

"찾으러 와 줘서 정말 고마워."

다시 만난 도현은 몹시 망가져 있었지만 그건 곧 세아를 찾기 위해 필사적으로 노력했단 증거였다. 세아의 묽은 눈동자 위로 다시금 눈물이 차올랐다.

"너를 다시 만날 수 있을 거란 내 희망을 지켜 줘서 고마워."

도현아, 너는 몇 번이고 망가지고 부서지며 내게로 걸어와 줬었지.

"십 년이 지났음에도 그랬고."

문득 알싸한 코끝으로 한여름 밤의 기운이 스치는 듯했다. 어둠을 밝히던 가로등 불빛이 일렁이던 건 네가 온다는 신호.

"지금도."

벽에 남겨진 글자는 네가 곧 온다는 흔적.

"나를 먼저 찾아와 줘서 고마워, 도현아."

기다리면 네가 와. 네가 온다는 걸……. 세아는 소중하게 도현을 끌어안았다. 네 몸으로 증명했던 행위가 우리에게 더는 이별은 없을 거라 단언했다. 너는 반드시 날 찾아와 줄 테니까. 그러니 도현아.

"고개 들어 봐."

달콤하게 속삭여 주니 들어 올린 얼굴은 이미 흠뻑 젖어 있었다. 세아는 그 매끈한 뺨 위로 입을 맞추고 도톰한 그의 입술로 옮겨 갔다.

"지금은 내가 다가갈게."

도현의 두 얼굴을 손으로 감싸며 키스했다. 공간을 비집고 침투했다. 영원히 눌어붙어서 살고 싶은 방이다. 초능력 없는 세아지만 언제든 찾아가면 열리는 공간이다. 도현은 제게 키스하는 세아를 눈이 새빨개지도록 쳐다보다 이윽고 감상을 마치고선 턱을 벌렸다. 느릿한 세아의 움직임을 가뿐히 휘어잡은 혀가 진득하게 엉켰다. 그동안 굶주렸던 자의 허기를 채울 식사가 본격적으로 이뤄졌다.

몸을 일으키며 세아를 침대로 눕힐 때에도 허리에 팔을 단단히 받힌 채였다. 세아로 인해 마비된 이성에도 아이가 있어 조심해야 한단 생각은 또렷이 박혀 있었다. 떨어져 있던 시간만큼이나 가까워지고 싶었던 둘의 욕망은 색스런 음색을 자아냈다. 서로가 섞이고 엉키며 한참을 나누다가 숨이 벅차 잠시 떨어졌다. 그 순간에도 도현은 눈빛으로 세아를 갈구하며 젖은 아랫입술을 강하게 물었다가 빨았다.

온몸이 녹아내릴 것만 같은 기분에 휩싸였다. 제가 의지한 대상이 주는 애정 담긴 행위에 정신을 차릴 수 없었다.

"이제부터 태교에 집중해."

뇌 속에서 달콤한 진물이 흘러넘쳐 세아는 몽롱해진 시선으로 도현을 바라보았다.

"밀린 거 다 할 거야."

이제 돌아온 것이 실감 났다. 세아는 절대로 떨어지지 않을 거란 의미로 도현의 목에 두 팔을 교차시켰다.

침대에서 원 없이 서로의 온기를 키스로 나눠 가지던 중 먼저 이성을 차린 건 도현이었다. 불안해서 견딜 수가 없다며 곧바로 세아를 안고 제로가 운영하는 낡은 병원으로 순간이동 했다. 햇살이의 상태를 보기 위함이었다. 거기서 세아는 여전히 힘차게 뛰고 있는 아이의 심장 소리를 들을 수 있었다.

다행이다. 보호 의지가 죽지 않았다는 것에 무사할 거란 생각은 했지만 막상 직접 확인하니 눈물부터 나왔다. 불안했을 텐데, 자라지 않았을 뿐이지 이미 세아의 몸속에 있어 모체가 느끼는 감정을 고스란히 함께 받았을 텐데도 누굴 닮은 건지 햇살이는 강했다. 세아는 그 힘든 시간 속에서 버텨 준 작은 생명이 너무나도 감사했다.

장시간 떨어져 있었는데 문제가 없느냐는 도현의 질문에 의사가 놀란 얼굴을 했다.

"윤세아 씨의 보호 의지는 누구보다 강했는데 가능했을 리가……. 다른 사람에게 의지하지 않았다고요?"

"……네."

"대체 어떻게 참으셨습니까?"

"시즈의 시공간에선 비록 육체로 있다고 한들, 모든 게 멈춰 있다는 걸 알았거든요. 의지하지 않아도 아이는 무사할 거란 생각만 계속…….”

“아니, 정신력으로 가능하지 않은 부분인데요.”

세아는 놀란 표정으로 굳어 있는 의사가 보기 민망했는지 어색하게 웃었다. 맞는 말이다. 그렇게 생각할수록 본능은 세아를 찔러 댔고 계속 움직이려고도 했으니까.

“하, 이런 여자가 내 아이의 엄마라니.”

세아를 감미롭게 지켜보던 도현이 참다못해 안아 들었다. 곧바로 들이닥치는 짙은 키스에 의사가 재빨리 고개를 돌렸다. 목구멍까지 깊숙이 파고들었던 혀가 매끈하게 빠져나왔다. 촉촉이 떨어진 도현의 입술 끝이 힘껏 올라가 있었다.

“기특해 죽겠다. 뭐든 다 갖다 바칠게.”

하도 집어삼켜 물렁해진 세아의 입술을 아예 헐어 버릴 기세로 또 부딪쳐 왔다. 고맙다고, 또 장하다고.

이젠 다 끝났다고.

“……정말 많이 피곤했나 보네.”

세아는 꼼지락대며 저를 안고 있는 도현의 품에서 빠져나와 그를 내려다보았다. 평소 같았으면 나오기도 전에 도로 끌어당겼을 팔이 지금은 축 늘어져 있다. 그동안 제대로 잠들지 못했을 도현이기에 세아는 이불을 목 위로 끌어올려 준 뒤 내려왔다. 다시 만난 이상 한시라도 떨어지기 싫었지만 방문 밖으로 서성이는 그림자를 모른 척할 수 없었다.

"엄마."

"세아야."

방문을 나서자 그제야 팔을 벌리며 엘린이 다가왔다. 아까는 도현에게 양보하느라 맘껏 안아 보지도 못했던 아쉬움을 해소하기 위해 엘린이 힘껏 세아를 안고는 좀처럼 놓질 못했다. 뒤늦게 그녀가 울고 있단 걸 안 세아는 소파로 가 차를 대접했다.

"걱정이나 끼쳐 드리고 정말 죄송해요. 저 사라진 동안 많이 힘드셨죠."

"무슨, 돌아왔으니 됐어."

"그러니까 울지 마세요. 저 이제 어디 안 가요."

"당연하지, 네가 또 어딜 가겠니. 내가 그렇게 둘 거 같아?"

엘린이 손수건으로 눈가를 훔치는 동안 한결과 시우의 얼굴도 볼 수 있었다. 세아는 안도의 숨부터 흘렸다. 전멸했단 소식을 들었을 땐 정말 아찔했었다.

"돌아오셔서 다행입니다."

"네, 고마워요."

엘린의 눈치를 보는 둘에게선 세아를 부둥켜안고 싶어하는 욕구만 선명할 뿐, 감격에 찬 눈물은 없었다. 그건 어느 카시스 멤버를 데려와도 똑같았을 거다. 작전마다 목숨을 잃을 뻔한 위기는 항상 있었고, 다치고 찢기는 한이 있더라도 늘 작전을 완수하고 돌아오던 세아다. 자연스럽게 자리 잡은 신뢰였다. 윤세아는 쉽게 안 죽어. 오히려 걱정되는 인물은 따로 있었다.

"정말 미치는 줄 알았다니까요. 물론 세아 씨 올 거란 생각은 했지만…… 늦어지면 죽어 나갈 사람이 여기 있어서 걱정했어요. 시체라도 치울까 봐."

"시체라니요. 제가 그렇게 두겠습니까?"

"아."

한결이 거실로 나타난 중오를 보며 도르륵 눈동자를 굴렸다. 세아를 향해 정중히 고개 숙여 인사한 중오가 다시 돌아와서 기쁘단 말을 건넸다. 세아는 고개를 끄덕이며 그동안 수고 많았다며 그를 격려했다.

"도현이 초능력 발현 때문에 함께 힘드셨을 텐데 감사해요."

"아닙니다. 윤세아 씨를 위한 일이었는데요. 이제부터 윤세아 씨가 해야 할 일이 많습니다."

"무슨……."

"그 전에 지금 막 들은 소식입니다만."

중오의 눈빛이 순식간에 매서워졌다.

"이현 님이 돌아왔다더군요."

세아가 입을 벌렸다가 천천히 말했다.

"……그거 다행이네요."

이현이 현실로 발을 들였다는 게 어떤 의미인지는 그 공간에 함께 있었던 세아만이 알았다. 세아는 단숨에 소파에서 일어섰다.

"만나러 가야겠어요."

"어딜 가."

세아가 뒤쪽으로 시선을 던졌다.

"지금 여기서 신이현한테 가장 볼일 있는 사람은 나 아닌가?"

마지막 계단을 밟고 선 도현의 모습은 조금 전 침대에 누워 있던 사람이라고는 생각되지 않을 정도로 멀끔했다.

"자는 거 아니었어?"

"설마. 네가 돌아왔는데 잠이 오겠어?"

소파로 걸어온 도현의 강렬한 눈빛이 세아를 관통했다.

"네가 이렇게 깜찍한 짓을 할 줄 알고 잠든 척한 거지."

도현이 저를 올려다보는 세아의 옆에 앉아 팔로 어깨를 감쌌다. 그토록 갈망하던 세아를 드디어 제 품에 안은 이상 잠이 올 리가. 제 심장과도 같은 몸을 안고 일 분 일 초도 놓치지 않으려 곱씹느라 잠시 눈을 감고 있는 걸 세아는 깊이 잠든 거라 착각할 만도 했다. 눈 밑은 퀭하고 그렇게나 눈물을 쏟아 내었으니 지쳐 탈진하다시피 누워 있던 건 사실이었으니까. 세아가 침대에서 벗어나자 천천히 눈을 뜬 도현은 청각을 곤두세우고 밖에서 이뤄지는 소리를 모두 듣고 있었다.

"다시 한 번 말해 봐. 신이현이 돌아와?"

그러나 더는 잠든 척도 하지 못하게 되었다.

"네, 현재 신일한 회장이 집행 유예로 자택에서 보호관찰 중 아닙니까? 방 안으로 갑작스럽게 나타난 걸 감시하던 자들이 목격한 모양입니다."

자신의 방을 시즈로 기록해 둔 걸 사용해 이동한 듯 보였다.

"이제 윤세아 씨도 돌아왔으니 준비했던 것들을 실행하면 될 거 같습니다만."

연구 발표도, 아홉 번째 초능력의 발현과 이글 보호법을 어긴 자들의 처벌까지 전부 도현의 지시 아래 멈춘 상태였다. 엘린이 재빨리 입을 열었다.

"제아무리 유니벌이라지만 이번만큼은 쉽게 넘어가지 않았으면 해요."

"……엄마."

"네가 돌아와서 다행이라지만 거기서 네가 고통받았던 시간이 사라지는 건 아니야. 게다가 우리는, 아니, 자식을 또 잃어버린 거라 생각하며 괴로웠던 내 정신적 고통은 어쩔 셈이지?"

"압니다."

과열된 엘린의 얼굴을 본 도현이 천천히 말했다.

"제가 제일 잘 아는 일입니다. 처벌을 어떻게 할지는 가면서 생각해 보죠. 자택에 있다고 했나?"

"네."

"두 시간 이내로 방문한다고 알려."

"그러겠습니다."

"도망치지 않게 잘 감시하라고도 전하고."

"……도망 안 갈 거야, 그 남자."

세아가 작게 웅얼거리자 도현의 눈초리가 길어졌다가 이내 엘린에게 닿았다.

"샤워 좀 하고 오겠습니다. 너도 같이 가자. 씻겨 줄게."

보드랍게 세아의 뺨으로 다가온 입술이 꾹 짓누른다. 세아는 온화함으로 물든 얼굴을 끄덕이며 도현의 목에 팔을 둘렀다. 세아를 안고 이 층 욕실로 데려간 도현이 타일 위에 바로 세웠다.

"말해 봐."

"뭘?"

"내 생각을 돌려 보라고."

곧바로 문을 잠그고선 셔츠를 벗는다. 헝클어진 머리를 가볍게 턴 도현이 다가와 세아의 옷을 천천히 벗겼다. 그 손길을 물끄러미 바라보다 세아가 말했다.

"이미 마음 굳힌 거 아니야?"
"어."
"네 생각이 그렇다는데 무슨 말이 필요하겠어. 원하는 대로 해. 널 위협했던 남자잖아."
"어떤 식으로 처벌해도 상관없단 걸로 들리네. 그럼 사양 말고 내 입맛대로 죽여 놔도 돼?"
"……."
"아, 너무 세게 말했나?"
"너……."
"태교에 안 좋게. 햇살이 들은 거 아니지?"
세아가 새초롬하게 도현을 노려보았다.
"알면 말 예쁘게 해. 맨날 죽는다 죽는다, 이젠 정말 진절머리 날 것만 같아."
"죽도록 사랑해."
"또."
"장난. 우리 세아 죽는단 말 싫어하는 거 잘 알지."
"햇살이 다 듣는다고."
"그럼 네 입술로 막아 줘."
친절히 얼굴 앞으로 대령하니 어떻게 거부할 수 있을까. 세아가 작게 입 벌리며 너무나도 많이 맞대 제 것이나 다름없는 도현의 입술을 또 머금었다. 언제 섞어도 달콤한 키스다. 둘의 뜨거운 체온만으로 욕실 안에 수증기를 가득 채울 수 있을 것만 같았다.

"아, 살았다."

마치 영생의 샘물이라도 마신 듯 촉촉이 젖은 입술로 웃는 도현이지만 눈동자 속은 사정이 달랐다. 임신한 후로 도현이 가장 신경 썼던 건 관계였다. 애무 이상의 선을 넘지 않으려 했지만 이처럼 입술만 닿았다 하면 몸이 달아올라 문제였다. 그걸 매번 참느라 새기는 인내가 검은 원 안으로 형형했다.

"그날 너 못 씻겨 줘서 얼마나 후회됐는데."

거친 숨을 몰아쉬며 욕망을 잘라 낸 도현이 세아의 배를 살살 어루만졌다.

"그럼 이제부터 소소하게 대화나 해 볼까. 거기서 네가 신이현과 어떤 얘길 나눴는지."

매끈하게 배를 감싼 손이 단숨에 가슴으로 올라온다. 옷이 머리를 통과하자 세아는 헝클어진 머리카락을 한 번 쓸어 넘겼다. 대화라. 세아는 그 순간을 떠올렸다.

—……끝을 보여 달라는 게 무슨 뜻이지?

—정리할 시간을 준다는 거야. 해 본 적 없지, 그런 거. 포기하기 위해 혼자 마음을 정리하는 일. 안 해 봤을 테니 나와 같이하자고.

—…….

—날 처음 사랑했던 순간, 가지고 싶어 발악했던 순간,

그리고 지금 포기할 수 없어 네가 나와 함께 온 이곳까지. 전부 돌이켜 보면서 왜 너와 내가 될 수 없나 한번 생각해 봐. 내가 함께해 줄 테니까.

—그래서 내 마음을 이해해 보겠다고.

—……그래.

—왜 그렇게까지 해?

—네게는 설예리에겐 없던 후회와 돌려놓으려는 의지가 보이니까.

그 말에 이현의 눈매가 진해졌다.

—그래서 내가 널 바꿀 수 있을 것만 같아. 날 네 머릿속에서 떠나보내는 일 말이야.

—…….

—또 내가 바꾸려는 세상엔 너처럼 받아들이지 못하고 거부할 벡터들이 아주 많거든. 나는 그걸 이해해 보고 싶어.

세아가 이현을 향해 나지막이 말했다.

—……여기 있지 말고 나와 같이 가자. 물론 현실로 돌아간다고 해서 네가 원하는 건 없을 테지만.

—그래, 좋아.

웃기는 소리 하지 말라며 비웃을 줄 알았던 이현의 입꼬리가 그 어느 때보다 부드럽게 올라갔다.

—나까지 돌아가는 건 잘 모르겠지만. 어쨌든 내 시간의 끝을 나와 함께 가 줄 거지?

그 미소를 보며 세아는 이상한 기분을 느꼈다. 손을 잡을 수 있는 가까운 거리임에도 그러지 않고 주먹을 움켜쥔 이현이 지그시 세아를 바라보았다.

—거기서 울지도 않을 거고.

포기와 단념에 대해 말했는데, 이현은 그보다 세아와 함께하는 시간이라는 점을 깊이 받아들인 게 분명하다. 하지만 말리지 않았다. 어떻게 받아들이든 이현의 안에서 평소와는 다른 변화가 일어나고 있다는 걸 세아는 알 수 있었다.

"기특하게. 거기서 어떻게 그런 생각을 했어?"

"계속 한 곳에 머문다고 해서 달라지는 건 없으니까 왠지 끝으로 가야 할 것만 같았어."

"그래, 이미 마지막 방엔 내가 와 있었으니까."

어떻게 분리된 공간에 있었음에도 생각이 통했을까. 그 사실마저 너무나도 감격스러워 도현이 세아의 귓불을 핥았다.

"간지러워……."

"난 너 때문에 좋은데. 멀리 떨어져 있었는데도 우리 생각은 하나로 이어져 있었단 거잖아."

"……."

"어떻게 이런 게 다 맞아. 절대 너와 난 떨어질 수 없는 운명인가 봐."

'쪽' 짧게 입술을 부딪치는 소리가 감미로웠다.

"그동안 너 이렇게 씻겨 주지 못해 내가 얼마나 죄책감에 시달렸는데…….”

미약하게 인상을 찌푸린 도현이 욕조에 앉은 채 제 품에 가둔 세아의 팔 위로 꼼꼼히 거품을 묻혔다. 손이 내려와 배를 덮자 날카로웠던 눈썹의 힘이 빠진다.

“우리 햇살이, 그때 아빠 보고 싶어서 전화했는데 안 와서 서운했다고 안 해?”

“햇살이가 그렇게 속 좁은 줄 아나, 괜찮아.”

“그래도 아빠가 늦게 가서 엄마 힘들게 했잖아. 미워할 거 같은데.”

“너 보고 싶어서 괴롭긴 했는데, 지금 보니까 하나도 기억 안 나. 어떻게 힘들었는지, 어떤 게 괴로웠는지.”

세아가 냉큼 등 돌리며 거품으로 흥건한 몸을 도현에게 비볐다. 도현이 설핏 웃음을 터트렸다.

“웬 크림 덩어리가 이렇게 예뻐.”

“덩어리?”

“예쁘다, 세아야.”

눈초리를 쭉 찢자 도현이 그 위로 입을 맞췄다. 살살 달래는 건 도가 텄나 보다. 도현이 닿은 부위가 언제 그랬냐는 듯이 힘을 잃고 축 처졌다. 그 모습을 보며 도현이 웃었다.

“걔한테 그런 시간까지 주다니. 아깝게.”

“말했잖아. 내게도 필요한 시간이었어. 유니벌인 남자가 스스로 포기하게 하는 일.”

“응, 알아요.”

도현이 날렵한 혀를 내어 세아의 눈꺼풀 위를 핥았다.

“근데 용서는 안 돼.”

훑고 지나간 부위가 파르르 떨리자 도현이 미소 지었다.

“어서 씻고 나가자. 햇살이 춥겠다.”

어떻게 갈아 마셔 버릴까, 어떻게 해야 직성이 풀릴까. 내 고단했던 시간과 세아를 울렸던 순간, 강제로 떨어져야만 했던 우리의 이별까지 전부 어떤 식으로 갚아 줘야 할지 차로 이동하는 내내 도현은 생각했다. 세아가 돌아오니 그동안 밀린 일들을 처리하기 위해 뇌가 빠르게 굴렀다. 제일 먼저 해결해야 할 일이 그들에 대한 처벌이었다. 생각할 시간이 필요해 순간이동이 아닌 차를 타고 가고 있다는 걸 세아가 모를 수 없었다. 세아의 손을 잡은 도현은 줄곧 이마를 손으로 짚은 채 말이 없었다.

“너 그 남자 보라고 데려온 게 아니라 보호 의지 때문에 같이 온 거야.”

“아는데 온 김에 나도 볼일이 하나 있어.”

"뭔데?"

차에서 먼저 내린 도현이 조심히 나오라며 세아에게 손을 뻗으며 인상을 구겼다.

"마지막 방에서 신이현이 내게 해 줄 말이 있었거든."

그 손을 꼭 잡은 채 세아가 몸을 움직였다. 위압감이 느껴질 정도로 거대한 저택이었지만 그보다 더 세아를 곤두서게 한 건 빼곡히 자리를 지키고 서 있는 검은 복장의 남자들이었다. 전부 하나같이 검은 선글라스에 경찰임을 증명하는 배지를 달고 있었다. 초능력을 사용하는 자들이 한트럭인 곳에 오니 무서워져 도현의 팔에 얼굴을 대자 도현이 걷던 걸음을 잠시 멈추었다.

"거 봐, 이래서 내가 너."

"아니, 잠시만……."

"뭘 하고 있어? 가는 길목마다 서서 애 겁주지 말고 한쪽으로 몰아놔."

"저런, 미리 손을 써야 했던 부분인데 죄송합니다."

세아를 배려하지 못한 걸 안 중오가 최소한의 인원만 남겨 두고 전부 물러나라 지시했다. 그제야 한결 숨이 편안해진 세아는 안내에 따라 긴 복도를 걸었다. 신이현이 이런 곳에서 살고 있었구나. 엘린의 저택도 세아에게 놀라움을 주었지만 그와 비교해도 부족하지 않을 화려한 내부였다. 대한민국 땅에 이런 곳이 있다는 게 믿기지 않았다.

"또 기록하는지 잘 봐."

"네, 걱정 마십시오. 건우가 알아서 대처할 겁니다."

"정말 혼자 들어가도 되겠어?"

"응."

세아가 고개를 끄덕이자 도현이 심각한 표정을 지었다. 저택에 감금되어 있는 일한을 먼저 만나러 가 볼 예정이었던 도현은 그곳에서 고운 언행이 튀어나오지 않을 거라 세아를 잠시 놓아두고 갈 생각이었다. 그사이를 비집고 들어가서야 간신히 얻어 낸 허락이다.

"하긴, 내가 한 공간에 있는데. 투시로 보고 허튼짓하면 바로 올게."

도현이 고갯짓하자 방문이 열렸다. 세아는 심호흡과 함께 안으로 들어갔고 동시에 입이 벌어졌다. 방이라고는 생각되지 않을 드넓은 공간엔 진귀하다 여겨지는 것들이 가득했다. 세아가 생전 처음 보는 보석으로 치장된 물건이나 작정하고 모아 둔 것만 같은 가구들. 새삼 이현의 방을 보니 그의 위치가 실감 났다. 지금껏 가지지 못한 것 없고 원하는 게 뭐든 손쉽게 거머쥐었던 남자.

"마지막 선물인 거야?"

그런 남자가 고개 돌리며 세아를 향해 웃었다. 이현이 딱 하나 가지지 못한 것.

"네가 날 찾아오다니."

세아는 소파에 앉아 있는 이현을 향해 멈추었던 걸음을 떼었다. 도현이 온다는 소식을 들었을 테지만 거기에 세아도 포함되었다는 건 모르는 듯 보였다.

"혀는."

"괜찮아요."

"아플 텐데. 치료는 받았어?"

현실에서 마주하면서 가장 먼저 하는 질문이 제 걱정이라, 세아는 쓰게 웃으며 멈추었다. 이현이 턱을 들어 세아를 올려다보았다.

"치료는."

"괜찮다니까요. 당신이야말로 손가락은 어때요? 내가 엄청 세게 깨물었는데."

"이런 건 일도 아니지."

"……."

"나와 대화할 거야?"

이현의 질문에 세아가 작게 고개를 끄덕였다.

"그럼 서 있지 말고 앉아. 건너편으로."

"……."

"그게 맞잖아."

확실히 이현은 전과 달라져 있었다. 세아를 강압적으로 대하지 않았고 먼저 말로서 의사를 묻는다. 자신의 옆에 강제로 앉히기보단 서로가 마주 볼 수 있는 자리를 권한다.

"여긴 왜 왔어. 뭐 좋은 거 본다고."

현실로 돌아온 이상, 이현의 상황은 전과 같을 수 없었다. 도현을 제거하려 모인 인원 중 체포되지 않은 건 시공간에 있던 이현 하나뿐이었다. 그가 돌아온 이상 자백을 한 거나 다름없던 터라, 이미 그의 방엔 죄목에 어울리는 감시자들의 눈이 꽤 여럿 있었다.

"아직 못 들은 게 남아 있어서요."

"뭐가? 약속했었잖아. 마지막 방에 도착하면 현실로 돌아갈지 말지 말해 주겠다고."

이현이 편히 소파로 기대며 웃었다.

"대답 된 거 같은데 왜 찾아왔어?"

세아는 마른침을 삼켰다. 도현이 근처에 있다는 걸 알면서도 곁에 있고 싶어 힘들었다. 시즈의 공간을 빠져나왔지만 여전히 그때처럼 불안했다. 세아는 차분히 눈을 감았다 뜨며 괜찮다는 생각을 몇 번이고 주입했다. 그곳에서 그랬던 것처럼.

"그것 말고도 듣고 싶은 게 하나 더 있어요."

"뭔데?"

"……."

"물으니까 생각 안 나?"

"그게 아니라……."

"그럼 나 먼저 할까? 처음 널 만나고 난 뒤 이곳에서의 일주일이 정말 악몽 같았거든."

"……."

세아는 눈동자를 굴려 이현의 등 뒤로 펼쳐져 있는 풍경을 보았다.

"여기 있는 물건들처럼 가지고 싶어서, 못 가지면 죽는 병에 걸린 것도 아닌데 밥도 안 넘어가고 술도 못 마시고 정말 미쳐 버리는 줄 알았지. 그래서 생각했어. 다시 만나게 되면 무슨 짓을 해서라도 놓치지 않겠다고."

"……."

"그런 생각을 한 뒤에 널 다시 만났는데, 어찌 된 게 점점 더 힘들어지더라고. 지금 생각해 보면 그땐 지금의 발끝에도 못 미치는 괴로움이었지."

"……."

"근데 또 처음 느끼는 기분이라서 포기가 안 됐어."

"그런 당신이 날 사랑한다고 처음 생각했었을 때가 첫 번째 시즈의 방이었죠."

"……."

"처음 인정했던 일 아니었어요?"

"맞아, 한강에서."

"……."

"드디어 받아들인 거지. 나는 널 물건으로 가지고 싶은 게 아니라 사랑하는 거라고."

정말 생소한 감정이었다. 어디 할 짓이 없어 한낱 제로를 사랑하다니. 하지만 그걸 인정하고 받아들이기까지의 과정이 이현에게 결단코 쉬웠던 건 아니다. 뭐든 처음은 힘이 들어서 그걸 부정하기도 하고 거부하기도 했지만 가지려고 할수록 넌 내 손을 벗어났다.

"너도 날 사랑하게 만들고 싶었어. 그럼 힘들지 않을 테니까."

한데 네 옆에는 이미 사랑하는 남자가 있었다. 레벨이나 함께한 시간, 뭘 하든 비교당할 수밖에 없는 위치에서 반쯤 지고 들어갔다. 매 순간 내 마음을 표현했다. 이러면 한 번쯤 봐 줄까 해서. 내가 사랑한다고 말하면 한 번쯤은 흔들리지 않을까. 난 네가 말하면 기분이 구름 한 점 없는 맑은 하늘이 되었다가도 거절하면 땅 끝까지 꺼지는데. 하지만 네겐 이미 그런 기분을 안겨 주는 남자가…….

"그런 널 가지기 위해 내가 평생 하지 않았던 협박을 했어. 그것도 사람 목숨 가지고."

"……두 번째 방이었죠. 최태수."

"그래, 이제 와 생각해 보면 널 배려하지 않았던 짓이지."

네게 씻을 수 없는 상처를 준 녀석을 반쯤 죽여 놓고선 동시에 나도 비로소 네 과거 한 부분을 차지했단 희열을 느꼈었다. 그만큼 네게 중요한 남자란 점을 이용해 미끼로 사용한 거다. 이미 그 순간부터 네게 사랑받을 자격이 없다는 걸 까마득히 모른 채.

“하지만 알잖아. 그때의 난 네 관심을 받을 수 있다면 뭐든지 다 했어.”

“세 번째 방.”

“응, 너 예쁘게 하고 나 만나러 온 날.”

그땐 그저 네 얼굴 한 번 보는 게 좋았다. 나는 널 만나고 점차 멀리 보지 못하는 편협한 시야를 가지게 되었다. 당장에 널 보고 안고 입 맞추고 싶은 내 욕구는 그러지 못하면 죽을 것 같은 지경까지 와 있었다. 숨 쉬기 위해 네게 입 맞췄다면 믿어 줄까. 이현이 흐린 숨을 내뱉으며 이마를 짚었다.

“거기서 키스한 거 미안해.”

핑계 같겠지만 그땐 정말 그랬는데…….

“네 기분 생각 못했어. 돌이켜보면 정말 네가 싫어할 짓만 골라서 했네.”

“미안하단 얘긴 그 방에서도 했잖아요.”

“또 얘기 나왔으니까 하는 거야.”

“…….”

“이미 벌어진 일이고 내가 없던 일로 만들 수도 없으니 이렇게라도 네 기분 나아지게 해야지.”

손끝을 내린 이현의 목소리가 나지막이 떨렸다.

“……그러니까 두 번 다신 울지 마.”

정말 사랑했는데, 왜 내게 돌아온 건 거친 발언과 네 눈물이었을까.

"마지막 네 번째 방이 어떤 의미였는지 듣고 싶어서 온 거지."

거기엔 내가 가지고 싶었던 건 하나도 없었다.

"그 방이 내겐 포기였어."

왜 하필 너는 그 모습을 잊히지도 않게 내 가슴속 깊이 파묻어 두었을까.

"네 눈물을 처음 본 순간이니까."

내가 빠지려 할수록 너는 넘치고, 거기에 차마 잠길 수 없는 난 달이 지도록 내버려 둬야 한단 사실에 괴로워했다. 밤이 된 나는 네 주위를 서성이기만 할 뿐, 절대로 집어삼킬 수 없단 걸 그 순간에 깨달았다. 그래, 그 순간이 내겐 포기였다.

"나만 불행하면 상관없는데 너까지 같이 불행하니까."

영원히 기억하고 싶지 않은 장면을 기록했다는 건 어쩌면 포기였다. 비록 너를 빼앗아 온 뒤에야 알 수 있던 사실이었지만. 며칠 내내 울기만 하는 네 눈물에 머리가 녹아내리고 울음 섞인 음성이 송곳이 되어 찔러 대던 시간을 겪고 나서야 느낄 수 있었다. 나는 정말 널 울리고 싶지 않다는 것과.

"그래서 너와 내가 안 되나 봐. 난 너 울리긴 싫거든."

이런 게 사랑이라면 놔줘야 하는 것도 사랑이라고.

"네게 말하진 않았지만 이동하면서 기록해 둔 시간도 전부 지웠어. 이걸로 대답 됐나?"

이현이 차분하게 숨을 골랐다.

"넌 내 첫사랑이었어."

나지막한 목소리에 세아의 눈동자가 흔들렸다.

"잊을 순 없겠지만 그렇다고 해서 가질 수도 없는 그런 여자가 됐어, 이젠."

이현은 떨리는 입술 끝을 올렸다. 넌 현실에 내가 원하는 건 없다고 말했지만…… 아니.

"이런 현실이라도 네가 있지."

이곳엔 네가 있다.

"나는 거기서 한 번 더 살아보고 싶어졌고."

어떤 대답이 돌아올까, 긴장한 이현의 안으로 그 어느 때보다 생기 넘치는 세아가 들어왔다.

"당신에게 마지막 방이 어떤 의미였는지 듣고 싶어서 온 거예요."

더는 울지 않는 얼굴…….

"그리고 이젠 알았어요. 고마워요, 내 지난 시간을 악몽으로 남겨 두지 않아 줘서."

"……고작 사과가 전부였는데."

"당신이 누구에게 미안하다고 말할 수 있는 사람이던가요?"

세아가 희미하게 웃었다.

“그러니 용서할게요. 제아무리 오랜 시간 미움이 쌓여 있다고 한들, 진심이 담긴 말 한마디로 눈 녹듯 사라지기도 해요.”

“…….”

“지금처럼요.”

“대화는 거기까지.”

방 안으로 울려 퍼지는 낮은 목소리에 고운 호선을 그리고 있던 입술이 살짝 벌어졌다. 이현은 그 모습을 바라보다 눈을 감고선 심호흡했다. 너를 향한 내 마지막 정리.

“이젠 나와 얘기하지?”

내가 마지막까지 이길 수 없던 남자. 이현이 입꼬리를 올리며 고개를 돌렸다.

“와서 앉아.”

하도현.

흐트러진 재킷을 정리하며 도현이 안으로 들어서자 중오가 따라왔다. 제일 먼저 소파로 다가선 도현은 팔을 뻗는 세아부터 안아 주었다. 잠시였지만 떨어져 있던 몸을 위로하는 손짓은 누가 바라보든 괘념치 않고 이뤄졌다. 제 목에 꼭 감기는 팔을 보니 도현의 입가엔 웃음이 걸렸다.

“우리 세아, 애기 같네.”

“너, 놀리면 재미있어?”

"아니, 재미는 이제부터 봐야지. 안아 줬으니까 잠시만 나가 있자."

"왜?"

"할 얘기 있다고 했잖아."

처벌을 한다고 했지. 일한을 먼저 만나고 왔던 도현은 어딘가 모르게 차가운 기운을 머금고 있었다. 세아의 시선이 이현에게 향했다. 가만히 앉아 있는 이현에겐 도망칠 의사 같은 건 보이지 않았다. 그도 각오하고 돌아온 현실일 거다.

"빨리 끝낼게."

"응."

팔을 떼어 내자 도현이 세아의 입술에 입을 가져다 댔다. 틈을 비집고 들어온 혀가 잠시 머물다 빠져나갔지만 세아에겐 몹시 안정감을 주는 행위였다. 금방 끝날 거란 약속을 한 번 더 하며 중오에게 세아를 맡긴 도현은 문이 닫히기 전까지 빤히 그곳을 쳐다만 보고 있었다. 문이 닫히자 그제야 날카로운 시선이 이현에게 닿았다.

"실례. 저렇게라도 해 줘야 조금이나마 안심해서."

"보호 의지 때문이라는 건 알고 있었지만 저런 식으로 이뤄지는 건지는 몰랐네."

"부럽나?"

"가지지 못할 걸 탐낼수록 나만 갉아먹을 뿐이지."

도현의 입가에 차가운 미소가 걸렸다.

"잘 알면서도 세아를 데려가?"

"내게 의지할 줄 알았거든."

"그래요, 이제부턴 사무적으로 존댓말을 해 볼까요. 제 아무리 처벌 대상이라지만 마지막 예우는 갖춰 주고 싶거든요. 그게 날 죽이려 달려들었던 그쪽들과 내가 다르다는 걸 말해 주기도 하고."

"그럼 나도 존댓말이라는 걸."

이현이 천천히 입을 움직였다.

"해 보도록 하죠."

"신일한 씨는 감옥에 갇힐 바엔 차라리 죽여 달라고 하시더군요. 뭐, 나쁘진 않은데 그쪽 생각은 어떻습니까?"

"친절하네요. 그런 것까지 다 물어보고."

"저 혼자 내려야 할 결정이라 아직도 신중하거든요."

도현이 두 손을 펼쳐 가지런히 깍지 꼈다.

"대체 어떤 식으로 처벌을 해 줘야 만족스러울까, 오는 내내 생각해 보았는데도 답이 떠오르지 않아 고민 중입니다."

"……."

"눈에는 눈, 이에는 이라고 제가 제일 좋아하는 말인데 제가 느낀 고통을 그대로 갚아 주자니 신이현 씨는 회복이 되고, 아예 회복도 안 되는 초능력 규제 공간에 밀어 넣어 살을 발라 내고 치료하는 걸 반복하자니 그런 고문은 추잡하기도 하고."

"……."

"신이현 씨가 제게 한 위협은 백 번 눈감아 주고 넘어간다 쳐도 윤세아를 데려간 건 도무지 용서가 안 돼서 말입니다. 지금 당장 갈아 마셔도 시원치 않지만."

엮인 손가락 마디가 꽈악 조여져 살벌한 소리를 만들어 냈다.

"그건 어디까지나 제 개인적인 감정이고. 처벌이란 게 그런 식이어서야 되겠습니까?"

이현은 눈썹을 꿈틀거렸다. 웃는 얼굴이 이처럼 매서울 수 있다는 걸 또 한 번 실감한다. 도현이 뿜어내는 살기는 유니벌인 이현의 살갗도 저릿하게 만들 정도였다. 넘어설 수 없는 격차, 예전 같았으면 비웃었을 테지만 지금은 전혀.

"마음대로 하세요. 그쪽 좋을 대로. 그러려고 돌아온 거니까."

"대화를 엿들었는데, 윤세아가 이젠 첫사랑이시라고요."

"……."

이미 지난 사랑이라는 걸 뜻하지만 도현의 입가엔 가소롭단 듯 웃음이 걸렸다.

"첫사랑이라……."

그 위를 날렵하게 쓸고 지나가는 손가락이다.

"혼자 하던 사랑을 정리한 건 기특하긴 한데, 더는 세아의 곁에서 질척거리진 않을 테지만 마음속엔 여전히 남아 있겠죠."

"하고 싶은 말이 뭡니까?"

"원래 그리워할 때가 더 애틋하다는 걸 전 너무 잘 알고 있거든요. 십 년을 그런 식으로 썩어 와서."

"……."

"그리고 그쪽은 나랑 제법 닮았고. 하는 생각도 비슷할 거 아닙니까?"

대체 무슨 꿍꿍이인지 이현은 알 수가 없었다. 그냥 한평생 감옥에서 썩게 할 거라 생각했다. 설예리가 그랬으니까. 세아가 그녀를 처벌했던 것처럼 이번엔 도현의 차례였다. 그걸 옆에서 지켜보았던 이현은 둘 사이를 방해했던 그녀의 전철을 저 역시 고스란히 밟게 될 거라 짐작했다. 하지만 도현의 입술 사이로는 전혀 다른 방향의 얘기가 흘러나왔다.

"십 년을 윤세아와 헤어져 있으면서 제가 정말 끔찍하게도 원치 않았던 순간이 있었는데 그게 뭔지 아십니까?"

이현이 입을 다물자 도현이 나지막이 말했다.

"윤세아 얼굴이 생각 안 나는 거."

아.

"아시다시피 제가 아직 대한민국에 믿고 의지할 유니버이 하나도 없거든요. 한데, 무슨 우연인지 저를 죽이려 했던 자들 모두가 이 나라에선 한 자리씩 차지하고 계신 분들이라서 쓸 만할 거 같기도 한데."

설마. 이현의 눈가가 좁아졌다.

"잠시만."

"이성과 감정 모두 이득을 취할 처벌이 이제 막 생각났습니다."

"윤세아를……."

자리에서 일어난 도현이 손을 펼쳐 이현의 이마를 잡았다.

"윤세아를 잊어."

그 순간 발현되는 세이렌이다.

"물론 얼굴만 기억 안 나는 거야."

이현의 귓가로 짙은 도현의 목소리가 하나씩 박히듯 들어오자 더는 세아의 얼굴이 기억나지 않았다.

"함께했던 시간은 전부 가지고 있어. 어차피 그마저도 온전치 못한 조각으로 남겨질 테지만."

그간 함께했던 기억들이 퍼즐의 조각처럼 나뉘어 아무렇게나 흐트러졌다.

"지금부터 네가 기억하는 윤세아는 실제 윤세아와 완전히 다른 사람으로 분리될 거야. 네가 소중하게 간직하고 싶었던 순간의 윤세아가 이젠 이름도 모를 여자로 남는 거지. 누가 뭐라 하든 넌 그녀와 윤세아를 하나로 연결 짓지 못해."

뇌 속을 점령해 각인된다. 이현은 천천히 눈을 감았다. 나는…… 윤세아를 사랑했던 게 아니라 피부가 몹시 새하얗던 여자를 사랑했다.

“마주칠 때마다 애틋한 감각은 들 테지만 그게 왜 그런지 넌 모를 테지. 네 안에 남겨진 윤세아의 이름, 얼굴, 목소리, 체향 역시 하나도 기억나지 않을 테니까.”

어떤 이름이었는지 기억나지 않는다. 눈이 큰 건 떠오르는데 그게 전부였다. 들판에 머무는 듯한 향을 가졌던 것 같은데 그게 어떤 꽃인지까지는.

“하지만 네가 필사적으로 사랑했던 그 감각들은 전부 네 안에 살아 있는 거야. 네가 매달렸던 여자, 한순간이라도 좋으니 봐 달라 애원했던 여자.”

제대로 된 기억은 하나도 없지만 애달던 제 모습만큼은 선명해 이현의 입술 끝이 희미하게 올라갔다.

“키스 한 번으로 네 감각을 미치게 했던 여자.”

안녕.

“처음 만났을 때부터 가지고 싶어 안달이 났던 여자.”

눈처럼 하얀 피부를 가진 백설아.

“이름도 얼굴도 모를 그 여자를 계속 그리워해. 영원히 내 옆에 머무는 윤세아를 보면서 그게 그 여자인지도 모른 채.”

눈 내리는 풍경을 보면서 지금처럼 인사하겠지. 잔잔한 호수를 보며 또 인사하고. 안녕, 백설아. 눈보다 새하얬던 얼굴을 가진 여자가 있었다는 걸 느낄 테고. 안녕……. 깊은 호수가 누군가의 눈동자와 같다 생각되겠지. 가끔 향기로운 꽃을 보면 멈춰 서겠지만 왜 그런지는 모를 테니.

"한평생 사랑해 봐. 기억나지 않을 그림자 같은 여자를."

그러니 안녕. 처음엔 내 일주일을 앗아 가더니 그 이후엔 내 전부를 가져가 버렸던 너는 내게 더 이상 이름과 얼굴이 아닌 잔상으로 떠다닐 테지만. 이현은 힘없이 웃음을 터트렸다.

"평생 찾아 봐. 잊히지도 않을 그녀와의 추억을 떠올리면서."

영원한 이별은 아니니 마지막 인사는 하지 않을게.

"이만하면 해피엔딩이지."

나는 널 계속 생각할 테니까. 그러니 늘 처음처럼 인사하게 되겠지. 매일 인사할 수 있다는 것에 감사해야 하려나. 그러니 내일도 오늘과 같이 인사할게.

"그렇지 않습니까?"

안녕.

"그리고 나와는 친구 합시다."

도현이 입꼬리를 올리며 웃었다.

"우린 정말 좋은 사업 파트너가 될 거 같은데, 아닌가?"

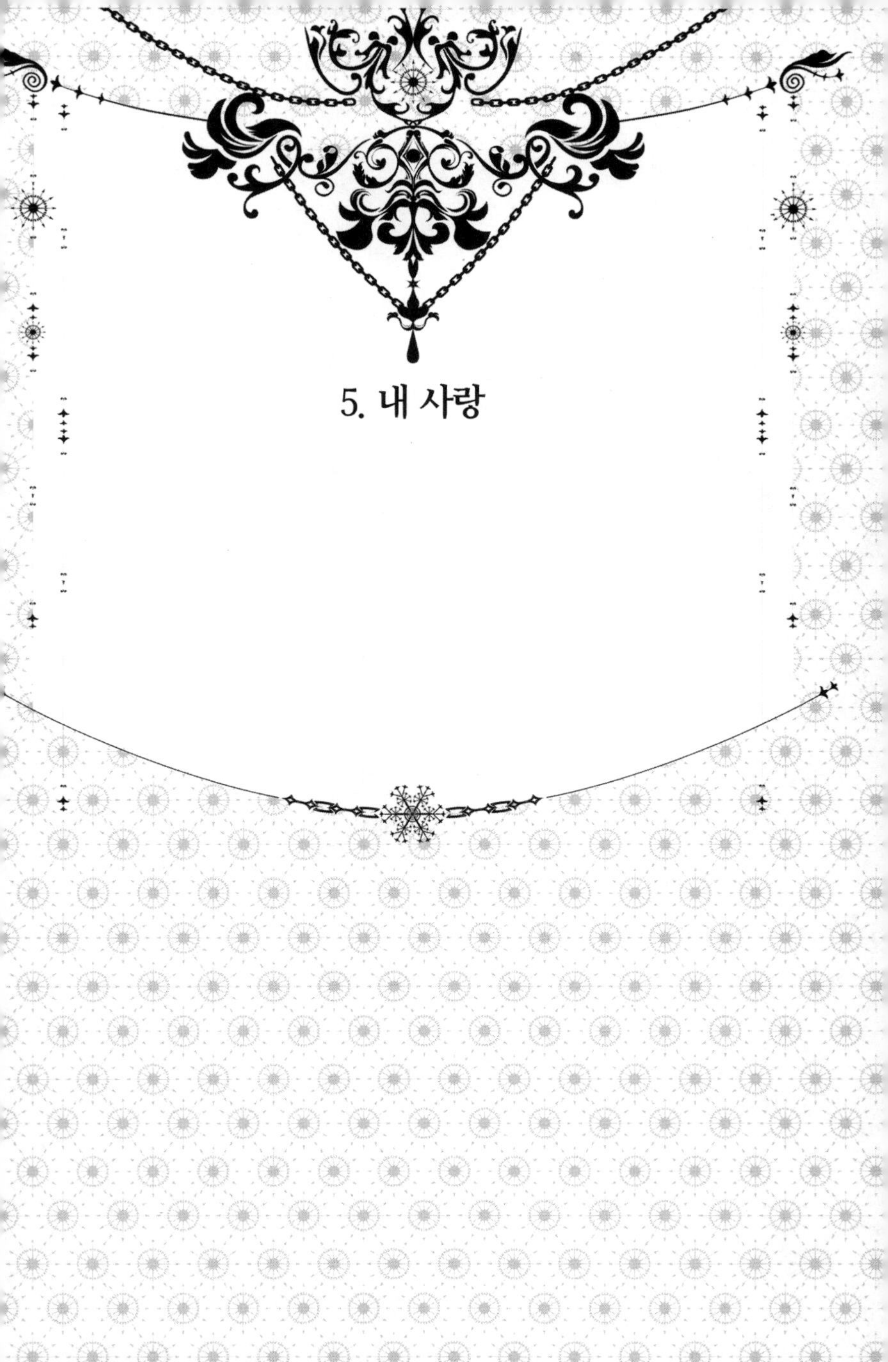

5. 내 사랑

5. 내 사랑

이글 보호법을 어긴 자들의 처벌이 공개되는 날, 전 세계의 관심은 티브이 앞으로 모여들었다. 그도 그럴 것이 처벌받는 자들 아홉 명 모두가 유니벌이었기 때문이다. 그 레벨이 법 아래 무릎 꿇는 일은 전례가 없던 데다가, 단 한 명을 보호하기 위해 존재하는 법답게 도현이 직접 나서겠다 미뤄 왔던 것이 드디어 오늘 결정되었다.

그동안 언론이나 그 밖의 전문가들은 감옥에서 평생을 썩거나 유니벌의 위치를 생각해 가벼운 형량에 그칠 거란 양극으로 갈라진 예측을 내놓았다. 하지만 도현이 발표한 결과는 어느 쪽에도 해당되지 않았다.

최상이 된 세이렌의 영원한 지배력으로 그들의 마음속에 자리 잡았던 적대심은 지우고 이글과의 우호적인 관계를 심어 두었다는 게 처벌 내용이었다. 말이 좋아서 좋은 관계지, 평생 제 발밑의 개가 되라는 거나 다름없었다. 하지만 뒤에서 뭐라고 떠들든 아홉 명의 유니벌은 이미 도현을 향한 충성이 각인된 후였다. 저를 죽이려 했던 자들을 벌하는 대신 함께 협력하여 또 다른 세상을 보여 주겠다 도현은 선포했다. 이젠 초능력 여덟 개의 이글이 아닌, 무한대의 가능성을 지닌 릭시로서.

"뭘 그리 보고 있는 게냐?"

"……눈이 오네요."

이현은 가만히 지켜보고 있던 창문에서 시선을 뗐다. 준비를 마친 일한이 거실로 나왔고 메이드 셋이 옆에 붙어 단정하지 못한 곳이 있나 빠짐없이 살폈다.

"그러게. 행사는 내부에서 이뤄질 테지만 길이 지저분해 보이지 않나. 이글께선 날씨라도 바꾸라 하지, 이런 날이 뭐가 좋다고."

"눈을 좋아하신다면서요."

"그래, 무슨 이유에선지 모르겠지만 겨울을 사랑하신다더군."

"저와 같네요."

이현은 비스듬히 고개를 돌려 소복이 쌓인 눈을 보았다. 곧 봄이 되면 보지 못할 풍경이라 2월 중순에 만나는 눈은 왠지 애틋하기만 하다. 일한이 지저분하다 투덜거렸던 것과 다르게 정원을 비롯해 도시 전체를 덮은 눈은 이현에게 순백하단 인상을 심어 주었다. 소리 없이 고요히 내려 온 세상을 하얗게 만드는. 서리 낀 창문 위로 검지를 세우자 이현의 눈매가 희미해졌다. 아까부터 그 위를 배회하며 움츠리길 반복했다.

뭘 쓰려고 했더라. 기억나지 않는다.

"준비 다 했느냐?"

"네."

"그럼 가자. 포탈 보유자는?"

"현관 앞에 대기하고 있습니다."

이현은 설핏 웃으며 그 위로 손가락을 움직였다.

[백설이.]

내가 찾아야 할 여자. 이현은 등을 돌려 재촉하는 얼굴로 서 있는 일한에게로 다가갔다.

처벌이 발표된 지 벌써 2개월이 지났지만 그를 기억하는 자들은 거의 없었다. 사건과 관련된 모든 것을 기억에서 지우란 세이렌의 목소리가 처벌 발표 직후 방송으로 전파되었기 때문이다. 반복된 재방송과 어딜 가든 들을 수밖에 없는 라디오를 통해 사람들은 점차 그 사실을 잊어 갔다. 간혹 세이렌을 피한 자들이 몇 있었는데, 오히려 기억하는 자가 이상한 사람 취급을 받을 정도였다.

이글을 시해하려 했단 기사들은 전부 중오의 통제 아래

사라졌고, 이현이 세아와 함께 시즈의 시공간으로 도피한 걸 알고 있던 소수 역시 도현의 세이렌을 피해 갈 수 없었다. 덕분에 세상은 그 사실만을 도려낸 채 평소대로 굴러갔다. 도현은 세이렌을 가진 유일한 존재로서 추앙받았고, 초능력 아홉 개를 보유한 자로서 이글의 칭호를 더욱 빛냈다.

"두 달이 다 되도록 공석엔 나오시질 않고, 업무상 몇 번 뵙긴 했다지만 그 외의 시간엔 당최 뭘 하시는지 알 수가 있어야지."

그리고 여전히 보기 힘든 얼굴이었다. 성재가 불만스럽게 말하자 강찬이 동의하듯 고개를 끄덕거렸다. 도현은 의도했던 대로 자신을 죽이려 했던 자들을 망각 속에서 살게 했다.

"그래도 오늘은 김중오의 연구발표회에 참석하신 다질 않는가. 그때라도 뵐 수 있다니 영광인 셈이지."

그의 이름만 나왔다 하면 열과 성을 다해 언변을 토해 낼 정도로 애정이 깊은 자들을 양분 삼아 KM 기업은 더욱 성장해 나갔다. 성인식 이후로 아무것도 하고 싶지 않았던 이현마저도 화신 기업을 물려받기 위해 회사를 제집처럼 드나들고 있었다.

"아, 리만 씨에게 듣자 하니 클로비스가에 머무신다고 들었네만. 볼일이 있을 때만 한국에 잠깐씩 방문하신다던데."

"한데 이현 군은 종종 도현 님께서 자택으로 초대하지 않던가?"

"자주는 아니고 한국으로 오실 때만 가끔 만납니다."

"도현 님께서 내 아들을 친구처럼 생각해 주신다네. 같은 국적인 데다가 유니벌 중에서 20대인 건 우리 이현이밖에 없으니까."

"친구라…… 글쎄요. 제가 배울 게 많은 입장입니다. 경영에 대해 깊은 얘길 하곤 하시니까요."

이현이 뭐라 말하든 자랑스럽단 듯이 바라보는 일한의 표정은 좀처럼 지워지질 않았다. 도현에게 아홉 번째 초능력이 발현되었단 소식은 이미 2개월 전에 발표되었지만 아직도 많은 사람들의 입에 오르내릴 정도로 놀라운 것이다.

비상飛上의 뜻을 가진 이글의 칭호는 후세에도 지워지지 않을 업적을 세웠단 이유로 초능력 개수와 상관없이 이제 하도현 그 자체를 뜻하는 명칭으로 지정됐다. 릭시 본부에서 열 번째 초능력을 기대하고 있다는 소식까지 들려오니 그의 얼굴을 한 번이라도 보는 게 모든 유니벌들의 염원이 되었다. 대체 어디까지 올라갈 수 있을지, 초능력을 지닌 자가 대체 얼마나 더 위대해질 수 있는지. 그는 이제 없애 버려야 할 존재가 아니라 벡터들의 또 다른 희망이었다.

"어허, 경영 얘기라도 도현 님께서 직접 불러 주신 자리에서 만나는 거 아닌가? 난 그런 사적인 자리는 딱 한 번뿐이었다네."

"유니벌들과 사석을 따로 갖지 않으시는 이유는 말씀을 안 해 주셔서 저도 잘 모르겠는데요."

"흐음, 집 안에 무슨 꿀단지라도 숨겨 둔 건 아닐 테고."

"꿀단지라면 있지 않나? 클로비스 댁의 양녀 말일세."

"아아, 윤세아 말이군."

와인으로 목을 축이고 있던 이현은 가만히 눈동자를 굴렸다.

"설마 연애를 하신다고 집 밖으로 나오시지 않는 겐가?"

"아직 결혼만 안 하셨을 뿐이지, 클로비스 저택에서 묵는 게 무슨 의미겠나?"

"아니, 그보다 이게 말이나 되는 소린가? 위츠나 리만은 영국에 갈 때마다 매번 함께 사석을 갖는다는데 같은 한국에 머무는 우린 얼굴 한 번 보려고 이리도 안절부절못하니."

"오늘 이 자리에는 초대받았으니 마냥 아쉬워할 건 아니지. 한데, 윤세아도 같이 오나?"

"오지 않겠나? 정말 그 여자 때문에 집 밖으로 나오시질 않는 거라면 말일세."

이현은 와인을 한 모금 더 마시며 생각에 잠겼다. 이글이 아홉 번째 초능력을 발표하고 며칠 뒤, 도현이 먼저 이현에게 한번 만나고 싶다 연락을 해 왔다. 그의 초능력 개수만으로 평소 위대하단 생각을 가지고 있던 이현은 의아해하며 저택으로 향했다.

—제가 지금껏 한 여자에게만 매달리느라 친구를 곁에 둔 적 없어서요. 종종 만나 말동무나 해 주셨으면 합니다.

—친구라.

이현이 설핏 웃음을 터트리자 도현이 물었다.

—왜 웃습니까?

—저도 살면서 그런 걸 만든 적 없거든요.

—그럼 서로 이참에 만들면 되겠네요. 나이 차이도 그리 많이 나지 않으니.

함께 술을 마실 생각인 건지 응접실 문을 노크하며 들어온 자들이 색색의 과일과 노릇한 치즈를 두고 갔다. 오늘 이 자리를 위해 초빙된 소믈리에가 긴 병을 꺼내 이현의 앞에서 라벨을 확인시켰다. 이현이 평소 즐겨 마시던 와인이다.

—그리고 우리 꽤 여러 번 만났었습니다.

—압니다. 이글 발표회 때도 제가 갔었죠. 공석이 아닌 곳에서도 자주 마주쳤던 거 같은데 생각이…….

도현에게 적대심을 품었던 시간들은 전부 잊혀 기억을 더듬는 것도 매번 이어지다 끊기는 걸 반복했다. 순간 도현이 무언가를 발견하고선 손을 뻗었다.

—잠시만요. 이리 와.

들고 있던 와인 잔을 테이블로 내려놓은 채 도현이 웃으며 손짓했다. 이현이 등을 돌리자 그곳엔 반쯤 열린 문틈 사이로 지켜보던 날렵한 눈이 있었다. 고양이 같은 눈매를 가진 여자였다. 가까이에서 보니 새하얀 눈을 연상케 하는.

—조금 전 제가 말했던 여자입니다, 윤세아라고. 인사해.

—안녕하세요.

—안녕……. 제로네, 팔찌가 없는 걸 보니.

이현의 눈매가 좁아지자 세아가 천천히 턱을 움직였다.

—네, 제로예요.

—기억 안 나십니까? 이글 발표회 때 제가 함께 와 달라고 부탁드렸었는데요.

—그랬나요?

별일 아니라는 듯 설핏 웃음을 터트린 이현이 와인을 마셨다. 입안에 부드럽게 감기는 향이 몹시 좋았다. 한데 이상했다. 자신은 원래 제로에게 그다지 친화적이지 않은 위치에서 지금껏 자라왔으니까. 그럼에도 저 얼굴을 보며 별다른 거부반응이 없다는 건 왜일까 생각하다가 또 웃음을 터트렸다. 아, 백설이. 이현이 잊지 못하는 여자가 제로였다.

“여기 다들 모여 계시는군요.”

“도현 님, 이제 오십니까?”

일한이 먼저 고개 돌리며 그를 반겼다. 뒤이어 함께 들어선 클로비스 부부와 리만, 위츠가 서로 인사를 나누었다. 이현은 가느다랗게 좁아진 눈으로 코트를 입고 서 있는 세아를 보았다. 매번 도현의 초대로 저택에 방문해 이런저런 얘기를 나눌 때면 언제나 그의 곁엔 세아가 있었다. 딱 달라붙어 한시라도 떨어지지 않는 모습을 보니 어쩐지 더욱 갈증이 났다. 제게도 저렇게 붙어 지내고 싶던 여자가 있었는데 얼굴과 이름조차 떠오르지 않으니 미칠 노릇이다.

"이현 군도 오셨네요."

"당연히 와야 할 자리 아닌가요."

이현은 마지막 한 모금까지 전부 입안으로 털어 넣고선 도현이 청한 악수에 응했다. 도현의 팔을 꼭 붙들고 있는 세아에게도 웃으며 손을 건넸다.

"미스 클로비스도 오랜만이군요."

"한국이니 편하게 윤세아라고 불러 주세요."

"아, 그랬지. 세아 씨 이렇게 보니 이상하네요. 바깥으로는 나오지 않는다 들었는데."

"오늘은 특별히 제가 외부에 볼일이 있어서. 악수 괜찮겠어?"

"응, 괜찮아."

물끄러미 이현의 손을 내려다보던 세아가 용기 내 손을 뻗었다. 마주 잡고 살짝 움켜쥐었을 뿐인데 흠칫 놀라더니 재빨리 이현의 손아귀에서 벗어났다. 이현은 웃음을 터트렸다.

"자주는 아니지만 댁에 방문할 때마다 봤던 얼굴인데, 어째 더 심해진 거 같네요."

“이해해 주십시오. 봐서 잘 아실 텐데 워낙에 겁이 많아서요.”

“그러게요. 손에 닿는 것도 이러는데 그땐 어떻게 제 팔짱까지 끼고 손도 잡았었는지.”

그 말에 도현의 눈썹이 살며시 내려앉았다.

“무슨 말씀이십니까?”

“며칠 전에 방을 좀 정리하다 서랍에서 윤세아 씨 사진을 발견했거든요.”

“제 사진요?”

“네, 한 수백 장은 되더군요.”

누군가가 몰래 촬영한 듯한 사진 속에서 이현은 세아와 손을 잡고 버스 정류장으로 추정되는 곳에 있었다. 이상한 길거리를 함께 걷기도 했다. 웃기게도 어디서 주워 모은 듯한 사진들은 앨범에 곱게 정리까지 되어 있었지만 딱 거기까지. 사진을 보아도 자기가 이런 적 있었나 싶을 정도로 아무것도 생각나질 않았다. 백설이와 손을 잡고 어딘가를 돌아다녔던 건 기억나는데…….

“도현 님, 준비 다 끝났습니다만.”

“어, 지금 가. 세아야, 이제 집에 가 있자.”

“나도 들어갈래.”

“일부러 너 생각해서 사람들은 초청 안 했다지만 안에 카메라가 수백 대야. 들어가면 또 무서워할 거잖아.”

"그래도……."

"엘린 씨랑 집에 가 있어. 끝나자마자 곧바로 이동해서 갈게."

최대한 세아와 늦게 떨어지려고 이곳까지 데려오면서도 혹시 사람들을 보고 겁을 먹을까 걱정돼 도현이 신뢰하는 유니벌만 초청한 자리였다. 게다가 발표도 카메라를 통해 전달하겠다 말한 터라 세아는 고집을 부릴 수 없었다. 저를 위한 배려가 가득했기 때문이다. 하는 수 없이 도현의 손을 살짝 놓아주자 그가 엘린에게 부탁했다.

"부탁드립니다."

"걱정 말아요. 세아야, 엄마랑 가자."

"여기서 기다릴래요. 안에는 못 들어간다지만 여기 있으면 도현이 목소리는 들리잖아요."

"집에 가서 방송으로 보면 되지."

"아닙니다. 여기 있게 하세요. 원하면 말해. 언제든지 중단하고 내려올 테니까. 됐지?"

"……기다리면 되니까 중단은 하지 마."

"기다리기 지루하다면 제가 말상대라도?"

세아가 이현을 쳐다보았다. 도현은 잠시 말문을 멈추었다가 이내 입꼬리를 천천히 올렸다.

"그래 주시면 감사하겠습니다. 다녀올게."

"응……."

짧게 키스를 한 도현이 등을 돌리자 그 뒤를 유니벌들이 따랐다.

"오늘 김중오가 릭시, 벡터 본부와 합작한 연구 성과를 발표한다 들었습니다만."

"네, 기대하셔도 좋습니다."

멀어지는 모습을 가만히 지켜보던 세아의 뒤로 낮은 목소리가 들려왔다.

"이리 와서 앉아요."

세아에게 자리를 권하면서 정작 이현은 소파에 앉아 창문만 주시했다. 밖에선 아직도 눈이 내리고 있었다. 그를 노려보는 엘린은 눈가의 힘을 늦추지 않고 세아의 어깨를 감싸 소파로 향했다. 제아무리 세이렌으로 기억을 지웠다지만 엘린이 느끼기에 그 처벌은 부족했다.

"윤세아 씨와 제가 찾는 그 여자가 무척 닮았나 봅니다."

"네?"

"그래서 사진을 그렇게나 모아 둔 거 같은데……."

하지만 세아는 이 형벌이 부족하다 생각하지 않는다. 마른침을 삼키는 걸 본 이현이 눈썹을 구겼다.

"아, 기분 나쁘셨다면 죄송합니다. 윤세아 씨 말고도 하얀 인상을 주는 여자라면 달리 구분 않고 사진을 모으고 있어서요."

"……이름이 뭐라고 했죠?"

"백설이."

"그게 이름은 아니잖아요."

"기억하는 게 그것뿐이라 이름이나 다름없죠. 피부가 새하얘서 제가 백설이라고 불렀었거든요."

세아를 앞에 두고도 다른 곳에 시선을 둔 이현은 여전히 세이렌의 지배 속에서 살고 있었다. 세아와 그녀가 같은 인물이라고는 절대 생각할 수 없는 지독한 굴레.

"……알아요, 그때 도현이랑 술자리 가지실 때에도 여러 번 들었어요."

취한 이현은 도현의 앞에서 매번 똑같이 중얼거렸다. 여자 하나 찾는 게 왜 이렇게 어려운지 모르겠다고.

"꼭 백설공주처럼 입술은 사과처럼 빨갛고 눈이 컸는데."

이현은 회사에 나가는 시간을 제외한 모든 시간을 그녀를 찾는 데 쏟아부었다. 생김새를 정확히 기억하지 못하니 용의 선상에 오른 여자들만 해도 수두룩했다. 그나마 사진을 보고 익숙한 느낌이 들어 찾아가 봐도 얼굴을 보면 매정하게 돌아서는 일의 반복이었다.

"제로였다고요."

"팔찌가 없었거든. 아, 실례."

"말 편하게 해도 돼요, 도현이 친구분이시잖아요."

그러자 이현이 천천히 고개를 끄덕이며 말했다.

"손목에 뭐라도 채워 주고 싶었는데 싫다 하더라고."

"……."

"결혼하고 싶은 여자였는데 갠 그것도 싫대."

"……왜요?"

"몰라. 그냥 다 싫다고 하더라고."

"그럼 잊으면 되잖아요."

"열 번 싫다고 해도 한 번 좋다 하면 그게 그렇게 기뻤어."

이건 정말 지독한 형벌이다. 이현의 입가에 잔잔한 미소가 걸렸다.

"그래서 좋아했어. 그 한 번 내 뜻대로 해 주는 거 보려고."

좋았던 기억에 갇혀 영원히 만날 수도 없는 그 여자를 찾아 헤매게 될 테니.

"드레스를 사러 간 적이 있었는데, 그 모습이 또 너무 예뻤거든. 백설이라고 매번 불러 주니까 정말 공주가 되더라고. 동화책에서 나온 줄 알았어."

"얼굴, 잘 기억나지 않는다고 하지 않았어요?"

"어, 오래돼서 그런지 하나도."

"……."

"그거 보면서 기뻐했던 내 모습만 떠올라. 내 인생에 그런 순간이 몇 번 없거든."

지켜보는 세아의 맘이 편할 수 없었지만 그랬기에 결정한 처벌일 거다.

"근데 백설인 매번 그 기록을 갈아치우더라. 신기하지."

어서 빨리 잊으라는 무언의 경고였다. 세아가 마음을 허락한 적은 없었지만 거기에 제멋대로 들어와 발자국을 남겼던 남자다. 죽기보다 싫었지만 아직 세아에게 이현의 잔해가 남아 있다는 것까지 도현은 모두 이해하고 받아들였다. 세이렌으로 기억을 지우지 않은 것도 그런 세아까지 온전히 사랑하기에. 세아는 입가를 끌어올렸다. 그러니 보답하는 일은 단 하나다. 지금보다 더 많이 도현으로 제 안을 채우는 것.

"더 좋은 여자 만날 수 있을 거예요."

"……글쎄."

"시도를 안 해 봐서 그렇죠. 세상에 얼마나 괜찮은 여자가 많은데."

"걘 내가 본 애 중에 제일 예뻤어."

"그 여자도 다른 사람과 어딘가에서 사랑하고 있을지 모르잖아요. 포기하는 법도 알 거 아니에요?"

"내가?"

"네."

"포기라……. 조금만 더."

"……."

"더 찾아보고."

세아는 흐린 웃음을 지으며 자리에서 일어섰다. 저를 위해 다른 공간에서 노력하고 있을 남자가 이 순간 절실했다.

"안 되겠어요, 도현이 보러 갈래요."

"괜찮겠니? 안에 카메라가……."

엘린의 걱정에도 불구하고 세아는 재빨리 공간을 빠져나갔다. 당황스러운 표정을 지은 엘린이 그 뒤를 따랐다. 활짝 열린 문을 건조하게 바라보던 이현은 고개를 반대편으로 돌렸다. 흐린 숨이 창문에 낀 서리처럼 번진다. 여전히 쏟아져 내리는 눈.

언제 올래, 백설아.

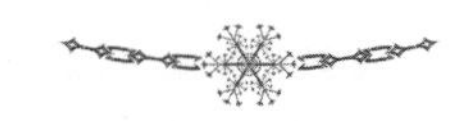

세아는 긴 복도를 걷다 뛰었다. 밖이 춥다며 도현이 입혀주었던 두꺼운 코트가 풀썩였다. 마이크 에코 소리가 웅웅대며 뱃고동 치는 공간으로 무작정 달렸다.

"벡터와 릭시에게 있는 펠다민이 제로가 가진 셀라노와 밀접한 관계가 있다는 연구 결과가 나왔습니다."

"하아……."

거친 숨을 내쉬며 들어서자 수백 대의 검은 카메라가 집중한 곳엔 연설을 하고 있는 중오가 보였다. 재빨리 눈동자를 굴린 세아가 그 뒤쪽 의자에 앉아 있는 도현을 발견했다. 잠시 눈썹을 올린 그가 부드러운 표정으로 세아를 향해 웃었다.

'왔어?'

입 모양만 움직였을 뿐인데, 그 목소리가 세아의 귓가에 들리는 듯했다. 그 옆으로 앉아 있던 자들이 도현의 미소에 의아해했지만 곧 세아를 보고선 입을 다물었다. 오늘 발표하는 연구를 완성시킨 여자나 다름없으니 더는 불결하게 바라보지 않는 시선이 세아는 아직 낯설었다.

"놀라운 건 유대 관계가 형성되었을 때 활발히 분비되는 제로의 셀라노가 향으로 배출돼 펠다민 수치에 영향을 준다는 점이죠. 이것이 벡터들의 숙련도를 올리고 릭시에게 작용된다면 초능력 발현까지도 이어집니다."

중오는 프레젠테이션을 발표하며 역사의 한 획을 그을 것이라 확신했고, 그 자신감은 오늘 이 자리에서 빛을 발했다. 세아는 심장이 빨리 뛰었다. 어서 도현에게 안기고 싶어 몸이 간지러웠다. 그를 본 도현의 표정이 한층 더 온화해졌다.

"하지만 일방적인 관계로는 셀라노의 효과를 받을 수 없습니다. 제로의 셀라노가 벡터에게 향해 있어야 하고, 벡터 역시 제로에게 집중해야 합니다. 정서적 교류가 순환해야지만 이뤄지는 것이죠."

'내가 갈까?'

"그 증거로 제로에게 관심을 가진 벡터는 셀라노로 인해 배출되는 향을 감지할 수 있게 되는데 이는 한쪽에서 일방적으로 관심을 끊는다면 지속되지 않습니다."

'가서 안아 줘?'

세아는 도리질 쳤다. 오늘은 아주 중대한 발표가 있는 자리였다.

"향으로 벡터에게 감지된 셀라노는 펠다민과 결합해 잠복기를 거치게 되는데, 이 잠복기가 바로 이번 연구의 재미있는 점입니다. 그때부터 셀라노는 갑이 되고 벡터는 을이 되니까요. 제로는 더 이상 벡터와 유대 관계를 유지할 필요가 없게 됩니다. 하지만 벡터는 아니죠. 숙련도가 오르려면 셀라노는 체내에서 유지되어야 하고 그건 상호 간의 관심이 얼마나 길고 오래 가느냐에 달렸습니다."

더는 제로가 한낱 부품 취급받으며 살아가는 게 아니라.

"제로에게서 관심을 떼지 않아야지만 유지될 수 있습니다. 그 영향이 점차 거세졌을 때, 비로소 숙련도와 초능력 발현으로 이어지는 것이죠."

함께 공존하며 살아갈 수 있는 존재로.

"거기에 제로 또한 관심을 지속적으로 준다면, 그 효과는 눈에 띄게 빨리 진행된다는 것이 연구 결과입니다."

'조금만 기다려.'

"릭시와 같은 능력 발현자들과 숙련도가 올랐던 자들을

연구 조사해 보니 전부 제로와 밀접히 연관된 자들이었습니다. 숙련도는 아무 때나 오른 게 아니라 규범을 어긴 자들에게만 허락된 상이었죠. 그걸 숨기도록 만든 사회 덕분에 늦게 밝혀진 사실이지만."

'곧 끝나.'

"그 모든 걸 증명해 줄 분을 모시겠습니다. 이젠 초능력 아홉 개를 보유하신 이글, 하도현 님입니다."

입을 움직여 열심히 세아에게 말하던 도현이 자리에서 일어섰다. 검은빛으로 치장한 그의 슈트가 흡사 왕의 곤룡포처럼 조명 아래에서 위엄을 발산했다. 중오가 자리를 비켜서자 단상에 선 도현이 마이크 대를 입술 가까이 차분히 조율했다.

"안녕하세요. 소개가 거창했는데 연구 발표회니 어쩔 수 없네요. 제가 셀라노의 영향을 가장 잘 맛보았고 또 효과를 보아 세상 모든 벡터들에게 그걸 증명해 줄 수 있는 사람으로 지목된 이상 말입니다."

"……."

"열다섯 살 때, 염력과 투시가 발현돼 최연소로 릭시 본부에 들어갔습니다. 염력은 하이 티어였고, 릭시 중에서는 첫 초능력으로 염력이 발현된 자가 없었기에 그때부터 온갖 관심을 다 받으며 훈련해 왔습니다. 능력 있는 관리자 덕분이기도 하겠죠. 어쨌든 전 십 년 동안 초능력 여덟 개를 발현시켰으니까요.”
“…….”
“하지만 그 십 년 동안 정말 만나고 싶었던 여자가 있었다면 믿겨지십니까? 강제로 이별해서 정말 그리워했던 여자가 제게 있습니다. 훈련 따윈 어떻게 받았는지 사실 하나도 기억나지 않습니다. 그녀를 만나야겠단 생각만 가득했으니까요. 정말 향기로운 체향을 가진 여자인데.”
말을 잇던 도현이 웃었다.
“제로였죠.”
세아는 심장이 뛰는 걸 느꼈다.
“순간이동이 최상이 될 때까지 버티다 도망쳐 나와 찾아간 곳이 그녀의 집이었습니다. 다시 만나면서 초능력이 하나 더 발현되었고, 세이렌은 최상이 되었습니다. 나머지 초능력의 숙련도 역시 마찬가지.”
자신을 바라보고 있는 세아를 보니, 더는 지체할 수가 없었다.
“길게 말할 필요 없이 짧게 가겠습니다. 제가 직접 경험한 자로서 말씀드리자면.”
도현의 날렵한 눈매가 세아를 뚫어지게 주시했다.
“제로와 사랑하세요. 그 방법이 가장 빠릅니다.”
유유히 입꼬리가 올라간다.
“그거 하나는 제가 확실히 증명할 수 있습니다.”

빠르게 뛰는 심장 박동과 전율을 지금 똑같이 느낄 제로가 있을 것이고, 그에 놀라는 벡터들도 한가득일 것이다. 지금 전 세계가 경험하고 있을 감정에 분노가 없다는 점에서 세상은 이미 변화할 준비를 마쳤다. 레벨의 격차는 계속 존재할 것이다. 힘은 여전히 건재할 테니까. 하지만 제로는 그 안에서도 계속 꾸준히 변화하겠지. 자신에게 손내미는 친절을 만나게 될 것이고 길거리를 지나다 어깨를 부딪쳤다는 이유만으로 죽임을 당해도 되는 하찮은 생명이 아니게 될 것이다.

"제로는 아무것도 없다는 뜻이 아니라, 무한한 가능성을 지니고 있다는 의미라 말씀드리고 싶습니다."

세아는 혈관을 가득 채운 뜨거운 열기를 느꼈다. 사랑하면 사랑한다고 말해도 되는 세상으로 만들겠다는 의지.

"저처럼요. 제가 그걸 증명한 릭시 아닙니까?"

단 한 번도 의심한 적 없었으니까.

발표는 모두 마무리가 된 듯 보였다. 생중계로 이 소식을 들은 자들의 선택만 남았으므로. 세아는 지금 이 순간 도현에게 하고 싶은 말이 많았다. 그러니 어서 빨리 단상에서 내려와 제게 와 주길 바랐는데, 오히려 도현은 허리를 더 곧게 폈다.

"발표할 사실이 하나 더 있습니다. 제가 몸소 입증한 대가로 선물을 받기로 했거든요."

그 말에 세아는 눈을 한 번 깜빡였다. 생소한 얘기였다.

"이미 전 세계 대통령과 의회, 그리고 릭시, 벡터 본부가 인정하고 받아들여 개정될 법입니다."

오늘 중오가 연구한 걸 발표하는 자리에 참관해 몇 마디 연설만 하면 된다 했었는데…….

"저 2월 19일 결혼합니다."

세아의 심장이 덜컥 내려앉았다.

"제로인 윤세아와."

처음 듣는 얘기다.

"그리고 배 속에 있는 제 아들도 함께요."

그 말에 뒤에 있던 이사진들이 술렁였다. 벡터와 릭시, 제로가 신분 구별 없이 결혼할 수 있는 개정 법안은 자신들이 수락한 사안이기에 알고 있었지만 임신 소식은 처음 듣는 거였다. 햇살이와 관련된 건 엄격한 비밀이었기에 세아는 입을 벌린 채 아무런 말도 하지 못했다.

반면 중오는 도현이 그걸 이 자리에서 발표할 걸 이미 알고 있었다는 듯 태연했다. 3일 전 알게 된 햇살이의 성별에 기뻐하며 세아에게 하루 종일 입을 맞추는 걸로도 모자라 중오의 앞에서까지 자랑하던 도현이다. 올라가는 입꼬리를 주체하지 못하면서도 이미 일주일 전에 통과된 법을 세아만은 모르게 하라 철저히 입단속을 시켰다. 중오는 저 멀리 놀란 듯 멈춰 있는 세아를 보며 한쪽 입꼬리를 올렸다.

"결혼법이 처음 시행되는 19일, 혼인신고서도 제일 먼저 작성할 겁니다."

어떤 식으로 놀라게 해 줄지 궁금했었는데 역시 도현은 무대 체질인가 보다.

"잠시만요."

단상을 벗어난 도현이 순간이동으로 눈 깜짝할 새에 세아의 곁으로 와 허리를 끌어안았다. 단단한 두 팔을 느끼며 세아는 입만 뻥긋거렸다. 해 주고 싶은 말이 많았는데 조금 전 상황이 모두 다 앗아 가 버렸다.

"그동안 고백하고 싶어 얼마나 입이 간지러웠는지……."

거기에 더 정신없게 만들 생각인지 순간이동으로 세아를 단상 앞으로 데려갔다.

"널 안고 있는 순간마다 튀어나올 뻔해서 키스로 간신히 막았었는데 넌 몰랐지."

정숙한 분위기를 자아내는 조명과 어울리지 않을 정도로 내려다보는 눈매가 몹시 야했다. 도현이 검지를 세워 세아의 코트 안쪽으로 숨어 있는 목걸이에 걸린 반지를 꺼냈다.

"세아야."

손바닥 안으로 움켜쥐며 그 위로 깊이 입 맞춘다.

"이제 나와 동거 말고 결혼하자."

속삭이는 말이 가느다란 목을 휘감는 듯했다. 그러지 않고서야 이런 순간에 말이 안 나올 수가 없다.

"오래 기다리게 해서 미안. 웨딩드레스 입자고, 이제. 내게 턱시도 입을 자격도 주고 함께 버진 로드도 걷고 사랑의 서약, 그것도 하자."

"……."

"남들 다 하는 검은 머리가 파뿌리 될 때까지 영원히 사랑하겠단 맹세, 우리도 해."

사랑하지만 인정받을 수 없던 우리의 관계.

"전부 다 하자, 이젠."

그냥 너만 있으면 된다고 위로하며 네 옆에서 버티던 시간의 끝에 얻게 된 선물이다. 도현이 나지막이 속삭였다.

"너의 남편이 되길 원해."

세아는 그런 도현을 올려다보았다.

"허락해 줘."

막상 이런 순간이 오니 떨리는 걸까. 그토록 둘 사이에서 당연히 오가던 결혼이 청혼으로 이뤄지니 도현은 평소와 다르게 긴장감이 역력했다. 거절할 리도 없는데, 세아는 왠지 도현의 그런 모습이 즐거워 입술을 더욱 꾹 물었다. 그러자 도현의 눈썹이 흠칫 떨렸다.

"싫어?"

"……."

"장난치지 말고."

"……."

“하, 너 지금 이거 햇살이가 다 보고 있어. 엄마 이러는 거 애한테 교육상 안 좋아.”

“아이 가지고 협박이야?”

세아의 눈매가 쭉 찢어졌다.

“장난. 허락 안 해 줄 거야?”

“…….”

“초능력 하나 더 생겨야 받아 주려나…….”

“그거 좋네. 회복 계열 하나 발현시킬 수 있어?”

“어?”

“하겠다고 약속하면 받아 줄게.”

도현이 설핏 웃음을 터트렸다.

“당장 해?”

말도 안 되는 소리. 하지만 세아가 원한다면 전부 이뤄낼 수 있을 거란 거친 포부는 사랑할 수밖에 없는 것이다.

“지금처럼만 사랑해 줘. 그럼 할게.”

세아만 있다면 그는 불가능을 모르는 남자가 된다. 세아는 자신에게 낮춰진 얼굴을 손으로 보듬었다. 안전해야 해, 부디 무사해 줘. 이젠 남편이 되고 내 아이의 아빠가 되어 영원히 내 곁에서 함께 살아 줘.

“좋아, 결혼하자.”

이젠 영원하자. 이 한마디를 그토록 바라왔던 것처럼 도현의 눈동자가 거칠게 뒤흔들렸다. 반으로 접히는 눈가는 안에 가득 찬 액체가 떨어지지 않으려 애쓰는 필사적인 노력이었다. 세아는 작게 웃음을 터트렸다. 여긴 밖이었고 도현은 언제나 냉철한 이미지를 유지해 왔었다. 그런 상황인데도 제가 결혼하겠다 말한 것에 눈물을 글썽이다니.

“도현아, 너 이러는 거 너무 신기해.”

“뭐가? 네가 너무…….”

“감동했어?”

“어.”

“벌써부터 이러면 어떡해. 부부 되면 맨날 울 거야?”

“놀리지 마.”

“햇살이 태어나면 울보 되겠다, 도현이.”

“세아야, 밖에서 이러면 내 위신이.”

“그러면 안 돼, 여보?”

도현의 미간이 일그러졌다. 평소엔 부탁해도 잘 안 불러주더니.

“난 울보인 여보도 좋은데 어떡해?”

오늘 이렇게 몰아서 주는 게 어디 있어. 평소 예쁘다 쓰다듬어 주던 고양이가 먼저 다가와 몸을 비비적대니 정신을 차릴 수가 없다.

“그럼 키스 잘하는 여보도 한번 만나 봐.”

도현이 거칠게 입술을 부딪쳐 혀를 밀어 넣었다. 매끄럽게 똬리 틀며 세아의 숨을 턱 막는다. 밑바닥까지 추락한 제 위신을 치켜세우려는 듯 세아의 입안을 맘껏 휘저어 놓았다. 세아는 부드럽게 팔을 뻗어 도현의 목에 감았다.

카메라가 수백 대고 생중계까지 되는 마당이지만 그런 건 하나도 기억나지 않았다. 몰아붙이는 키스가 너무나도 거세 세아는 뒷목이 뻐근했다. 도현이 단단히 세아의 허리를 감지 않았더라면 진작 밀려났을 거다. 열정적인 구애로 이뤄진 키스는 타액을 점차 돋웠고, 거기에 휩쓸린 세아는 점차 체력적으로 고단해졌다. 아무리 받아 내려 해도 도현의 욕망은 언제나 폭우처럼 거셌다.

"하아……."

"거 봐, 남편 말 들으면 좋았잖아."

끈적하게 입술이 떨어지자 도현이 몽롱한 눈빛으로 헐떡이는 세아를 바라보았다.

"무시하니까 이런 일이 생겨, 안 생겨?"

세아가 벅찼던 입을 앙다물고선 언제 그랬냐는 듯이 턱을 치켜들었다. 도현이 또 바보같이 웃다가 제 흔적으로 반질거리는 세아의 입술을 엄지로 쓸어 주었다.

"나랑 결혼할 거지?"

"응."

다시 한 번 확답이 떨어지자 도현이 날카로운 눈매로 단상 뒤에 앉아 있는 자들을 보았다.

"저 지금 허락받았는데 축하한단 말도 없습니까?"

"……축하드립니다."

이사진들이 얼떨결에 대답하자 중오가 먼저 박수를 쳤다. 고요했던 회장에 울려 퍼지는 소리에 하나둘씩 동요해 두 손을 부딪치다 곧 환호로 번졌다. 세아는 다시 한 번 도현의 목을 끌어안았다. 그 작은 몸집을 껴안으며 도현이 속삭였다.

"이젠 세상도 전부 네 거야."

「정말 그렇게 말했나?」

"네, 제게만 들렸겠지만요."

휴대폰을 든 세아는 테라스에 웅크리고 앉아 맑은 밤공기를 들이마셨다. 오늘 있었던 고백을 떠올리며 또 웃음 흘리자 수화기 너머의 서진이 나지막이 말했다.

「그래서 행복한가?」

"네, 엄청 많이요."

「그거 다행이군.」

어쩐지 서진도 웃고 있을 것만 같아 세아가 말했다.

"이제 와 말하긴 부끄러운 건데, 항상 고마웠던 게 뭔지 알아요? 나에게 포기하지 않는 법을 알려 준 거요."

「…….」

"매번 애들한테 여자라고 봐주지 말라고 했었죠? 그땐 억울했거든요. 나를 미워하나, 좀 봐주면 어디가 덧나나. 근데 시간이 흐를수록 왜 그렇게 나에게 혹독했는지 이해되더라고요."

「네가 제로라서.」

"네, 저는 남들보다 많이 약한 위치에서 시작했으니까요."

「…….」

"그건 지금도 변함없어요. 이젠 아이까지 임신해 보호의지 때문에라도 도현이가 없으면 힘들거든요. 가끔 저 자신이 너무 나약하게 느껴져 예전 강했던 윤세아가 전부 꿈처럼 느껴질 정도로 희미하긴 한데……."

세아가 흐리게 속삭였다.

"그 시간이 없었다면 저 지금 여기까지 못 왔을 거 같아요."

몸뿐만이 아니라 내면까지 강철로 만들어 줬던 게 당신이었어요.

"많이 감사해요. 제 옆에서 항상 나무처럼 있어 줘서. 그 관심 없었으면 힘들었을 거예요."

「난 한 게 없어. 전부 네가 이뤄 낸 거지.」

"항상 당신에게 인정받고 싶었어요. 그래서 노력했던 거고요. 쓸모 있는 사람이 되고 싶었어요. 가끔 그게 과하긴 했었지만…….”

「넌 내 인생에 있어서 최고의 마스터 키였어.」

그 말에 세아의 입이 멈추었다. 그동안 철수하란 명령을 거부하면서까지 이뤄 냈던 일들.

「그 어떤 막힌 문도 열어 주었지.」

세아는 전부 불복종하며 해결했었다.

「마지막 제일 큰 문까지 열었어, 네가. 그러니 이젠 행복해져도 돼.」

도현의 사랑까지. 어려서부터 기대어 왔던 사람이라서 그런가. 부모처럼 생각했고 오빠처럼 여겼고 후견인이었던 서진이 그렇게 말하니 전부 끝난 것만 같은 기분이 몰려왔다. 세아는 애써 눈물을 참아 내며 웃었다.

“정말 잘한 거라면 평가를 해 주셔야죠.”

「그건 결혼식 때 말해도 되나?」

그러니 이젠 정말 끝.

「어차피 훌륭하겠지만 그래도 직접 보고 얘기해 주고 싶군.」

세아는 작게 고개를 주억이며 속삭였다.

“결혼식 이틀 뒤예요. 늦지 말고 오셔야 해요.”

전화를 마친 세아는 뜨거운 휴대폰을 꼭 움켜쥐었다. 눈앞에 보이는 세상은 이미 중오의 연구 발표로 인해 떠들썩해진 뒤였다. 세아에게 아주 바빠질 거라더니 그게 연구 자료로서 바빠지는 건 줄은 까마득하게 몰랐었다. 세아의 주변에서 일어난 일들은 벡터들의 인식에 자리매김하는 데 큰 역할을 차지했다. 그저 허무맹랑한 연구일 뿐이라며 무시할 수 없는 자들의 숙련도가 올랐고, 도현은 아홉 번째 초능력이 발현되었다.

그 사실에 오히려 열광하는 건 벡터들이었다. 숙련도가 오르는 데에 아무런 연유가 없다고 알고 있었는데 그 방법이라는 게 사실 존재했다니. 다만 한순간에 벌레에서 조력자로 이미지가 바뀌어 버린 제로들은 얼떨떨했지만 그마저도 곧 적응해야 할 현실이었다.

"여기 계셨습니까?"

"네, 묻고 싶은 게 있었는데 마침 잘됐어요."

방에서 나와 도현에게 가려던 세아가 중오를 보며 궁금한 듯 말했다.

"결혼법이요, 어떻게 통과된 거예요?"

"도현 님께서 말씀 안 하셨습니까? 본부에서 초능력이 하나 더 발현되면서 주는 선물이라고."

"그게 다가 아니잖아요."

간혹 이런 모습을 보면 정말 예리한 여자라고 생각한다. 중오는 입가에 웃음을 그린 채 말했다.

"셀라노가 벡터에게 좋은 영향을 미친다는 사실을 이젠 그들도 무시할 수 없게 된 거죠."

"도현이가 초능력이 하나 더 생겼으니까요."

"맞습니다. 아시다시피 제로와 정서적 교류가 있어야지만 가능한 일 아닙니까? 앞으로 제로에게 달려들 벡터들이 수두룩할 테고, 그들을 다 처벌하기엔 이미 그들도 제로를 좋게 보고 있습니다. 그러니 결혼 정도야 얼마든지 법적으로 허용해 줄 수 있죠."

더는 길거리에서 벡터와 제로가 함께 다닌다고 해서 따가운 눈총을 받거나 신분의 경계를 넘었다고 처벌받지 않아도 될 터였다. 벡터들이 제로에게 먼저 다가가는 일이 아주 자연스러운 현상이 될 테니까.

"그리고 지금 릭시 본부에서는 윤세아 씨를 좋게 보고 있습니다."

"절 왜요?"

"도현 님께 아까 발표회에서 당당히 초능력 하나를 더 발현시키라고 요구하지 않으셨습니까?"

세아는 헛숨을 뱉었다. 도현이가 걱정돼서 한 발언이지 그들의 바람을 이루고자 한 것이 아니었다.

"임신 소식이 알려지면서 이젠 도현 님 아이에게도 관심이 쏠리고 있습니다. 그러니 결혼도 호의적일 수밖에요."

"우리 햇살이는 왜요?"

"도현 님과 윤세아 씨 아이 아닙니까? 물론 태어나는 건 제로겠지만서도."

"우리 햇살이 절대로 외부엔 노출 안 시킬 거예요."

“기대하는 것뿐입니다. 그건 저도 마찬가지고요. 보호 의지가 남들과는 비교조차 되지 않을 정도로 강한 윤세아 씨인데, 그 애정을 먹고 자란 아이가 어떨지 궁금할 수밖에요.”

중오의 입술 끝이 날렵하게 올라갔다.

“혹시 릭시가 될지 누가 압니까?”

그가 먼저 몸을 돌리며 말했다.

“그 가능성은 지금 윤세아 씨에게도 있습니다.”

잠시 멈칫했던 세아는 천천히 걸음을 떼어 내는 중오를 보았다. 도현 님께선 아래층에 계십니다. 소중히 배를 손으로 문지른 세아가 결국 그의 뒤를 따라 복도를 걸었다.

“크기가 이만한데 얼마나 귀여운지. 한번 보시겠습니까?”

중오가 안내한 응접실엔 도현의 목소리가 중심을 이루고 있었다. 정확히 말하자면 햇살이 얘기가 화젯거리였다. 초음파로 며칠 전 성별을 알게 된 이후, 그 사진을 제 지갑 안에 맞게 잘라 넣어 두고선 틈만 났다 하면 꺼내 보곤 하던 도현이 이젠 임신 사실까지 알려진 마당에 스스럼없이 다른 유니벌들에게 그걸 보여 줬다.

“정말 작군요. 얼마나 되었습니까?”

“이제 17주 2일입니다. 누굴 닮았는지 정말 잘생겼죠.”

“아, 그렇…… 군요.”

리만이 ‘허허’ 웃으며 진땀을 빼는 게 보였다. 입체 초음파로 찍은 사진으로는 아직 얼굴을 제대로 확인할 수 없음에도 불구하고 도현은 콧날이 오뚝하다느니 눈이 세아를 닮아서 크다느니 자신만이 느끼는 발언을 했다. 게다가 그걸 자리에 앉아 있는 사람들 전부 돌려보게 하다니. 초음파를 본 자들이 성의껏 웃으며 감상을 내뱉자 도현이 흐뭇한 미소를 지었다.

세아는 그 모습을 보며 떡하니 입을 벌렸다. 제 앞에서 기뻐하던 도현이 다른 사람들에게까지 그 본성을 숨기지 못하고 드러내니, 저러다간 팔불출 소리 듣기엔 딱이었다.

"우리 세아는 입덧도 안 합니다. 햇살이가 너무 얌전하고 착한 거죠. 엄마 고생시키지 않으려는 성격이 저와 너무 닮았어요."

"하하, 그러시군요."

"아, 제정신이 아니네요. 요즘은 세아 배만 봐도 좋습니다. 빨리 자라서 나왔으면 하는데, 태동도 느껴 보고 싶고."

"금방 자랄 겁니다."

"그래야죠. 어서 엄마 안에서 나와야 다음번에 딸을 노릴 수도 있는데."

"야, 하도현!"

저게 못하는 말이 없어. 세아가 놀라 다가서자 도현이 씩 웃으며 팔을 벌렸다. 세아가 거친 숨을 내쉬며 앞에 서자 허리에 손이 감겼다.

"왔어? 안 그래도 네 자랑 중이었는데."

그 손길이 또 너무 좋은 터라, 세아는 힘껏 찌푸렸던 인상을 펼 수밖에 없었다. 도현이 제 다리 위로 세아를 앉히고는 뺨에 입 맞췄다.

"김중오가 헛소리한 거니까 신경 쓰지 마. 햇살이 태어나면 절대 밖에 안 내비쳐."

일부러 응접실과 제일 멀리 떨어진 곳으로 가 작게 통화했는데 그걸 듣다니. 도현의 초능력이 아홉 개가 되면서 이 넓은 저택도 모두 도현의 가청 범위 안에 있었다. 안 그래도 불안해했는데, 그제야 안심이 돼 세아가 고개를 끄덕였다. 도현의 커다란 손이 아랫배를 부드럽게 문질렀다.

"다들 인사하세요. 요즘 제 행복 그 자체인 여자입니다."

저렇게 낯부끄러운 말을 하다니. 세아가 차마 눈을 마주치지 못해 시선을 아래로 내린 채 인사했다. 도현이 조금 전 한 발언 때문에 얼굴이 다 뜨거웠다. 도현이 진지하게 말했다.

"제 아들한테도요. 다 듣고 있으니 인사 한 번씩 하세요."

세아는 고개를 푹 숙였다. 제발 그만해.

"정말 너 때문에 부끄러워서 고개를 들 수가 없어."

"내가 뭘?"

"그걸 몰라서 물어?"

세아는 태연한 도현의 얼굴을 보며 눈을 쭉 찢었다. 결혼을 축하하기 위해 모인 자리임에도 처음부터 끝까지 도현은 햇살이 얘기뿐이었다. 그 말들을 주의 깊게 들어주는 것도 한두 번이지, 두 시간 내내 지속되니 목이 탄 듯 위츠와 리만은 술만 축냈다.

"아직도 얼굴이 새빨개."

"거기만 빨개?"

세아가 어깨를 툭 밀치자 도현이 씩 웃었다.

아까 그 장면은 세아에게 절대로 잊을 수 없는 장면이었다. 위츠가 그렇게 어색해하는 모습과 리만이 화장실을 핑계로 자리를 여러 번 일어서는 것도 세아는 처음 보았다. 게다가 닉은 어떤가. 자신도 질 수 없다며 아예 수첩 모양의 앨범을 품에서 꺼내 들었고 거기엔 햇살이의 초음파 사진이 가득했다.

"……아빠가 그걸 가지고 있을 줄은 몰랐어."

"난 대충 알고 있었는데."

"정말?"

"어, 여기서 내가 듣지 못할 말은 없지."

연구 발표회를 앞두고 임신 소식까지 함께 말할 생각이었던 터라, 도현은 몇 주 전부터 아예 저택에 제로 전문 의료진을 숙식하게 했다. 기계도 모두 최첨단으로 준비해 두어 언제라도 꼼꼼하게 세아의 상태와 햇살이까지 볼 수 있었다. 한데 의아한 건 의사가 진료를 마치면 꼭 닉이 그를 따로 부른다는 거였다.

"그럼 매번 햇살이 상태 듣고 보신 거야?"

"네 상태도. 맨날 나한테 몰래 묻거든. 너 뭐 먹고 싶은 거 없는지, 배는 얼마나 나왔는지."

그러고 보면 매일 지나가는 식으로 묻곤 했다. 뭐 먹고 싶은 건 없느냐? 식사하고 난 뒤라 고개를 내젓던 세아가 참으로 눈치 없던 거였다. 배부른 걸 알면서도 묻는다는 건 저를 챙겨 주고 싶어 하는 관심이었는데.

"나한테서 책도 빌려 가신다."

"어떤 책?"

"제로 육아법."

"세상에나."

세아는 입이 절로 벌어졌다. 겉으로는 내색하지 않고 단 한 번도 세아가 진료받는 공간으로 들어온 적 없던 그였다. 한데 뒤에서는 이리도 햇살이에 대한 관심이 높았다니. 하루가 멀다 하고 햇살이의 용품을 사거나 벌써부터 아이의 놀이방을 만드는 게 취미가 된 엘린과는 전혀 다른 면모였다.

"우리 햇살이 벌써부터 이렇게 큰 사랑을 받아서 어떡하지."

“건강하게 태어나 줘야지. 할 수 있지, 내 아들.”

도현이 세아의 배를 문질거리며 말하다 문득 고개를 들었다.

“뽀뽀해 줄까?”

“어?”

“해야겠다.”

‘쪽’ 짧게 세아의 입술과 부딪친 도현이 그대로 세아를 소파로 눕히며 배를 밀어 올렸다. 그 손길에 부드럽게 쓸려 올라간 옷 안쪽으로 드러난 배에 도현이 깊이 입술을 대었다. 아, 저도 모르게 튀어나온 음성에 세아가 입을 틀어막았다. 혀로 살살 피부를 자극하는 게 여간 참기 어려웠다.

“너 뭐해?”

“엄마 키스를 대신 옮겨 준 거야. 난 매일 하루에도 수십 번은 인사하는데 엄마는 못하니까.”

세아가 비식 웃으며 손님들이 머물다 간 자리를 한 번 훑었다. 세아가 싫어한다며 아이가 태어날 때까진 금주를 할 거라 선언한 도현이 술을 거부했기에 아쉬운 자들을 달래는 건 닉의 몫이었다. 저를 대신해 감사 표시를 아쉽지 않게 해 달라 도현이 직접 부탁했기에 아마 일찍 들어오진 않을 거다.

“너희들, 올라가서 안 자니?”

“곧 잘 거예요.”

"어서 움직여야지. 언제 씻고 잠들려고 그러니?"

마침 응접실 안으로 들어온 엘린은 벌써 잠옷 차림이었다. 세아가 도현의 손목을 잡으며 본 시간이 9시였다.

"근데 엄마, 아직 주무시기 이른 시간 아니에요?"

"얘는, 결혼식이 이틀 뒤인 신부가 그런 말을 하다니. 내일부터 엄청 바쁠 테니 너도 얼른 자렴."

엘린이 딱 잘라 말하며 등 돌리자 세아는 마른침을 꼴깍 삼켰다. 하루 사이에 준비해야 하는 게 많은 걸까. 주변에 이렇다 할 친구도 없었기에 결혼식은 세아에게 생소하기만 했다.

"어떻게? 나 뭘 해야 되는데?"

"넌 아무것도 할 거 없어. 나랑 엘린 씨가 알아서 다 준비할 거니까."

"정말?"

"응, 우리 결혼식 보려고 사람들 모여들고 취재하려 카메라 붙고 그런 거 싫지?"

"당연하지."

"내가 다 알지. 우리 세아 보호 의지 때문에 안 그래도 힘드니까 결혼식은 저택에서 조용히 하기로 했어. 날짜는 이미 외부에 알려졌지만 어디서 하는지 모르게 보안 철저히 신경 쓸 거고 그나마 안면 있는 리만 씨랑 위츠 씨만 초대할 예정이야. 그리고 네 그 멤버들."

“카시스.”
“그래, 전부 데려올 거야.”
도현이 세아의 이마 위로 입술을 부딪쳤다. ‘촉’ 간지러운 소리를 내며 떨어진 입술이 몹시 가깝다.
“하객은 그거면 돼?”
“응.”
“세상 밖에다 떠들면서 자랑하고 싶은데 그러기엔 우리 둘의 소중한 결혼식이잖아.”
손을 들어 뺨을 쓸자 세아가 나른하게 눈을 감았다가 떴다.
“너와 내가 충분히 즐길 수 있게 조용하고 완벽하게 하고 싶어.”
“응…… 나도 그게 좋아.”
“그래, 그러자. 해 줄 테니까.”
세아가 뭘 하든 다 좋다고 할 위인이다. 지금 도현의 얼굴에선 입술을 덮치고 싶다는 욕망도 보였고 어떻게 하면 더 사랑받을 수 있을까 하는 고민도 보였다. 세아는 도현의 어깨를 살짝 그러쥐며 입술을 먼저 부딪쳤다. 그다음은 결혼식에 관해 물었다.
“주례는 누가 봐주시는데?”
“김중오가 하겠다네.”
“못살아, 나 완전 표정 굳는 거 아니야?”
소파에서 발딱 허리를 일으킨 세아를 본 도현이 눈썹을

꿈틀거렸다.
“왜? 걔가 그런 건 잘해.”
“아니, 우리 첫 만남이 좋았던 게 아니잖아.”
“그렇지만 지금은 최고로 좋지.”
“최고까진 아니야.”
“그럼 내 관리자라고 생각하고 봐. 나 어른 될 때까지 걔가 키운 거나 마찬가지니까.”
“하긴…….”
최연소로 릭시 본부의 문을 두드린 도현이었지만 극진한 대접을 해 주고 싶어도 거부했을 터였다. 그런 도현을 옆에서 끈질기게 집념으로 달라붙어 성장시킨 중오다. 세아가 조심스레 물었다.
“중오 씨가 너에게 아버지 같은 분이야?”
“너무 가는데. 내 보호자는 윤세아야.”
“그건 그래.”
“인정하면 올라갈까?”
그의 팔은 언제나 세아를 향해 열려 있다. 손만 뻗으면 알아서 기억하고 있던 세아의 몸 부위를 정확히 끼워 맞춰 들어온다. 가장 안정된 자세로 세아를 안아 든 도현이 순간이동으로 위층 침실로 향했다.
“다 먹었어?”
“응.”

세아는 도현이 챙겨 준 철분제를 삼키며 들고 있던 컵을 건네주었다. 매일 잠들기 전 세아의 배에 얼굴을 대고 만지며 햇살이와 얘길 나누던 도현이 곧바로 베개를 두드렸다.

"일찍 자자. 잔소리 더 들으면 안 되니까."

자장가같이 나긋한 목소리라서 그런가…… 이상하게 도현이 자자고 하니 금세 수면욕이 몰려온다. 요즘 밤이 깊어지는 조용한 시간에 대화를 나눠서 그런지 그의 목소리를 더 또렷하게 기억할 수 있다는 장점이 생겼다. 목울대를 어떻게 울리는지, 높낮이는 어떤지.

"세아야, 사랑해."

고백할 때 표정이 어떤지. 세아는 스르륵 풀렸던 눈꺼풀을 밀어 올렸다. 그러자 도현이 팔을 뻗어 세아의 머리 밑으로 가져다 대었다. 안쪽으로 구부리면 자연스럽게 세아의 얼굴은 도현의 가슴으로 파묻힌다. 좋은 느낌이다. 도현의 냄새는 꼭 산림 한가운데 온 듯한 기분을 안겨 준다.

"나도 많이 사랑해."

"얼마나."

"아주 아주 많이."

"그게 끝?"

"응……."

"너 대체 언제 내 발끝이라도 따라올래?"

도현이 낮은 목소리로 묻자 세아가 발끈했다.

“무슨 말이 그래? 나 정말 너 사랑하는데.”

“나와 비교하자면 한참이나 부족해.”

“그런 식으로 자꾸 내 사랑 의심해 봐. 국물도 없어.”

“이럴 땐 못 이기는 척 입이라도 맞춰 주지. 너무 애교가 없어서 걱정이다.”

“지겨워, 그 말도.”

“이런 여자가 뭐가 예쁘다고 그렇게 울고 비는지…… 한 번만 봐 달라고 애원하고.”

“너 정말.”

“그 매력에 키워, 고양아.”

유치한 말이 몇 번 오갔다. 그사이엔 하릴없이 터지는 웃음도 함께였다.

“정말 사랑한다고, 하도현. 너밖에 없다고.”

가슴에 대고 속삭여 주니 깊이 새겨지는 말이라, 도현은 더 들뜬 얼굴로 물어 왔다.

“햇살이 태어나도 계속 내가 1순위야?”

“글쎄…… 태어나 봐야 알 거 같아.”

“뭐?”

“……왜?”

“내가 먼저여야지.”

“그런 게 어디 있어. 우리 아이인데 엄마가 돼서 사랑 주는 건 당연한 거잖아.”

"그래도."

"그럼 네가 키스해 달라는데 뒤에서 햇살이가 울어. 만약 네가 나라면 누굴 먼저 선택하겠어?"

도현이 진중하게 눈동자를 굴렸다.

"나한테 빠르게 키스하고 햇살이한테 달려가기."

"……말이 되는 소릴 해, 진짜."

"아니, 내가 햇살이를 안고 달래면 네가 나한테 키스해 주면 되잖아."

"그 방법도 괜찮네."

"그럼 내가 1순위지?"

"그래그래."

비식 웃음을 터트리며 세아가 눈을 감았다.

"벌써부터 햇살이한테 질투나 하고 말이야. 아빠라더니, 겉만 번지르르하지 완전히 애가 되어 가고 있어."

"남자아이라서 더 그렇지. 나 안 닮았으면 좋겠다."

"왜?"

"그럼 네가 또 반할 테니까."

"이건 무슨 자신감이야?"

세아가 설핏 미간을 구겼지만 차마 아니라고는 말 못했다. 정말 도현이를 꼭 닮으면 어쩌지, 그럼 정말 1순위 못 해 줄 수도 있는데…….

"햇살이 이름은 뭐로 할까. 엘린 씨는 우리 뜻을 존중하겠다는데 넌 생각한 거 있어?"
"첫 번째 아이니까 나도 네 뜻을 따를래."
"둘째는 세아가 짓고?"
"응, 너한테 먼저 기회 줄게."
"너 지금 되게 자연스럽게 나랑 약속했어. 둘째 가지기로."
그 말에 세아의 속눈썹이 확 올라갔다.
"그게……!"
"무르는 거 없어. 햇살이도 지금 다 들었어. 엄마가 동생 만들어 준다고."
"……."
"둘째 있으면 좋잖아. 외롭지 않고. 너랑 나는 외동이라서 형제 없이 컸다지만 우리 아이들까지 그렇게 할래?"
"그건 아니지만 아직 햇살이 안에 있는데 벌써부터 이런 얘기하는 건."
"뭐 어때. 원래 자식 농사는 짓기 전부터 생각하는 거야. 차근차근, 계획적으로."
"참나, 농사꾼 다 되셨네요."
"네, 씨 뿌리는 건 잘해요."
그게 뭐야. 세아가 웃음을 터트리자 도현이 머리 위로 기대었다.
"태민이 어때?"
"……어?"

"햇살이 이름. 클 태에 하늘 민 자 써서."

"태민이…… 하태민."

작게 속삭이니 청명한 하늘이 가슴으로 펼쳐지는 듯했다. 세아는 은은한 미소를 지으며 고개를 끄덕였다.

"예쁘다. 큰 하늘이라니."

도현의 손이 부드러이 세아의 뺨을 훑고 지나갔다.

"내 하늘이 너거든."

……나도 알아. 말해 주었지만 두근거리는 심장은 숨길 수 없었다.

"태민이로 결정한 거야?"

"응, 난 좋아. 태민이, 태민."

"이제 정말 자자. 엘린 씨 우리 떠드는 거 다 듣겠다."

"으응……."

"세아야."

"응?"

"나 수면제 좀 줘."

세아가 고개를 자연스럽게 들어 올려 도현의 입술에 입맞췄다. 살짝 벌어지는 입술 사이로 서로의 숨결이 오고 갔다. 금세 뜨거워진 온기가 표면의 주름을 핥으며 지나간다.

"네가 먼저 줘야지."

그 순간을 참지 못해 항상 재촉하는 건 도현이다. 세아는 제 안에 감춰 두었던 새빨간 혀를 내밀어 도현에게 선사했다. 이 순간만큼은 도현도 치료에 임하는 환자처럼 얌전하다. 세아 홀로 움직일 뿐이다. 그게 서투르고 또 조심스러워 어느 순간부터 도현이 수면제라고 불렀다. 이렇게 섬세한 키스를 받으면 잠이 잘 온다고. 느릿하게 휘감자 도현의 눈꺼풀이 나른해지는 게 느껴졌다. 숨소리가 현저히 느려진다. 조이는 입술도 힘을 잃고 느슨해진다. 세아는 도현이 깨지 않게 살짝 빠져나와 눈감은 그를 바라보며 속삭였다.

"잘 자, 내 사랑."

매일 이렇게 제 옆에서 잠들어 주길. 이제 그러겠노라 약속할 날이 하루밖에 남지 않았다.

그 하루는 정말 전쟁 같았다. 아침 일찍부터 세아를 깨운 엘린은 눈도 제대로 뜨지 못한 세아를 데려다가 밥부터 든든히 먹였다.

"오늘 하루 종일 서 있어야 하니까 남기지 말고 전부 다 먹으렴."

분주히 움직이던 메이드들이 앞에 내려놓은 샐러드를 콕 찍어 입에 넣고 우물거리던 세아가 그 말에 눈을 깜빡였다. 도현은 블랙커피를 한 모금 마시며 세아의 눈곱을 떼어 주었다.

"드레스부터 맞추고, 헤어와 화장은 어떤 게 좋을지 맞춰야 해. 그리고 제일 중요한 액세서리. 널 데리고 매장을 돌아볼 수는 없으니 오늘 전부 저택으로 불러들였단다."

"애 졸려서 아직 정신도 못 차렸는데요. 살살 하세요."

"말도 말아요. 아침부터 온갖 유니벌들이 선물을 보내와서 지금 정원부터 정리해야 하니까."

"……선물이요?"

"내일 여기서 비공개로 결혼식을 진행한다는 걸 알고선 화환이니 뭐니, 다 잘 보이고 싶은 자들의 성의 표현이지."

도현이 뜨거운 김이 올라오는 커피 잔을 조심스레 떼어 내며 눈썹을 치켜세웠다.

"그 정보를 대체 누가 흘린 겁니까?"

"뭐라고 하지 말아 줬음 해요. 내 남편이 어제 술에 취해서 말한 모양이니까."

엘린이 한숨을 푹 내쉬며 아직 숙취로 침대에서 벗어나지 못하는 닉을 떠올렸다. 리만와 위츠 외에도 몇몇 유니벌을 만난 모양인데, 함께 자리를 가지던 중 실수를 한 것이다. 누가 어디서 뭘 샀는지, 하다못해 누가 돌멩이를 밟고 비틀거렸는지조차 속속 귀에 들어가는 유니벌의 연락망이다. 평소 도현에게 잘 보이고 싶어 안달 난 자들이 그 소식을 접하고 얌전히 있을 리 만무했다. 클로비스가 취한 김에 실토한 말 중에는 결혼식을 저택에서 비공개로 진행한단 얘기도 있었다.

도현이 통밀빵을 조금 떼어 내 세아의 입에 넣어 주었다.

"장소를 옮겼으면 하는데요. 별장도 있지 않습니까?"

"그래야겠어요. 우선은 닉에게 비밀로 해요. 내 남편이지만 어제 얼마나 술을 마셨는지, 옆에 눕자마자 깼다니까요?"

그걸 아기 새처럼 받아먹어 오물거리는 입만 봐도 도현은 배가 불렀다. 빵을 삼킨 세아가 눈치를 보며 말했다.

"도현이가 어제 괜히 대접 부탁드린다 말해서 그래요. 원래 아빠 뭐든 한다면 하는 분이시잖아요."

"우유도 한 모금 마시고."

"응, 하아…… 그러니까 아빠한테 너무 뭐라고 하지 마세요."

"그래도 말할 게 따로 있지. 아무튼 도현 군이 비공개로 결혼식 진행한다는 거에 감히 토를 달 수 없는 입장이지만, 마음을 담은 선물이라는 건 하기 나름이잖아요? 이름까지 적어서 보냈으니 한번 창밖 좀 보세요. 난리도 아니니까."

그건 정원이 훤히 보이는 창문으로 다가가지 전에 알아챘다. 현관부터 줄지은 선물이 가득했고, 그 행렬은 아직도 이어지고 있었다. 세아가 놀란 얼굴로 창밖을 보자 자동차가 여럿 서 있었다.

"누가 왔어요?"

"선물이란다."

저 수십 대가 다 선물로 준 거라고? 세아가 차마 말을 잇지 못하자 뒤로 다가선 도현이 인상을 찌푸렸다.

"성의라기엔 적당히 하는 법을 모르는군."

"창고라도 하나 마련해서 넣어 둬야겠군요. 도현 님께 관심을 표한 것이니 제가 따로 리스트로 작성해 두겠습니다."

중오의 표정도 좋지 못했다. 오늘 몹시 바쁠 예정인데, 거기에 일이 하나 더 는 셈이니 달가울 리 없었다. 한숨을 내쉰 중오가 간단하게 오늘 도현의 스케줄을 브리핑했다. 그걸 얌전히 옆에서 함께 듣고 있던 세아가 물었다.

"오늘 한국 가?"

"어, 오늘 예정되어 있던 제로 보육원 설립식인데 마침 잘됐어. 가서 얼굴도 좀 비추고 상황도 둘러보고."

"그럼 난?"

"애가 아직도 씻지도 않고 여기서 뭘 하는 거야."

메이드를 시켜 정신없이 선물을 정리하던 엘린이 거실에 한가롭게 앉아 있는 세아를 발견하고선 냉큼 다가왔다. 할 일이 얼마나 많은데 한가롭게 뭘 하는 거냐며 욕실로 쫓겨나는 걸 본 도현이 일어나서 함께 따라갔다.

샤워를 하는 내내 엄마가 무섭다는 둥, 빨리 오면 안 되냐고 조르는 세아를 달래 주느라 평소보다 더 긴 시간이 소요됐다. 워낙 시간은 칼같이 지키는 도현이라 웬만하면 중오도 입을 열지 않았다. 대신 욕실을 나오니 오늘 입어야 할 의상과 액세서리까지 전부 준비해 놓은 뒤였다. 세아에게 견디기 힘들면 언제든 연락하라 말해 주고 혹시 몰라 한결과 시우에게까지 당부했다. 도현이 외출하기 전 꼭 거치는 과정이었다.

"내일 새신랑이 되시는데, 이거 스케줄을 캔슬시키지 못해 죄송합니다."

"알면."

"한데 원래 큰 거사를 치르기 전이 더 바쁜 법 아닙니까?"

"입 다물고 있어."

설립 개회식이 있기 전, 도현은 차 안에서 오늘 일정을 꼼꼼히 점검하며 중오의 말을 씹어 삼켰다. 도현의 이름으로 설립된 보육원 수가 벌써 열 개가 넘고, 곧 지어질 곳도 스무 곳이나 되었다. 다른 나라에선 도현이 신뢰하는 유니벌들이 제로의 편의를 위해 힘을 쓰고 있는 중이었다. 그 밖에 내추럴과 제너럴의 장학금 문제까지 해소하고 있어 어제의 연구 발표가 도현에겐 이득이 되어 다가왔다. 대가를 바라서 한 건 아니었지만 어쨌든 그동안 행해 왔던 선행과 더불어 귀중한 양분이 될 제로들을 보호한 데다가 한쪽에만 치우치지 않고 벡터의 뒤까지 봐주었으니 좋은 얘기가 쏟아질 수밖에 없었다.

“하루아침에 제로를 귀빈 대접해 주다니, 역시 힘에 눈먼 자들의 사고방식이라 너무 뻔한데.”

“앞으로가 시작입니다. 초반에 이리도 열광적이면 뒤로 갈수록 사늘하게 식을 수도 있는 법이죠. 게다가 벡터들에게 악용되다 버려질 여지도 많고요. 어딜 가든 어두운 세계는 형성되기 마련 아닙니까.”

“그것까지 내가 보도록 해 봐야지.”

“그건 그렇고, 요즘 자선 사업을 꾸준히 해 와선지 정계에 진출하시는 거 아닌가 기대들이 많습니다.”

“웃기고 있네. 태민이 태어나면 일 확 줄일 거야.”

“지금도 확 줄이신 거 아닙니까?”

“회사만 신경 쓸 거라고. 내 옆에서 잘 봐둬. 곧 네가 나 대신 해야 할 일이니까.”

이것 참, 중오가 쓰게 웃으며 시계를 내려다보았다. 곧 개회식이 시작될 시간이다.

“이글의 관리자이니 그 정도는 해야 되겠죠. 어제 프러포즈하시면서 눈물 글썽인 것 때문에 이미지 조금 망가지셨을 텐데 포커페이스 유지하시고요.”

“아, 젠장.”

도현이 쓰게 미간을 구기며 밖으로 나섰다. 동시에 화려하게 터지는 플래시 세례에 도현은 눈 하나 깜짝하지 않고 차가운 표정을 유지했다. 시선이 닿는 곳마다 벨 것만 같은 느낌은 여전했지만 머릿속으로는 세아가 지금 뭘 하고 있을지, 어떤 드레스를 고르고 있을지 행복한 상상에 가득 젖어 있었다.

커팅식을 마치고 기념 연설을 했다. 이곳에서 지내게 될 제로들이 입양법을 통해 새 부모를 찾길 바란다고. 그 자리엔 국내 유니벌들도 당연히 자리했다. 많은 박수갈채가 쏟아지고 자리를 내려온 도현의 주변을 가드들이 둘러싸 기자들의 난입을 막았다.

"워낙 급하게 와서요. 인사가 늦었습니다."

"아닙니다, 결혼 축하드립니다. 어제 축하 자리에 함께했으면 더 좋았을 텐데 선물을 보내는 게 전부라 아쉽군요."

"어젠 워낙 간소하게 마련한 자리라 나중에 제가 초대해 드리겠습니다. 절 위해서 이리도 힘써 주시는데 그만한 대접은 제가 당연히 해 드려야죠."

서운했던 맘이 사르륵 녹는 발언이었다. 강찬과 성재의 입가엔 어느덧 웃음이 걸렸지만 일한은 여전히 아쉬운 맘이 더 컸다.

"내일 결혼식을 비공개로 하신다 들었습니다."

"임신을 해서요. 보호 의지 때문에 사람을 많이 부를 수 없는 상황입니다."

"이거 원…… 한국에서도 하시질 않으니."

"이해 부탁드립니다."
"로맨틱하던데."
"……."
"어제 연설 잘 보았습니다. 윤세아 씨에게 고백하는 것도."
뒤늦게 자리한 이현이 손을 내밀었고 도현이 그를 잡았다.
"곧 다음 스케줄로 이동해야 해서 시간이 없는데, 먼저 실례하겠습니다."
"네, 그러세요."
"신이현 씨는 저와 차로 가면서 얘기 좀 나눌까요?"
이현이 고개를 한 번 끄덕이며 도현과 함께 발맞춰 걸었다.
"눈 밑이 어두운데 어제 못 주무셨나 봅니다."
"요즘 잠을 잘 못 잡니다."
"불면증인가요?"
"그건 아니고…… 일부러 안 자게 되더라고요. 시간을 빼앗기는 기분이라서."
도현이 차갑게 웃었다.
"아, 찾으시는 분이 있다고 하셨지."
"기억이 희미해 조금만 생각 안 하면 잊힐 것만 같습니다."
"그러시군요. 제가 그 기분을 잘 알죠."
미약하게 이현의 눈썹이 구겨졌다.
"최상의 세이렌은 뇌를 지배하는 힘을 가졌다고 합니다. 범위형이면서도 지속형에 속하는 초능력이죠. 하지만 그것도 그저 과거 기록일 뿐이라서요. 어디까지 유지되는지 실험해 보고 싶기도 하고. 그게 의지로 벗어날 수 있는지도 궁금합니다."

"무슨 말씀이신지."

"백설이라고 했나요? 찾는 여자분."

차 앞에 다다르자 중오가 문을 열었다. 비스듬히 이현 쪽으로 어깨를 돌린 도현이 주머니 안으로 손을 밀어 넣었다.

"꼭 찾으세요. 이제 정말 포기하고 싶다고 느낄 때쯤 제게 말씀해 주시면 좋은 인연 소개시켜 드리겠습니다. 신이현 씨도 결혼하셔야죠."

"……글쎄요. 아직까진 그럴 생각이 없어서."

"좋네요. 한 십 년쯤 그리워해 보세요. 그럼 답 나옵니다. 더 해도 될지, 포기할지."

도현이 손을 빼 이현의 어깨를 두어 번 두드렸다.

"물론 저 같으면 포기 안 하겠지만요."

한쪽 눈가를 구긴 도현이 곧 미소 지으며 어깨에서 손을 떼어 냈다. 차에 오르려 하자 등 뒤로 이현의 목소리가 들려왔다.

"인사가 늦었지만 결혼 축하드립니다."

도현이 잠시 멈추었다가 이내 입꼬리를 올렸다.

"……댁한테 제일 듣고 싶었던 말인데. 고맙습니다. 나중에 술이나 한잔하시죠."

살짝 고개를 숙였다가 들자 도현을 태운 검은 차가 유유히 시야에서 사라졌다. 이현은 제 검은 구두를 내려다보며 바닥으로 비벼 쓸었다. 십 년…….

“너무 과해요.”

“뭘, 이 정도는 당연히 해 줘야지.”

세아는 부끄러운 듯 거울에 비친 제 모습을 빤히 바라보았다. 아직 배가 그리 많이 나오지 않은 세아는 에이라인 드레스를 입은 자신이 낯설었다. 별로 티가 나지 않는다는 말이 어쩐지 현실성을 더 떨어뜨렸다. 제 배 안에는 태민이가 있는데 드레스를 입으니 감쪽같이 숨겨졌다.

제작을 맡은 자는 유니벌들이 웨딩드레스로 선택하는 명품 브랜드의 수석 디자이너였다. 엘린이 전부터 세아와 함께 보며 골랐던 드레스 중에서도 맘에 드는 게 없어 눈꽃이 쏟아질 것 같은 이미지를 던져 주니, 기가 막히게도 아름다운 작품으로 완성시켜 가져왔다. 사실 이것 말고도 다섯 벌의 드레스가 더 남아 있지만 엘린은 이 드레스가 몹시 맘에 들었다.

“마리아, 넌 어떠니?”

“아, 저는 이런 거 너무 낯설어서요. 뭐가 좋은지 잘 모르겠어요.”

“지금 굉장히 잘 어울리시는 거예요. 사이즈 조절은 조금만 더 줄이면 되겠어요.”

“사진만 보내 줬는데 어쩜 이렇게 딱 맞게 재단해 올까.”

초능력을 보유한 그녀이기에 가능한 일이었지만 엘린은 칭찬을 아끼지 않았다. 보디스 위로 눈꽃 무늬로 수놓아진 브뤼셀 레이스가 화려하게 장식되었고 그 위로 덧대어진 수백 개의 진주알은 점입가경을 이뤘다. 허리 아래로 퍼트려진 3m의 로얄 트레인에는 눈이 쏟아지는 듯한 느낌을 살리기 위해 실크로 된 망사와 레이스가 사용되었다.

“역시 솜씨 좋아. 맘에 들어.”

한평생 다이아몬드에 파묻혀 살아 높아진 눈을 만족시키는 건 꽤 어려운 일임이 분명했다. 그런 면에서 지금 세아가 입고 있는 드레스는 최상의 결과물이나 마찬가지였다.

“와.”

나지막이 흐른 탄성에 세아의 고개가 뒤로 향했다.

“……몰래 올 생각이었는데 그게 안 되네.”

그곳에 넋이 나간 듯 멈춘 도현이 있었다.

“내일 정말 아무것도 못하겠네.”

가슴 선은 조금 과하게 파였지만 새하얀 살결이 안겨 준

황홀함을 아는 입장에선 그마저도 고귀해 보일 뿐이다. 도현은 얼얼한 머리를 한 번 내저으며 말했다.

"오늘은 국경일로 삼아야 돼."

"뭐?"

"내 정신 빠진 날로."

세아는 아랫입술을 반이나 삼켰다. 이 순간 붉게 뺨을 적신 수줍음은 아름답기만 했다. 어느새 귀까지 점령한 그 열기를 시선으로 만지느라 잠시 손에 뭘 들고 왔는지 잊었다. 먼저 몸을 반쯤 튼 세아가 물었다.

"뭐 들고 왔어?"

"……아무것도 아니야."

아니긴. 도현이 등 뒤로 감추었음에도 다 가려지지 않을 정도로 커다란 꽃다발이었다. 세아는 설핏 웃음을 터트리며 손 뻗었다.

"나 주려고 가져온 거 아냐?"

"어? 어."

"그럼 줘, 자세히 보게."

도현은 옅게 인상을 찡그리며 갈등했다. 엘린에게 이끌려 기진맥진해 있을 세아를 놀라게 해 줄 생각으로 준비한 선물이었지만 드레스를 입은 세아와 비교하니 보잘것없는 풀포기로 전락했다. 이렇게 예쁜 모습일 줄 알았더라면 더한 걸 준비했을 텐데. 하지만 지금 세아의 모습보다 아름다운 건 세상에 없어 보였다. 제아무리 진귀한 보석이라도 도현의 시야에 담긴 세아보다 반짝거리진 않을 거다.

“와, 예뻐.”

“그건 내가 하고 싶은 말이야.”

도현은 제가 내민 꽃다발을 안고 화사하게 웃는 세아에게서 시선을 떼지 못했다.

“오기 전에 꽃 의미를 다 듣고 왔는데, 네가 너무 예뻐서 기억 하나도 안 나네.”

“웃기고 있어.”

“정말이야. 암기는 자신 있는데 네가…….”

도현이 미간을 좁혔다. 이젠 아예 말조차 제대로 나오지 않을 정도다. 누가 아이를 가진 임신부라고 볼까. 눈부신 웨딩드레스에 넋이 나간 도현이 세아의 배를 조심스럽게 훑자 작게 속삭인다.

“여기 우리 태민이 있어.”

“엄마가 예쁘니까 보이지도 않네.”

“뭐? 그런 말 하지 마.”

“알았어, 미안해. 태민이 잘 보여. 아빠가 못할 소리 했다, 그치?”

정색하는 세아를 보니 맘이 급해져 살짝 안았다. 색색의 꽃이 모인 다발이 망가질까 세아가 작게 몸부림치며 도현을 밀어냈다. 그 행위마저 애가 바싹 탔다. 이런 여자를 대체 누구와 공유할까. 그런 면에서 비공개 결혼식을 하기로 맘먹은 건 잘한 일이었다.

"근데 웬 꽃이야?"

"힘들어하고 있을 거 같아서 선물로 가져왔지. 근데 괜히 사 왔네. 네 앞에 있으니까 얘가 죽는다."

"멘트가 작업 거는 거 같은데?"

"왜, 어때서. 내 거한테 내가 선물 주고 예쁘다 하는데."

"나보다 어린 게."

세아가 앙칼지게 돌아서자 도현이 눈썹을 꿈틀거렸다.

"누나."

"어?"

"거 봐, 낯설지."

한동안 들어 본 적 없던 단어라 놀란 것뿐인데 도현이 당연하단 듯 웃었다.

"그런 게 부부야, 여보."

단순히 단어가 주는 이질감이 아니었다.

"넌 내일 나와 결혼하고."

이제 둘은 모두가 인정하는 관계가 될 예정이었다. 그동안 편하게 불러 왔던 누나 동생 사이에서 벗어나 평생의 반려자가 된다.

세아는 혼인 신고서의 빈칸을 너무나도 쉬운 문제처럼 막힘없이 써 내려가는 도현의 옆모습을 보며 홀로 감탄했다. 도현에 관한 건 그렇다 해도, 세아 자신의 인적 사항은 주춤하며 물어볼 만도 한데 도현은 오히려 그 부분에서 손을 더 빨리 움직였다.

"흠."

침대 헤드에 기댄 도현이 골똘히 종이를 내려다보았다. 손가락 사이에 끼워진 펜을 돌리다가 이내 세아에게 내민다.

"틀린 거 있어?"

세아는 종이를 건네받아 찬찬히 훑어보았다. 클로비스가로 입양되었기에 윤세아가 아닌 마리아란 이름이 들어간 것만 제외하면 너무나도 완벽한 답이었다. 빨간 펜이 있었더라면 동그라미를 죽죽 그리며 내려갔을 거다.

"우리 남편은 어쩜 이렇게 다 잘해?"

"당연한 걸 왜 물어. 너에 대한 걸 모른다는 게 창피한 거지."

도현은 종이를 빼앗아 협탁 위로 올려 두며 태연하게 굴었지만 세아는 정반대였다. 도현이 모르는 자신은 없단 사실을 확인하니 또 하릴없이 웃음이 번졌다.

"엄마에 대해 모르는 것도 없고 100점짜리 아빠네."

"태민이는 오늘도 신호 없어?"

"응, 아직까진."

"하, 태동 언제 느끼지."

"그렇게 압박 주지 마. 태민이 움직이려고 해도 네 말 듣고 안 하겠다."

"그런 거야? 아빠가 잘못한 거네, 태민아."

세아를 침대에 반듯하게 눕힌 도현이 실크로 된 슬립을 거뒀다. 협탁 서랍을 뒤적여 크림을 꺼낸 뒤 두 손바닥 위로 짜내어 부드럽게 배 위를 마사지해 주었다. 아빠 손으로 직접 해 주는 최고의 태교였다. 세아는 나른해져 반쯤 눈을 뜨며 조용한 내부를 훑었다.

엘린과 닉은 이미 결혼식이 치러질 별장으로 간 뒤였다. 중오도 마찬가지다. 스위스에 있다는 것만 알지, 그 밖의 정보는 하나도 알지 못하는 상태라 세아는 얼른 눈 깜짝할 사이에 아침이 되었으면 했다.

"서류는 내일 오전 중으로 처리될 거야. 넌 결혼식만 즐기면 돼."

"나 지금도 너무 긴장되는데 즐기는 게 될까?"

"떨려?"

"응, 너무나."

세아가 작게 속삭이자 도현의 큼지막한 손이 잠시 멈추었다.

"……난 너 별로 안 떨려 할 줄 알았어."

"왜?"

"그냥. 우리 둘 사이에서 결혼은 당연한 거였으니까."

"그거랑 결혼식이랑 같아?"

"아니, 그래도 예전부터 하기로 했던 거잖아. 내가 밥 먹듯이 자주 했던 말이기도 했고. 그래서 너도 익숙할 줄……."

"네가 날짜까지 정해서 프러포즈 했잖아. 그리고 사랑의 서약도 하자고 했고, 혼인 신고서까지 적었는데 어떻게 안 떨려?"

"화났어?"

"아니?"

"목소리가 높아졌는데."

"어, 억울해서 그렇지. 왜 내가 안 떨릴 거라고 생각하는데……."

"우리 세아 원래 그렇잖아. 기뻐도 표현 잘 안 하고 잠깐 웃어 주는 게 다고."

"너."

"그래서 나 지금 좋아 죽겠다."

뭐? 세아가 반문하자 도현이 부드럽게 배를 문질렀다.

"이렇게 표현 한 번 해 주면 좋아서 어쩔 줄 모른다고, 내가."

"……."

"난 설레어 미치겠는데 넌 아닐까 봐 내심 걱정했어. 근데 그게 내 탓이긴 하잖아. 내가 그동안 얼마나 너한테 결혼할 거란 말을 해 왔는데. 감동이 없을 줄 알았는데 아니라니 다행이네."

"나 지금 충분히 떨리고 설레. 아까 너 턱시도 입은 거

볼 때부터 그랬어."

"정말?"

"그래, 이 못된 여보야. 이런 거로 사람 시험하지 마. 내가 무슨 표현을 잘 안 해? 얼마나 많이 하는데."

"나에 비하면……."

"그건 사람마다 성격이 다른 거고!"

"알았어, 그만하자. 태민이 놀란다. 밤이라서 자려는데 애 놀라."

진정하라며 살살 문질러 주는 느낌에 세아가 반쯤 눈초리를 내렸다. 미안하긴 한 건지 조금 전보다 손길이 더욱 정성스러웠다. 숨겨진 재능이라도 발견한 것처럼 배에서 내려와 다리를 쓸어내리는 마사지는 선수급이었다. 그동안 작전을 나가면서 뭉친 근육을 저 혼자 풀거나 기계를 이용해 왔던 세아는 정확히 부위별로 공략하는 도현의 손길에 감탄했다.

"배운 지 얼마 안 됐다면서 엄청 잘해……. 시원하다."

"거짓말한 건데. 배운 지 좀 됐어."

"뭐? 언제?"

"너 이리저리 구른 거 티 내는 것도 아니고 온몸이 근육인데 뭉친 곳이 대부분이어서. 알잖아, 내가 네 몸을 오죽 많이 만졌……."

"태민이가 들어요."

"알았어. 아빠가 엄마를 그동안 얼마나 예뻐했어? 그때마다 내가 풀어 줘야겠다 싶었지. 마침 태교에 마사지가 좋다는 것도 들었고."

도현이 세아의 허벅지를 주물거렸다. '으으' 낮게 신음하자 손길이 더욱 뭉그러진다.

"내일 힘들 테니까 오늘 좀 길게 하고 자자."

"으응."

"내일 고생해 달라고 부탁하는 거야. 알았지?"

"부탁이 아니라 당연한 거라니까."

세아는 삐쭉 입을 내밀었다가 이내 스르륵 눈을 감았다. 그를 본 것인지 살결을 짓누르는 아귀힘이 점차 유순해졌다. 미끄러운 기분 좋은 감촉과 사이사이 부딪치는 입술의 열락을 느끼면서 세아는 잠이 들었다.

정말 눈 깜짝할 새에 아침이 되었다. 긴장한 터라 도중에 한 번이라도 깰 줄 알았는데 도현이 해 준 마사지가 효과가 있었는지 세아는 밝은 주변을 보며 어리둥절했다. 도현의 품에 안겨 욕실로 가 샤워를 하는 내내 우리 정말 오늘 결혼하는 거냐는 질문을 다섯 번은 했다. 그때마다 도현은 픽픽 웃음을 터트릴 뿐이었다.

"너 이러니까 정말 귀엽다."

긴장해서 계속 묻는 모습은 또 처음이라, 도현에겐 사랑스럽게만 비쳤다. 욕실을 나와 비장한 표정으로 팔짱을 낀 채 서 있는 엘린을 본 세아는 그제야 오늘이 결혼식이라는 걸 제대로 실감했다.

"……엄마."

"이제 세아는 저한테 맡기고, 도현 군도 준비해요."

"네, 이따가 데리러 오면 됩니까?"

"그래요, 한 시간이면 충분하니까. 간단한 요깃거리 좀 가져와. 준비하면서 먹을 거야."

엘린의 옆으로는 어제 드레스를 디자인했던 디자이너도 함께였다. 눈 밑이 퀭한 걸로 보아 어제 역작을 만드느라 한숨도 못 잔 듯싶었다.

"자자, 다들 시간 없으니까 최대한 빨리하자고."

화장대 앞에 앉은 세아의 주변으로는 빵을 떼어 내 입에 먹여 주는 자가 있었고, 머리카락 한 올 한 올 정성스럽게 매만지는 자, 또 메이크업에 심혈을 기울이는 자가 있었다. 모두 각기 제가 보유한 '구현' 초능력을 최대한으로 끌어올리느라 혈안이 되어 있었고 그건 뒤에서 이 모든 걸 시선으로 총괄하고 있는 엘린의 입김이 크게 작용했다.

"그동안 대접했던 손님들 중에 최고라고 생각하고 해. 다들 실력 없는 거 아니잖아?"

그러다 보니 세아는 더욱 정신이 없어졌다. 입 앞으로 빵이 다가오면 벌렸고 피부 위로는 무수히 많은 정성이 덧입혀지는 게 느껴졌다. 머리카락을 부드럽게 매만지는 손길이 어느 순간 느려지자 머리 위가 조금 묵직해졌다. 속눈썹도 무겁다. 입술 위로 브러쉬가 얼마나 왔다 갔다 지나가는지, 세아는 입이 바싹 말랐다. 그리고 다 되었다는 듯 멀어진 그녀들의 표정에 만족감이 드리웠을 때, 하나의 작품이 된 세아는 눈동자를 도르륵 굴리며 손을 뻗었다.

"저, 거울 좀……."

"완벽해, 좋아. 이제 드레스."

"엄마, 저 얼굴 좀 보면."

"이따가, 나중에 드레스 다 입고 보렴. 시간 없어."

"아니, 그게……."

엘린이 세아를 일으켜 하이라이트가 될 드레스가 놓인 곳으로 향했다. 어제도 아름다웠지만 플레어로 펼쳐지는 스커트 하단 부분에 진주와 자수 패턴이 더 가미되어 있었다. 세아에게 옷을 입히는 디자이너의 손이 한 치의 오차도 용납할 수 없다는 듯 그 어느 때보다 예민했다. 제 피부라고 해도 믿길 정도로 드레스는 세아의 몸에 딱 맞았다.

"이건 내 결혼식 때 했던 티아라야."

엘린이 직접 세아의 머리 위로 화려함을 장식했고 바닥에 끌릴 정도로 긴 채플 베일이 덧대어졌다. 작은 바람에라도 나풀거릴 정도라 세아는 더욱 조심스러워졌다.

"그리고 하나 더. 엄마와 아빠가 준비한 결혼 기념 선물."

엘린이 손가락을 부딪치자 뒤에 서 있던 메이드가 거대

한 상자를 양손으로 귀중히 들고 왔다.

"멀튼 사의 하나뿐인 딸에게 이 정도는 우습지."

뚜껑이 열렸을 때 세아의 입이 막연하게 벌어졌다. 원형 체인에 빼곡히 달린 다이아몬드는 세아의 솜털을 곤두서게 했다. 엘린이 입가에 미소를 그린 채 직접 다가가 세아의 목 뒤로 걸어 주었다.

"신부가 되는 날인데 이 정도 무게는 견뎌 낼 수 있겠지?"

목 아래로 눈부신 빛들이 잘게 반짝였다. 시선을 떨어뜨린 세아가 천천히 고개 들어 엘린을 보았다.

"도현 군 옆에서 가장 아름다워야지. 안 그러니?"

그 말에 세아의 표정이 풀어졌다. 평소라면 과하다고 느꼈겠지만 도현의 옆에서 더욱 아름다워지고 싶다 생각하니 전혀 부담스럽지 않았다.

"정말 예쁘구나. 도현 군 표정 볼만하겠어."

귀걸이까지 손수 채워 준 엘린이 세아를 보며 손으로 베일을 가만히 쓸어내렸다.

"내 딸이라고 전 세계로 방송하지 못하는 건 아쉽지만 가장 가까이에서 빠짐없이 볼 테니까 잘해야 한다?"

"네, 엄마."

"그럼 갈까? 결혼식장 궁금했잖아."

"네."

"신발 가져와. 아이 가졌으니 하이힐은 되도록 중요할

때 빼곤 피하자고."

엘린의 지시에 메이드가 슬리퍼를 세아의 발 앞으로 놓았다. 그를 신고 앞에 열린 포탈을 본 세아는 심호흡했다. 드디어 결혼식이다. 엘린의 손을 잡고 걸음을 떼자 세 명의 메이드가 드레스 자락을 들며 그 뒤를 따랐다.

포탈을 지나자마자 세아를 반긴 건 드높은 천장이었다. 흡사 성당 같은 느낌을 주는 주변은 바쁘게 움직이는 사람들의 열기 때문인지 따스했다.

"닉과 내가 가끔 연주회를 즐기고 싶을 때 오는 곳이란다. 주변이 온통 산이지."

그를 증명이라도 하듯 창문 너머로 펼쳐진 풍경이 막힘없이 훤히 뚫려 있었다. 숨을 깊게 들이마신 것뿐인데 청량감이 부풀어 올랐다. 잠시 대기하라며 엘린이 준비한 의자에 앉자 거대한 문이 열렸다. 세아가 고개 돌렸고 동시에 절로 엉덩이가 들썩였다.

"와, 누나 이러기예요?"

"선요한!"

반가움에 세아가 저도 모르게 소리 질렀다. 은색 머리였던 요한은 이제 노란색으로 탈색한 채였다. 그동안 다른 멤버들과는 부딪쳤지만 요한과는 차마 그러지 못했기에 세아의 얼굴 위로는 재회의 기쁨이 번졌다. 요한은 '쯧쯧' 혀를 차며 냉큼 세아의 앞으로 다가왔다.

"전화도 한 번 없고. 아니, 뭐 못할 사정이 있었겠지만 그래도 검사님한테만 꼴랑 하고 나는 안중에도 없죠?"

"아니, 너까지……."

주변이 위험했기에 괜히 저 하나 때문에 요한까지 용의 선상에 오를까 차마 하지 못했던 연락이었다. 세아가 속상함에 눈 밑을 꾹 접자 요한이 웃었다.

"농담, 농담. 내가 누나 조심성 다 알죠. 그래도 결혼식 소식은 너무 충격적이었다고요. 그리고 키스 장면까지 다 보여 주고. 내 심정이 얼마나……."

"너 아직도 나 좋아해?"

"아니, 내가 언제 좋아했다고!"

요한이 빽 소리를 질렀다가 이내 머리를 석석 긁적였다.

"아, 몰라요. 좋아하긴 했는데 이젠 유부녀 됐으니까 포기해야지."

"태민이다?"

"예?"

"내 아이 이름. 예쁘지?"

"와, 제대로 심장에 스크래치를……."

"이름 예뻐."

시우가 요한의 머리를 손으로 꾹 짓누르며 다가왔다.

"아오, 내 머리 건드리지 말랬지!"

요한이 투덜거리자 시우의 눈이 건조해졌다.

"쓰레기봉투가 이젠 음식물 쓰레기봉투."
"음식물? 야 씨, 이 노란색은 그 노란색이 아니라……."
"실연당한 기념으로 머리 바꿨단다. 할 말 없어?"
소리 없이 다가온 한결이 세아의 옆에 앉으며 다리를 꼬았다.
"보통은 머리 자르지 않나?"
그 반대편으로는 선호가 있었다. 세아는 설핏 웃음을 터트리며 작게 말했다. 카파는? 그 물음에 선호가 눈웃음 지었다. 갠 여전히 그림자지.
"대신 영상 편지 남겼으니까 나중에 보고 태워."
"태우란다. 정말 살벌해서 원."
"그럼 간직해."
순간 세아의 머리 위로 살며시 손이 내려와 앉았다. 고개를 든 세아는 울컥 눈물이 나올 뻔했다.
"태우지 말고."
서진이었다. 세아가 감정을 억누르며 화사하게 웃었다.
"언제 왔어요?"
"지금 막."
그 웃음을 따라 서진의 눈가도 옅게 풀어졌다.
"오늘 정말 최고군."
가슴이 벅차오른 세아가 턱을 앞으로 당겨 천천히 시선을 옮겼다. 이렇게 빛이 들어오는 무대에 모여 얘기할 수 있는 순간이 오긴 할까 막연하게 생각했던 세아는 지금 격식을 갖춰 검은 양복을 입은 멤버들을 보았다.

"누나, 근데 오늘 왜 이렇게 예뻐요?"

"얘 말은 이렇게 해도 어제도 울고 난리 났었다?"

"그 얘긴 좀 하지 마요!"

"쿨한 척하지 마. 이글한테 가서 말해 줄까? 너 윤세아 짝사……!"

"아, 왜 이래 진짜!"

"또 모이니까 시끄럽네."

"시끄러워도 너무 좋은데요?"

세아가 크게 숨을 내쉬며 웃었다.

"비록 한 명은 못 왔지만 나 축하해 주러 이곳까지 와 줘서 모두 고마워요."

우리 그동안 참 험난했잖아요. 알죠? 항상 위험 속에 살면서 죽지 않고 버텨 줘서.

"나랑 함께 지금까지 와 줘서 고맙고."

지치고 힘들었던 순간, 목숨을 잃을 뻔한 순간에 구해 주고 끌어 주고 힘이 되어 줬잖아.

"나 지금 이 자리에 앉게 해 준 것도 고마워요."

그래서 내가 지금 여기 있어요. 알죠……? 세아가 맘속 깊이 전한 말을 모두 알아들었는지 저마다 입가에 미소를 그렸다.

"우리야말로 세상 밖으로 나오게 해 줘서 고맙다."
"등쌀에도 기 안 죽고 버텨 줘서 고맙고."
"리시버로 듣는 누나 숨소리는 최고로 섹시했어요."
"태민인 언제 태어나?"
"내 선물이 너야, 윤세아."
세아의 고개가 다시 올라갔다. 햇살이 눈부신 날이다.
"직접 보고 하니 속이 후련하군."
완벽한 결혼식이 될 것만 같아 세아는 서진을 보며 웃었다. 엘린이 다가와 곧 식이 시작될 예정이라며 자리에 앉을 것을 요구했다. 이곳에서 하는 게 아니었나. 바깥으로 나서는 무리를 보며 세아는 언제까지 앉아 있어야 하나 초조했다.
문이 닫히자 오롯이 세아 혼자 덩그러니 넓은 공간 안에 남겨졌다. 주변을 두리번거리다가 의자 아래에 놓인 하이힐을 보았다. 신고 혼자 움직이라는 건가. 아니, 이런 옷차림으로 어떻게 혼자 움직여?
"뭐야, 언제라고 말을 해 줘야……."
답답함에 세아가 잘근 입술을 깨물자 순식간에 누군가가 앞에 나타났다.
"미안, 기다렸지."
세아는 가지런히 머리를 쓸어 넘긴 도현의 머리를 뚫어지게 내려다보았다. 순간이동으로 나타나더니, 얼굴은 안 보여 주고 곧바로 무릎 꿇은 채 드레스 안쪽으로 손을 넣어 파묻힌 세아의 발목을 잡는다. 옆에 놓인 구두를 신기는 손길이 차분했다. 그 모습을 보는 세아의 시야가 어지러이 번졌다.

"가자, 윤세아."

언제 보여 주나 싶었는데, 구두를 양쪽 다 신기고 난 뒤 도현이 얼굴을 들었다. 날렵한 눈썹과 정교한 눈매가 턱시도와 어우러져 몹시 깔끔했다. 첫눈에 반한 것처럼 매일 보던 도현이 아닌 것만 같았다. 세아는 일어선 도현을 고개로 따라갔고, 도현이 지그시 내려다보며 몽롱한 목소리로 말했다.

"너무 예쁘다. 정말로."

그건 너도 마찬가지일까. 세아는 옅게 웃으며 도현이 내민 손을 꼭 움켜잡았다. 그러자 도현의 반대쪽 손에서 무언가가 나왔다. 새하얀 꽃이 잔뜩 만개한 사이사이 수줍은 초록 잎이 나온 부케였다.

"오늘은 제대로 외웠어."

"어?"

"부바르디아란 꽃인데, 꽃말이 '당신의 포로가 되었어요.'라더군."

세아는 그걸 가만히 받아 들었다. 끌어당기는 힘에 세아가 의자에서 일어서자 도현이 짙은 시선으로 말했다.

"이 의미 다 가지고 내게로 와."

허리에 부드럽게 팔이 감겼다.

"이제 내 신부 하러 가야지."

그와 동시에 순간이동 했고, 펼쳐진 건 산등성이가 그림처럼 자리 잡은 장관이었다. 눈 쌓인 발밑으로는 버진 로드가 풍경 끝까지 펼쳐져 있었고, 불어오는 바람결에 베일과 트레인이 휘날렸다. 야외 결혼식이라고 전혀 예상치 못했지만 겨울이라고 생각되지 않을 정도로 그 바람이 따스했다.

"춥진 않지?"

세아가 떨리는 눈동자로 도현을 올려다보았다. 불과 바람이라. 세아의 입가로 연한 웃음이 번졌다.

"응, 봄날 같은데?"

도현의 팔을 잡은 세아는 그를 따라 한 걸음 내디뎠다.

버진 로드를 따라 하얀 라일락과 수국, 백합이 장식되어 있었다. 앞으로 펼쳐진 드높은 산맥과 가까워질수록 세아는 막연히 눈물이 나올 것만 같았다. 눈이 내린 뒤 녹지 않아 마른 가지들이 새하얗게 물들어 있었고 세아는 그곳과 원래 하나였던 것처럼 잘 어울렸다. 겨울에 태어나 결혼까지 겨울에 하게 될 줄은 몰랐는데, 너는 이것마저 의도한 걸까.

"다리 안 아파?"

"응, 너랑 걸으니까 하나도."

"다행이네. 야외 결혼식은 주저했는데 그렇다고 막힌 공간에서 하는 건 왠지 맘에 안 들어서."

"너무 예쁘다……."

"네가 더 예뻐."

설핏 웃음을 터트린 세아는 제 살결을 간지럽히며 배회하는 따뜻한 바람을 느꼈다. 도현이 자신에게 무엇을 보여 주고 싶었는지 여실히 느껴지는 장면이었다. 걸음을 뗄 때마다 잊히지 않을 장면들이 피부로 각인된다. 너무나도 아름다운 결혼식이라고 세아는 걷는 내내 생각했다. 버진 로드 끝에 다다르자 양옆으로 앉아 있는 사람들이 보였다. 카시스 멤버들, 엘린과 닉, 그리고 리만과 위츠가 함께했다.

"정말 주례 보실 거예요?"

"그럼요. 어제 연습도 했습니다."

도현과 세아가 멈춰 선 절벽 앞엔 검은 정장을 빼입은 중오가 있었다. 세아는 애써 웃음을 감췄다.

"한데 길게 하지 말란 지시가 있어서요. 간략하게 진행하겠습니다."

"아니, 준비한 거 하셔도 돼요."

"됐어. 혼인 서약, 그게 하이라이트야."

맙소사, 이런 결혼식이 어디 있을까.

"우리 둘이 제일 중요한 결혼식이야. 다른 분들은 축하해 주러 온 거고."
"……알아."
"길 필요 없잖아. 내가 얼마나 기다렸던 건데."
"그것도 알아, 도현아."
세아가 여린 목소리로 속삭여 주자 중오가 목을 가다듬으며 말했다.
"원래 혼인 서약문을 준비했었어야 했는데, 자유롭게 하시길 원하시는 거 같아서요. 서로에게 하고 싶은 말 해 주시면 됩니다."
"제가 먼저 하겠습니다. 나 하도현은 윤세아를 나의 아내로 삼아 기쁠 때나 슬플 때나 함께하며 언제라도 사랑하고 존중히 여겨 보호하겠습니다."
"……."
"너무 오래, 태어난 순간부터 사랑해 와서 익숙하지만 당연한 관계가 되고 싶진 않습니다. 앞으로도 제가 모르는 윤세아는 없게 할 거고, 존재하지도 않게 할 겁니다."
도현의 고개가 비스듬히 틀어졌다.
"검은 머리 파뿌리 될 때까지."
시선이 내려와 세아에게 닿았다.
"그러겠노라 서약합니다."
나지막한 목소리가 바람이 되어 세아의 몸 안을 휘감았다. 세아는 옅게 웃으며 입을 열었다.

"나 윤세아는 하도현을 남편으로 삼아 눈이 오거나 비가 올 때에도 함께하며 사랑하고 존중히 여겨 언제나 힘이 되고 도와주겠습니다. 진실한 아내로 최선을 다할 것입니다."

"……."

"그리고 감사합니다. 날 사랑해 준 남편에게."

세아의 입술 끝이 파르르 떨렸다.

"오래전에 한 약속을 잊지 않고, 나를 다시 찾아온 남편에게 정말 감사합니다……."

눈물이 차올라 결국 아래로 떨어졌다. 도현의 손이 황급히 올라와 세아의 뺨을 감쌌다.

"먼저 우는 게 어디 있어."

"윽……."

"……세아야."

"네가 오지 않았더라면 나 여기 못 있어……."

세아가 억지로 울음을 삼키며 도현을 올려다보았다.

"나와 결혼하겠다는 약속 지켜 줬잖아."

"……당연한 거라니까."

결국 도현의 눈가에도 눈물이 맺혔다.

"내가 네 뒤를 안 쫓으면 누가."

도현이 크게 호흡하며 말했다.

"누가 그 길을 가."

내가 아니라면 이렇게나 사랑할 수 있을까. 고마워하지

마, 그럴 운명이었으니까. 헤어진 건 잠깐의 시련이었지 끝은 아니었다.

"너와 내가 사랑하는 한 언제라도 시작할 수 있어."

그러니 무서워하지 마.

"영원히 네 뒤만 따라가, 윤세아."

네가 어디 있든 찾아갈 테니. 도현은 세아의 눈물을 엄지로 거둬 내며 희미하게 웃었다.

"지금에 이르기까지 버텨 줘서 고마워. 강인한 내 사랑."

손안에서 느껴지는 열기가 금세 눈물을 마르게 했다. 세아는 호흡을 가다듬으며 말했다.

"……저 역시 영원히 하도현만을 사랑할 것이라 서약합니다."

그 말과 함께 양옆에서 박수가 쏟아졌다. 중오가 말하지 않아도 정해진 순서처럼 둘의 입술이 서로에게 젖어 들었다. 짠맛이 났다. 하지만 곧 도현이 들어오자 달콤해진다. 둘의 온기가 부드럽게 엉키며 새끼손가락을 걸고 약속하듯 서로에게 엮였다. 언제나 떨어지면 아쉬운 기분은 서로의 시선을 주고받으며 느낀다.

"양가 부모님께 인사하시죠."

"김중오 씨."

"네."

"앞으로도 도현이 잘 부탁드려요."

중오의 눈썹이 미약하게 흔들렸다.

"저도 같이 옆에서 도울 테니 지금처럼만 부탁드려요."

아버지란 말은 하지 않았지만 세아가 이런 말을 지금 이 순간에 꺼낸다는 것 자체가 그 역할을 인정한다는 거였다. 중오는 입가를 천천히 밀어 올렸다.

"그럼요, 관리자 아닙니까. 저도 이젠 도현 님 위상에 누가 되지 않게 행동해야죠. 과거의 일은 앞으로 갚을 예정입니다."

"많이 힘드시겠어요."

"그건 윤세아 씨도 마찬가지죠."

"맞아요, 저도 한평생을 봉사하면서 살아야죠."

"그만하고 가."

도현이 먼저 걸음을 떼며 엘린과 닉 앞으로 향했다. 세아는 애써 발개진 코끝이 보이지 않게 고개 숙였다. 낳아 주신 부모님은 아니었지만 함께 남은 시간을 부모 자식 간의 정으로 살아가자고 말했던 분들이라 더욱 감정이 북받쳐 올랐다. 엘린이 스스럼없이 일어나 그런 세아를 안아 주었다.

"예쁜 얼굴 망가져. 울지 말아야지."

"죄송해요. 기쁜 날인데 왜 이렇게 감정 조절이 안 되는지…… 자꾸 여기 있는 분들에게 고마웠던 것만 생각나요."

"그건 내가 해야 할 말이야. 그동안 내게 결혼식을 보여 준 아이는 없었단다."

"……."

"예전에 나에게 제로는 죽지 않는다 말했었지."

엘린의 입가가 나직이 움직였다.

"널 만나고 내 시간이 얼마나 소중해졌는지 몰라."

그건 모두가 세아에게 하고 싶은 말이었다. 서로의 시선이 차가운 계절의 풍경과는 다르게 온화했다. 엘린의 품에서 벗어난 세아가 닉을 마주했다. 발개진 눈가가 맘에 걸렸는지 닉이 먼저 물어 왔다.

"춥진 않은 게냐?"

"그럼요, 날씨가 너무 좋은걸요."

"안 그래도 기상 벡터에게 이 지역만 기온을 올리라 말했으니 추우면 말하거라."

"이러다 주변에 있는 눈 다 녹겠어요."

"아무렴 어때, 오늘뿐이지 않느냐."

오늘은 그래도 되는 날인 것처럼 느껴졌다. 둘 사이의 사랑을 증명하는 반지는 예전부터 간직하던 것이라, 서로의 손을 마주 잡고 케이크 커팅식을 했다. 끔찍하게 단 생크림 케이크가 도현의 손가락을 통해 세아의 입으로 들어왔다. '생일 축하해' 그 인사도 같이 들었다.

"발 벗고 나서서 제로를 후원하며 벡터까지 신경 쓰시다니, 존경하고 있습니다."

"세아가 원하는 일인데요. 세아에게 고마워하세요."

중오가 주례를 마치자 다 함께 모여 앉은 넓은 테이블 위로 멋스러운 음식이 놓였다. 서진은 도현에게 앞으로의 계획을 물어 왔고 도현은 친히 그에 답해 주었다. 많은 도움이 필요하다고, 여기에 모인 리만과 위츠에게도 지금과 같은 결속력을 부탁했다. 시우나 한결은 감히 유니벌과 자리를 가질 수 없는 레벨이었지만 이 자리에선 모든 게 무색했다.

"아직도 식사 안 하고 얘기 중이야?"

"아, 내가 입혀 줘야 하는데. 옷 따뜻하게 입었어?"

"응."

위츠와 대화를 하던 도현이 몸을 반이나 틀며 세아를 맞이했다. 도현이 오늘 와 준 자들에게 일일이 감사 인사를 전하는 동안 이브닝드레스로 갈아입은 세아의 어깨 위로 두툼한 퍼 코트가 함께했다. 테이블 주변으로 훈훈한 기운이 가득한데, 멀리 보이는 풍경은 온통 겨울이었다. 세아는 그런 이질감이 몹시 황홀했다. 꿈을 꾸는 기분을 안겨 주는 터라 오늘은 구름 위라도 걸을 수 있을 것만 같았다.

"신혼여행은 어디로 갑니까?"

"우선은 휴양지란 휴양지는 죄다 돌 생각인데, 그것도 세아의 몸이 따라 줘야 가능하죠. 바뀐 환경에 적응하는 게 힘들까 걱정이라서요. 우는 소리 나오기 전까진 잘 달래 가며 여러 나라를 여행할 생각입니다."

"임신 중이니 조심해야 할 것들이 많겠군요."

"그렇긴 한데 한곳에 머무는 것보다 이곳저곳 다니면서 좋은 공기도 마시고, 좋은 것만 보는 게 임신부한테 좋다고 합니다."

모두가 의아한 듯 도현을 보자 그가 태연하게 말했다.

"태민이가 엄마의 감정을 같이 느낄 시기라서요. 요즘은 말도 조심히 하고 있습니다."

"어허, 아주 박사가 다 되셨습니다. 지금도 이러신데 아이 낳으면 뭐든 다 하실 것 같습니다?"

"당연하죠. 무사히 태어나 준다면 못해 줄 게 뭐가 있겠습니까?"

그 모습을 본 리만이 아쉽단 듯 말했다.

"그렇담 아이가 태어날 때까지 이글은 거의 보지 못한단 소리군."

"이 여린 몸으로 아이까지 가졌는데 혼자 태교까지 하면 얼마나 힘듭니까? 저도 같이해야죠. 태민이가 아빠 알아보게끔 지금부터 물밑 작업도 꾸준히 해야 하고."

"허허, 함께 있고 싶단 얘길 아이 핑계로 하시는군요."

"그런가요. 출산 예정일이 다가올수록 보호 의지도 강해진다고 합니다. 세아에게 안정을 주기 위해서라도 떨어지지 말아야죠. 그게 제 아이도 건강하게 태어나고 세아 건강도 무탈할 일이고요."

도현은 제 역할을 잘 알고 있었다. 세아가 부끄러워 눈동자를 굴리자 도현이 고개 돌리며 웃었다.

"그치?"

"말은. 오늘 이 자리에 와 주신 분들 정말 감사드려요."

"제가 가져온 선물이 있는데."

"아까 김중오에게 들었습니다. 가져와."

서진이 선물한 게 뭘까. 세아가 궁금한 듯 눈을 깜빡였다. 도현이 손짓하자 웨이터가 들고 온 건 결혼식에 무척 잘 어울리는 샴페인이었다. 각자의 앞에 긴 샴페인 글라스가 놓였고 도현은 밑동을 손가락 사이에 끼우며 작게 물어왔다.

"오늘은 나 마셔도 돼?"

"어, 축하하는 자리인 데다가 지 검사님이 친히 선물한 건데. 내 몫까지 두 잔 네가 다 마셔야 돼."

"알았어. 내가 다 마셔."

도현이 피식 웃으며 세아의 뺨에 입술을 부딪쳤다. 투명한 노란빛 액체가 잔에 담기고 저마다 잔을 들어 올렸다. 부딪치는 소리가 경쾌하게 주변으로 울려 퍼지고 입안에서 상쾌히 터졌다. 세아는 테이블에 앉은 얼굴들을 보며 소소한 얘기를 나누었다. 그중 하나가 바로 앞으로 제로인 세아가 해야 할 일이었다.

"벡터, 제로 구분하지 않고 봉사 많이 할 거예요."

"지금도 도현 님께서 하고 계신 사업 아닙니까?"

“도현인 이제 해야 할 일이 더 많아질 테니 이 부분만큼은 제가 맡아서 도와주고 싶어요. 연구 발표회에서 멈추지 않고 저로 인해 제로에 대한 인식이 좋아지게끔 더 노력해야죠.”

“나쁘지 않은 생각이긴 하나 도현 님과 얘기 안 된 부분 같은데요.”

그 말에 세아가 고개를 돌리자 샴페인 잔을 입가에 가져다 댄 채 도현이 굳어 있었다.

“지금 뭘 해? 안 돼, 하지 마.”

“태민이 낳으면. 그 정도는 나도 할 수 있어.”

“벡터들 앞에 괜히 나서지 마. 아직까진 위험하니까.”

“한결 씨랑 시우 있잖아. 괜찮다니까? 그리고 자꾸 그렇게 움츠려 있으면…… 아.”

순간 세아가 아랫배를 짚었다. 손을 더듬거리자 도현이 놀란 듯 물어 왔다.

“왜 그래?”

세아가 대답 대신 도현의 손을 잡아다가 제 코트 안쪽으로 황급히 밀어 넣었다. 한 번만, 한 번만 더. 그 간절한 신호에 응답이라도 하는 것처럼 곧 스윽 하고 또 움직였다. 도현의 손이 딱딱하게 경직됐다. 두 사람의 시선이 고요히 오갔고 세아가 먼저 나지막이 입을 열었다.

“……태동인가 봐.”

믿기지 않는 듯 도현이 몸을 완전히 틀어 세아의 배에 집중했다. 손으로 더듬어 보고 문질러 봐도 답이 없다.

"한 번만, 태민아. 아빠 목소리 들리지? 한 번만 더 해 봐."

완전히 몸까지 낮춘 도현을 보며 모두가 의아한 시선을 보냈다. 세아는 마른침을 꿀꺽 삼켰다. 태민이가 또 반응해 줄까? 하지만 도현은 포기하지 않았다. 한참이고 초조한 정적이 주변을 스쳤고 아주 작지만 미세한 움직임이 느껴졌다. 도현이 고개를 번쩍 들더니 세아의 목덜미를 끌어당겼다. 부딪친 입술을 열고 들어와 휘젓는 도현 때문에 세아는 정신이 없었다. 입술을 뗀 도현이 벅찬 얼굴로 말했다.

"해. 다 해."

"정말?"

"어, 대신 안전하게. 응?"

어떡하지. 도현이 세아를 끌어안고 움직이지 못했다. 뒤늦게 태동이 있었단 걸 안 엘린이 기뻐하며 자리에서 일어났고 비워진 잔으론 다시금 샴페인이 가득 채워졌다. 곧 태어날 생명을 위하여 축사가 아리따운 풍경 뒤로 울려 퍼졌다.

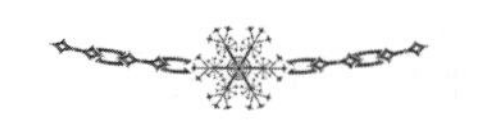

세아는 반짝이는 모래알 사이로 발가락을 밀어 넣고선

꼼지락거렸다. 햇살에 익어 따스한 모래가 기분 좋게 발가락 사이를 파고들었다. 고개를 들면 푸른 바다가 잔잔히 밀려오고 뒤의 울창한 나무 밑 가제보엔 도현이 누워 있었다. 도현과 점심을 먹고 단잠에 빠져 있던 중 먼저 깬 세아가 품에서 빠져나와 풍경을 감상했다.

이젠 어딜 봐도 익숙할 정도로 오래 머문 섬이었지만 아직도 적응 안 되는 건 경호원들이다. 사람을 피해 조용한 곳에 온다더니, 사람을 얼씬도 못하게 하고 있었다. 세아는 검은 수트를 입은 채 등 돌려 서 있는 자들을 덥지는 않을까 한 번 훑어보다 모래알을 손으로 주물럭거렸다.

"뭘 하고 있어. 태민이랑 놀아?"

그 순간 양쪽 어깨 위로 다리가 내려와 세아를 가두었다. 세아가 고개를 들어 올리자 드넓은 베드에 걸터앉은 도현이 턱을 괸 채 바닥에 주저앉아 있는 세아를 내려다보았다.

"일어났으면 깨우지."

요즘 도현은 잠이 많아졌다. 세아가 살짝 빠져나와도 모를 만큼 푹 잠드는 일이 종종 있었고, 지금처럼 뒤늦게 일어나 자존심 상한다는 표정을 했다. 하지만 세아는 그걸 도현이 안정을 찾아가는 과정으로 받아들였다. 원래 수면 시간이 현저히 부족했던 도현이다. 불안해 잠들지 못한단 이유 때문이었지만 이제 더는 아니었다. 매일이 행복이었고 기다림이었다. 어느덧 배가 남산만 하게 부풀어 오른 세아는 항상 배 밑을 손으로 감싼 채였다.

"바닥에 있지 말고 올라와."

"싫어, 여기 따뜻하단 말이야."

"말도 안 들어."

제 다리 사이에 가둔 세아를 가만히 내려다보던 도현이 내려와 세아의 등 뒤로 주저앉았다. 두 팔로 목을 감싸고 끌어당기니 사르륵 손바닥 안에 고여 있던 모래가 떨어졌다.

"몇 살인데 모래 장난이야. 귀여워 미치겠다."

"괜히 일어나서 나 놀리고 있어. 그럴 거면 너 다시 자."

"안 돼. 태민이랑 나도 같이 놀래."

도현의 손이 부드럽게 세아의 배를 감쌌다. 이젠 활기찬 태동이 느껴질 정도였다. 그럴 때마다 세아는 혼잣말을 중얼거리곤 했다.

"내 안이 답답한가 봐."

"답답하긴. 예쁜 엄마 얼굴 보고 싶어서 이러는 거지."

"예정일 맞춰서 한국으로 갈 거지?"

"응, 여기가 마지막이야."

둘은 그동안 계절을 옮겨 다녔다. 그러는 사이 언론은 도현이 아내인 윤세아를 위해 태교 여행을 하고 있다는 소식으로 떠들썩했고, 둘의 밀행을 추적하기 위해 파파라치까지 붙었지만 도현의 투시와 삼엄한 경비를 뚫을 순 없었다.

"태민아, 어서 나와. 아빠가 많이 기다리고 있어."

"요즘 움직이는 거 보면 정말 곧 나올 거 같긴 해."

"그건 좋긴 한데 엄마는 덜 고생시키자. 어?"

요즘 손발이 자주 부어 도현은 시간과 상관없이 세아의 온몸을 주무르는 게 일이었다. 뭔가 이상한 느낌에 잠에서 깨면 다리를 주무르는 도현을 목격하는 일이 허다했다. 먹고 싶은 것도 많이 생겼는데, 말만 했다 하면 총알같이 가져와 먹여 주었고 그걸 보면서 흐뭇해하는 얼굴은 덤이었다. 하지만 문제는 이 모든 게 예고도 없이 일어난다는 거였다.

세아는 어둑한 새벽에 눈을 떴다. 분명히 자기 전에 음식을 한가득 먹고 잤는데, 허기가 밀려왔기 때문이다. 몽롱한 시선으로 눈감은 도현을 바라보던 세아가 스르륵 시트를 밀며 일어나자 도현이 세아의 손목을 잡았다.

"어디 가. 화장실?"

"아니……."

"왜, 배고파?"

정답이라 대답 대신 입술을 우물거리자 도현이 눈뜨며 일어났다. 이리저리 헝클어진 머리를 정리한 도현이 웃으며 물었다.

"뭐 먹을까?"

"몇 시야?"

“지금이…… 새벽 세 시.”

“하, 진짜. 참았다가 그냥 아침에 먹을래.”

“왜 그래, 뭐 먹고 싶은데.”

“김치찌개…….”

됐다면서 말하는 게 정말 우스웠다. 보통은 위가 눌려 막달엔 밥을 잘 못 먹는다는데, 자신은 왜 이렇게 식욕이 왕성한지 모르겠다. 세아가 눈가를 푹 죽이며 암울한 표정을 짓자 도현이 뺨을 살살 만져 주었다.

“표정이 왜 그래? 먹으면 되지.”

“여기서 어떻게 김치찌개를 먹어? 너 또 한국 다녀올 거지?”

“저번에 너 김치전 해 주고 남은 김치 있어. 만들어 줄 테니까 기다릴 수 있어?”

“응.”

“이게 다 살로 가면 좋은데.”

도현이 한숨을 내쉬며 세아의 어깨 위로 입 맞춰 주었다.

“아빠 속상하게 태민이가 다 빼앗아 먹나 보다.”

“…….”

“몸 부은 건 어때? 아까 중간에 일어나 팔은 주물렀는데.”

“몰라. 반지도 못 끼고…….”

“고양이 또 삐졌네. 배 뭉친 느낌은?”

“지금은 좀 덜해.”

“다행이다. 밥 먹고 더 주물러 줄게. 걸을 수 있어? 안아 줄까?"

"걸을 수 있어."

"그럼 기다려."

침대에서 내려가는 것도 걱정되는지 도현이 염력으로 불부터 켰다. 그리고 세아의 발바닥만 뚫어지게 주시했다. 도현이 일어나니 숙소 주변으로 경비를 서던 자들이 한 번씩 안을 들여다보는 게 느껴졌다. 주방으로 가 세아부터 의자에 앉힌 도현이 냉장고를 열었다.

"무슨 일 있습니까?"

건우가 현관을 두드리며 얼굴을 내비쳤다. 분명 세아가 뭔가 먹고 싶어서 깬 걸 텐데, 제가 준비할 게 뭐가 있는지 묻기 위함이었다.

"다 있는데 밥이 없어. 그것만 구해 와."

"알겠습니다. 다른 건 없습니까?"

"내일 돌아가는 건 준비 다 됐어?"

"네, 가택 청결 상태는 매일 검사하고 있습니다. 관리자님께서 내일 오전 중으로 업무 보고서를 가져오실 예정입니다."

"알았으니까 나가 봐."

건우를 돌려보낸 도현이 다시금 주방으로 가 재료를 꺼냈다. 그 모습을 세아는 빤히 바라보았다. 원래 요리를 못했는데, 제가 해 주는 걸 뒤에서 몇 번 지켜보더니 그새 또 잘 따라 하는 도현이다. 이젠 세아가 주방에 서는 일보다 도현이 서는 일이 더 많았다. 기다리게 하기 싫은지 초능력으로 불까지 사용하니 냄비에선 벌써부터 보글보글 정겨운 소리가 울려 퍼졌다.

"얼큰하게?"

"응."

"안 돼. 싱겁게 먹어."

세아가 피식 웃음을 터트렸다.

"그럴 거면 왜 물어봐?"

"그냥. 이러면 자상한 남편 같잖아."

식탁 위로 머지않아 김치찌개가 올려지고 건우가 공수해 온 밥까지 놓이니 세아는 침이 꼴깍 넘어갔다. 숟가락을 들고 한 입 후룩 먹으니 세상에서 제일 행복한 기분이 몰려왔다. 그 표정을 본 도현이 작게 웃음을 터트렸다.

"맛있어?"

"응, 너 요리 잘하는 거 같아. 재능 있는데 이참에 요리사라도 하는 게 어때?"

"참아 주라. 지금도 너 돌보느라 바빠."

"넌 안 먹어?"

"응, 어서 먹어."

도현은 입맛이 몹시 까다로워 깨작깨작 먹을 것처럼 생겨선 숟가락으로 움푹 밥을 퍼먹는 세아가 그렇게 예뻤다.

제 손맛에 길들여진 것 같아서 앞으로 더 요리를 자주 해야겠단 다짐까지 하게 했다. 한 공기를 다 비우고서 반이나 더 먹은 세아는 냄비 안의 김치까지 몽땅 다 비웠다. 화장실로 데려가 세아를 앉혀 두고 양치하는 것까지 지켜본 도현이 다시금 침대로 데려갔다.

"바로 눕지 말고 기대 있어."

"으응."

"태민이 잘 먹었대?"

"응, 밤인데도 안 자고 자꾸 움직여."

"배고파서 그랬나 보다. 엄마 자면 태민이도 잘 거야."

세아의 어깨 위로 팔을 두른 도현이 제 쪽으로 세아를 기대게 했다. 머리카락을 보드랍게 만져 주니 세아가 나른하게 눈감았다. 포만감이 드리우니 자연스럽게 졸음이 밀려왔다.

"졸려?"

"응."

"이러고 잘래?"

"너 불편하잖아……."

"안 불편해. 자, 내가 이따가 제대로 눕혀 줄게."

그러면서도 다른 손으론 뻐근해진 세아의 허벅지를 주물거리고 있다. 세아는 대답조차 하지 않은 채 편히 숨을 내쉬고 있었다.

"태민아, 너 때문에 엄마가 이렇게 고생이다. 얼른 나와."

"……."

"아빠 얼굴 안 보고 싶어? 아빤 어서 만나고 싶은데. 매일 사진으로만 봐서 실제로도 예쁜지 보고 싶고, 얼마나 작은지 안아 보고도 싶고."

"……."

"나오면 지금보다 더 잘해 줄 테니까 엄마 고생 조금만 시키자. 아빠가 부탁할게."

연신 태민에게 말을 건네는 도현의 목소리를 들으니 세아는 저도 모르게 입가에 웃음이 그려졌다. 이렇게나 많은 사랑을 받고 자랐는데 얼마나 예쁜 아이가 태어날까. 그 생각만으로도 가슴 터질 듯 행복했다. 까무룩 잠이 든 세아가 일어난 건 낯선 통증 때문이다.

평소와 달리 그 느낌이 몹시 거셌다. 세아는 손을 더듬거리며 도현의 어깨를 건드렸다. 반사적으로 눈뜬 도현이 심상치 않은 세아를 보고선 심장이 떨어진 얼굴을 했다.

"왜 그래. 어디 아파?"

"나, 나 배가……."

"기다려. 잠깐만 여기 있어."

황급히 침대에서 내려온 도현이 계단을 밟기도 전에 순간이동 해 건우에게로 갔다. 새파랗게 질린 도현의 낯을 보고 건우마저 놀랐다.

"세아가 통증을 호소해."
"네? 예정일은 아직 이틀 남지 않았습니까?"
"몰라, 치료 벡터 올 것도 없어. 바로 한국으로 갈 거니까 병원에 준비해 놓으라고 해."
"네, 알겠습니다."
"인원 최소한으로. 엘린 씨에게 연락도 하고."
"네, 관리자님께도 연락하겠습니다."
도로 도현이 이동했을 때, 세아는 화장실에 있었다. 이슬이 맺힌 것까지 확인한 세아는 잘근 입술을 씹으며 도현의 팔을 붙잡았다.
"도현아."
"어, 어?"
"너 정신 똑바로 차려."
"어, 그럴게. 그래야지."
"나 아이 나올 거 같아."
그러겠노라 몇 번이고 말했는데 세아의 한마디에 도현은 심장이 빨리 뛰었다. 하지만 세아는 마치 지금 이 순간을 위해 만반의 준비를 그동안 해 온 것처럼 차분했다.
"이동할 거지?"
"응."
"조심히 안아 줘."
"알았어."

도현이 애써 침착함을 새기며 세아를 단단히 안았다. 한국에 있는 병원으로 이동한 세아는 도현의 옷을 꼭 움켜쥔 채였다. 건우의 연락을 받고 빠르게 모인 의료진들이 서 있었다. 안내에 따라 세아를 안아 든 도현이 병실로 들어서자 검사가 이뤄졌다. 곧 아이가 나올 예정이란 소식과 함께 도현은 잠시 밖으로 내몰렸다. 세아가 출산 준비를 하는 동안 초조하게 병실 밖에 있던 도현에게 중오가 급박한 얼굴로 다가왔다.

"윤세아 씨는요?"

"안에서 준비하고 있어."

"도현 님께서도 준비하시죠."

"어? 어, 그래. 엘린 씨 오면 네가……."

"제가 알아서 하겠습니다."

세아의 출산을 함께하기 위해 도현도 준비에 들어갔다. 정신 똑바로 차리라 세아가 말했지만 자꾸만 눈앞이 아찔해져 그럴 수가 없었다. 간호사의 안내를 받아 도현이 분만실 안으로 들어갔을 때 세아는 어느새 옷을 갈아입고 침대에 누워 있었다. 그사이에 양수가 터졌단 의사의 말이 전해졌다. 도현의 미간이 절로 구겨졌다.

"아파? 많이 아파?"

"하아…… 괜찮아."

"진통을 얼마나 해야 되는 건데? 꼭 자연분만 안 해도 돼."

"싫어, 나랑 이미 얘기 다 했었잖아."

떠올리기 싫은 기억이라도 헤집는 듯 도현이 눈을 질끈 감았다. 제아무리 제로라지만 도현으로 인해 최상의 대접을 받는 세아였다. 그러니 출산도 벡터들이 누리는 대로 하면 되었다. 제왕절개로 출산한 뒤 치료 벡터의 도움을 받아 곧바로 일상생활을 할 수 있는 방법으로 하자 말했건만 세아는 끝까지 제로다운 방법을 택했다. 꼭 제 힘으로 낳고 싶다고 말하는 입이 얼마나 미운지 모른다.

"너도 동의했잖아."

"네가 아파하니까 그렇지."

"진통은 못 느끼도록 저희가 볼 예정입니다."

"거 봐, 들었지? 나 안 아파."

세아가 옅게 웃자 도현이 그 손을 꼭 잡으며 고개 숙였다. 잘게 떨리는 손가락이 이상했는지 세아가 물었다.

"도현아, 너 또 울어?"

"……몰라. 지금 미치겠으니까."

"나 안 아프다고."

"됐어. 그런 말도 하지 마."

고개를 끝까지 들지도 않은 채 숨을 뱉는 도현의 목소리가 젖어 있었다. 이런 고통은 아무것도 아닌데, 내가 얼마나 잘 참는지 다 알면서. 한데도 그걸 바라보는 도현의 마음은 갈래갈래 찢어지고 있는 듯 보였다.

"태교로도 모자라서 출산 고통까지 같이 느껴?"
"농담하지 마."
"울지 말라니까……."
"알았어, 안 울어. 정신 차릴게."
이러는 시간에도 세아는 홀로 견딜 터였다. 하나도 빠짐 없이 눈에 담을 거라 생각한 도현이 고개를 들어 세아를 보았다. 그제야 세아가 희미하게 웃었다. 도현은 아예 의자를 가져와 그 옆에 함께 앉았다. 세아의 다리 밑으로는 의료 벡터가 셋이나 있었고, 제로 전문의도 함께였다. 무조건 고통을 못 느끼게 하란 도현의 지시에 그들은 상기된 얼굴로 집중했다. 어느덧 두 시간째, 호흡하느라 부르튼 세아의 입술을 보며 도현이 살벌하게 말했다.
"더는 안 돼. 안전하게 빨리 나오게 하는 방법 있잖아."
"허, 허락만 해 주시면 초능력 사용하겠습니다."
"직접 낳기만 하면 된다고 했지?"
"너……."
"나 더 못 보겠어. 떨려서 미칠 거 같아. 기다리기도 힘들어. 우리 이제 그만 태민이 보자, 어?"
"정말 못살아."
"나부터 살려 줘라, 제발."
도현이 빌었다. 출산하는 과정을 곱씹으며 태민이를 만날 생각이었는데, 그 다짐마저 무너지게 하는 도현의 얼굴이다.

"한 번만 부탁할게. 뭐든 네가 원하는 대로 다 해 줄게……."

이러다 태민이 나오기 전에 도현이 어떻게 될 것만 같아 결국 세아가 고개를 끄덕였고 그제야 의료 벡터들이 빠르게 움직였다. 미세하던 진전이 한꺼번에 열리는 게 느껴졌다. 얼마 가지 않아 치골을 타고 내려오는 아이의 느낌이 선명했다. 힘을 주란 말에 맞춰 세아가 잘근 입술을 씹었고, 도현은 손을 꼭 움켜잡았다. 그 순간 우렁찬 울음소리가 울려 퍼졌다.

"……."

도현의 손이 느슨해졌다. 아래에서 꼬물거리는 형체가 보였다. 의사가 시간을 확인해 말해 주었고 핏기를 제거하는 손길이 분주했다.

"축하드립니다. 아드님이세요."

누군가가 시간을 길게 늘린 것처럼 모든 장면들이 도현의 시야에선 현저히 느렸다. 의사가 직접 일어나 세아의 품에 아이를 안겨 주었고 세아는 방긋 웃었다.

"하태민, 왔어?"

울음이 멎을 때까지 얼굴을 빤히 들여다보며 기다리자 소리가 점차 줄어들었다. 세아는 너무나도 작은 태민의 얼굴을 보며 낮게 속삭였다.

"드디어 만나네."

울컥 눈물이 나올 것만 같았지만 꾹 참았다. 너무나도 조용한 게 이상해 시선을 돌리자 도현이 그걸 멍하니 바라보고 있었다.

"어, 아빠 또 얼었다."

"……."

"하도현, 아이 나왔어요."

"……알아."

"네 아이인데 안 볼 거야?"

"봐, 지금. 지금 봐……."

얼마나 놀란 건지 저런 표정은 또 처음이라, 세아는 도현이 신기하기만 했다. 손을 뻗어 조심스럽게 태민의 머리를 한 번 쓰다듬어 보았다. 얼마나 작은지 손바닥 안에 들어오고도 남는다. 검은 눈동자가 빤히 저를 보는 게 느껴져 도현은 또 입술을 씹었다.

"울지 마. 나도 안 울었어."

"하, 진짜 미치겠다."

"아빠 된 거 축하해, 도현아."

"어찌 된 게 사진으로 볼 때보다 더 잘생겼네."

작은 얼굴 안에 용케 다 담겨 있는 이목구비가 신기하게도 도현과 세아를 반반씩 빼어 닮았다. 마치 싸우지 말라는 듯 사이좋게 입술은 너, 눈은 나, 코는 둘 다……. 세아가 도현과 태민을 번갈아 바라보다 웃으며 말했다.

"우리 태민이 엄마 아빠 사랑 아주 많이 받아서 그런지 정말 예쁘다, 그치.”

“바보야, 네 아이라서 예쁜 거야.”

도현은 크게 숨을 내쉬며 세아의 손등 위로 입 맞췄다. 짙은 시선이 세아에게 내려와 닿는다.

“고마워. 세상에서 제일 사랑해.”

세아는 대답 대신 웃었다.

윤세아가 언제 출산을 할까. 소문으로만 무성하던 것이 도현의 기자회견으로 공론화됐다. 무사히 아들을 출산했다고. 지금은 산모의 안정을 최우선으로 생각할 것이며 그 이후에 멈추었던 공식 스케줄을 모두 이행할 것이란 의사를 전했지만 대중이 궁금해하는 건 다른 부분이었다.

“그럼 아이는 제로겠네?”

“제로지, 당연히.”

“누구 닮았을까? 난 이글 쪽이 더 좋을 거 같은데.”

“절대 외부로 노출 안 시킨다잖아. 그러니까 더 궁금해지지 않니? 사진이라도 봤으면 좋겠다.”

“그런데 제로라면 대우가 다를 텐데 어떻게 이글 아이인

걸 숨기려고 그러지?"

사회에서 제로가 받는 취급을 모를 리 없었다. 하지만 그건 고정된 인식으로 인해 빚어진 산물이지, 변화는 그 틈 속에서 점차 비대해지고 있었다. 그동안 벡터와 제로를 나눠 수업을 하던 학교에선 합반해 운영하는 시스템이 시범적으로 운영되었다. 제로가 다치지 않도록 규제 전파를 설치한 곳도 여럿 되었다. 다들 연구 결과에 대해 반신반의했지만, 혹시나 하는 생각이 더 큰 건 계층 제일 꼭대기에 이글이 있기 때문이다.

우리도 그처럼 제로를 사랑하면 더 강해질 수 있을까, 숙련도가 오를까. 의심이 확신으로 변해 가는 과정은 느리지만 곳곳에서 일어났고 제로의 인명 피해는 현저히 줄어들었다. 제로만 골라서 범행을 저지르던 자들의 수도 마찬가지였다. 이제 더 이상 제로는 사회에서 개미만도 못한 존재가 아닌, 하나의 일원으로서 벡터와 섞일 수 있었다.

"아유, 예뻐라."

그 대표적인 예가 바로 태민이었다. 출산을 마치고 집으로 돌아온 세아를 시중드는 건 전부 벡터들이었고, 그녀들은 하나같이 태민의 모습을 조금이라도 보고 싶어 안달이었다. 제로라는 사실은 변함없었지만 얼굴을 본다면 그 얘기가 달라졌다. 얼마나 피부가 희고 눈이 커다란지, 저들을 빤히 쳐다볼 때면 입에서 절로 예쁘단 소리가 가감 없이 나왔다.

"어쩜 이렇게나 작은데 이목구비가 또렷하니?"

엘린과 닉도 예외가 될 수 없었다. 도현의 자택에서 아예 숙식을 하며 태민의 옆에서 온종일 떨어지지 않아 닉의 퇴근 후 일정 역시 자연스럽게 이곳으로 정해졌다. 물론 엘린보다 태민의 얼굴을 조금이라도 더 보기 위함이었다.

"할아버지 왔다."

"또 뭘 이렇게 사 오셨어요?"

"과일이다. 네가 든든히 먹어야지."

닉의 뒤로 박스가 가득했다. 세아가 놀랄 새도 없이 욕실로 간 닉은 한참의 준비 끝에 태민이 있는 방으로 들어설 수 있었다. 그곳엔 이미 엘린이 잠든 태민을 뚫어지게 내려다보고 있었다. 태어난 지 20일도 채 안 된 아이가 하는 일이라고는 먹고 자는 일이 전부였지만 그마저도 하루가 다르게 크고 있다며 극찬하던 둘이다. 닉의 사진첩엔 까만 눈동자를 한 태민의 사진이 빼곡했다.

"태민이는?"

"……다들 태민이만 찾아."

"네 아이니까 그렇지."

도현이 세아의 턱을 잡고 키스했다. 정장에선 낯선 바람 냄새가 물씬 풍겼다. 세아가 출산을 한 뒤 기자회견에서 약속했던 대로 밀린 회사 일과 유니벌과의 사석에 집중했던 도현이다. 그때까지만 해도 태민이를 가진 세아가 최우선이었기에 잠시라도 떨어질 수 없어 선택한 방안이었지만 지금 이 시간이 도현에게 이렇게나 고역일 줄 몰랐다. 집에선 고양이 같은 마누라와 금쪽같은 아들이 있는데 사석에서 뻔한 얼굴들이나 보라니.

“오늘도 순간이동 횟수 다 썼네.”

“그러기에 들락날락하지 말라니까.”

“와, 이젠 보호 의지 없어졌다고 날 밀어내?”

“그런 게 아니지. 일하러 나갔으면 일에만 집중하란 거지.”

“너랑 태민이 보고 싶은데 어떡해.”

만나는 유니벌마다 축하 인사를 건넸고, 그럴수록 도현은 속으로 인내를 길러야만 했다. 그렇게 축하한다면 이 자리부터 어떻게 해 달란 말이 목구멍까지 차올랐지만 애써 웃는 얼굴로 감사하단 인사를 건넸다.

“오늘 태민이랑 뭐했어?”

“뭐하긴, 맨날 똑같지. 계속 안고 있다가 수시로 아이 모유 먹이고…….”

“잠은.”

욕실에서 손을 닦던 도현이 순간 몸을 돌리며 세아에게 다가왔다.

“또 못 잤구나.”

젖은 손이 뺨을 보듬으며 지나간다. 세아는 작게 웃음을 터트렸다.

"좋은 남편 둬서 산후 조리도 따로 안 해도 되는데 이 정도 힘든 것쯤이야."

출산 후 세아의 몸이 빠르게 회복된 데엔 도현의 압박이 큰 몫을 차지했다. 당장에라도 아이 가지기 전의 몸 상태로 회복시키란 명령에 세아는 믿기 어려운 기적을 맛본 듯했다. 배는 쏙 들어갔고 튼살이나 통증도 더는 없었다. 이렇게 몸이 가벼워도 되나 싶을 정도였다.

덕분에 별다른 몸조리 없이 곧바로 집으로 돌아온 세아는 오롯이 태민에게 전념했다. 처음 하는 육아라 서툰 것도 많았지만 그를 도와주는 엘린이 있었고, 그녀가 선별한 도우미들이 항시 대기 중이었다. 세아의 손과 발이 되어 줘 누구보다 수월한 시간을 보내고 있었다. 게다가 제 아이의 얼굴만 봐도 배가 불러 몸이 어떻게 되든 아무 상관없단 생각까지 들었다.

"너 수척해지는 거 볼 때마다 가슴 아파. 밥이라도 잘 먹여야지. 안 되겠다, 보약이라도 먹자."

"안 그래도 네가 매일 떠먹여 주는 밥 먹느라 황송하거든? 어서 태민이나 보러 가."

"그래, 태민이 봐야지."

도현이 세아의 어깨를 감싸며 방으로 향했다. 문을 열자 동시에 입가로 검지를 세운 두 사람이 보였다. 혹시라도 깰까 조심스럽게 다가간 도현이 침대에 걸터앉았다. 솜털 선 피부와 긴 속눈썹이 작은 숨소리에 맞춰 오르내렸다. 앙다물어진 입술이 세아의 축소판을 보는 듯했다. 뺨을 살짝 검지로 쓰다듬어 본 도현의 입가엔 절로 미소가 그려졌다.

"아빠 왔는데도 잘 자네……."

"천사가 따로 없다니까."

"안 그래도 리만과 위츠가 어찌나 태민이를 보고 싶어하던지."

"그건 저도 사석에 나갈 때마다 귀에 딱지 앉도록 듣는 얘기라서요."

살며시 검지를 뗀 도현이 낮게 말했다.

"아직 안 됩니다."

"잘 알고 있네. 이렇게나 작은데 그런 세균 덩어리들을 집 안에 들일 수 없지."

세아는 그 말을 듣고선 웃음을 집어삼켰다. 오랜 벗인 자들에게 세균 덩어리라니. 잘게 떠는 세아의 허리를 끌어안은 도현이 머리를 기대었다.

"자는 것만 봐도 좋다."

꽤 긴 부재였던 터라 도현을 찾는 자들이 많았고 기다렸단 듯 일정을 잡는 중오 때문에 가히 살인적인 스케줄이었다. 하지만 신기한 게 이렇게 세아를 안고 태민이를 보니 고단함 같은 건 하나도 느껴지지 않았다. 시선을 아래로 떨어뜨린 세아가 보드랍게 손으로 도현의 머리카락을 헤집었다.

"피곤하지. 샤워하고 와."

"나중에. 조금만 더 보고."

나직한 도현의 목소리에 엘린이 눈동자를 굴려 닉에게 말했다.

"당신도 샤워하고 오지그래요?"

"왜 내게만 그래. 나도 조금만 더 보고 움직일 걸세."

"으애."

"어머, 당신 때문에 깼잖아요!"

"이걸 어째."

"아니에요, 일어날 때가 됐나 보죠."

속싸개에 꽁꽁 감싸져 있던 태민의 얼굴이 일렁였다. 세아가 손을 뻗으려 하자 도현이 대신 안아 들었다. 능숙한 자세로 태민을 안고 쉬쉬거리며 몸을 흔들자 울먹이던 태민이 뚝 그치며 도현을 말똥말똥 바라보았다.

"이게 누구야. 아빠지?"

"으—."

"태민아, 아빠 왔다. 그치."

도현이 웃자 눈을 반으로 접은 태민이 입술을 동그랗게 벌려 혀를 펄럭였다.

"애 배고픈가 본데."

"밥 먹여야지."

"우린 나가 있어요."

"아, 그래."

엘린과 닉이 자리를 비켰고 세아는 침대에 편히 앉았다. 도현에게 조심히 태민을 건네받아 젖을 물렸다.

"괜찮아?"

"애 밥 먹이는 건데, 뭐가."

"너 힘들까 봐."

"그 말만 하루에도 백 번은 하는 거 같아. 하나도 안 힘들다니까."

"여보가 워낙 잘 견뎌서 탈이야."

"뭐?"

"알아채기 힘드니까 이렇게 계속 묻게 되잖아."

도현이 고개를 든 세아의 이마 위로 입 맞췄다.

"신기한 게 뭔지 알아? 밖에 나가 있을 때마다 너랑 태민이 생각하면 두 배로 힘이 나더라."

"그래? '아빠 돈 많이 벌어 오세요' 해 봐, 태민아."

"돈만 벌어 와? 우리 태민이 커서 무시 안 받게 하려고 아빠가 얼마나 열심인데."

지금도 제로와 벡터의 화합을 위해 많은 자리에 참석해 영향력을 행사하고 있는 도현이다. 그걸 누구보다 잘 알고 있던 세아는 희미하게 웃었다.

"다행이다. 하도현 에너지가 둘이나 돼서."

"더 노력해야지."

“천천히 해. 지금도 너 잘하고 있으니까.”
“우리 태민이는 언제 아빠라고 말할까.”
“아직 한참 멀었거든?”
“그러게. 배 안에 있을 땐 언제 나오나 고대했는데 이젠 말하길 기다리네.”
“말하면 또 걷기를 바라겠지.”
“어서 컸으면 좋겠다.”
“나도.”
“아니, 다시 생각해 보니 천천히 컸으면 해.”
“또 왜?”
“그냥. 너와 나 어린 시절 보는 거 같아서.”
세아는 잠시 입을 다물었다.
“우리도 이렇게 작을 때가 있었는데. 그치.”
“그렇지, 맨날 붙어 있었고.”
“네 옆집에서 태어난 건 아무리 생각해 봐도 세상에서 제일 잘한 일 같아.”
“나도 하도현이 내 옆집인 게 정말 다행이다.”
“그래서 이렇게 결혼도 하고.”
“도현아.”
“어?”
“사랑해.”
갑작스러운 고백에 도현의 눈이 느리게 감겼다가 올라왔

다. 이내 허탈하게 웃음을 터트린다.

"내가 더 사랑하지, 우리 세아."

변치 않는 사랑이라는 게 있긴 할까 싶지만 도현을 보면 하릴없이 그 걱정도 녹는다. 그러니 딱 지금처럼만 사랑하고 싶다. 내가 너의 힘이 되고, 우리의 아이가 또 자라 새로운 사랑을 시작하는 걸 지켜보며 그렇게 다정히 늙어 갔으면 한다. 서로 변해 가는 얼굴을 보며 덤덤히 웃고, 누구의 주름이 더 깊게 파였나 견주어 보면서 지금처럼만 오래오래 사랑하길. 세아는 다가오는 도현을 보며 스르륵 눈 감았다.

태민이 감았던 눈을 뜨며 그 모습을 빤히 보았다.

"도현 님."

"어, 왜."

"내일 스케줄입니다."

"잠시만."

욕실을 나선 도현이 거친 숨을 내쉬며 머리를 덮은 타월을 마저 뒤적였다. 골반에 걸친 타월을 내린 채 서랍을 여는 도현의 뒷모습을 본 중오가 일정을 브리핑했다. 가만히 듣고 있던 도현의 눈썹이 순간 치켜 올라갔다.
"릭시 본부?"
"네, 이사진들이 도현 님을 뵙길 원합니다."
"내가 아니라 태민이겠지. 애 피 뽑아서 검사지를 지금 몇 장을 보냈어? 더는 못 줘."
"적어도 3년 동안은 꾸준히 그 결과를 받아 보고 싶은가 보더군요."
"안 된다고 말했다."
도현의 서늘한 목소리에 중오는 나직이 입을 다물었다. 없던 역사를 새롭게 쓴 도현인데, 그 핏줄인 태민에게 관심이 안 쏠릴 수가 없었다. 이런저런 검사를 위해 피를 조금씩 뽑아 가던 걸 안 그래도 겨우 참고 견디던 도현이지만 이제 더는 안 되었다.
"뭐가 그렇게 궁금한데. 태민인 제로야."
"압니다만 혹여 변화라도 있을까 궁금한 거겠죠."
"만약 릭시가 된다면 어련히 알려질 텐데 벌써부터 핏덩이인 애 가지고 이러는 게 정상이라고 생각해?"
"자료를 남기기 위해서 아닙니까."
"그딴 말 한 번만 더 내게 해 봐. 다 뒤집어엎어 버리고 올 테니까."
살벌해진 기류를 느낀 중오는 이쯤에서 입을 다물어야만 했다. 도현의 성격을 긁어 봤자 좋을 것 하나 없었다.

"내일 이 일정은 그럼 어떻게 할까요?"

"없애. 다른 바쁜 일 있다고 둘러대든가."

"알겠습니다."

낮게 한숨을 내쉰 중오의 귓가로 순간 비명이 들려왔다. 그건 도현도 함께 감지했다. 2층에서 들려온 목소리는 분명 세아의 것이다. 도현이 반사적으로 순간이동을 사용했지만 오늘 할당량을 모두 사용한 걸 알고선 이를 악물고 뛰었다. 계단을 두세 칸씩 밟고 올라간 도현이 침실 문을 열어젖혔다.

"왜 그래?"

"도현아……."

침대에 앉아 태민을 꼭 끌어안은 채 파들파들 떨고 있는 세아의 모습에 도현은 말을 잃었다.

"이게 뭐야……?"

침대를 중심으로 가구 전체가 허공에 부유하고 있었으므로. 도현의 눈가가 지그시 구겨졌다.

"염력……?"

제로는 무한한 가능성을 지니고 있단 의미이다.

외전1. 또 다른 시작

외전1. 또 다른 시작

도현은 피곤한 듯 눈꺼풀 위를 문질렀다. 연달아 이뤄지는 회의에다가 하나같이 계약을 요구하는 서류들에 신물이 났다. 회사 일 말고도 도현은 대외적으로 제로와 벡터의 공존을 위해 여러 캠페인과 봉사를 실천하는 중이었다. 그 밖에도 릭시 본부에서는 뭐라도 맡겨 놓은 듯 매번 도현을 제집 아들처럼 불러 댔고 거부하면 아쉬운 소리를 냈다. 키워 준 정이라도 느끼길 바라는 걸까? 아들은 못 되어 주어도 매 순간 도현은 본부의 마스코트 노릇을 톡톡히 해내 주었다. 초능력 아홉 개의 이글이 조명될수록 기세등등해지는 건 릭시 본부였다. 릭시인 이상 그건 떼려야 뗄 수 없는 관계였다. 릭시 본부라……. 잠시 생각에 잠겨 있던 도현은 똑똑 문을 두드리는 노크 소리에 바라보던 창문에서 시선을 뗐다.

"도현 님, 본부에서……."

"시끄러워."

혹여나 날카로운 도현의 목소리가 밖으로 새어 나갈까 중오가 문을 닫았다.

"제아무리 사무실에 계신다지만 밖에 비서도 있고, 회사 내에 귀가 좋은 벡터들이 많습니다."

주머니에 손을 꽂고 있던 도현이 미간을 구긴 채 커다란 책상 앞으로 걸어가 앉았다.

"아버지가 되셨는데 바보같이 웃으면서 다녀도 모자랄 판에 그렇게 인상 쓰신 채 날 선 언행을 하시면 이상한 소문만 퍼져 나갑니다."

중오는 진심으로 도현을 걱정했다. 그제야 움푹 파인 눈썹 사이가 살짝 올라왔다. 세아의 출산 기사가 난 지 어느덧 8개월이 지났지만 대중들의 호기심은 날이 갈수록 비대해졌다. 어차피 제로일 게 뻔한 아이지만 생김새나 어떤 생활을 하며 어떤 대우를 받는지가 중점이었다. 집 근처를 기웃거리는 기자들도 많았지만 경비와 보안은 철저했고 그러다 보니 대중들의 호기심 잣대는 도현이 될 수밖에 없었다.

'얼마나 행복한 시간을 보내고 있을까' 하는 의문은 숨기지 못하는 표정이 말해 주는 법이라, 도현이 대외적인 스케줄을 이행하기 위해 공석에 설 때면 많은 기자들이 그의 얼굴을 찍으려 혈안이 되었다. 일부러 냉소적인 표정을 유지하는 도현이지만 예리한 사람이라면 그 표정이 꾸민 것이 아님을 단번에 알 터였다.

"가져온 거나 줘."

"도현 님."

"알았으니까 달라고. 이것만 하고 집에 갈 거야."

퇴근 시간이 아직 한참이나 남았거늘 집에 갈 거라고 으름장을 놓는 도현은 공과 사를 구분하지 못하는 철부지 아빠가 분명했다. 하지만 싱글벙글 웃는 낯은 아니었다. 오히려 날이 갈수록 어두워지는 낯빛과 늘 고민을 끌어안고 사는 듯 사무실 안에서도 창밖만 내다보는 게 습관이 되었다.

도현은 빠르게 중오가 건네준 서류를 검토했다. 산소가 부족한 것도 아닌데 갑갑한 듯 중오는 넥타이를 조금 잡아당겼다. 도현의 일거수일투족을 함께하는 것으로도 모자라 상태 또한 꼼꼼하게 살피는 중오에게 있어 저기압인 도현은 달가울 수 없었다. 초능력 아홉 개를 이룩하면서 생겨난 위엄은 도현을 신격화하며 완벽한 인간상으로 만들었지만 차마 그에게도 말하지 못할 비밀이 있었다.

"다 했으니까 알아서 처리해."

펜으로 사인을 마친 도현이 자리에서 일어나 순간이동을 했다. 중오는 그제야 한숨을 내쉬었다. 언제까지 비밀로 할 것인지 알 수 없기에 이런 상황이 계속될수록 중오는 난감했다. 하지만 쉽사리 발설하지 못하는 비밀의 무게감을 알기에 중오는 묵묵히 도현이 남기고 간 서류를 집어 들었다.

"하기야, 골치 아플 만도 하지."

바로 도현의 아이가 릭시라는 점이다.

세아는 멍하니 눈앞에 떠오른 물건을 응시했다. 언제 봐도 놀라운 광경이었다. 처음에는 가벼운 물체만 띄우더니, 이젠 무거운 침대나 탁자 같은 것도 들썩거렸다.

"야, 너 괜찮아?"

"어…… 응."

한결이 낌새를 느끼고 안으로 들어왔지만 이리저리 둥둥 떠다니는 물체를 막을 방도는 없었다. 그저 세아의 옆에 딱 달라붙어 위험한 물체가 날아오는 것을 막는 게 전부였다. 하지만 이것도 태민이 클수록 점차 줄어들었다.

"화장실도 못 가게 하네."

뒤늦게 한결이 지퍼를 끌어올리자 세아의 표정이 순식간에 어두워졌다.

"너 손은?"

"어? 아, 급하게 나오느라."

"뭐? 애 있는데 더럽게. 당장 손 안 씻고 와?"

"아오, 깔끔한 척하지 마. 지금 이거 위급 사태야."

"네 세균이 더 문제거든? 어서 가서 손 씻고 와."

"그럼 한시우 올 때까지만."

"됐으니까 빨리 다녀오라고."

"너 이거 이글한테 다 말할 거다."

"그럴 필요 없습니다."

으르렁대던 한결이 뒤로 돌자 이제 막 도착한 것인지 안으로 들어서는 도현이 보였다.

"가 보세요. 이제부터 제가 감시하도록 하죠."

"아, 네."

고개를 끄덕인 한결이 도현을 지나 화장실로 들어갔다. 도현이 걸어오며 공중에 떠 있는 기차 모양의 장난감을 검지로 툭 치자 뱅그르르 회전했다. 세아는 도현을 향해 인상을 찡그렸다.

"너 지금 시간이 몇 신데……."

"불안해서 밖에 못 있겠어."

도현이 세아의 옆에 앉자 순식간에 부유하던 물체들이 우수수 떨어졌다. 바닥으로 무사히 착지한 물체들은 조금 전과 달리 얌전했다. 세아의 앞에서 엉금엉금 기어 다니던 태민이 궁둥이를 붙이고 앉더니 입술을 펄럭거렸다. '끄악'거리며 이상한 소리를 내는 게 지금 이 사태가 못마땅한 듯 보였다.

"태민아, 아빠 왔다."

"우우……!"

"안 된다고, 이 녀석아."

도현은 태민을 안아 들며 한숨을 푹 내쉬었다. 처음에는 잠시 들었다가 떨어뜨리는 게 전부더니, 이젠 한 번 공중으로 띄웠다 하면 좀처럼 바닥으로 내려 주지 않았다. 유지 시간이 점차 길어지는 것인지 지금도 도현이 제 염력으로 물체를 아래로 눌렀기에 가능한 평화였다.

"한결이랑 시우 있어서 괜찮다니까."

"안 돼, 저번에 너 이마 다친 거 내가 몰라?"

팔찌를 채우지 않아 자발적으로 제어해야 하는데, 이제 8개월이 된 태민에게 절제는 어려운 것이다. 저번엔 나무로 된 장난감이 태민의 머리 위에서 떨어진 터라 그걸 막으려던 세아의 이마가 찢어지는 사태가 벌어졌다. 도현이 아예 장난감이라는 걸 다 없애 버리려 했지만 세아의 만류에 그러지도 못했다.

"평범하게 키우자고 말했었잖아. 아이니까 아직 뭘 몰라서 그런 거고, 이 시기에 이것저것 만져 보고 가지고 노는 게 중요한 거 너도 알지?"

"아는데, 엄마 다칠까 봐 그러지."

“됐어. 아직 뭘 몰라서 그런 거야.”

세아가 일어나 도현의 품에 안긴 태민의 등을 다독여 주었다.

“태민아, 아빠다. 그치? 아빠, 아빠.”

태민이 꼼지락거리며 몸을 틀더니 방싯 웃었다. 세아만 봤다 하면 햇살을 올려다보는 것처럼 눈을 반이나 찡그리며 웃는데 저를 다치게 할 생각으로 초능력을 사용할 리 없었다.

“너 다시 한 번 말하는 건데 태민이 문제아처럼 생각하지 마.”

“……그렇게 생각 안 해.”

“거짓말. 그러니까 집에 일찍 온 거면서.”

“걱정돼서 그렇지.”

“태민아, 엄마 위험하게 안 할 거지?”

“아우.”

무슨 뜻인지나 알고 대답하는 걸까. 도현은 고개를 반대쪽으로 돌렸다. 세아는 태민과의 애정을 신뢰했지만 도현의 생각은 정반대였다. 초능력이라는 게 유용하면서도 얼마나 위험한지. 자칫 잘못하면 초능력이 없는 세아가 다칠 수 있을 거란 걱정은 지금도 변함없다.

그럴 수밖에. 하루에도 몇 번이고 수명이 한참 남은 형광등이 꺼지기 일쑤였고 가만히 있던 물체들이 바닥으로 떨어지거나 공중으로 떠오르는 일이 허다했다. 귀신의 집에 사는 것처럼 위험천만한 일들이 빈번하게 일어났다. 그런 곳에 세아를 두니 도현은 걱정으로 생명이 단축되는 기분이었다. 그런 도현을 전부 알면서도 세아는 지금처럼 단호히 말했다.

"내 아들이 릭시인 거 이제 부정 안 해. 팔찌 차면 이것도 전부 해결되겠지만 그걸 차면……."

"팔찌를 차려면 먼저 본부에서 알아야 할 거고, 그 이후엔 떼어 놓으려고 발악을 하겠지."

"……응, 그러니까 조금만 더 비밀로 하자."

"……."

"응? 나 아직 태민이랑 더 있고 싶어. 엄마라고 말하는 것도 듣고 싶고, 너 보면서 아빠라고 말하는 것도 듣고, 혼자 숟가락 들고 내가 만든 음식 먹는 것도 보고 싶어."

"그건 나도 마찬가지야."

"그니까 인상 좀 펴라, 여보야."

세아가 손을 뻗어 도현의 미간을 꾹 눌렀다.

"아빠가 요즘 맨날 인상만 쓰는데 태민이가 뭘 보고 배우겠어?"

화사하게 웃는 세아 덕분에 도현의 입가로 옅은 바람이 새어 나왔다. 복잡한 기분이었다. 여우 같은 아내와 토끼 같은 자식이 기다리는 집은 도현에게 행복한 공간이지만 동시에 시한폭탄이었다. 벡터들을 더 고용하자니 이 사실이 바깥으로 새어 나갈 위험 때문에 그러지도 못했다. 엘린도 처음 이 사실을 알았을 때 놀라면서도 한편으로 걱정하는 낯빛이었다.

“아빠를 닮아서 초능력이 일찍 발현된 건 좋다만 불안해서 견딜 수가 있어야지.”

저녁 시간에 맞춰 포탈로 돌아온 엘린은 사람을 들일 수 없어 무거운 짐마저 제 손으로 직접 든 채였다. 이 집 안에 들어올 수 있는 소수 중 하나인 그녀는 도현이 자리를 비웠을 시 세아를 보호할 벡터를 자처했다.

“내가 저녁까지 볼 테니까 한결 씨하고 시우 씨는 가서 좀 쉬어요.”

“아, 네.”

“저녁에서 아침까지는 도현 군이 할 거고. 그렇지?”

“그래야죠.”

도현은 요즘 입맛도 없는지 식사도 하는 둥 마는 둥이었다. 한시라도 태민에게서 시선을 떼지 않으니 겉으로 보기엔 자식 사랑이 투철한 팔불출이었지만 거기엔 세아를 걱정하는 마음도 함께였다. 태민과 놀아 주다가도 뭔가 덜그럭 움직이면 반사적으로 숨은그림찾기라도 하듯 문제를 찾아 제 염력으로 억눌렀다. 조각상이나 꽤 무게가 나가는 것들은 죄다 지하실로 내려 보낸 터라 집 안은 점차 삭막해졌다.

"세상에. 엄마, 태민이 선 것 좀 봐요. 너무 귀엽지 않아요?"

모두가 세아를 걱정하는 가운데, 정작 당사자는 태민을 보는 낙으로 살았다. 소파를 잡고 우뚝 서면 만사를 제쳐 놓고 그 옆으로 가 잘한다 손뼉 쳤다.

"기특해 죽겠어."

제로라서 유독 모성애가 강하다지만 세아는 더했다. 태민이 철푸덕 바닥에 주저앉자 세아가 품에 안아 들며 도현을 향해 웃었다.

"어쩜 자랄수록 너 닮아 가. 그치?"

"난 잘 모르겠는데."

"잘 봐, 코랑 눈이 딱 너야."

"엄마 닮지……."

"야, 너."

"'야' 말고 여보라고 해 주라. 아까 해 줬잖아."

"싫어."

세아가 냉담히 등 돌리자 도현의 표정이 땅으로 푹 꺼졌다. 그 모습을 본 엘린이 웃음을 터트렸다.

"아니, 도현 군 닮으면 좋은 거지. 자랐을 때 인물이 얼마나 훤할지 보장된 거잖아?"

"전 세아 닮은 게 더 좋아서요."

"아들이 예쁘장하면 못써."

"아…… 딸 갖고 싶……."

도현이 무의식적으로 제 속마음을 꺼내 들자 단번에 그를 찍어 내리듯 도끼 같은 세아의 눈빛이 달려들었다.

"너 내가 그 이야긴 없던 거로 하자고 했지?"

태민이 릭시라는 걸 알게 된 이후 도현의 꿈도 함께 좌절됐다. 세아에게 태민은 모든 게 불안하고 걱정인 터라 제 사랑을 더 쏟아부어야 할 존재로 탈바꿈되었다. 그런 상황에서 둘째는 아예 생각할 수조차 없었다. 도현은 자연스럽게 억울해졌다.

"아예 없던 얘기가 되는 게 어디 있어? 태민이 문제 해결된 뒤에 다시 생각해 보면 되잖아."

"그 문제를 어떻게 해결해? 지금도 결정 못 내리고 있는데."

"더 자라면 릭시 본부로……."

반쯤 말을 꺼냈다가 도현이 고개를 내저었다.

"아, 그건 안 돼."

도현은 커다란 손으로 제 눈가를 덮었다. 릭시 본부에서 훈련을 받아 봤기에 그 시간이 얼마나 잔혹하고 처절한지 잘 알았다. 내가 죽지 않기 위해 다른 이를 공격하는 잔인함을 배우고, 초능력을 몸에 익혀야 한다며 시작하는 기초 발현 단계는 고문과 다를 게 없었다. 자신이 겪은 끔찍한 전철前轍을 태민에게 고스란히 밟으라니, 도현도 그건 내키질 않았다.

"어디 섬이라도 하나 살까."

"섬?"

"응, 거기 가서 너랑 나랑 태민이랑만 사는 거야. 엘린 씨와 닉 씨한테만 위치 알려 주고 아무도 모르게. 그럼 팔찌 채울 일도 없고 본부 끌려갈 일도 없지."

"좋은 생각이긴 한데, 도현 군. 실현 가능할 것 같진 않네."

"왜 그렇게 생각하십니까?"

"제가 그걸 가만히 보고 있을 거라 생각합니까?"

도현의 시선이 날카로운 목소리가 들린 쪽으로 향했다. 그곳엔 이제 막 집 안으로 들어선 중오가 불편한 표정으로 서 있었다.

"지금 제가 누구를 위해 입 다물고 상황을 봐 드리고 있는데, 도현 님께서 그러시면 섭섭합니다."

중오는 심기 불편한 감정을 고스란히 내비치며 걸어왔다. 릭시 본부와 가장 깊숙이 연관된 신분이지만 도현의 부탁으로 벙어리처럼 살며 본부에게 아무런 일이 없다며 핑계 대고 있는 중오였다. 한데 뒤에서 이런 일을 작당하다니, 달갑지 않았다.

"도현 님께서 사라지면 제가 무슨 수를 써서라도 찾아낼 거니 그 생각은 접어 주시죠."

"하긴…… 네가 있었지."

"하루 중 윤세아 씨보다 더 자주 보는 게 저인데, 마음대로 제외하는 건 자제해 주세요."

“아, 일 그만두고 싶다. 그럼 다 해결되는 건데.”

안 그래도 저를 대신할 경영자를 찾아보고 있는 도현을 모를 리 없는 중오였다. 뒤에서 남몰래 하고 다니는 일은 전부 가족과 연관되어 있었다. 행복과 단란함을 찾는 것도 나쁘지 않으나 그건 어디까지나 집 안에서만 보여야 할 모습이었다. 그는 이글이었다.

“지금 도현 님께서 소유하신 것들이 얼마나 힘을 보태주고 있는지 모르시나 봅니다.”

“알아, 대외적인 이미지도 중요하다는 거.”

“잘 아시는 분이 자꾸 어린아이 같은 소리 하실 겁니까?”

“내 집에서 내 마음대로 말도 못 해?”

“제가 없는 곳에서 해 주세요. 그리고 생각만 하시고 실제로 하려는 행동은 자제해 주시고요.”

잔소리가 지긋지긋한 도현이 머리를 뒤적이며 중오에게 물었다.

“왜 왔어?”

“아까 낮에 하려던 말 전하러 왔습니다. 윤세아 씨도 계시니 여기선 시끄럽단 얘긴 안 하시겠죠.”

“본부요? 왜요, 뭔데요?”

아, 젠장. 그냥 회사에서 들을걸. 도현은 일이 꼬였다는 생각을 지울 수가 없었다.

“본부에서 한동안 태민 님의 혈액 샘플을 받아 보지 못한 상황인지라 상태를 많이 궁금해하고 있습니다."

"안 된다고 몇 번을……."

"압니다. 제가 기를 쓰고 안 된다는 말한 덕분에 지금껏 검사를 안 해 온 거 아닙니까?"

"넌 말 끊지 말고 가만히 있어 봐. 그래서요?"

"윤세아 씨도 아시겠지만 릭시 본부에서 이 사태를 알게 된다면 난리가 날 일입니다. 본부에 최연소로 입소한 것이 도현 님인데, 그 아들이 불과 신생아 때 염력이 발현되었으니까요. 잠재력만 놓고 보았을 때 도현 님보다 더 대단한 상황인지라, 릭시 본부에서 과열된 관심을 보일 게 뻔합니다."

"아직 이렇게나 어린데……."

"저도 압니다만 그걸 신경 쓸 자들이 아닌 거 알지 않습니까."

세아의 표정이 순식간에 심각해지자 중오가 그를 어르듯이 말했다.

"해서, 검사를 피할 수 있는 방법이라고 제안한 것이 있는데."

"뭔데요?"

"한 번 정도 태민 님을 실제로 보고 싶어 합니다."

"안 돼."

일말의 망설임도 없이 도현의 입에서 단호한 대답이 흘

러나왔다. 중오는 지금 사태의 심각성을 다시 한 번 일깨워 주었다.

"일방적인 거절은 지금껏 계속하셨고 본부에서도 그를 봐주지 않았습니까? 도현 님께서는 릭시 본부에 소속된 터라, 이마저도 거부하시면 그들에게 강제로 침입할 수 있는 권한을 주는 셈입니다."

"그러기만 해 봐. 내가 어떻게 하나."

"세이렌이라도 사용하실 생각입니까?"

"왜, 내가 못할 거 같아?"

"팔찌에 기록이 남는다는 건 알고 말씀하시는 것이겠죠."

도현은 이를 악물었다. 자신을 시해하려던 자들을 세이렌으로 다스린 게 문제였다. 역사에서만 존재하던 세이렌의 위력으로 관중을 지배하는 걸 본 이사진들은 세이렌을 하이보다 높은 스페셜 티어로 분류했다. 하이 티어보다 윗단계가 생긴 건 이례적인 일로서, 사용하면 팔찌를 통해 횟수가 차감되며 언제 어디에서 무슨 용도로 사용되었는지 본부로 통지가 가는 식이었다.

"내 초능력인데 마음대로 사용도 못 하고."

팔찌를 뜯을 수도 없는 일이니, 이 좋은 능력을 꼼짝없이 다른 이의 눈치나 보며 사용해야 하는 상황에 놓인 셈이었다.

"……정말 그거면 된대요?"

줄곧 침묵을 유지하던 세아가 묻자 중오가 가만히 끄덕

였다.

“알겠어요. 약속 잡도록 해요.”

“안 돼.”

“그럼 어떡할 거야? 지금까지 충분히 시간 끌어왔고 계속 이런 식이면 본부에서도 고집을 부릴 수밖에 없을 텐데. 이쯤에서 하나 정도는 들어 줘야지.”

“거기서 태민이가 초능력 사용하면 어떡하려고.”

“네가 있잖아.”

“뭐?”

도현이 모르겠단 듯이 인상을 찡그리자 세아가 웃었다.

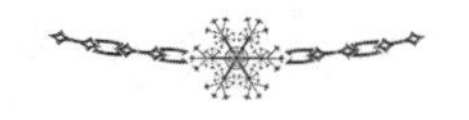

“내가 잘할 수 있을 거 같아?”

“응, 엄청.”

“넌 나를 너무 과대평가하는 게 있어.”

“하도현이 내 영웅 아니었어?”

세아가 반듯하게 정장을 입은 도현을 올려다보며 한쪽 어깨 위를 슥슥 닦아 주었다. 구김이 있다거나 혹여 달라붙은 먼지를 털어 내려는 손길일지라도 그것이 지금 도현의 심장을 단단하게 만들었다.

"영웅은 원래 힘들고 어려운 일 다 해결해 주는 거 아니었냐고."

늘 도현이 예쁘다 입 맞춰 주던 눈초리가 웃을 땐 살포시 내려갔다. 도현은 그새를 참지 못하고 세아의 눈꺼풀 위로 입술을 대었다. 뭉근하게 비비면서 닿는 촉촉한 느낌이 싫지 않은지 살짝 어깨를 웅크린 세아가 도리질하며 뜨거운 숨결이 나오는 곳을 자극했다. 감칠맛이 나는 음식처럼 그것이 도현의 입맛을 돋웠다. 혀가 살짝 나와 연한 피부를 핥았다. 세아는 '하지 마아' 하며 말꼬리를 늘였다. 앙탈을 부리는 것도 어쩜 이렇게 사랑스러울까. 도현은 아랫배가 묵직해지는 걸 느꼈다.

"잠깐만."

"야, 너."

"시간 되잖아, 어?"

참을성 없이 세아의 어깨를 잡고 순식간에 벽으로 몰아붙였다. 도현은 빠르게 세아가 꼼꼼하게 잠갔던 블라우스의 단추를 하나 풀었다. 속이 아스라하게 비치는 시스루 소재인지라 입을 때부터 자꾸만 곁눈질로 훔쳐보았었다. 야들야들한 천을 만지며 벗기는 걸 혼자 상상하던 도현이 그걸 실제로 행하니 몸이 빠르게 달아올랐다. 버둥거리는 세아를 잠재우기 위해 입술은 귓불을 잘근 문 채였다. 세아는 바르르 어깨를 떨었다. 최대 약점이 어딘지 잘 알고 있는 도현인지라, 지금처럼 좁은 귓바퀴 안으로 거친 숨소리를 흘려 주면 세아는 온몸이 진동했다.

"아, 으……."

발가락 끝이 간지러워 꼼지락거리자 도현의 입술이 미끄러지듯이 내려와 세아의 목덜미 위로 '촉' 하고 부딪쳤다. 살살 혀를 굴리며 핥으니 소름이 오소소 돋아났다. '촉, 초옥' 낯뜨거운 마찰음이 방안을 끈적이는 풍경으로 만들었다. 노련한 혀 놀림이 세아가 매달릴 수밖에 없는 상황을 조성하고 있었다. 벌써부터 가슴이 간지러운 기분이라 세아는 몸을 비비 꼬았다. 그 신호를 기다렸던 도현의 큼지막한 손이 이제 막 마지막 단추를 풀고선 매끄럽게 가슴 밑을 감쌀 때였다.

"얘가 미쳤어! 태민이가 보고 있잖아."

"아…… 세아야."

"제발 정신 좀 차려라, 응?"

"나 어떡해……."

세아는 반쯤 풀린 도현의 눈을 보고선 두 손으로 얼굴을 감싸며 고정했다.

"나 똑바로 봐."

"하아, 진짜."

"지금 아침 11시야, 알아?"

"욕구불만이라고."
"벌건 대낮에, 어? 거기에 뒤에 태민이도 있는데."
"매일 집에 사람 와 있고 짜증 나 죽겠는데."
"태민이가 아빠 엄마 뭐하나 쳐다보고 있잖아. 부끄럽지도 않아?"
"밤에 너 만지는 게 다잖아. 하고 싶은데 넌 자꾸……."
"나중에, 나중에 밖에서."
그러자 도현의 눈이 반짝 빛났다.
"야외?"
"미쳤어? 호텔 있잖아!"
세아가 소리 지르며 어깨를 밀자 도현의 발이 떨떠름하게 물러섰다. 기껏 풀었는데 도로 꼼꼼히 잠그는 손이 얄미웠다. 잠시였지만 세아도 분위기에 휩쓸렸는지 아직도 양쪽 귀가 다 발갰다. 귀엽다. 도현이 두 팔을 뻗어 세아의 허리를 끌어안으려고 하자 세아가 휙 돌아서며 도현의 팔에 무언가를 끼웠다.
"자, 준비 다 됐다."
도현은 제 가슴과 어깨에 채워진 아기 띠를 내려다보았다.
"이거면 되겠지?"
도현은 한숨을 내쉬며 고개를 끄덕였다.
누가 작전 하나는 기막히게 설계하고 해결하던 나인 아니랄까 봐. 세아의 생각은 이랬다. 도현이 태민을 앞에 맨 채 함께 릭시 본부 이사진들과 약속된 장소로 간다. 초능력 아홉 개를 보유해 오감이 누구보다 예민한 도현인지라 태민이 염력을 사용하면 누구보다 빨리 알아챌 수 있을 터였다. 그때 염력을 사용해 막을 것. 게다가 도현 또한 염력을 보유하고 있었기에 만에 하나 초능력을 사용한 것이 감지되었다 치면 그를 둘러 댈 핑계도 자연스럽게 해결된다. 물론 이런 대처할 필요 없이 태민이가 얌전하게 굴어 주면 좋으련만.

"이런, 불이 자꾸만 깜빡이는구먼."

원래도 제어되지 않는 태민이지만 지금은 기분이 꽤 좋지 않은지 그 횟수가 집에서보다 빈번하게 일어났다. 도현이 재빨리 조명을 정상대로 돌려놓았지만 반응을 본 뒤에야 수습하는 터라 이사진들은 저마다 떨떠름한 얼굴을 했다. 국내로도 모자라 해외까지 정평이 나 있어 외국 손님들까지 자주 찾는 식당인데 관리가 허술하다 실망할 만도 했다. 세아는 그들의 관심을 돌리기 위해 미소 지으며 말했다.

"한 번쯤은 저도 만나 뵙고 싶었는데, 이런 자리를 먼저 제안해 주셔서 감사합니다."

"도현 님께서 아이를 끔찍하게 여기시는지라 저희야말로 이런 자리를 내주시니 반가울 수밖에요. 이글의 아이를 처음 보는 외부인이 되는 것 아닙니까?"

"그렇죠."

"비록 프로젝트는 없어졌다지만 도현 님의 유전자를 받고 태어난 아이라 릭시 본부에서도 기대가 큽니다. 자주 이렇게라도 만나 뵙고 싶은데, 도현 님께서는 어떻게 생각하십니까?"

"……."

"도현 님?"

"……뭐?"

한곳을 응시하던 도현이 뒤늦게 고개를 앞쪽으로 돌렸다. 룸 안에 있는 자그마한 물건 하나라도 놓치지 않을 심산으로 오감을 집중한 터라, 대화가 어떻게 흘러가는지 알 턱이 없었다. 중오가 보이지 않게 고개를 젓자 그를 신호 삼아 도현이 '안 돼'라고 대답했다. 마무리는 세아가 지었다.

"무엇을 기대하시는지 알지만 제로인 데다가 아직 사회 인식상 제로와 벡터가 평등하진 않잖아요. 저희가 태민이를 노출시키지 않으려는 것도 그런 이유고요. 만에 하나 위험해지면 저나 도현이에게도 안 좋은 일이 생기는 거라 미연에 그를 방지하려는 것이니 이해 부탁드려요."

"그래서 이렇게 따로 자리를 마련하지 않았습니까?"

"이런 자리라도 바깥에 사람들도 있는데, 거기에 투시를 보유한 벡터가 있을지 어떻게 알아요? 작은 것 하나 신경 쓰이는 게 부모 마음인지라 너그럽게 이해해 주셨으면 해요."

누가 클로비스의 양녀 아니랄까 봐, 이사진들 앞에서도

주눅 들지 않고 또박또박 말하는 모습이 엘린과 똑 닮았다. 세아를 빤히 보던 폴은 '크흠' 헛기침하며 타는 목을 식히기 위해 물 잔을 들었다. 순간 기울었던 잔 속의 물이 정지하더니 이내 액체가 방울방울 작은 모양으로 떠올랐다. 폴의 눈이 휘둥그레지며 잔을 내려놓자 금세 물이 언제 그랬냐는 듯이 반동으로 물결쳤다.

"방금 이거 염력 아닙니까?"

"아, 내가 했어."

"네?"

폴이 인상을 찡그리자 도현이 표정 변화 없이 뻔뻔하게 대답했다.

"급하게 마시다 체할까 봐."

"아…… 감사합니다."

세아는 손으로 태민의 등을 다독거렸다.

"괜찮아, 태민아. 엄마 여기 있잖아. 응?"

겉으로 보기엔 아이를 사랑하는 모습이지만 속마음은 제발 얌전히 있어 달란 간곡한 부탁도 함께였다. 도현의 가슴에 한쪽 얼굴을 댄 태민이 눈가를 푹 구기며 찡얼거렸다. 엄마 품으로 가고 싶다는 듯이 작은 손을 쭉쭉 뻗는데, 세아가 해 줄 수 있는 건 제 손가락 하나를 내주며 어르고 달래는 일뿐이었다.

이윽고 텅 빈 식탁 위로 음식들이 하나둘씩 채워지자 도현은 전보다 더한 집중력을 보여야만 했다. 하필이면 그냥 음식도 아니고 콩이나 고명 등 태민이 움직이기에 좋을 것들이 여러 개였다. 도현의 입장에선 숙제가 더 는 셈이라 앞에 놓인 음식 같은 건 안중에도 없었다. 그를 본 메이든이 말했다.

"식사하시려면 아이는 잠시 내려놓으시는 게……."

"아니, 입맛 없어."

"무슨 일이라도 있습니까?"

메이든의 따가운 눈총이 중오에게 향했다. 중오는 억울한 마음을 거둔 채 웃으며 말했다.

"요즘 업무가 많아 식욕이 없으십니다."

"자네가 잘 보좌해야지. 끼니를 거르시는 게 맞는 일인가?"

"김중오 잡지 마. 내가 안 먹는 거니까."

타인에게 지적받는 일을 끔찍이도 혐오하는 중오인데, 없는 사실 때문에 잔소리를 들으니 그 기분이 좋지 않았다. 도현이 의자를 빼며 일어섰다.

"식사들 하고 계십시오. 잠시 화장실 좀 다녀오겠습니다."

"태민이 데리고?"

"응, 먹고 있어."

차라리 그게 나을 것 같다며 세아가 고개를 들자 도현이 이마 위로 입을 맞춰 주며 아까 봐 두었던 화장실로 순간이동 했다.

"후으……."

화장실에 도착하자마자 거울에 머리를 기댄 도현이 눈을 감았다. 안에 아무도 없다는 걸 확인하고선 문을 걸어 잠근 뒤 슬쩍 가늘게 뜬 눈으로 태민을 내려다보았다.

"아브."

"태민아, 아빠 간 쫄려 죽겠다."

"아바바바."

"아빠?"

지친 머리를 냉큼 떼어 낸 도현이 웃으며 말했다.

"아빠, 아빠라고 해 봐."

"아부."

태민이 입을 오물거리며 말하는 걸 보니 힘들었던 것 하나 생각나지 않을 정도로 자연스럽게 아빠를 요구하게 되는 도현이었다. 칸막이로 이루어진 곳에서 덜컹덜컹 소리가 났다. 띄우려고 했지만 쉽지 않았는지 그나마 가벼운 축에 속하는 세면대 근처의 장식용 조약돌이 이리저리 날아다녔다.

"아바브."

"그래, 맘껏 해라."

세면대에 기댄 도현이 태민과 눈을 마주치며 놀아 주는 순간에도 바깥에 신경을 집중한 상태였다. 누군가가 다가오는 소리가 들리면 곧바로 대처할 만반의 준비를 갖추었다. 그를 아는지 태민은 더욱 자유롭게 능력을 구사해 댔다. 조명이 깜빡이다 곧 깨질 것처럼 굴기에 도현이 태민의 머리를 손으로 감싸며 속삭였다.

"태민아, 다 좋은데 아빠한테 말해 주고 능력 쓰면 더 좋을 거 같다."

"까가."

"여기선 조금만 참자. 집에 가서 태민이 좋아하는 물건 다 띄우고 놀아도 돼. 거기서 능력 쓰자, 응?"

"아, 실례."

도현의 고개가 빠르게 앞쪽으로 향했다. 유일하게 도현이 감지하지 못하는 것이 고스트였다.

"고장 난 줄 알았는데 아닌가 봅니다."

그리고 이현은 자신의 자취를 숨기며 다니는 것이 버릇인 남자였다. 닫힌 문이 고장인 줄 알았는지 중력으로 문고리를 으스러뜨리고 들어온 이현을 본 도현은 등골이 서늘해졌다. 이현은 문을 마저 닫으며 걸어왔다.

"여기서 뵙네요."

"……이 시간엔 어쩐 일입니까?"

"성사할 계약 건이 있어서 미팅 왔습니다."

세면대로 다가선 이현이 레버를 돌려 물을 틀었다. 손을 씻는 그의 뒷모습을 본 도현이 뒤늦게 정신을 차리고선 둥둥 떠다니는 돌부터 아무렇게나 바닥으로 내려놓았다. 제 옆으로 날아가는 조약돌을 젖은 손으로 날렵하게 잡은 이현이 허리를 펴며 그를 만지작거렸다.

“원래 여기에 있던 건가 보네요.”

거울 밑으로 줄지어 장식된 돌을 본 이현이 고개를 들었다.

“아이가 릭시인가요?”

도현의 머리가 순식간에 복잡해졌다. 투시를 사용하고 있었어야 했는데 실수였다. 이현은 이미 이곳에서 도현이 한 말까지 전부 들은 듯 보였다. 어떻게 대처해야 하나 세웠던 플랜이 전부 무너지자 떠오르는 건 바로 세이렌이었다. 사용 횟수에 관련돼 추궁을 당할 테지만 이곳에 들어온 어느 남자가 자신의 초능력을 목격했다는 핑계 정도는 댈 수 있었다.

“제게 세이렌을 사용하실 겁니까?”

그러려고 했는데 이마저도 어떻게 간파당한 것인지 도현의 입술 사이로 헛웃음이 나왔다.

“그렇다면?”

“정말 아이가 릭시 맞나 봅니다.”

돌을 원래 자리로 내려놓은 이현이 가지런히 놓여 있는 핸드타월을 들곤 손에 남은 물기를 닦았다. 그러고선 도현의 옆으로 다가와 허리를 숙였다. 태민의 커다란 눈동자가 이현을 빤히 보았다. 이현은 한쪽 고개를 기울이며 천천히 말했다.

"세이렌 쓰셔도 되니까……."

"……."

"잠시만 구경하게 해 주세요."

물끄러미 이현을 응시하던 태민이 먼저 손을 뻗었다. 뭐든 신기해 보기만 하면 만지려 드는 태민이었다. 그를 알 리 없는 이현은 고사리처럼 작은 손이 꼼지락대는 걸 신기하다는 듯이 보았다.

"처음 봅니다."

"뭘."

"윤세아 씨와 도현 님 아이요."

"……."

릭시라는 걸 알게 된 이상 리만과 위츠에게도 허락되지 않는 태민의 얼굴이었다. 이런 식으로 이현에게 태민을 보이게 될 거라곤 상상조차 하지 못했던 도현이라 씁쓸하게 그를 보았다. 어차피 기억을 지울 테니 눈먼 자가 되기 전 베푸는 선행으로 생각하며 도현은 그를 가만히 내버려 두었다.

작은 단풍잎 같은 손가락을 쭉 뻗어 무언가를 원하는 것처럼 오므렸다가 펴는 걸 반복하기에 이현은 혹시나 하는 마음에 제 손을 뻗어 보았다. 그러자 꼭 움켜쥐는 힘이 미약하지만 강했다. 원래 아이란 전부 잘 웃는 걸까. 저의 눈을 똑바로 보며 반달처럼 휘어지는 눈매를 보니 손가락을 덮은 온기가 스르륵 녹는 걸 느꼈다.

“참 하야네요.”

마치 눈처럼 부풀어 오른 새하얀 빵이 이현의 눈앞에서 어른거렸다.

“눈을 뭉쳐 놓은 거 같아요.”

꼭 움켜쥔 손도 동그랗고 검은자위가 가득한 눈도 커다랗다. 미세하게 솟아난 솜털은 이현의 숨결에도 이리저리 흔들릴 정도로 유약했다. 그러니 도현이 제 가슴을 내주면서까지 안고 있는 거라 이현은 생각했다. 힘을 조금만 주면 파사삭거리며 부서질 것만 같았다. 원래 눈덩이는 뭉쳐 만드는 것이 힘들지, 열기나 작은 부딪침에도 쉽게 망가지곤 한다.

“눈사람 만들어 본 적 있습니까?”

“눈사람이요?”

“네, 눈덩이를 두 개 만들어서 위아래로 세워 두고 사람처럼 눈코입도 만들어 주고. 모르십니까?”

“전혀요. 보는 걸 좋아하지, 눈 오면 밖에 잘 안 나가서.”

색색의 건물들도, 뼈대만 남은 가지들도 전부 덮어 새하얗게 물들이는 것처럼 이현의 머릿속도 그와 같은 풍경으로 만드는 여자가 있었다. 그 얼굴을 기억해 내려 해도 눈이 내리는 것처럼 세포들이 기억을 덮어 백지가 되는 걸 반복했지만 갈증은 쉬이 가시질 않았다. 그래서 포기도 안 됐다. 손끝 시린 풍경을 보고 있어도 심장은 뜨거웠기에.

“눈 오는 날을 좋아한다면서 그런 것도 안 해 보고 뭐했습니까?”

“원래 해야 하는 겁니까?”

“제로들만 하는 놀이이긴 하지만…… 저는 어렸을 때 꽤 여러 번 만들었습니다. 눈만 왔다 하면 나가서 세아랑 같이 눈덩이를 모아다가 계속 굴렸죠.”

“그래서요?”

“다 만든 후에는 집 앞이나 운동장 한가운데에 세워 두었습니다. 목도리나 나뭇가지를 주워 와서 목에 둘러 주거나 눈코입을 만들면 꼭 사람처럼 보이거든요.”

“녹을 텐데.”

“그래서 계속 가서 돌봐 주었죠. 녹은 부위가 있으면 눈을 덧대 주거나 누가 망쳐 놓으면 다시 복구시키면서요.”

“왜 그렇게까지 했습니까?”

“세아랑 같이 만들었으니까.”

이현은 곧게 입을 다물었다. 어차피 시간이 지나면 녹는 것을 기어코 다시 반복하는 행위가 부질없어 보였지만 누군가와 함께했다는 이유만으로 그 자잘한 반복이 즐거울 수도 있다는 점이 신기했다. 허리를 낮춰 태민을 응시하던 이현이 이윽고 웃었다.

“안녕, 눈사람아.”

도현은 잠시 할 말을 잃었다. 태민이 까르르 기분 좋은 소리를 내며 이현의 손을 더욱 꼭 잡았다.

"……죄송합니다. 뭐든 잡는 걸 좋아해서요."

"괜찮습니다."

"너무 오래 나와 계신 것 같은데 그만 들어가 보……."

이현의 기억을 지우려 한 도현은 망가진 문을 연 사람으로 인해 타이밍을 놓치고 말았다. 원래 그녀만 보았다 하면 도현은 이성부터 무너졌다.

"……세아야."

남자 화장실 문을 열고 들어오는 게 맘에 걸렸는지 눈치를 보며 슬쩍 고개만 내민 세아는 이현을 보고 표정을 굳혔다. 그리고 자연스럽게 꾸짖는 듯한 눈총이 도현에게 닿았다.

"어, 그게 잘못했어."

해명을 하고자 머뭇거리던 입이 속수무책으로 미안하단 말부터 내뱉었다. 가만 생각해 보면 도현이 잘못한 일은 하나도 없었다. 이곳에서 같은 시간대에 서로 다른 일정이 있었을 뿐이고, 우연히 마주친 것뿐이었다. 이현이 곧게 허리를 세우며 인사했다.

"안녕하세요."

"네……. 사람들이 너 찾아."

"어, 잠깐만. 이것만 하고."

"됐으니까."

세아가 다가가 도현의 어깨에 둘린 아기 띠를 빼내었다. 이현과 마주친 이상 도현이 하려던 일이 무엇인지 알았다. 태민은 외부에 비밀이어야 할 아이인데 목격자가 이현이라면 답은 뻔했다.

"내가 할 테니까 태민이 주고 가 봐."

"네가 뭘 할 건데."

"스읍, 나 못 믿어?"

세아가 매서운 소리를 내었다. 눈빛으로 수신호를 주고받던 도현이 이윽고 한숨과 함께 띠를 어깨에서 내려놓았다. 언제나처럼 세아의 의사를 존중하기로 한 것이다. 세아에게 태민을 안겨 주면서 귓가로 10분 이내로 오라고 속삭이는 건 도현 나름의 배려였다. 고개를 끄덕이자 도현이 복잡한 표정으로 시계를 내려다보았다. 식사 자리로 돌아가서도 시곗바늘만 노려보고 있을 게 분명했다. 약속했던 시간을 지키지 않으면 도현에게 맘대로 움직여도 좋다는 권한을 부여하는 것이라, 세아는 도현이 나간 뒤 마음속으로 초를 세었다.

"저 때문인 거 같은데."

"네?"

"원하시는 대로 하게 내버려 두시지."

이현은 옅게 웃음을 터트리며 주머니 안으로 손을 밀어 넣었다. 이현은 그날 이후부터 도현이 하는 게 무엇이든 반항보다는 순응하는 입장이었다. 도현을 존중했고 그의 레벨을 신임했다. 세아는 희미하게 미소를 지었다.

“시간 있으시면 저랑 잠시 얘기할래요?”

“계약도 거의 체결된 상태라…… 5분 정도 괜찮습니다.”

“이런 장소는 좀 그렇고, 사람이 없는 곳으로 갔으면 하는데…….”

태민을 안은 세아가 손으로 작은 얼굴을 가리자 이현이 주변을 둘러보았다. 외부에 누설되지 않도록 조심하고 있는 아이인데, 그런 면에서 지금 장소는 적절하지 못했다. 이현이 왼쪽 손목을 들어 시계의 버튼을 꾹 누르자 세아의 얼굴이 고요하게 변했다. 한 번 더 누르자 아까와 같은 화장실이지만 지독히도 낮은 적막이 둘을 에워쌌다. 그 어떤 소음도 존재하지 않는 공간.

“이건 괜찮습니까?”

세아가 살며시 웃었다.

“그럼요. 제게 익숙한 곳이에요.”

시즈의 공간이었다. 이현이 조금 전 기록한 시공간으로 들어온 세아는 태민을 꼭 끌어안은 채 말했다.

“태민이에요.”

“아까 이름 말씀하시는 거 들었습니다.”

“아직 아이를 본 사람은 소수인데 어때요, 처음 본 소감이?”

“이글께서 숨겨 두실 만합니다.”

"왜 그렇게 생각하시는데요?"

"남자아인데 엄마를 많이 닮았어요."

"도현이랑 정반대로 말씀하시네요. 도현인 자기 닮아 간다고 우울해하던걸요."

"그것도 알 거 같습니다."

세아의 고개가 천천히 올라갔다.

"자꾸 욕심나는 얼굴인 거 아십니까?"

무엇을 뜻하는지 알 수가 없었다. 세아는 목구멍이 요동치는 걸 느꼈다.

"사람은 자고로 보고 싶은 것만 본다고 하는데……."

"……."

"이상하게 제 눈에 아이는 윤세아 씨를 닮았어요."

늘 볼 때마다 눈처럼 하얀 여자라고 생각했다. 툭 하고 말을 던지면 흔들리는 수면이 호수처럼 깊은 눈동자라고 느껴졌다.

"백설이도 그랬던 것 같은데."

미약하게 흔들리던 눈초리가 내려갔다.

"아직도 그 여자분 얘기시네요."

"변함없죠."

세아의 긴 속눈썹이 바람이 쓸고 지나간 것처럼 앙상한 가지만 남았다.

"아까 도현이가 세이렌을 쓰려고 했던 거 알아요."

"네, 아이가 초능력 쓰는 걸 봐서……."

천천히 말꼬리를 늘이던 이현이 돌아서서 세아를 똑바로 보았다.

"그냥 하게 내버려 두시지. 제가 알면 안 되는 일 아닌가요?"

세아는 씁쓸하게 웃었다. 세이렌을 같은 상대에게 두 번이나 사용하는 걸 보고 싶지 않았다. 이미 이현은 충분히 자신의 죗값을 치르는 중이었다.

"언제까지 그 여자분 찾으실 거예요?"

"사람 버릇이 하루 이틀 만에 정리되는 것도 아니고."

"……."

"제게 습관 같은 여자라서요."

"안 힘드세요?"

"힘들면 못 하는 일이기도 합니다."

"……."

"……좋습니다."

세아는 입을 꾹 다물었다. 마치 제게 하는 말 같아서.

"하루에도 몇 번씩 생각나서 일도 못 하게 하고, 시도 때도 없이 비슷한 사람만 찾는 제 눈이 얄밉기도 한데."

"……."

"감히 누가 저를 이렇게 애태우겠습니까?"

이현의 얼굴 위로는 피곤한 기색이 역력했지만 진심을 다해 웃는 모습에 거짓은 없었다.

“이젠 절 힘들게 하는 것도 좋아요.”

망상에 사로잡혀 있지도 않은 그녀를 찾아 헤매는 모습이 다른 사람들 눈에는 측은해 보일지언정, 이현은 그 안에서 묵묵히 자신의 사랑에 대한 소중함을 일깨워 가는 중이었다. 자신을 헌신하고 할애하고 시간을 온전히 빼앗기더라도 좋은 사람.

“다른 사랑을 시작할 때에도 같은 마음이었으면 좋겠어요.”

“항상 느끼는 거지만 윤세아 씨는 제가 다른 여자를 만나길 바라시네요.”

“첫사랑은 기억으로 남겨 두는 게 아름다운 법이니까요.”

“정말입니까?”

“그럼요.”

“제 기억 속에서의 백설이가 가장 아름답다고 확신하세요?”

“네.”

“아름답다.”

“…….”

세아는 저를 뚫어지게 보는 이현을 응시했다. 이현의 입꼬리가 천천히 올라갔다.

“기억으로 남겨 두기엔 너무 아까운 여자라서요.”

더 이상 이현에게서 유니벌이 덕목처럼 갖추고 있는 오만함을 엿볼 수 없었다.

“아직은 안 됩니다.”

세아는 그가 달라진 걸 피부 깊숙이 느낄 수 있었다. 제 눈앞에 없다는 것에 조바심 내지 않고 기다릴 줄 알게 되었고 열사병을 견뎌 내며 사막을 걷는 법 또한 알았다.

"찾아도 없다면 그때 가서 생각해도 늦지 않아요."

그의 눈빛은 언제나 허공과 바람을 가르며 저 먼 곳으로 질문을 하는 듯했다. 언제 올래, 백설아.

"저는 그냥, 어서 빨리 이현 씨가 행복해졌으면 해서요."

"제가 불행해 보이십니까?"

"그건 아니지만……."

"걱정은 감사하지만 지금도 충분하니 염려 마세요."

잔상과 현실 사이를 오가는 이현은 여행자였다. 자신이 이방인이라는 것을 받아들이고 길가에 핀 꽃과 청아한 하늘 아래에 그녀와 함께 살아가고 있다는 것에 감사하는 마음을 지니게 되었다. 세아는 가슴 아픈 통증을 느끼면서 동시에 안도했다.

"눈에 들어오는 여자가 있다면 저도 생각이 달라지겠죠."

지금 이 순간이 있기에 다음번 사랑이 찾아온다면 곁에 있다는 것에 감사하고 행복해하며 즐거울 수 있을 테니. 세아는 작게 숨을 내뱉으며 태민을 끌어안았다.

"보셔서 아실 테지만 태민인 릭시예요. 아직 본부에서도 모르는 상황이고요."

"그런 거 같더군요. 팔찌가 없으니."

"아직 어린데 팔찌라니, 생각만 하면 심장이 덜컥 내려앉아요."

"이렇게나 이른 나이에 초능력 발현이면 릭시 중에서도 최연소 아닙니까? 좋은 일일 텐데요."

"부모의 입장이 되니 마냥 기쁘지 않더라고요. 특출 나다는 건 어떻게 보면 남들과 많이 다르단 거니까요."

도현과 매일 얘기해 보았지만 결론이 나지 않는 문제였다. 두 사람 다 부모의 입장에서 생각하다 보니 숨기는 것이 최선으로밖에 느껴지지 않았다. 타인의 눈엔 어떨까 싶어 세아가 조심스럽게 물었다.

"아직 어린 데다가 아무것도 모르는 상태라서 자신이 초능력을 사용하는지도 모를 거예요. 태민이가 이것 때문에 힘들어하는지, 답답해하는지도 잘 모르겠고요."

"살짝 보니 염력인 것 같던데."

"네, 그러다 보니 집 안의 물건이 맨날 제멋대로 움직이고 떨어지고 난리도 아니에요. 전 상관없는데 도현이가 걱정해요. 제가 혹시라도 다칠까 봐……."

"그것도 문제겠네요."

"이현 씨가 보기엔 어때요? 역시 제어를 위해서 팔찌를 채우는 게 맞는 일일까요?"

"……."

"팔찌를 차면 릭시 본부에서 데려갈 텐데, 거기서 어떤 훈련을 받는지 도현이에게 들었어요. 정말 끔찍하고 고문이나 다름없는 훈련을 받게 될 텐데 제 아이를 어떻게 그런 곳에 보내요."

이현의 진한 눈매가 세아에게 닿았다.

"왜 윤세아 씨가 보호할 생각은 안 하세요?"

전혀 다른 대답이 이현의 입에서 흘러나왔다. 충격을 받은 듯 세아의 얼굴이 텅 비었다.

"무슨……."

"예전 릭시 본부에서 발표했던 대로라면 제로가 가진 셀라노는 초능력 호르몬인 펠다민에게 영향을 준다고 하지 않았습니까? 이글께서 직접 초능력을 하나 더 발현시키면서 증명시켰고요."

"그래도 아직까지 그걸 믿지 않는 벡터들도 많아요."

"믿는 자들도 꽤 됩니다."

"……."

"우선 저부터가 백설이를 사랑하면서 초능력 숙련도가 최상이 되었고요."

세아는 움찔했다.

"윤세아 씨도 이글의 초능력 발현을 도왔는데, 아이는 어려울까요?"

이현이 무슨 말을 하고자 하는지 눈치챌 수 있었다. 멍하니 벌어졌던 세아의 입술 사이로 옅은 웃음이 흘렀다.

"제가 생각지도 못했던 해답을 주시네요."

"그랬나요. 아, 이제 돌아가 봐야 할 것 같은데. 너무 오래 자리를 비우면 토라질 분들이 몇 분 계셔서요."

"저도 마찬가지인데. 도현이가 문만 노려보고 있겠어요."

살짝 입가에 미소를 그린 이현이 시계 위로 손을 올리며 말했다.

"아까 이글께서 눈사람에 대해 말씀하시던데……."

"네?"

"예전에 윤세아 씨랑 종종 만들었다고요."

"아, 그랬죠. 겨울만 되면 신이 난 강아지처럼 나가서 같이 놀았거든요."

"이번 겨울에 첫눈 오는 날."

"……."

"제게도 만드는 법을 가르쳐 주실 수 있습니까?"

세아가 생긋 웃으며 답했다.

"도현이도 함께한다면요."

"그거 재미있겠네요."

아까와 똑같은 공간이었지만 미세한 소음이 세아의 귓바퀴를 타고 흘렀다. 현실로 돌아온 걸 감각으로 깨달았다. 볼일을 보려고 들어온 남자가 긴 머리를 보고선 뒷걸음질 치는 장면이 연출됐지만 어쩐지 세아는 들뜬 기분을 숨길 수 없었다. 그를 본 이현이 날카로운 눈빛을 지우며 세아를 내려다보았다.

"보는 이도 많은데, 제가 식사하는 룸 앞까지 모셔다 드리겠습니다."

"네."

"아, 도현 님께 대신 말 전해 주세요. 세이렌을 사용하시려면……."

"아니요, 그럴 필요 없어요."

세아가 태민의 머리를 제 품으로 인도하며 웃었다.

"덕분에 해답을 찾았거든요. 정말 감사해요."

고맙다는 목소리가 이현의 마음을 밟으며 지나갔다. 곧 지워질 거라 생각했지만 그러지 못한 건 너무나도 익숙한 느낌의 목소리로 진심을 전하는 것이기에. 전에도 이와 같은 것을 들어 본 것만 같았다.

식사 자리로 돌아온 세아는 잠시 할 말을 잃었다. 도현과 릭시 본부는 떼려야 뗄 수 없는 관계인데, 안은 한차례 풍파를 겪은 듯 냉랭한 분위기가 조성돼 있었다. 서로가 음식은 뒤로하고 애꿎은 물 잔만 비웠다. 도현의 미간이 일그러진 걸 보아하니 또 고삐 풀린 망아지처럼 날뛰었던 게 분명했고, 릭시 본부 사람들은 목이 바싹 타들어 갔을 것이다. 도현을 제어할 세아가 없으니 당연한 결과였다. 싫다는 표현을 거세게 했을 도현의 옆으로 앉은 세아가 한숨을 내쉬었다.

"식사 계속하셔야죠."

"아, 그래야죠."

"도현아, 너도."

"난 다 먹었어."

도현의 앞으로 놓인 몫은 반도 비워지지 못한 채였다. 팔을 뻗어 태민을 제 품으로 데려간 도현이 어서 먹으라며 앞에 놓인 포크와 나이프를 들 것을 요구했다. 하지만 세아 역시 식사를 할 생각은 들어오면서부터 없었다.

"또 태민이 얘기로 시끄러웠나 보죠?"

"뻔하지."

도현이 가소롭다는 듯이 콧방귀를 끼었다.

"빨리들 먹어. 일어나게."

태민을 다독이는 부드러운 손길과는 정반대인 위협적인 목소리가 흘러나왔다. 다들 속이 말이 아닐지라도 자리를 유지하기 위해서라면 음식을 먹는 척이라도 해야만 했다. 세아가 도현의 팔을 툭 쳤다.

"그만해."

"뭘?"

"초능력 풀라고."

그 말에 도현이 인상을 찡그렸다.

"무슨 말을 하는 거야."

"태민이 맘껏 하게 내버려 둬."

"세아야."

"풀라고, 어서."

도현은 갑자기 세아가 돌변한 이유를 알 수 없었다. 태민의 염력을 들키지 않기 위한 작전을 세운 것도 세아였고 그녀가 다시 들어온 순간부터 도현의 할 일은 자연스럽게 이뤄졌다. 한데 염력을 풀라니. 이게 무슨 얘긴가 싶어 본부와 연관된 자들이 두리번거렸고 도현은 세아의 단호한 눈동자를 뚫어지게 보다 이내 한숨을 내쉬었다. 무슨 생각이 있을 것이다. 세아가 무엇을 하든 전적으로 따랐던 도현이기에 염력을 거두었고 동시에 앞에 놓인 포크가 둥실 떴다. '꺄아' 작게 소리를 낸 태민이 제 능력이 자유롭게 발현되자 신이 난 듯 손을 꼬물거렸고 포크가 그 손아귀로 날아가 쥐여졌다. 모두가 놀란 가운데 세아가 심호흡을 하며 말했다.

"태민이 릭시예요."

도현이 손으로 이마를 짚었다. 놀란 중오가 재빨리 본부 사람들의 표정을 살폈다. 역시나 예상했던 대로 모두가 경악에 이어 곧바로 축제를 맞이한 듯 들뜬 표정으로 언제, 어떻게 발현된 것인지 물어 왔다. 세아는 더는 숨길 것도 없다는 듯이 그들이 궁금해하는 부분을 모두 말해 주었다. 그동안 왜 본부의 요청을 거부해 왔는지, 무엇을 숨기고자 했는지 전부 실토하니 그들의 입에서 흘러나온 건 경탄이었다. 신생아일 때 릭시가 된 경우는 역사에도 존재하지 않았다. 다음은 역시나 팔찌에 관한 욕심이었다.

“역시 도현 님의 아이인지라 저희도 기대가 컸습니다. 세상 밖으로 알려지면 놀랄 만한 일이고요. 아니, 비공식이라도 좋습니다. 어서 팔찌를 채워 본부에서 보호를…….”

“제 말 끝까지 들어 주세요.”

“네, 그럼요.”

“릭시라는 걸 말씀드린 건 팔찌를 채우겠다는 의사 표현이기도 하지만, 지금 당장 태민이를 데려가 달라 부탁하려는 것이 아니에요. 아직 어린 데다가 부모의 품이 필요한 아이입니다.”

부모 중 한 명이 제로이기에 가능한 발상이었다. 만약 벡터였다면 제 아이의 초능력 발현을 위해서라도 어서 빨리 데려가라며 고민 없이 내줬을 것이다. 모두가 묵묵히 세아의 말을 경청했다. 비단 무슨 헛소리를 하나 저들을 매섭게 노려보는 도현을 제외하더라도 무시할 수 없는 목소리였다. 이미 임신했을 때부터 다른 제로들보다 보호 의지가 강했던 세아였다. 도현의 특출 난 능력치를 제외하고서도 태어난 지 얼마 되지도 않은 제로 아이에게 초능력이 발현되었다는 건 모체의 영향도 무시할 수 없다는 결론을 또 한 번 안겨 주었다. 세아의 셀라노가 일반적인 제로보다 강하다는 건 숙련도를 비롯해 초능력 발현으로까지 이어진 도현이 증명했으니까.

"지금껏 릭시 본부에서 행해 왔던 관례는 제 남편에게 들어서 잘 압니다. 그런 비인격적인 곳에 태민일 보낼 수 없어요."

"제로였던 릭시들이 다른 벡터들에게서 살아남기 위해 거치는 훈련입니다."

"알아요, 그래서 색다른 제안을 하나 드릴까 합니다."

"어떤?"

"절 관리자로 채용해 주세요."

일그러진 도현의 눈썹이 옅게 풀어졌다. 그건 다른 자들도 마찬가지였다. 릭시 관리자는 자고로 벡터 중에서도 선별된 자들만이 할 수 있는 직업이었다. 한낱 제로가 탐낼 수 없는 일인 데다가, 초능력과 관련한 지식도 없을 게 분명했다.

"제로가 어떻게 릭시를 훈련시킨다는 겁니까?"

죽지나 않으면 다행이지. 모두가 혀를 차는 가운데 세아가 말했다.

"그동안 시도해 보지 않은 일이라 말도 안 된다고 생각하시는 게 당연합니다. 아니, 시도조차 해 볼 생각도 않으셨겠죠. 제로는 초능력에 매번 희생당해 왔던 존재니까요."

"……."

도현은 세아에게서 눈을 뗄 수 없었다. 보물을 발견한 듯 반짝이는 눈동자와 윤기가 흐르는 입술은 늘 도현에게 놀라움을 안겨 주었다.

"제가 지금 제안 드리는 건 그동안 없었던 훈련법입니다."

지금도 마찬가지였다.

"실험적인 시도라고 볼 수도 있겠네요."

곧게 허리를 편 세아가 그 어느 때보다 강해 보였고 도현은 그런 세아의 모습을 사랑했다. 힘없는 제로임에도 언제나 앞을 보았고 그걸 지켜보는 도현의 시각은 때때로 함께 빛났다.

"훈련이 아닌 유대감만으로도 초능력을 발현시킬 수 있는지 제가 증명해 보이겠습니다."

그래서 널 따라가겠다고 한 거야. 네가 무슨 생각을 하든 언제나 최고만을 보여 주니까. 도현이 짧게 웃음을 터트리며 고개를 숙이자 세아의 입꼬리가 느슨하게 올라갔다.

"손해 보는 입장이 아니실 텐데요?"

또 다른 신대륙을 발견하기 위한 시작이었다.

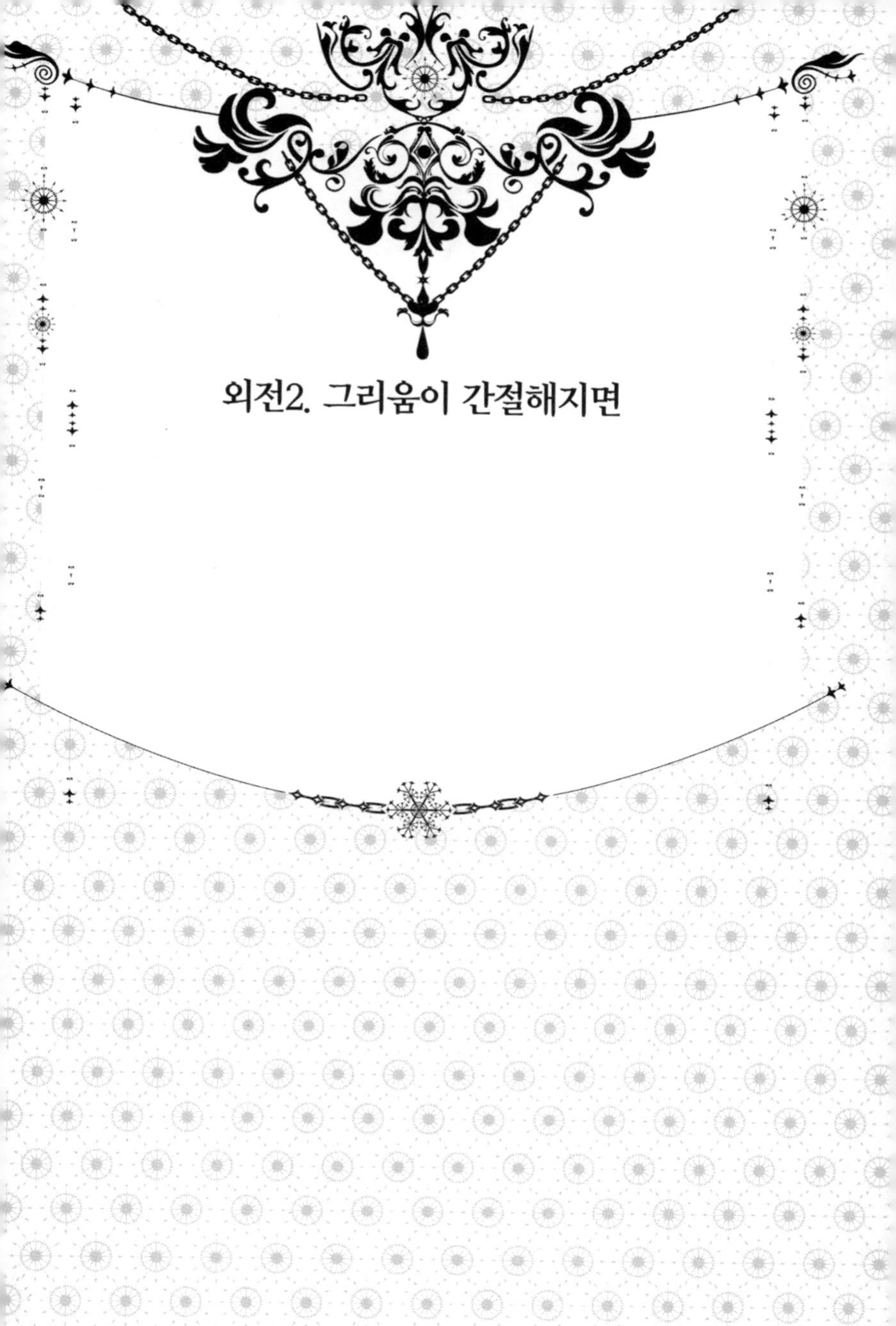

외전2. 그리움이 간절해지면

외전2. 그리움이 간절해지면

누군가는 포기를 말하고 다른 누군가는 찾지 못할 것이라며 한숨을 내쉬었다. 이미 다른 남자와 만나 행복하게 살고 있을 것이란 말이 타인의 입에서 너무나도 쉽게 흘러나왔다. 추위에 얼어붙은 손을 비비며 주머니 속으로 쑥 밀어 넣는다. 제 손이 차가운 건 알면서 왜 다른 이의 심장이 얼어붙어 있다는 건 모르지?

"또 허탕이잖아. 백날 찾으면 뭐하냐, 아니란 말만 반복하는데."

몇 번을 말해야 알아들을까.

"내 얘기하나?"

나는 아직 너를 놓지 못한다고.

덩치 큰 세 명의 남자들이 겁에 질린 듯 낯빛이 파리해졌다. 고스트를 지닌 터라 놀랄 만도 했다. 아무도 없을 거라 생각할 만도 한 게, 이곳은 부둣가 한편에 놓인 작업장이었다. 땔감을 아무렇게나 쑤셔 넣은 드럼통 위로 불길이 활활 타오르고 있었다. 추위에 언 몸을 녹일 작정으로 모여 있던 그들의 입에는 담배도 함께였다. 다가가니 냉큼 바닥으로 팽개쳐진 담배 끄트머리에도 붉은 기가 선명했다.

"아, 아닙니다."

"내 얘긴 거 같던데."

"그냥 저희끼리 농담 삼아서 한 말이라……."

"일하기 싫어?"

굵직한 목울대가 공포에 질려 떠는 게 보였다. 다가가 남자의 포켓에서 담뱃갑을 꺼내 들었다. 한 개비를 꺼내 입에 무니 자연스럽게 그가 덜덜 떠는 손으로 끄트머리에 불을 지폈다. 후욱, 내뱉어지는 연기가 밤하늘 아래에서 안개처럼 번졌다.

"힘들지?"

"아닙니다."

동공이 바람 앞에 촛불처럼 위태롭게 흔들렸다. 이 일을 그만둔다면 자기 생명도 함께 끊길 거라 생각하는 게 분명했다. 턱없이 많은 보수를 안겨 주었으니 일이 잘못되거나 틀어졌을 때 언제든 자신의 목숨을 내줘야 한다는 각오로 움직이는 자들이었다. 하지만 언제부턴가 그 열정이라는 게 점차 사그라지는 걸 느꼈다. 찾으려고 움직이지만 늘 내 대답은 한결같았다. 그러니 지겨울 만도 했다. 단서라고는 코빼기도 없으면서 무작정 전국 방방곡곡을 돌아다니게 했으니. 애매할 만도 했다. 긴 머리에 새하얀 얼굴, 커다란 눈과 빨간 입술을 한 여자는 이 세상에 수도 없이 많으니까.

"제대로 기억하지 못하는 내 잘못이지."

"그런 게 아닙니다."

"거짓말이 서툰 것 같은데."

연기가 뿌옇게 번지자 입꼬리가 느슨하게 올라갔다. 입에 물고 있던 담배를 앞으로 내밀자 그가 떨리는 손으로 집어 들었다.

"찾을 때까지 일 똑바로 해."

어차피 그녀와의 연결 고리는 처음부터 희미했다.

"나도 아직 살고 있잖아?"

몇 번이고 말해 봐도 입만 아픈 얘기.

"너도 살아야지."

아직 세상 어딘가에 네가 있다. 그러니 내가 호흡하고 있는 것이다.

건강을 해치는 행위를 일삼고 폐가 썩어 문드러질 정도로 담배를 태워도 나는 아직도 숨을 쉬고 내일이라는 날에 눈을 뜬다. 몸은 점차 지쳐 가는데 생각은 정반대였다. 눈부신 햇살이 온몸을 감쌀 때 너도 이 따뜻한 온기를 느낄 거라고 생각하니 오늘도 살아갈 용기가 난다.

내게 삶의 의지가 생겨나는 건 네가 어딘가에서 살아 있단 신호였고 너는 꾸준히 내게 잔상으로 조각난 기호를 보낸다.

커피가 유난히 맛있을 땐 네가 타 준 게 아닐까 하고 직원의 얼굴부터 보게 된다. 바쁜 일상에 파묻혀 살아가는 중에도 습관처럼 배를 손으로 쓸어내려 본다. 네가 총으로 남겼던 열상은 아직 때때로 불에 덴 듯 화끈거린다. 네가 이렇게 떠날 줄 알았더라면 흉터라도 남겨 둘 걸 그랬나 종종 후회도 한다.

“여자는 어떻게 처리할까요?”

그 잔상이 극대화되는 건 겨울이었다. 칼바람이 몰아치는 부둣가에 서서 얇은 옷차림으로 떨고 있는 여자를 보았다. 중국으로 팔려 가기 직전에 배에서 꺼낸 터라 행색이 몹시 초라했다. 너를 찾으면서 알게 된 사실은 제로는 몹시 가혹한 대우 속에서 산다는 것이다.

비슷한 생김새를 찾았단 연락을 받고 가 보는 장소는 내가 친하지 못한 곳들이었다. 그 흔한 창문조차 없는 공간에서 기계처럼 일하는 여자를 만나는 건 양반에 속했다. 제로들을 사고파는 경매장이나 매춘이 이뤄지는 비좁고 혼탁한 공간에 들어갈 때가 더 많았고 그들의 모습은 항상 일관되게 찌들어 있는 모습이었다. 이글이 직접 제로를 구원하겠다 나섰지만 그 손길을 피해 이뤄지는 암거래 현장이 대개 내가 백설이를 찾는 곳이었다. 찾다 찾다 밑바닥으로 들어가게 되니 보고 싶지 않은 이면을 만났다.

"이현 님."

"옷부터 입히고 제로 구조 센터로 보내."

역시나 예상했다는 표정으로 남자가 고개를 끄덕였다. 찾는 여자가 아닌데, 백설이가 아님에도 무시할 수가 없었다.

"보낸 뒤에도 계속 지켜보면서 상황 보고는 내게 따로 하고."

네가 저런 취급을 받을 거라 생각하면 가슴부터 아팠다.

보이는 곳에 없으니 생각하는 건 오직 걱정뿐이었다. 잘 지내고 있을까. 기억나는 거라곤 팔찌가 없는 제로라는 것뿐이라 이 세상이 너무 위험하다는 생각만 치밀었다. 그러다 보니 자연스럽게 하도현이 하는 일도 도와주게 되었다. 그는 과거 제로였던 자라서 그런지 제 일처럼 제로를 감싸고 도는 인물 중 하나였다. 제로를 위한 법들을 만드는 데에 크게 일조했고 숨구멍을 만들어 주었다. 그뿐만이 아니라 벡터들에게도 제로의 가능성을 가장 높이 증명한 남자였다.

"윤세아는?"

그리고 그의 아내는 제로였다. 식사를 하러 오는 동안 줄곧 핸드폰을 만지작거리더니 자리에 앉자마자 김중오를 노려본다. 짜증 난 그의 표정은 꽤 보기 힘든 것이다.

"뭐하는데 전화를 안 받아."

“제가 알아보겠습니다.”

김중오가 어디론가 연락을 취하는 동안에도 새하얀 테이블보 위로 올려진 그의 손가락은 기다림을 모르는 듯 표면을 두드리며 움직였다. 지금도 갈까 말까 고민을 하는 듯 보였다. 힐끗 나를 본 그의 입술 위로 웃음이 그려지는 게 자연스럽지 못했다.

“죄송합니다. 먼저 메뉴 보고 계십시오.”

“제 비서가 포탈을 보유하고 있는데 필요하시다면 빌려드리겠습니다.”

“아닙니다. 일 얘기하러 온 자리인데 공과 사는 구분해야죠.”

말은 그렇게 하면서도 전화를 하는 김중오의 핸드폰만 뚫어지게 보고 있었다. 뒤늦게 그는 김중오를 통해 그녀와 통화할 수 있었다. 옅게 들려오는 목소리가 왜 바쁜데 전화를 하냐고 했고, 일그러지는 그의 표정은 몹시 낯설었다.

“왜긴 왜야, 전화하면 받아야지.”

『안 받으면 어련히 바쁜가 해야지, 왜 중오 씨까지 불러서 여러 사람 힘들게 해? 너 때문에 지금 본부에 전화 몇 번이나 울린 줄 알아?』

“너만 안 받아야지, 왜 한결 씨랑 시우 씨도 안 받는 건데?”

『지금 태민이 훈련시키느라 바빠.』

“나도 바빠, 자기야.”

그가 날 힐끔 보더니 고개를 살짝 돌렸다.

“근데도 난 전화하잖아. 어?”

『5분 있다가 나도 하려고 했어.』

“많은 거 바라는 것도 아니다. 휴대폰 들고 있다가 전화 오면 바로 받아 주면 안 돼?”

『집중할 땐 집중해야지, 이것저것 신경 못 써.』

“내가 지금 이것저것이야?”

『아빠!』

“어, 태민아.”

심각하던 그의 입가에 금세 미소가 번진다. 앞에 놓인 물을 바라보더니 목을 축였다. 그의 아들이 벌써 다섯 살이었던가.

『아빠 뭐해요?』

“식사하러 왔지. 이현 아저씨 알지?”

설핏 웃음이 터졌다. 서른두 살이면 아저씨 맞나.

『응, 아빠. 얼른 하고 태민이 집에 갈게요.』

“그래, 엄마 좀 바꿔 줄래? 지금 불리한 거 같아서 태민이 바꿔 준 거 같거든.”

『네, 어…… 엄마, 왜? 응? 끊어?』

“윤세아.”

그의 표정이 어두워졌다.

『아빠, 엄마가 막 고개 저어요.』

“그랬어? 알았어, 태민아. 이따가 집에서 보자. 사랑하고.”

『응, 나두!』

또 아이에겐 웃으며 말해 준다. 그 모습이 신기해 빤히 보았다. 짧게 헛기침하는 소리에 정신을 차리자 그가 평소와 다를 바 없는 냉철한 얼굴로 내게 집중했다. 웃음으로 풀어진 입가가 노곤했다. 그의 가족을 보고 있노라면 요즘 이상하게 웃음이 난다.

"결혼하시면 아닐 것 같았는데 여전히 목매시네요."

"예전보다 지금이 더합니다."

"보기 좋은데요."

"좋긴요, 아들한테 밀려서 요즘 찬밥 신세인걸요."

"아, 얼마 전에 윤세아 씨가 릭시 본부의 관리자로 들어가셨다 얘긴 들었습니다."

"네, 다섯 살 되면 천천히 훈련시키기로 본부와 얘기 되었던 사안이라서요. 메뉴는 어떤 거로 하시겠습니까?"

내가 즐겨 찾던 곳이라 그의 입에 들어갈 음식까지 직접 골랐다. 식사 도중에도 끊임없이 이어지는 제로의 생활과 문제점들은 내 입안을 마르게 했다. 큰 기업들이 발 벗고 나서서 제로를 지원하는 프로그램을 만들고 후원을 하니 전보다 환기가 되었지만 아직 그가 보지 못한 곳들은 많았다. 실태를 고발하는 사람의 목소리로 말하니 그가 놀란 듯 물어 왔다.

"어떻게 그걸 아시는 겁니까?"

"백설이 찾느라 우연히 목격한 것들입니다."

그의 표정이 순식간에 무거워졌다. 냅킨으로 입가를 닦은 그가 한숨과 어울리지 않게 웃었다.

"신이현 씨."

"네."

"그 여자분 찾는 거 힘들지 않으십니까?"

잠시 사고가 정지했다. 그녀를 찾는 게 힘드냐고?

"아니요."

대답은 곧고 빠르게 나왔다. 나는 너를 찾는 일을 고되고 힘들다 느껴 본 적 없다. 그건 오히려 내가 아닌 타인들의 입에서 가장 자주 나오는 말이었다.

"힘들어 보이시는데, 요즘도 잠을 잘 못 주무신다고."

"잠이야 자면 잘수록 느는 거고."

"……."

"안 자면 또 거기에 적응되는 거죠."

"저 이제 신이현 씨 안 싫어요."

"네?"

옅게 인상을 구겼다. 정말 뜬금없는 발언이기에.

"저를 미워하신 적 있습니까?"

먼저 친구 하자고 다가온 것도 그였고, 온갖 유니벌과 만나는 자리에서도 특별 대우를 해 주는 것도 그였다. 여자도 아닌데 유니벌들에게 질투를 사는 것이 어찌나 껄끄럽던지, 말하지 않아서 그렇지 낯간지러울 정도였다.

“한때는요.”
그가 물로 목을 축이며 말했다.
“근데 지금은 아닙니다.”
“……하시고 싶은 말씀이 뭡니까?”
“그만하셔도 된다고요.”
“…….”
“백설이 찾는 거 그만하세요.”
일순간 그의 검은 눈동자에서 생각이 읽혔다. 순식간에 의자에서 일어나 버린 건 내 나름의 방어였다. 예의에 어긋나는 소리가 기괴하게 룸 안에 울려 퍼졌다. 뒤로 밀려 나간 의자를 본 그가 나를 올려다보았다.
“신이현 씨.”
“뭘 하실지 압니다만 그러지 마세요.”
“…….”
“아무리 제가 편하다지만 제 생각까진 어떻게 하지 말아 주셨으면 합니다.”
“주변을 위해서라도 포기해야 할 때가 있습니다.”
또 그 단어다.
“보기 힘듭니다. 신이현 씨 그러는 거.”
포기.
“제게도 어느 정도 책임은 있으니 그만두세요. 제가 그렇게 해 드리겠습니다.”

나는 널 놓은 적 없는데 왜 계속 잘라 내라 말하는 것일까.

"절 위한 발언이 아니신 것 같습니다. 못 들은 걸로 하죠."

"아니, 들은 걸로 하세요. 시간을 드릴 테니 정리라도 해 보려 노력해 보세요."

"그걸 왜 마음대로 결정하십니까?"

"제게도 책임이 있다고 말씀드렸습니다."

"무슨 책임이……."

"일주일 시간 드릴 테니 정리해 보세요."

안 그래도 희미한 너인데.

"그래도 안 되면 제가 지워 드리겠습니다."

잊히면 어떡하나 두려운데 내가 어떻게 널 지워.

아직 해야 할 얘기가 한참이나 남았음에도 모든 걸 중단하고 돌아섰다. 그는 날 붙잡지 않았다. 지금 보내는 것마저도 그가 주겠다고 한 시간의 일부분인 걸까. 발밑이 길게 늘어지는 기분이 들었다.

수도 없이 들었던 말들이라 이젠 내성이 생겼다고 하나 그가 말하면 다르다. 그가 세이렌을 가지고 있다는 걸 모르는 벡터가 없으니까. 그는 충분히 내 머릿속에서 그녀를 지울 만한 능력을 가지고 있었다. 도망칠까. 이곳에 네가 있는데 내가 어딜.

집으로 오자마자 딴 와인 병이 어느덧 바닥을 긴다. 소파에 늘어져 올려다본 천장이 새하얗다. 창문 너머로 비추는 달은 만월이었고, 주변의 어둠은 푸르렀다. 마치 바닷속 깊은 심해에 빠진 듯한 기분이었다. 손가락 사이로 걸친 잔 속 액체가 일렁이고 그 위로 달이 담긴다. 턱을 앞당겨 바로 앞에 펼쳐진 드넓은 유리창을 보았다.

"……."

너는 꾸준히 내게 잔상으로 조각난 기호를 보낸다.

네가 달이라면 나는 그를 감싸는 밤이 되고 싶었다. 밤늦은 시간에 홀로 앉아 와인을 마실 때에도 너의 작았던 입이 떠오른다. 내가 들어가면 꽉 차는 안에서 넌 어찌나 도망치려 필사적인지 슬펐다. 하지만 네가 그렇게 버둥거려도 내 안에 있어 행복했었다는 건 아니, 백설아.

손을 들어 눈가를 덮었다.

나는 그렇게 너와의 키스 한 번이 절실했고 애가 탔는데 나만 그랬던 거지.

"제발."

그래서 너 안 오는 거지.

"너무 힘든데."

내가 잘못해서, 미워서 싫은 거지.

"……나 좀 구해 줘라."

미안하다고 말하면 얼굴 한 번이라도 보게 해 줄래?

"나는 너 못 지워……."

부탁이야. 눈을 덮은 손등에서 묽게 차오른 액체가 느껴졌다.

—열 번 싫다고 해도 한 번 좋다 하면 그게 그렇게 기뻤어. 한 번이면 되잖아.

—그래서 좋아했어. 그 한 번 내 뜻대로 해 주는 거 보려고. 넌 그 한 번도 힘드니?

"사흘 남았습니다."

기껏 발걸음 했더니 하는 말이라고는 시한부 같은 발언이다. 수척해진 눈으로 그를 보았다. 잠을 제대로 잘 수 있을 리가 없었다. 그가 내건 일주일이 자꾸 발맞추어 앞으로 가고 있는데 쫓기듯이 찾아보았지만 백설인 없다.

"도움을 드리고자 미국 릭시 본부까지 온 건데요."

"그건 감사하지만 제가 한 말을 돌리고 싶진 않습니다."

이럴 때면 냉정한 사람이라고 생각된다. 제멋대로 사랑하는 여자를 지우겠다고 엄포를 놓은 것도 모자라 시간까지 정해 두었다. 갑갑한 마음에 올려다본 천장이 몹시 높다. 창문 하나 없는 공간에 잠시 있는 것도 숨이 막히는데 그는 어떻게 이런 곳에서 십 년을 지냈던 걸까. 귀중한 인재를 모아 둔 곳이기에 보호를 한다지만 그런 건 허울 좋은 명분이나 다를 바 없었다. 정확하게는 이곳의 인재들이 도망치지 못하게 하는 것이 목적이었다. 온갖 견뎌 내기 힘든 훈련을 강행하면서 재우고 먹이는 공간은 감옥과 크게 다르지 않았다.

"윤세아 씨가 하는 훈련법이 조금이나마 진척이 있어야겠네요."

"그래야죠. 해낼 겁니다."

비명이 비집고 나오는 방들을 지나온 터라 급속도로 피곤해졌다. 관자놀이를 꾹 짓누르자 그가 돌아서며 내게 괜찮냐고 물어보았다. 고스트라도 써야 청각이 편할 테지만 이곳은 훈련하는 방을 제외하곤 초능력 규제 전파가 늘 흐르고 있었다. 표정을 유지하며 그와 함께 걷는 게 힘에 부쳐 멈춰 섰다.

"인사는 그만 됐습니다. 알아서 가겠습니다."

"그래도 꽤 복잡한 곳이라서요. 김중오가 안내해 드릴 겁니다."

"따라오시죠."

초능력 사용이 마음대로 되지 않는 공간이라 이동을 할 땐 포탈 보유자들이 있는 곳까지 직접 걸어가야만 했다. 긴 복도를 거니는 도중 또 한 번 문 너머로 비명이 튀어나왔다. 그도 없으니 자연스럽게 표정이 구겨졌다.

"여긴 왜 이렇게 시끄러워."

"죄송합니다. 훈련 강도가 셀수록 더 큰 고통도 함께라서요."

"애 정서에도 별로 안 좋을 거 같은데."

"태민 님 걱정이시군요. 아까도 보셨겠지만 격리된 방에서 비밀리에 훈련을 진행하고 있습니다. 고스트를 보유한 직원이 갑자기 사고가 난 바람에 이현 님을 먼 곳까지 오시게 해서 죄송합니다."

"릭시 본부에서도 윗선만 알 정도로 이글의 아이는 비밀이니 그나마 안면 있는 내가 하는 게 낫지."

"이해해 주셔서 감사합니다."

"얼마나 더 가야 돼?"

"곧 다 와 갑니다."

미간을 꾹 짓누르며 고개를 숙였다. 어서 빨리 한국으로 돌아가서 연락이 온 곳부터 찾아가 봐야 했다. 백설이를 찾아야 하는데…….

"이거 놔요!"

순간 왼쪽 복도의 문이 열리더니 여자가 튀어나왔다. 뛰어 오던 몸이 내게로 와 부딪쳤다.

"아……!"

반사적으로 안으며 손목을 잡았다. 손가락에 감기는 물체는 팔찌였다. 그녀가 고개를 들자 머릿속이 아득해졌다.

"이현 님도 계신데 무슨 일이야?"

"그게, 훈련을 받던 도중에 뛰어나간 거라."

얼굴을 보니, 아…….

"……아파?"

눈이 내린다. 새하얀 얼굴 위로 커다란 눈망울이 위태롭게 흔들렸다. 짧은 검은 머리카락이 목 언저리에서 찰랑였다. 손가락이 오른쪽 손목의 팔찌를 매만졌다. 팔찌를 찼나? 초능력이 발현되어 본부에 있느라, 그래서 만나지 못했던 걸까?

"안아 줬으니."

기억할진 모르겠지만 우리의 첫 만남도 이랬어. 너는 내게 달려들었고 나는 너를 안아 주었지. 널 보며 들고 있던 와인 잔을 난간 너머로 떨어뜨린 건 네가 그보다 더 신중하게 대해야 할 여자라서.

"어디 깨지진 않았겠지."

그리움이 간절해지면 거짓을 믿어.

"안녕?"

백설아.

내가 하고 싶은 첫마디는 올려다보는 네 모습에 안으로 집어삼켜졌다.

정말 보고 싶었어.

-너에게로 중독 완결-

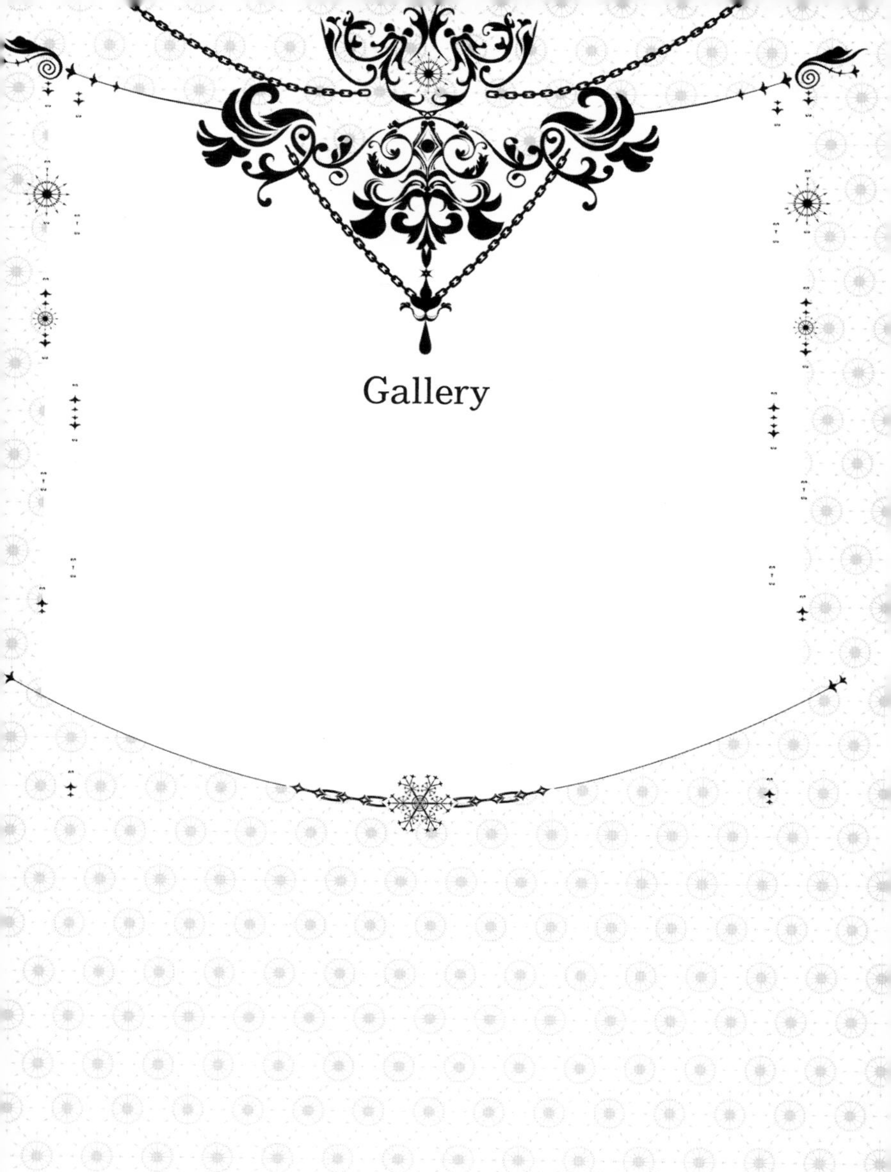

Gallery

“뭐야…….”
세아가 기억하기론 긴 원피스를 입고 있었는데
지금은 반바지였다.
게다가 익숙한 민소매 티까지.
당혹스러운 눈동자가 빠르게 구르다
옆에 누군가가 있단 걸 알아챘다.
“뭐긴, 너와 만났던 여름이지.”
숨이 턱 하고 막혔다. 신이현.

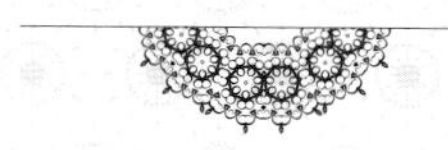

수도 없이 갈망하고 바라오던 목소리라
환청이라도 들리는 게 아닐까 세아는 의심했다.
이곳에 정말 도현이가 있을까, 왔을까.
하지만 그 생각을 뒤집어 놓기라도 하듯 세아의 등 뒤로 온기가 가까워졌다.
세아는 그곳에서 익숙한 그림자를 보았다.
뒤뚱뒤뚱 작은 보폭으로 누나, 누나 부르며
늘 내 뒤를 쫓던 하도현…….
"왔어?"
뒤돌아서면 방긋 웃던 나의 사랑.

활짝 열린 문을 건조하게 바라보던 이현은 고개를 반대편으로 돌렸다.

흐린 숨이 창문에 낀 서리처럼 번진다.

여전히 쏟아져 내리는 눈.

언제 올래, 백설아.

"너무 오래, 태어난 순간부터 사랑해 와서
익숙하지만 당연한 관계가 되고 싶진 않습니다.
앞으로도 제가 모르는 윤세아는 없게 할 거고, 존재하지도 않게 할 겁니다."
도현의 고개가 비스듬히 틀어졌다.
"검은 머리 파뿌리 될 때까지."
시선이 내려와 세아에게 닿았다.
"그러겠노라 서약합니다."

지금처럼만 오래오래 사랑하길.
세아는 다가오는 도현을 보며 스르륵 눈 감았다.
태민이 감았던 눈을 뜨며 그 모습을 빤히 보았다.

너에게로 중독 4

1판 1쇄 발행 2016년 7월 25일
1판 5쇄 발행 2021년 11월 15일

지은이 안테
펴낸이 신현호
편집장 예숙영
편집 박상희
편집디자인 한방울
영업 · 관리 김민원 조인희
물류 이순우 박찬수

펴낸곳 ㈜디앤씨미디어
출판등록 2002년 5월 1일 제117-90-51792호
주소 서울시 구로구 디지털로 26길 111 JnK디지털타워 503호
대표전화 (02)333-2513 팩스 (02)333-2514
전자우편 dncbooks@dncmedia.co.kr
디앤씨북스 블로그 http://blog.naver.com/dncbooks

ISBN 979-11-264-3644-6 (04810)
ISBN 979-11-264-3383-4 (세트)